U0552599

教育部人文社会科学规划项目"湖南作家与中国现代主义"研究成果
本书获海南师范大学中国语言文学省级重点特色学科经费资助

中国文艺思潮与湖南文学

罗璠 ◎ 著

中国社会科学出版社

图书在版编目（CIP）数据

中国文艺思潮与湖南文学/罗璠著．—北京：中国社会科学出版社，2019.11
ISBN 978-7-5203-4871-3

Ⅰ.①中… Ⅱ.①罗… Ⅲ.①地方文学史—文学史研究—湖南 Ⅳ.①I209.964

中国版本图书馆 CIP 数据核字（2019）第 178148 号

出 版 人	赵剑英
责任编辑	郭晓鸿
特约编辑	孙　靓
责任校对	王佳玉
责任印制	戴　宽

出　　版	中国社会科学出版社
社　　址	北京鼓楼西大街甲 158 号
邮　　编	100720
网　　址	http://www.csspw.cn
发 行 部	010-84083685
门 市 部	010-84029450
经　　销	新华书店及其他书店

印　　刷	北京明恒达印务有限公司
装　　订	廊坊市广阳区广增装订厂
版　　次	2019 年 11 月第 1 版
印　　次	2019 年 11 月第 1 次印刷

开　　本	710×1000　1/16
印　　张	20.25
插　　页	2
字　　数	311 千字
定　　价	88.00 元

凡购买中国社会科学出版社图书，如有质量问题请与本社营销中心联系调换
电话：010-84083683
版权所有　侵权必究

感悟思潮语境，体味湖南文学（代序）

现实主义、浪漫主义、现代主义和后现代主义是中国文艺思潮的主要表现形式，湖南文学在"五四"以来的中国文艺思潮发展语境中起着或引领或传承或追逐的作用。

总的来说，在经世济用的湖湘文化语境中，湖南写实文学的表现始终很强劲。整个 20 世纪，现实主义文学无疑是湖南文学发展的主流形态，这与湖湘文化经世济用的文化态势是一脉相承的。拿"十七年"现实主义文学的代表作家周立波的《山乡巨变》（1960）和新时期文学代表作家莫应丰的《将军吟》（1980）来说，如果从意识形态与叙事策略、审美方式与文化批判、创作视角与人物形象进行考察，同时，从社会意识、文化传统、人物形象、创作方式等方面进行深入分析，可以发现湖湘文化境遇中，现实主义在湖南文学中的变化发展轨迹。不同的社会意识形态影响着作者采用不同的叙事策略，不同的审美方式使得作者对于文化批判的态度不同，不同的创作视角也使得两部小说的人物形象各具特色，但通过两位作者不同的创作、不同的思考、不同的尝试，让他们的作品呈现出了各自的历史真实与文化内涵，虽同是现实主义文学作品，却各自绽放出不同的光芒。

谭谈的小说始终关注湖湘大地底层矿工的生活状态，其中，甘于奉献的矿工和大胆追求爱情的新时代年轻人成了小说着力描写的对象。谭谈小说中的人物形象丰富多彩、栩栩如生，有的工笔重彩，有的写意简练，有的蜻蜓点水，有的一笔带过，呈现了独特的现实主义艺术表现特色。从谭谈 20 世纪

80年代的作品中可以发现，他并不热衷于追随时代的变化而随意改变文学创作的题材或写法，而是始终坚持现实主义写作方式。当大多数人热衷于城市题材的创作时，他将自己的笔触伸向了偏僻的农村，远离城市的喧嚣与浮躁，以此来展现乡村淳朴的风俗人情。

乡土意识是韩少功创作的情怀表现，《山南水北》作为韩少功的乡土写实散文集，记载了他隐居在湖南汨罗八溪峒的乡土田园生活。作者用细腻温馨的语言和真实可感的叙述，描绘了身边人、事、物发展的客观性与可能性，可以看出，在山清水秀的环境中，作家抛开城市的喧嚣和杂念，试图用真诚的心去感悟乡间的草木人情，重拾乡间那份简单与安详，寻找他自己特有的乡土情怀。

除了经世致用的现实担当外，在湘楚文化的血液中湖南文学一直具有浪漫主义的风韵和情怀。湖南现代浪漫主义文学始于"庄骚"传统，承继了屈原浪漫主义的表现特征，善于表现湖南风土民情，弥漫着楚地的巫文化气息，洋溢着浓郁的爱国激情。但是在现实主义的强势主导下，逐渐抛弃了屈原浪漫主义的唯美意象与澎湃激情，更侧重理性与科学精神，在向现实主义的靠近中，逐渐呈现出一种"隐性"浪漫主义特质的审美表现形态。

在湖南当代浪漫主义文学的发展过程中，湖湘文化起着十分重要的作用，其政治情结制约了湖南现代作家的人生观和价值观，边缘性地域文化培育了作家的乡土情结，程朱理学经世致用、求真务实的理性精神沉淀在作家的思想意识中。通过对屈原浪漫主义文学的继承和发展，湖南当代浪漫主义文学浓郁的"楚味"、深沉的爱国热情、无所畏惧的"闯劲"，成为中国浪漫主义文学发展进程中的奇异花朵。

其中，在"五四"后，沈从文带着卢梭式的浪漫，使湘西这块镶嵌在崇山峻岭中的明珠，成为近代中国最著名的文学原乡之一。田汉是一位主观色彩极其浓厚的剧作家，他早期的戏剧包含着浓郁的理想主义色彩，在他的创作里，人物形象充满了理想情怀，对美的执着追求使他的创作体现出唯美的浪漫主义艺术色彩。新时期以来，彭见明无疑是极富浪漫主义情怀的作家，其早期作品多描绘山乡小镇平头百姓的纷繁群像，古旧的生存状态与传统心理境况，在本色自然的山水风光与生活片段中，营造出一种安详平和的氛围。

韩少功的新寻根文学似乎是要抛开并穿越20世纪科学文明的弊病,寻求一份诗意的精神家园。孙健忠则遵从感性认识来审视自己所面对的世界,盛可以从女性的内在经验出发,让主人公的苦痛经历显露出浓厚的悲剧色彩。

同时,湖南女性作家在文学的审美表现中具有勇于探索的湖湘精神。在湖南人"敢为天下先"的文化滋养中,蒋子丹开创了"一种现代新女性小说"(王绯语),她用充满自信潇洒的笔触颠覆着以男权为中心的世界,并进一步指向人性的本质,从而寻求着对于女性审慎的爱意和自我获救的温暖,而她对于"荒诞小说"的形式探索是一次先锋性的实验,从刚开始的形式困惑到后来的形式释放,逐渐在形式上超越模仿而呈现出创作的自我风格。

叶梦开创了新时期中国新潮散文时代,她的"月亮"和"创造"两个散文系列,表达了女性独有的生命体验和母性情怀。她对女性的身体发育和孕育等生命奥秘的大胆细致的探索与描述,突破了传统女性话语的禁忌,标志着女性主体意识的觉醒和回归,表达了女性作家独特的写作立场。

而残雪小说通过对父性权力在场结构的揭示,表现了她对中国文化传统的挑战姿态。在两性关系中,残雪用女性的独立自主意识消解了父权制的规训与控制,完成了女性主体意识的性政治话语实践,也以此维护了女性作家自身主体的书写策略。

盛可以在底层书写中所体现的女性意识具有深远的意义,她的《北妹》等作品启示我们,只有把女性书写与最现实的社会问题相结合,把女性群体的生存处境放到更广大的社会层面来进行讨论,才能更加客观地审视当前女性,尤其是底层女性在寻求精神和肉体的双重突围时,能否拥有主动的话语权。

而湘籍台湾作家琼瑶,通过构建"浪漫梦幻的爱情王国"来表达自己内心深处对美与爱的感受和态度,在情怀的抒发中以求得自我精神的深层创作心态。琼瑶小说的话语系统,正是她自己独到的世界观、方法论和感性情怀的阐述和解释。她的许多言情小说正是以感性为核心的精神狂欢,不管是第一部具有真正意义上的处女作《窗外》,还是后期代表作品《还珠格格》,都有深深的琼瑶式狂欢色彩。这些小说在情节、语言的描写和主题、人物、环境的塑造上都保持着一种高度的统一性、重复性和深入性,以细腻逼真的想象来体验生命的感性生存价值,传达对生命的理解、企盼以及对美好爱情的偏爱和渴求。

男性作家作品中的女性意识构成了湖湘文学的另类风景。有学者认为:"在中国现代文学的女性形象画廊中,底层女性往往是被启蒙的对象,男性作家包括女性作家通常都会挖掘她们身上勤劳善良与愚昧麻木互为表里的性格特点,以展示女性生存状态,寄寓改造国民性的良好愿望,这类女性形象构成了现代文学 30 年中的一道寻常景观。"[①] 从现代的沈从文到当代的王跃文,其作品都表现出一定的女性关怀和女性意识。

纵观沈从文笔下的女性形象,从单纯质朴、自然野性的湘西女性,到饱经世俗熏陶的都市女性,无一不是作者寄存美好愿望的美的化身。沈从文力图通过展现湘西女性的淳朴、善良来淡化现实世界的黑暗与恶俗,用翠翠与傩送之间凄美的爱情故事来唤醒人们心中的爱和温暖;用三三的纯粹自然来呵护生命的平和与宁静;用萧萧平缓的悲剧来拯救现实的冷漠;用夫妇的大胆来讴歌生命;用黑猫的野性来还原灵魂。同时,沈从文亦通过都市女性的颓废、悲凉,尽情批判都市汹涌的腐朽堕落,鞭打绅士阶层的虚伪和道德的沦丧,鼓励都市女性认识自我,找寻本真。可以说,沈从文笔下的女性,无论是湘西乡野世界的女性还是现代都市的女性,都寄托了他对人生与美的哲学思考,对不同生命形式的认知和把握。

而王跃文在其小说《爱历元年》中,试图建构起一种新型的二元性别叙事结构。小说通过对传统性别结构模式的消解、对传统女性知识分子形象的突破和对男女"主体"存在意识的叙述,显露出了试图建构这种叙事结构的文本意图。男女二元对立是性别叙事中最基本的一种表现模式,"他性"是人类思维的一个基本范畴,女性作为与男性对立的他者而存在,这是性别二元对立叙事模式的基本逻辑。在《爱历元年》中,这一基本逻辑依然彰显,并有所发展和扩充。在男女二元对立的框架之下,王跃文力图突破传统的樊篱,不仅仅停留在性别诗学的维度,而是在性别书写中探求某种纵深的意义。

在文化虚无与现实幻化中,湖南文学表现出自身的现代维度。虽然大部分湖南作家都参与了现实主义、浪漫主义文学的创作,但田汉、沈从文、韩

---

① 王澄霞:《女性主义与中国当代文化》,社会科学文献出版社 2012 年版,第 303 页。

少功、蒋子丹、残雪等作家也自觉不自觉进入了中国现代主义文学的结构之中。其中，无论是沈从文与中国现代精神分析小说的滥觞、田汉与中国早期唯美主义戏剧的自觉，还是蒋子丹对"荒诞小说"的触摸、韩少功与中国当代小说审美现代性的追求、残雪与中国表现主义小说的呈现，抑或如叶蔚林的"寻根"小说《五个女子和一根绳子》，孙健忠的《舍巴日》《死街》，徐晓鹤着力表现人性丑陋的《达哥》，以及莫应丰奇思怪想的《桃源梦》等，都或多或少或深或浅有着现代主义的印痕。他们的作品广泛采用整体象征、隐喻、意识流、精神分析、写意、荒诞、变形、梦幻、时空交错等艺术手段，表达了对人类生命价值的理解和个体生存终极意义的思考，其美学表现和文学价值都在湖南文学乃至中国文学现代化、民族化的历史贡献中占有重要地位。

在文化选择与价值迷失中，湖南文学呈现出了或隐或现的后现代意识。其中，湘西青年作家田耳的小说《风蚀地带》所展现的后现代主义精神特质，是非常引人注目的。对世界的不确定性描写是对有序世界的无序解构，表兄妹间的情恋是一种反道德式的抒写，直白式表达因果缘由是一种反深度写作。一切的反叛是对于传统的否定，这种否定并不是要摧毁，而是怀疑精神的表达。

而何顿的新市民小说表现出了一种悖论式逻辑，他的小说试图回到生活的现场，如实表现中国社会20世纪90年代的真实面貌，但在生活表征的狂欢中失去了应有的反思与批判精神，主体对生活的积极介入最后变成了无意识的认同，叙述在对世俗化、欲望化、平面化的凸显中呈现出某种后现代文化症候。

湖湘文化的地域性催发了湘域文学的品格与风情。"三湘四水"造就了湖湘文化的地域性特征，十里不同音、同音不同义是湖南地方语言与文化的表征，如此，催发了湖南区域（湘域）文学异样的品格与风情。其中，益阳、湘西、娄底、湘潭、岳阳、长沙等地文学表现的地域性特征尤其显著。

如益阳的乡土小说，作家们在对风俗文物的醉心描绘中，既注重诠释益阳独具特色的乡土文化，又注重寄寓文学的历史使命感，这都在无形中提升了益阳乡土小说的文学艺术性与思想性。叶紫、周立波等作家，虽然主要运用现实主义的创作方法来书写乡土故事，但他们在处理题材和艺术表现力上却并不轻视文学的美学需要。他们从实际出发，着力将生活中的社会美和自然美凝练为艺术美，在对山川、习俗、人物、时代等的描摹中渗透着沁人心脾的真情实感。同时，周立波、叶紫、陶少鸿等益阳作家，都是绘制风俗风情画卷的高手，他们在小说创作的乡土性追求中，借由对益阳地区如数家珍的风俗民情的描摹，显示出对家乡文化卓异的审美视野，增强了益阳乡土小说的囊括力和包容性，使其具有了区别于其他乡土小说的显著特质，产生令人或若有所思或感同身受的艺术效果。

而像田耳、于怀岸、龙宁英、彭学明、黄光耀、向启军、九妹等湘西当代青年作家群体，在呈现湘西形象时，大都采用的是世俗化的叙事策略。他们放弃了惯常的精英视角，不用自上而下的目光对湘西世界进行启蒙式的宣讲和呐喊，而是以平民视角，以自身对社会的切实感受，关注平凡人生，通过对湘西人生活琐事和个人情感的刻画，展示神秘湘西世俗百态的多样性和复杂性。

总之，创作的繁衍离不开文学土壤的滋养，在中国现当代文艺思潮的发展境遇中，无论是长沙作家、益阳作家、湘西作家、娄底作家、岳阳作家、邵阳作家还是其他区域作家，无论是现实主义、浪漫主义、女性主义、现代主义抑或后现代主义，在湖南作家的笔下，大都表达出了对湖湘文化本能的热爱与推崇，创作出了一批具有显著湖湘文化特征的优秀文学作品，这是湖南文学的幸事，也是历史的选择和期盼。

2018 年 6 月于海口龙昆寓所

目　录

绪论　20世纪中国文艺思潮的衍化与湖南作家的担当 …………… 1

第一章　湘楚文化与经世济用：湖南写实文学的强势呈现 ………… 12

 第一节　从《山乡巨变》到《将军吟》：湘楚文化境遇中

    现实主义的嬗变 ………………………………………… 12

 第二节　矿山人的真实人生：谭谈创作对现实主义的坚守 …… 24

 第三节　韩少功《山南水北》的乡土情怀 ……………………… 45

 第四节　翁新华《痴虎三部曲》的教育情怀 …………………… 51

第二章　浪漫主义与现代书写：湘楚文化血液中的浪漫风韵 ……… 62

 第一节　湖南浪漫主义文学的嬗变及审美表现 ………………… 62

 第二节　浪漫主义在当代湘楚文学中的"隐性"存在 ………… 73

 第三节　沈从文小说的浪漫"水"韵 …………………………… 83

 第四节　田汉早期戏剧的唯美新浪漫主义艺术诉求 …………… 90

第三章 女性创作与女性意识：湖南女性作家的美学追求 …… 104

    第一节 蒋子丹"荒诞小说"的形式纠结与自我释放 …… 104

    第二节 从《窗外》到《还珠格格》：湘女琼瑶的

           感性狂欢 …… 112

    第三节 叶梦散文的女性觉醒：女性体验与性灵书写 …… 123

    第四节 理想母性的缺失与消解：残雪小说的性别之维 …… 131

    第五节 父性权力的在场结构与挑战 …… 139

第四章 男性作家与女性意识：湖南男性作家的女性情怀 …… 154

    第一节 沈从文小说女性形象的审美意蕴 …… 154

    第二节 王跃文《爱历元年》中的二元性别叙事结构 …… 165

第五章 文化虚无与现实幻化：湖南文学现代主义维度（一） …… 176

    第一节 异端叙事：残雪小说对话性艺术特征分析 …… 176

    第二节 韩少功小说的现代审美特征 …… 186

    第三节 残雪与中国先锋小说的现代意识 …… 195

第六章 文化虚无与现实幻化：湖南文学现代主义维度（二） …… 207

    第一节 残雪创作的文化选择 …… 207

    第二节 残雪小说的现代审美意识 …… 214

    第三节 盛可以：《北妹》的异化情境 …… 228

    第四节 姜贻斌：《月光》的现代意识 …… 235

    第五节 孙健忠小说的"存在"意识 …… 241

第七章　文化选择与价值迷失：湖南文学的后现代意识 …… 249

- 第一节　何顿新市民小说的后现代文化特征 …… 249
- 第二节　田耳小说《风蚀地带》的"反"性 …… 258
- 第三节　寓言式批评视野中的残雪小说 …… 264

第八章　湖湘文化与湘域文学：湖南区域文学的品格与风情 …… 274

- 第一节　益阳乡土小说崇简尚意的审美品格 …… 274
- 第二节　益阳乡土小说中的"三画"美学风格 …… 285
- 第三节　当代湘西青年作家的艺术表现视域 …… 300

后　记 …… 310

绪论 20世纪中国文艺思潮的衍化与湖南作家的担当

一

"五四"以来,西方风起云涌的文艺思潮开闸涌入,中国作家以自己的文化选择在创新求变中大胆试验和尝试,铸造了自身的辉煌。湖南文学从陈衡哲、田汉、沈从文等开始,经过周立波、康濯、谢璞、任光椿等,到谭谈、水运宪、叶蔚林、韩少功、古华、残雪等,三代人(1917—1989年,大致经历中华人民共和国成立前、十七年文学、新时期文学三个时期)砥砺而行,经过70多年的积淀和发展,终于在新时期的中国文坛赢得了"文学湘军"的盛誉。

"五四"作为现代社会发展的转折点,也是现代文学思潮的源发点。从陈独秀的"白话文运动"到周作人的"人的文学",从鲁迅"从别国里窃得火来"的现代小说到茅盾的"文学研究会",从20世纪30年代的"革命"文学思潮到40年代的"工农兵"文学,从"十七年"的社会主义现实主义文学到新时期的人文主义文学,中国现实主义文学一直在进程之中,没有停下过脚步。

虽然如此,但深重的政治灾难,让文学本身也深受其害。当人们从灾难中苏醒过来后,文学便成了最好的倾述和宣泄。1978年8月11日,《文汇报》发表卢新华的短篇小说《伤痕》,标志着新时期文学的正式起步。从新时期的拨乱反正至80年代的改革开放、90年代的经济好转,现实主义在中国的发展也经历了从回归到多元再到变异的一个发展过程,内容到形式都焕然一新。

新时期初期的文学回归重新确立了现实主义的发展路线，伤痕文学敢于正视历史给人们带来的各种伤痛；改革文学积极关注生活，注重描绘改革时代波谲云诡的生活万象；反思文学则能够深入人物的内心，努力探索人类心灵的秘密与隐忧。这个时候，出现了如《神圣的使命》（王亚平）、《绿化树》（张贤亮）、《活动变人形》（王蒙）、《乔厂长上任记》（蒋子龙）、《许茂和他的女儿们》（周克芹）等一系列优秀作品。这些作品都敢于正视现实，直面人生的痛苦，不回避生活的阴暗面，积极发挥了文学干预生活的社会功能。并且在这一时期，文学中的人物突破了观念化、脸谱化、高大全的模式，开始变得有血有肉、有笑有泪、活灵活现、鲜明丰满，这一切都标志着现实主义的强势复归。虽说快速发展中也还存在不少问题，如文学的审美功效呈现不够，作家也难以完全脱离政治的桎梏，免不了有意无意充当着主流意识的"传声筒"等。但从整体看，从伤痕文学到反思文学是现实主义不断推进和深化的一个过程。与此同时，随着思想的解放、观念的变革、市场经济的运行，积淀百年的西方现代文艺思潮开闸涌入，不断更新着人们的认知，中国迎来了一个多元开放的时代，文学也不例外，现实主义开始走上了一个多元化的发展道路。

随着政治与文学的疏离，文学逐渐边缘化，作家的笔调转向了生活中鸡毛蒜皮的小事，"新写实"小说应运而生。新写实小说"新"在追求审美态度的客观化，致力于还原生活的原色魅力。除此之外，以张辛欣的《北京人——100个普通人的自述》、刘心武的《公共汽车咏叹调》等为代表的纪实文学，以直接的笔法展现生活中的真人真事，拉近了读者与作者的距离。这个时候韩少功的《爸爸爸》、王安忆的《小鲍庄》和以贾平凹、阿城、郑义等为代表的寻根文学作家则致力于对中国传统文化的反思，展现乡村的真实图景。在这种多元格局中，路遥、张炜等作家虽然坚守着传统的现实主义创作手法，但同时也是对新时期改革文学的延续和深化。总的来说，20世纪80年代至90年代的现实主义格局有了较大改变，表现出了一定的开放性和包容性，西方的一些现代主义表现手法也被吸收进来，丰富了现实主义的表现性。但是，进入90年代中后期，随着西方思潮的大量涌入，现实主义面临着巨大挑战。面对挑战，一批作家在坚守现实主义基本创作原则的基础上，大量利用和吸收西方现代主义表现手法，创作了一批新历史小说，这种小说有效地将现实主义、现代主义和后现代主义创作技巧融为一体，出现了一批有特色的作品，代表作品有刘震云的《故乡天下黄花》和莫言的《红高粱》等。总的来说，90年代的现实主义文学是在80年代多元化发展的基础上深化拓展而来的，加之改革开放的深化作用，比80年代更具开放性、包容性和理性，"小我"的个人化写作成为现实主义文学的独特风景。

从改革开放到90年代，我们可以看出，现实主义在中国的发展呈现出一种不断深化和开放的状态，其发展呈现出以下几个显著特点：第一，从写作题材来看，由之前单一的政治题材发展到多元的文化题材并延伸到历史题材。作家不再充当政治的"传声筒"，而是进一步去反思文化，深入历史去探寻文化的"根"。第二，从人物形象来看，从片面化变得更具真实性。人物形象不再追求"高大上"，而是关注生活的细节，注重对具有个性特征的小人物的描写。第三，文学的关注角度由"外"向"内"转变。从新时期文学关注社会问题开始，到80年代中后期，大众的情绪转向关注普通老百姓的喜怒哀乐，而90年代个人化写作逐渐兴盛，现实主义文学的关注点发生了大的转变。第四，由审美至审丑。其中，以莫言的《红高粱》《檀香刑》这一类把"丑"描写得淋漓尽致的作品为代表。第五，艺术手法趋向多样化。其中，韩少功《爸爸爸》的寓言化写作方式，王蒙以《布礼》为代表的意识流小说风格具有代表性，在他们的作品中，象征、隐喻、反讽等大量的现代主义表现技巧被现实主义文学兼收并蓄，极大地丰富了现实主义的表现技巧和文本内涵。[①]

新时期以来，湖南文坛出现了莫应丰、韩少功、古华、何顿、何立伟、王开林、谭谈、聂鑫森、王跃文、阎真、唐浩明、田耳、盛可以等一大批优秀作家，为现实主义的发展做出了不可忽略的贡献，这其中最有影响的当然首推寻根文学。作家韩少功1985年发表《文化的"根"》一文，明确提出"文化有根"的主张，这被看作寻根文学理论的肇始，之后发表寓言性极强的短篇小说《爸爸爸》更是成为寻根文学的代表作品。古华也是湖南当代文坛上不可忽视的作家，1981年发表的《芙蓉镇》描写了南方乡村的变革，展现

---

① 参见倪娟娟《新时期现实主义小说的发展演变》，硕士学位论文，南京师范大学，2012年，第42—46页。

了农村经济的兴衰和政治的变幻,1983年发表的短篇小说《爬满青藤的木屋》则揭示了"文化大革命"对普通百姓和知识分子的残害,是伤痕文学的代表作品。何顿则被评论界视为"新生代"和"新现实主义"的代表作家,其作品多以城市底层老百姓为对象,演绎出了《生活无罪》《就那么回事》《我们像葵花》等优秀作品。而从周立波的《山乡巨变》到莫应丰的《将军吟》,这两部跨越两个时代的现实主义文学作品,分别描写了中华人民共和国成立时期的两个历史事件:"农村合作化"运动与"文化大革命"运动。作品以湘楚文化为根基,用现实主义的表现手法展现了社会的变革与人生的百态,体现了现实主义文学在不同时期的表现方式与美学特征,都赢得了广大读者的认可和喜爱。谭谈则一直坚守现实主义的创作手法,其小说主要关注底层矿工的各种生活状态,其中,甘于奉献的矿工和大胆追求爱情的新思想者成为其小说着力表现的对象。其他如王跃文的《国画》、聂鑫森的《夫人党》、何立伟的《白色鸟》《天堂之歌》、唐浩明的《曾国藩》等都是中国现当代文学史上"文学湘军"的优秀作品。

二

除对现实主义发展的影响外,"五四"的激情理想和个性追求与西方浪漫主义思潮所蕴含的精神形成某种应和。鲁迅"别求新声于异邦",从异域"窃"来了浪漫主义火种,写下了浪漫主义的激情颂歌《摩罗诗力说》(1907),对雪莱、拜伦、普希金的"狂放不羁""睥睨一切"的浪漫叛逆精神尽情赞美。从鲁迅的《摩罗诗力说》对拜伦等的称颂到郭沫若《女神》(1919—1921)对歌德和惠特曼的钦佩;从郁达夫的忧郁、感伤到冯文炳的恬淡清逸;从沈从文的淳朴浪漫到蒋光慈的感奋抗争;从孙犁的诗情画意到徐訏的神秘凄美,直至1958年毛主席豪情满怀,提出"革命现实主义和革命浪漫主义相结合"的宏大理想,浪漫主义文学和理论一直方兴未艾。虽然此后作为一种思潮并不凸显,但作为一种精神和方法始终在文学之中。

在对新时期浪漫主义美学特征的梳理和总结方面,有人认为,在新时期小说中出现了一股浪漫主义思潮,早期以王蒙、从维熙、叶蔚林等一批中年作家为代表,后期由冯苓植、张承志、陈放、梁晓声、邓刚等作家将之推向高潮，这些作家将中国浪漫主义小说的风格发挥到了极致，其审美特征主要表现为四个方面：通过对大自然的描写，将目光聚焦于人与自然之间的关系；表达强烈的革命激情，着力于自我抒情；突出表现英雄主义和理想主义；推崇阳刚之美和崇高风格。在这里，研究者用美学的而非阶级论的观点去审视新时期的浪漫主义文学，拓展了对中国浪漫主义文学的审美认知领域。①

新时期以来，由于现实主义文学的兴盛，浪漫主义一度被认为已经"终结"甚至"消失"。一般认为，导致新时期浪漫主义式微的原因是明显的，主要原因大致如下：1985年后政治激情的退潮，导致文学想象内部出现了自我解构的特征；"新写实"思潮的激扬，彻底动摇了浪漫主义精神寄寓的温床；90年代出现的后现代主义对审美主体性的强力冲击加剧了浪漫主义的最终解构。新时期以来，浪漫主义的存在和发展的确举步维艰，一方面背负着特定历史时期加于其身、以"假大空"为主要特征的"伪浪漫主义"恶名，另一方面，未能彻底根除的"伪浪漫主义"文风在暗地里确实还在兴风作浪，使得人们的社会审美心理极度受挫，浪漫主义就在这样腹背受敌的夹击中进一步失去了浪漫理想和现实审美的基础支撑。这种情况直接导致研究者在分析新时期浪漫主义时，不得不花费大量的笔墨去论述新时期浪漫主义的"在场性"。令人遗憾的是，尽管李庆本、曹文轩、刘思谦等人努力论证新时期浪漫主义的存在姿态，但文学创作和文学批评两界双双陷于低迷，浪漫主义文学在新时期的发展陷入某种尴尬境地。

虽然从新时期浪漫主义文学发展态势看，确实存在创作低迷、研究薄弱、地位尴尬的问题，但是它依然存在着、发展着。其中，高晓生《这是一片神奇的土地》《今夜有暴风雪》可以说是充满着青春狂放激情又伴随着理想英雄主义的浪漫主义；孔捷生《南方的岸》、史铁生《我的遥远的清平湾》无疑是寻找精神家园和寄托着乌托邦理想的浪漫主义；玛拉沁夫《活佛的故事》、白雪林《蓝幽幽的山谷》则将目光投射到西部，建构起浪漫主义风味的"草原小说"；同时，阿城的"遍地风流"系列作品，被认为表现出了天人相通、天人感应精神内涵的中国浪漫主义精神实质。其他如鲁彦周的《天云山传

---

① 参见初清华《新时期浪漫主义文学的入场途径及知识形态》，《华南农业大学学报》2008年第2期。

奇》、张贤亮的《绿化树》抒写了凄美爱情奇遇的浪漫主义；贾平凹"商州"系列作品、韩少功的《爸爸爸》《女女女》等通过文化寻根的追溯之旅，回应了遥远蒙昧的原始民族精神，形成混沌辽阔、风格凝重的浪漫主义；而莫言的《红高粱》则被认为开创了中国性爱浪漫主义的先河；刘绍棠的系列小说形成了以理想性、传奇性和田园牧歌情调为特征的民间浪漫主义表现特色；汪曾祺的《受戒》《大淖纪事》则属于富有笔墨诗意的文人雅士的浪漫主义。另外，在自然浪漫主义的书写中，邓刚的《迷人的海》等大海系列表现了大自然的雄浑、博大、壮美的品格；郭保林的《写在历史拐弯处》《西北望长安》《寻觅萧关》等西部书写，凸显了高亢悲凉的西部浪漫主义表现特征；而以杨志军《环湖崩溃》为代表的生态浪漫主义创作，在青海湖这方野性而又平静的自然环境里，通过展示荒原牧区人们生活的精神风貌表现了强悍而又自由的旺盛生命。当然，张承志的作品具有审美浪漫主义和道德理想主义色彩，被视为新时期浪漫主义的代表作家。

至于90年代的桂兴华（《邓小平之歌》《跨世纪的毛泽东》）、柯平（《诗人毛泽东》）、罗高林（《邓小平》）、李瑛（《我的中国》）这样以书写政治情怀为主体构成的传统浪漫主义诗人，在新时期诗坛上，他们属于热情讴歌中国人民的革命和建设、叙述中国革命的潮起潮落的代表者；而舒婷（《致橡树》）、顾城（《一代人》）这样的现代浪漫主义诗人，他们则书写忧伤情怀、构建浪漫童话、赞美生命；此外，像江河（《纪念碑》）、杨练（《大海停止之处》）等，他们游移在传统和现代之间，努力追求静穆高远的境界和情致。

浪漫主义文学思潮和创作于湖南而言，追溯甚远。湖南当代浪漫主义的发展始于屈原，它继承了屈原浪漫主义传统，同时具有鲜明的时代性，突出表现为理性意识与现实责任感更加强烈。沈从文、周立波、孙健忠、谢璞、彭见明、谭谈、周健明等笔下的三湘大地充满着浓浓的乡土气息，在他们的审美意识中积淀着崇尚自然、亲和乡村的浪漫主义因子，因此作品中不可避免地弥漫着浓浓的乡土风情味。古华《浮屠岭》《姐姐寨》、孙健忠《醉乡》等作品着力从湖南本土的风土人情入手，生动活泼地勾勒出了湖南人独有的生活方式；彭见明《那山那人那狗》则在楚文化的视野中打量着湖南的秀丽山川，打量着湖南人的淳朴心灵。另外，湖南当代作家秉承屈原的爱国传统，行文中洋溢着强烈的民族意识和主人翁意识。韩少功的寻根小说清醒地剖析了中华民族的文化之根，充分体现了文人的责任意识。古华的《芙蓉镇》则"寓政治风云于风俗民情图画，借人物命运演乡镇生活变迁"①。而在诗词方面，湖南当代作家也惯用优美意象，灵活运用传奇、想象与夸张手法，比如毛泽东的古体诗词。由此可见，湖南当代文学具有屈原浪漫主义的爱国情怀，却少了屈原香草神殿的浪漫情调，现实意味更重，更加注重理性抒写。

三

从"五四"开始，西方现代主义思潮不断涌入中国，深深地影响着中国文学的发展。特别是新时期以来，西方现代主义、后现代主义思潮接踵而至，中国文学在反理性、反传统、怀疑一切、悲观主义和虚无主义思想的影响下，进行了多方面的思考和探索，这种探索与思考深刻而大胆，足以和古典主义、浪漫主义、现实主义文学掰腕。

与浪漫主义钟爱大自然不同，在现代派笔下，大自然消失了，从波德莱尔到王尔德，他们都异口同声地说：自然是丑的、恶的……对于人性的非人化现象更有触目惊心的发现。与现实主义展现人性的美丑不同，在人与人的关系上，现代派文学描绘出了一幅荒凉、冷漠、虚无的可怕图景，呈现了人的焦虑、孤独与失落。在西方现代文学的影响下，中国文学的表现手法可谓纷繁杂陈、交错重叠，呈现出"多元"景象。当然，这种"多元"景象也反映了这个时期中国作家对西方现代主义与后现代主义不同程度、不同角度的感应。

在现代中国，现代主义、浪漫主义和现实主义是同步发展的。1915年，陈独秀发表了《现代欧洲文艺史谭》，在文中，作者较为系统地介绍了西方象征主义文学，这是中国较早论述现代主义的文章。自此，在长达一个世纪的岁月中，对现代主义文学的译介与评论大体上经历了五个阶段，形成过三次高潮。这种起伏变化呈现出历史的阶段性，与中国革命的进程紧密关联。"五四"前后对现代主义文学的评介集中于未来主义、象征主义、表现主义以及弗洛伊德的精神分析学说，其中，以鲁迅、茅盾、郭沫若为代表。20世纪30

---

① 古华：《芙蓉镇·后记》，人民文学出版社1981年版，第200页。

年代，出现了中国自己的现代主义文学流派和作品，其中，以戴望舒、曹禺、李金发、卞之琳、施蛰存的作品最为有影响力。抗日战争爆发，在民族的生死存亡之际，现实主义文学自然得到推崇和加强，对西方现代主义的译介明显减弱，但仍有一定表现，如20世纪40年代，西南联大的一批师生对现代派诗歌进行了集中评介，这个时候，现代主义对中国创作的影响主要表现在诗歌领域，这些诗人通过选择和吸收，形成了中国式的表现手法，"中国式现代主义"正式步入审美视野。中华人民共和国成立后，中国式社会主义新文学得到蓬勃发展，在外国文学译介方面，加大了对西方古典文学以及革命的、进步的浪漫主义和现实主义文学作品的译介，由于政治的需要，西方现代派作品被笼统称为"颓废主义"，被意识形态视若洪水猛兽。到了60年代，兴起了反对修正主义和资产阶级思潮的运动，西方现代派文学再次从政治上被全面否定，这种境况直至新时期才开始改变，并逐步恢复对西方现代派作品的翻译介绍工作。在上海文艺出版社的支持下，中国社科院外文所于1979年开始编辑由袁可嘉等主编的《外国现代派作品选》（共四册，1981），选集包含了"后期象征主义、表现主义、未来主义、意识流、超现实主义、存在主义、荒诞文学、垮掉的一代、黑色幽默、新小说"[①]等十余个流派作家的作品。

"中国式现代主义"是袁可嘉提出的美学概念。他认为，"中国式现代主义"在于有自己"中国式"的表现特色，这种特色主要体现在两个方面。在思想上，既要坚持对社会问题的关注和表现，同时，又提倡对个人心绪的抒发和自由意志的张扬；在艺术上，既要发挥形象思维的特点，注重象征、隐喻、联想，让幻想与现实交织渗透，同时，又强调继承与创新，强调中华民族传统与外来文学和文化影响的有机结合。这个理论他称为创立"现实、象征、玄思相结合的新传统"，既有别于西方现代派，又与庸俗社会学不同。袁可嘉的观点引起了中国文学界的关注、讨论和认同，被认为是中国现代主义理论的重大突破。[②]

朦胧诗派就是这个时期横空出世的"中国式现代主义"文学流派。对朦

---

① 涂舒：《〈外国现代派作品选〉简介》，《外国文学研究》1981年第4期。
② 参见王芳《论袁可嘉中国式现代主义诗学理论的建构》，《南昌大学学报》2009年第5期。

胧诗派来说,在内容上,关注描绘现代都市的紊乱无章以及人的孤独感、失落感、对现实的不满和疑虑;在艺术上,广泛运用象征手法、意象叠加、时空蒙太奇等现代派技巧,强调直觉和随意性。代表作有舒婷的《礁石与灯》、叶延滨的《环形公路的圆和古城的直线》等。这个流派的思想倾向和艺术质量并不一致,有的诗染上了现代派的悲观主义,表现出绝望情绪和虚无主义;有的诗则挥洒个人直觉,写得晦涩难解。

以王蒙为代表的意识流小说,也是"中国式现代主义"的一个重要文学流派。

西方意识流小说的传入对现实主义创作方法产生了一股冲击波,王蒙是中国当代意识流文学的拓荒者,他在1979—1980年间接连发表《蝴蝶》《春之声》《布礼》《风筝飘带》《夜的眼》《海的梦》等。这些小说打破了传统小说故事情节的连贯性,重视人物的心理刻画,往往采取时间交错往复、直接或间接的内心独白、联想和幻想相结合的方式。同时,戴厚英也明确说自己吸收了"意识流"的某些表现手法,她的《人啊!人》强调自己的艺术探索和西方现代主义的非理性不是一码事儿。荒诞因素和黑色幽默也更多地进入了当代小说,比如刘索拉《你别无选择》,他把小说主题上升到了哲学境界。

与此同时,存在主义、象征主义、表现主义在"中国式现代主义"文学中也有所表现。张承志《北方的河》、张辛欣《在同一地平线上》都涉及人对生存方式选择的问题,而孔捷生的中篇小说《大林莽》则是具有象征意味的作品,作者通过"大林莽"这个客观对应物,把自己的"思想知觉化",把自己对生活的思考诉诸大林莽。王蒙、谌容、宗璞的作品则有表现主义特色。在王蒙的《杂色》中,马能说话,风能说话,天上的飞鹰能说话,地下的流水在说话。在谌容的《人到中年》里,患重病的陆文婷突然发现自己变成了一条小鱼,在水中快活地游来游去。而宗璞的《我是谁》,"我"受尽迫害和凌辱,并怀疑自己是否真的变成了"大毒虫""蛇神""牛鬼"。像《我是谁》这种直接描绘现代人无法确认自我的难题,作者承认是受到了卡夫卡小说的启示,运用了超现实的"内观手法"。

在意识流小说的影响下,当代中国作家重视对人的深层心理的探索与思考，注重多视角的写法以及心理时空的变化，有的小说呈现出人物淡化、情节淡化、诗化和抽象化的特点，这类小说优劣不一，但都显示出现代派的影响痕迹。20世纪末期至21世纪初，我国对现代西方文论的译介和研究，覆盖面之广、速度之快也是很惊人的，从俄国形式主义、布拉格学派、英美新批评、法国结构主义、原型批评、心理分析批评，到后结构主义、读者反映理论、后现代主义和新历史主义都有了大量介绍和研究成果。

在西方各种现代思潮的影响下，我国新时期的理论批评呈现了新的特色。有的侧重研究文学本身的审美特点以及文学内部要素的互相联系；有的从个别作家、作品的研究转向系统的整体考察；有的吸收外国文化或其他学科的养料，从美学、心理学、历史学、人类学和自然科学的角度来综合考察文学。这些成果扩大了我们的视野，使我们认识到西方现代文学的丰富性和多样性，多了一个参考体系，有利于推动作家返回文学本身，重视艺术创新，在艺术表现方法上有了更多的参考和借鉴。

后现代主义文学的主要哲学基础是存在主义和解构主义。后现代主义彻底反传统，摈弃"终极价值"，崇尚"零度写作"，表现出精英文化和大众文化的合流。中国改革开放和一系列的政治经济文化体制的改革，促成了中国当代文学对于西方文学思潮的亲近，中国的后现代文学是这个特定时期政治、经济与文化合力的结果，现代主义和后现代主义的表现元素可以在同一作品中交相辉映。但由于东西方文化的巨大差异，后现代文学自身所推崇的复杂性与多元性，在对中国当代文学和后现代文学的接轨问题上，众声喧哗，莫衷一是。

在中国现代主义文学的进程中，一批湖南作家的创作成果是不容忽视的。从中国文学发展的进程中可以看出，中国现代主义文学一直处于边缘性的位置，虽和浪漫主义、现实主义杂糅着前进，但其影响却是深远的，许多作家的创作都受到了现代主义的影响，沈从文便是其中之一，沈从文的诗歌、小说和散文呈现出象征主义、精神分析学和存在主义美学特征。沈从文的现代主义创作除了受到外国思潮的影响，和他的人生经历也密不可分，所以具有世界性、民族性和个人性的特点。田汉早期话剧通常被评论界认为具有唯美的浪漫主义表现特征，其作品中主人公因"灵与肉的冲突"而导致的内心激烈的矛盾、象征化艺术手法的使用、相对主义的思想观念等都表现出强烈的现代主义倾向。韩少功从发表《文学的"根"》开始，着力倡导"寻根文学"，在"寻根文学"中，用西方的现代意识去观照古老的文明，创作了一批优秀的作品，《爸爸爸》便是代表之作。在《爸爸爸》中，作者立足湘西这片古老的土地，以夸张、变形、象征主义以及黑色幽默的手法为读者塑造了"丙崽"这一人物形象，对现有的文化进行鞭笞与反思，作品表现出一种强烈的审丑意识，作品的现代意识浓厚。如果说上述作家只是部分作品运用了现代主义的表现手法，那么蒋子丹、残雪则可以说是中国现代主义文学的探索者和守护者。蒋子丹早期就因其小说的"荒诞"特色而备受关注，之后1985年更是大胆模仿西方"荒诞派小说"而创造了"颜色系列"小说，从开始的模仿创作到后期的形式释放，蒋子丹的创作呈现出了自己的风格，实现了对现代主义小说的探索历程。残雪则是中国现代主义文学最具代表性的作家，被称为中国现代主义文学的守护人，她曾强调过："我通过努力学习西方文学，深深地感到，我所追求的自我同西方现代主义是一致的，并且我觉得比大多数作家更自觉。"[①] 残雪的现代主义创作风格是在西方文化和文学的基础上形成的，其特点主要有二：其一，不重视人物性格的刻画，着重对问题进行抽象的哲理思考和对人物进行粗线条的描写，努力营造出一种陌生化情境；其二，也是残雪最主要的创作特征，那就是对女性自我意识的强调和解构，这也是其文学现代主义思想的一个重要表达。

综上可知，在20世纪以来的中国文艺思潮发展语境中，湖南作家除了在现实主义、浪漫主义创作方面大放异彩外，在"中国式现代主义"文学发展史上同样留下了浓墨重彩的一笔，不容忽视。

至于湖南文学的后现代症候则是或隐或现，并未形成态势。

---

① 残雪：《残雪文学观》，广西师范大学出版社2007年版，第91页。

第一章 湘楚文化与经世济用：湖南写实文学的强势呈现

第一节 从《山乡巨变》到《将军吟》：湘楚文化境遇中现实主义的嬗变

《山乡巨变》与《将军吟》分别出自湖南益阳作家周立波与莫应丰之手，这两部作品分别描写了中华人民共和国成立后的两个历史大事件："农村合作化"运动与"文化大革命"运动。作品以湖湘大地为背景，用现实主义的表现手法展现了社会变革与人生百态，体现了现实主义在不同时期的表现方式与美学特征。

《山乡巨变》发表于 1958 年，作品以发生在中国 20 世纪 50 年代中期的"农村合作化"运动为背景，"通过描写湖南省一个偏僻的小山村清溪乡在农村合作化运动中，如何从建立初级社到发展高级社的故事，展现了在运动前后中国农民走上集体化道路时的精神风貌和新农村的社会面貌，也展现了在历史巨变中中国农民的心理状态、思想感情和理想追求的变化过程"①。小说分为上下两卷，上卷从 1955 年初冬县委干部邓秀梅入乡开展建社工作开始，到 1956 年元旦清溪乡建成五个初级农业生产合作社为止，反映了初级农村合作社的建社全过程。下卷从 1956 年开始，描绘了初级社逐渐发展为高级社后

---

① 乔永为：《〈山乡巨变〉的"暴风骤雨"情节解析》，《牡丹江师范学院学报》2006 年第 6 期。

清溪乡的生产、生活面貌的变化历程，最后以欢庆丰收结尾，展现了合作社与单干户之间、干部好坏作风之间以及敌我之间的种种矛盾和斗争。作为"十七年"文学的优秀作品，《山乡巨变》具有浓厚的时代风貌与政治色彩，被认为"把握时代精神，关注重大的现实社会题材，再现伟大变革的整体过程，塑造社会主义时期新人新事的英雄形象，这种史诗性理念是'十七年'文学创作的基本特色"①。也正是这种"史诗性理念"突出表现了《山乡巨变》丰富的美学内涵和巨大的历史价值。

《将军吟》发表于1979年，并于1982年荣获第一届茅盾文学奖。在小说结尾有这样一句话："一九七六年三月四日至六月二十六日冒死写于文家市。"②这句话告诉我们，作家完成这部作品时，中国仍处在"文化大革命"如火如荼的时代。可以说，莫应丰的小说是以其亲身经历为蓝本，是对"文化大革命"这一中国特殊历史的艺术记录。小说主要讲述了三位将军在"文化大革命"相同的历史时期不同的悲剧性命运。主人公彭其、陈镜泉、胡连生都是在抗战时期为国家出生入死的英雄，但是在"文化大革命"时期他们却被扣上了"反党"的帽子，在身体上、精神上遭到了不同程度的折磨与迫害。小说通过不同人物间的复杂关系、情感变化、心理矛盾，真实地反映了现实生活中极其复杂、尖锐的矛盾斗争，在叙说种种罪孽行径的同时也喊出了时代深处的痛楚，展现了人们在痛苦的挣扎中期盼着黑夜快快过去、美好生活早日到来的愿景。

从文学史看，《山乡巨变》属于"十七年"文学，《将军吟》则属于"伤痕"文学，由于时代风貌不同，使得这两种文学范式具有不同的表现特点。"'十七年'文学是指从1949年新中国成立到1966年'无产阶级文化大革命'运动开始这段时间里的中国文学历程。"③这一时期属于中华人民共和国成立初期，全国人民对于党及领袖非常崇敬，反映在文学作品上主要表现为三类题材：一是歌颂党和社会主义；二是回忆战争岁月；三是与帝国主义、资本主义、旧思想、旧观念作坚决斗争。这一时期文学作品的现实情境与高昂的

---

① 乔永为：《〈山乡巨变〉的"暴风骤雨"情节解析》，《牡丹江师范学院学报》2006年第6期。
② 莫应丰：《将军吟》，人民文学出版社1980年版，第622页。
③ 孟亚平：《"十七年"革命历史小说中激情现象研究》，硕士学位论文，南京师范大学，2006年，第2页。

革命热情相关联，作品的政治性凌驾于文学性之上。"'伤痕'文学主要是暴露'文化大革命'十年的灾难，揭露'文化大革命'的黑暗现实给党和国家造成危害、给人们心灵造成创伤的小说。"① 它"冲破了'四人帮'极'左'文艺的种种清规戒律，突破了一个个现实题材的禁区，提出了一系列重要的社会问题，遵循了现实主义的美学原则，'按照生活的本来面目描写生活'创作了中国当代文学史上第一批社会主义时期的悲剧"② 作品。

可见，由于时代背景不同，社会意识形态的变化以及作家现实主义审美方式、创作视角的不同，《山乡巨变》与《将军吟》分别表现出了现实主义不同时代的文学特色。如果从意识形态与叙事方法、审美方式与文化批判、创作视角与人物形象三个方面去审视，从中可以窥见湘楚文化境遇中现实主义的变化发展轨迹。

一 意识形态与叙事方法

《山乡巨变》描写的是中国20世纪50年代的"农村合作化"运动，《将军吟》描写的是十年"文化大革命"运动。由于历史背景和意识形态趋向的差异性，使得两部小说的叙事方式和视角显著不同，让两部作品呈现出了不同的表现特征。

20世纪50年代中期，新中国正处于积极开展"农村合作化"运动的历史浪潮之中，这一宏伟的社会实践是希望建立一个"理想的社会"，将分散的个体化小农经济改造成为集体化农业社，也因此，传统农村的生产、经营和组织状态发生了前所未有的巨大变化。虽然，这一巨变的结果并不如运动的发动者和参与者们所期望般的成功，甚至这场运动给农业、农村和农民带来了巨大的苦难，但不可否认的是，"农村合作化"运动依旧是新中国历史上值得记录的大事件。"农村合作化"运动作为社会主义革命的实践，社会主义和共产主义的意识形态话语在运动中起着基础性引导作用，在激情澎湃的时代，人们有着共同的理想追求，在崇拜领袖、拥护共产党、热爱劳动、积极向上方面表现出惊人的一致性。

---

① 曹志明：《中国新时期小说与日本战后文学》，《文艺评论》2005年第6期。
② 朱栋霖：《中国现代文学史：1917—1997》（下），高等教育出版社1999年版，第84页。

作为革命作家，周立波积极响应社会主义改造的号召，身体力行，投身到了社会主义农村建设的浪潮之中。1955年，他举家从北京迁回湖南益阳农村，帮助当地的农民办起了农村合作初级社，之后他以自己的亲身经历创作了长篇小说《山乡巨变》，从文学想象的层面再现了这场如火如荼的"农村合作化"运动。

与《山乡巨变》不同的是，《将军吟》讲述的是关于"文化大革命"运动的故事。从1966年5月至1976年10月，长达十年的"文化大革命"运动是中国现代史上最黑暗、最愚昧的一个时期。"现代迷信、极'左'路线、极'左'思潮在那么广阔的范围、那么长久的时期内，侵蚀和毁坏着一个民族的灵魂。"[1]"政治现实主义认为人性本恶，人有权力的欲望。"[2] 在对权力的争夺中，"文化大革命"运动最终演变成为某些人为了自身利益借机对他人进行无情批斗的局面，这段真实的历史在小说《将军吟》中得到了艺术的呈现。

莫应丰对《将军吟》的构思始于1972年，他目睹了"文化大革命"时期的各种荒唐与悲剧，内心忧愤，于是鼓足勇气，以万死不辞之心奋笔留下了这部正面再现"文化大革命"情境的优秀作品。在"文化大革命"时期，人们的日常生活小事都可以上升到关乎阶级立场的政治高度，政治意识形态渗透于人们日常生活的点点滴滴之中。全国人民都积极投身于防止资本主义复辟的阶级斗争与政治活动之中，要背诵"毛主席语录"，学习马克思主义，学习领袖"讲话精神"，人们的生活充满了各种宏大的政治话语和主题，人们普遍都自觉地将自己和国家紧密相连，个人的生活小事就是国家的政治大事，宏大斗争、宏大话语、宏大理想、宏大叙事构成了"文化大革命"时期社会主义意识形态的历史画面。身处这种历史语境，个体的人是敏感的、激进的、盲目的，也是脆弱的，那些被扣上"反革命"帽子的人们迎接他们的将是无止境的批斗与迫害。莫应丰和当时绝大多数的人一样，对"文化大革命"运动最初也虔诚和狂热，但不同的是他较快地从疑虑与迷茫之中清醒过来，站到了这一运动疯狂情绪的对立面，并感悟自身的经历和体验，对这段历史进行了冷静的记录和描述。

---

[1] 谢望新：《〈将军吟〉的再认识》，《当代作家评论》1984年第5期。
[2] Martin Griffiths, *Realism, Idealism and Internationa Politics*, New York: Routledge, 1992, p. 12.

在谈到《山乡巨变》的写作体会时，周立波曾说："人们可以感觉到，合作化是一个全国性的规模宏伟的运动，上自毛泽东同志，下至乡的党支部，各级党委，全国农民，都在领导和参加这个历史性的大变动。清溪乡的各个家庭，都被震动了，青年和壮年男女的喜和悲，恋爱和失恋，也或多或少地，直接或间接地和运动有关。新与旧，集体主义和私有制度的深刻尖锐但不流血的矛盾，就是贯穿全篇的一个中心的线索。"① 从这段文字可以发现，周立波的创作意识紧跟政治方向，是与革命思想、政治形势相结合的，他试图通过文学的艺术表现讲述和证明当前这场"农村合作化"运动的合理性与历史必然性。

"在叙事的过程中，周立波为了反映农民内部'不流血的矛盾'运用了一种喜剧性的叙事策略。"② 小说从老百姓的"家"展开叙述，力图通过对日常家庭伦理生活的展示，揭示出小说人物内心深处的隐秘世界，真实描绘出"农村合作化"运动种种激动人心的表现形态。"小说各章所拟的小题目，诸如'离婚'、'父子'、'一家'、'夫妻'、'张家'、'回心'等，都体现了作者从日常生活中去探讨家庭伦理、婚恋情感等问题，并发掘农村合作化运动对于人们心灵产生的巨大'震动'。"③ 在建社的过程中，周立波也着重描述了农民如何从个体小农经济的"小家"逐渐发展为农村合作社的"大家"，这一过程让我们看到，不但我国农村的经济关系和劳动力组合形式发生了深刻变化，他们的家庭、爱情、婚姻、道德、价值观乃至生产、生活方式都发生了翻天覆地的变化。

在叙事聚焦方面，《山乡巨变》"在以家庭为单位展开故事的过程中，作者周立波着重发现了清溪乡 10 个农户 30 多个人物在这场变革中的心理变化历程，他们如何以自己独特的个性方式告别旧的生活走进新时代，这是作者周立波更为关注的叙事焦点"④。小说中的人物"亭面糊"是最早

---

① 周立波：《关于〈山乡巨变〉答读者问》，李华盛等《周立波研究资料》，湖南人民出版社 1983 年版，第 383 页。
② 黄科安：《主流意识形态的建构与民间文化的改造——试论周立波〈山乡巨变〉的叙事策略》，《福建论坛》2009 年第 10 期。
③ 同上。
④ 汪东发：《〈三里湾〉〈创业史〉〈山乡巨变〉的叙事个性》，《湖南社会科学》2000 年第 3 期。

加入互助组的社员，面对新时代、新生活，他既充满期待又深感疑虑，作为一个还未充分觉悟的农民，他的思想深处始终离不开一个"私"字，听说山林要归公就准备上山伐木，听说财产要入社就赶忙卖竹子换钱，这都体现了他在投入新生活的过程中内心的不适应与慌乱。转型确实不容易，田里功夫了得的陈先晋牢记着先人"土地是根本"的遗言，内心抵触迟迟不肯入社，最后是在家人的劝说与干部们的帮助下才勉强同意入社，但在入社前却来到祖传的土地上泣别，可见他迈向新生活时内心的沉痛和艰难。小说人物身上这种微妙的心理变化无疑是现实生活人物真实状态的呈现，作者周立波在叙事的过程中并没有忽略这些人物的心理历程去塑造所谓的"高大全"形象，而是大量地发掘人物的内心世界，细致而又深刻地反映农民内部"不流血的矛盾"，运用喜剧性的叙事策略，将人物内心与大环境相结合，与政治意识形态相结合，在对立统一中叙述着人物性格的变化发展。

与《山乡巨变》不同的是，《将军吟》讲述的是"文化大革命"运动的故事，这使得故事本身涂抹上了悲剧色彩。在小说中，作者莫应丰采取了一种悲剧性的叙事方式，从中发掘人们在那特殊时期的情感波动与心灵震撼。小说的故事环境发生在广东空军一个兵团领导机关所在地，这里每天都在上演着各种荒唐、怪诞、悲伤的人生故事，从军内到军外，从士兵到领导，从地方到中央，各种矛盾、是非与斗争在这里汇集成了一股汹涌的旋涡。小说主要围绕三位将军展开故事：彭其、陈镜泉、胡连生，他们都是在抗日战争时期跟随着毛主席打江山的革命功臣，如今他们都已经是将近退休的老将军，照理他们应该受到人民的尊重、党的爱护和国家的关怀。但是"文化大革命"的动乱状态让他们深受其害，命如草芥，受尽了可怕的迫害与凌辱。作品的叙事开始于彭其司令员在一次军委公开会议上对吴法宪的批评，本来，批评与自我批评是我们党的优良传统，是组织生活的正常表现，但在特殊的历史时期就变得不正常了。小说的叙事"主要沿着两条矛盾线索而展开：一是以革命者内部彭其司令员为代表和以陈镜泉政委为代表的一组；二是以胡连生为代表和以反革命营垒内江醉章为代表的另一组。这两条矛盾线索互相交叉、互为作用，展示了动乱年代各种势力、派别、思想、意识的分化影响、互相制约的矛盾都连结在了一起"①。

在叙事过程中,《将军吟》和《山乡巨变》一样,主要着重于对各类人物心理的深入挖掘和细致表现,这也是现实主义文学作品叙事过程中的重要方法和手段。如《将军吟》对彭其司令员内心情感的描写真实而深刻,从前在战争中无论面对敌人多么顽固的堡垒他从来没有退缩与惧怕过,无论前方多么危险都无法阻挡他前进的步伐,可如今他眼见着自己的老战友胡连生被打倒受尽了冤屈与磨难,自己却无法去救护,甚至不能公开表达自己的愤慨之情,于是他的内心感受到了前所未有的疼痛与折磨。小说以彭其将军为代表,喊出了被侮辱、被曲解、被摧残的灵魂的心声。这种凸显悲剧效果的叙事方式,是对特殊历史情境中人性真实状态的揭示,是对现实生活的审美呈现。

由此可见,在现实主义作品中,社会意识形态对于作品本身的影响是深刻的。这两部作品所反映的真实生活深深烙上了不同时代意识形态的印记,而在不同的意识形态影响下作者所采用的叙事方式和叙事策略也是不同的,所以,作品中人物的性格、心理、命运都有所区别,最终也使得这两部同是现实主义的作品呈现出不同的历史韵味。

二 审美方式与文化批判

从上可知,意识形态的不同背景导致两位作家在创作中采用了不同的叙事方式和策略,从中可以发现不同时代现实主义表现方式的变化发展。此外,从文化批判的角度也可发现,作者审美方式的不同同样会影响现实主义表现特征的差异。

我们知道,文学是语言的艺术,是文化的重要表征。《山乡巨变》与《将军吟》这两部作品都体现了文学对于文化传统的关注,两位作者都是湖南人,两部小说的主人公也都是湖南人,无论是作者本人还是作品本身都深受湖湘文化传统的熏陶与感染。两部作品以不同的审美方式,讲述着不同时期的历史故事,对于文化传统的表现方式也各具特色。对《山乡巨变》来说,小说主要是从田园的美景、人们的日常生活琐事、劳动的场景和地区的方言特色

---

① 谢望新:《〈将军吟〉的再认识》,《当代作家评论》1984年第5期。

来呈现民族文化传统在现实人生中深层次的历史遗存,而《将军吟》则是从人物的个性、生活习惯、精神风貌等方面来显示人们灵魂深处民族文化精神的积淀。

《山乡巨变》虽然具有浓郁的政治意识形态性,但也处处体现了传统文人对于田园、生态、自然的农家生活的审美情趣,作者也以这样的审美方式展现了民间文化的特色:"小说把国家权力意识形态对乡村民间的改造与民间风情、人情的变化联系在一起,较为真实地表达了处于自在状态的农民在外部力量作用下的变化过程和表现形态,优美自然风光的诗意穿插,则增强了乡村民间的审美意蕴。"① 小说开篇就为读者描绘出了一幅自然美、人情美、乡情美的画面,在这里,河水清得发绿、清得可爱,鸬鹚在水面缓缓飞过,人们三五成群相互讲谈和笑闹等,这些美丽的情境都是作者对于老百姓美好新生活的勾勒,也体现了他对这片家乡土地的热爱。可以说,作者通过作品将原生态的民间场景、民间生活和民间话语进行了生动而直观的再现:

> 五口人围住一张四方矮桌子,桌上点起一盏没有罩子的煤油灯,中间生个汽炉子,煮一蒸钵白菜,清汤寡水,看不见一点油星子。炉子的四周,摆着一碗扑辣椒,一碗沤辣椒,一碗干炒辣椒粉子,还有一碗辣椒炒擦芋荷叶子。②

从描述中可以看到,小说对陈先晋一家的晚饭描写,既说明了湖南人爱吃辣椒的饮食习惯,从中也能让人深切感受到农民生活的艰难以及他们的生存智慧,以辣椒为佐料创新花样,使得平淡的晚餐也能体现出家庭的其乐融融,而这一简单的场景描写体现出了湖湘人民敢吃苦、敢创新的民族文化精神。同时,小说在"雨里"一章描写了人们雨中劳动的场景,也十分精彩:

> 在雨中,无论男女都背起蓑衣、戴上斗笠积极投入劳动生产中,汗水与雨水沿着人脸往下淌,人们劳动的声响盖过了大雨的声音。③

---

① 魏春秀:《〈山乡巨变〉中的民间文化解读》,《丝绸之路》2011年第12期。
② 周立波:《山乡巨变》,人民文学出版社2005年版,第110页。
③ 同上书,第256页。

作者在对这场劳动的描写中注入了自己对于劳苦农民的关怀与敬仰，农民们的淳朴、勤劳与热爱劳动的品质正是湖湘文化的根。小说将民族话语——益阳方言大量运用于具体的文本之中，在表现生活本身、民族特色的同时也开拓出了独特的民间审美空间。比如，王菊生的小名叫"菊咬筋"，"咬筋"在益阳方言中指那些将自己利益看得很重、难以沟通的人。

小说《将军吟》虽然写的是发生在南方某空军兵团的故事，但是小说的主人公彭其、陈镜泉、胡连生等都是土生土长的湖湘革命老战士，他们的身上也有着湖湘人的精神。在小说中也多处提及了与湖湘文化相关的内容，无论是主人公的性格特征还是生活习惯都透露着湖湘文化的点点滴滴。和《山乡巨变》一样，《将军吟》中也不乏对于饮食习惯的描写：

  圆餐桌上摆着四碟小菜，一碗汤。其中有一样是沤辣椒炒熏腊肉，这是彭其司令员最爱吃的家乡菜。沤红辣椒和烟熏腊肉在街上是买不到的，为了让厨师学会做，他亲自动手做给他看，告诉他红辣椒要怎样才能沤得既不过酸又不太咸，到冬天拿出来吃，仍像新鲜的一样。①

这是对于彭其司令员晚餐的描写，从中可以看出司令员对于家乡的热爱与思念。他骨子里流淌的是湖湘人的血，虽然远离家乡但是他并没有忘记家乡的生活习惯，这就是对于同"根"文化的认同。在公审大会上，胡连生在群众批斗的过程中依然顽抗到底、死不罢休，愤慨地喊出了内心不满，他的无所畏惧让在场的造反者感到震惊与害怕，甚至有那么一刻造反者竟怀疑起了自己的动机并产生了恻隐之心，这一场面的叙述把湖南人勇敢、倔强、坚韧、不怕死、霸得蛮的个性展现得淋漓尽致。胡连生一直以来都骄傲地称自己与彭其、陈镜泉是"浏阳共党"，他们的精神就如当年曾国藩所带领的湘军那样不怕死、不怕败，而这就是湖湘文化传统从古至今一脉相承的体现、记载与传承。

同时，《山乡巨变》与《将军吟》这两部作品在叙事的过程中都不同程度描述了民族文化中的糟粕成分，并对此进行了不同程度的批判。这两部作

---

① 莫应丰：《将军吟》，人民文学出版社1980年版，第117页。

品的创作时期一个是50年代,一个是70年代,当时的中华民族刚刚从历史性的巨变中恢复过来,人们目睹了封建思想意识给人们的心灵带来的深重苦难,于是改造民族灵魂的历史使命成了作家们的自觉意识。在这两部作品中,我们可以看到作家们在回溯历史、描写现实的同时积极地发掘了中华民族文化传统中的精华,同时又对其中的封建性糟粕进行了强有力的揭露与批判。

在《山乡巨变》中,书记李月辉为了戳穿菊咬筋的谎言就运用了民间的鬼魂迷信的方法,称他在山里看见了"大枫树的鬼魂",菊咬筋听了以后惊吓成疾,赶忙承认自己砍伐了枫树的事实。可见,民间的鬼魂思想依然根植于农民的日常生活之中,民族文化的无意识性根深蒂固。

在《将军吟》中,对于民族文化糟粕的揭示与批判显得更为激烈。为此,老革命胡连生跺着脚大骂江醉章,说:"毛主席也是一个人,不是个菩萨,你们如今把他当成菩萨来敬,早请示,晚汇报,像念经一样,这哪里是共产党!"[①] 从胡连生的话语中我们可以发现,在"文化大革命"运动中,偶像被高度神化,这种神化是几千年来残留在我们民族文化传统之中的糟粕在人们思想意识之中留下的深刻印记,小说对这种社会现实情境进行了深刻的揭示和批判。

可见,这两部现实主义作品虽然讲述的是不同时代的故事,但它们都同处在湘楚文化的境遇之中,作者所要赞扬的民族文化精神、所要揭示与批判的文化糟粕都在作品中得以展现。两位作家在现实主义文学的创作之中融入了自己对于家乡文化的关注与思考,在不同的时代氛围中将历史故事再现。两部作品再现的故事是不同的,对于文化的关注与批判的角度也略有区别,但两位作家对于家乡文化的推崇与热爱却是高度一致的。

三 创作视角与人物形象

在现实主义文学作品中,人物形象的塑造一直受到人们广泛的关注。人性是社会的根本属性,小说中人物形象的塑造从某种程度上展现了社会历史状况和时代风气,这一点,对于描绘生活本来面目的现实主义创作来说,人物形象塑造显得尤为重要。《山乡巨变》与《将军吟》这两部作品对于人物

---

① 莫应丰:《将军吟》,人民文学出版社1980年版,第105页。

的描写各具特色，两位作者分别以不同的创作视角塑造了不同时代背景下极具代表性的典型人物形象，从这两部作品创作视角的变化中，能够发现中华人民共和国成立后湖湘现实主义变化发展的基本轨迹。

两部小说对于正面人物的刻画采用了不同的方式。《山乡巨变》中的正面人物，如邓秀梅、刘雨生，他们都是近乎完美的人物，相比现实生活，周立波对于这些年轻干部形象的塑造都有一定的夸大与美化。邓秀梅与刘雨生在性格上没有缺陷，他们善良、勤劳、敬业，都是先进的干部，对于合作化都做出了很大的贡献，没犯过什么错误。"周立波自己说过之所以能写活'亭面糊'这一形象，是因为他曾经天天与其原型在一起观察闲聊。反之，我们不难发现'文学创作源于生活'，也可推断出周立波笔下'正面人物'夸大化的原因是人物性格塑造的不深入与创作环境的限制。所以说，在周立波的笔下这方面人物的夸大化让我们觉得具有'伪特征性'的嫌疑。"[①] "伪特征"的原因可以归于作者对这部小说的人物塑造大多是为了符合当时的"时代精神"，才会出现像邓秀梅和刘雨生这样"高大全"的人物形象。可见，作者周立波在塑造《山乡巨变》中的正面人物时采用了较为单一的创作视角，使得人物的形象过于简单。

与《山乡巨变》不同的是，莫应丰在创作《将军吟》中的正面人物形象时采用了多变的创作视角。在思想禁锢、风雨如晦的时代，他敢于呈现特殊环境中的真实人性，敢于突破创作环境的限制，所以，即使是正面人物，在他的笔下也有着许多人性的弱点。如司令员彭其，他具有高尚的人格魅力，他的一生是紧跟毛主席革命的一生，对革命事业赤胆忠心，无疑，他是一个受人崇敬的人，但是他却并不是一个完美的人，在面对老战友胡连生被诬陷与批斗时，想上前制止又难以行动的复杂心情呈现了他人性中软弱的一面。这些描写虽然显现出了彭其并不是一个完美的人物形象，却突出了这个人物的真实性，也使得彭其的人物性格得到加强与深化。"过去的一些文学作品中的领导人物都是一贯正确，发指示、作报告，句句打中要害，字字解决问题。而莫应丰却没有依照这样的模式描绘将军的标准像，而是从生活出发刻画活

---

① 宋杨：《〈山乡巨变〉人物形象塑造伪特征》，《学术探讨》2010年第11期。

生生的彭其。他有成败得失，喜怒哀乐，是个有鲜明个性的典型形象。"[1] 彭其这一典型人物的身上有着老一辈革命家的高尚品质，同时又有着自身性格的弱点，他并不是一个完美的人，而作者也并没有想要把他塑造成为完美的人，因为我们生活中的真实人物从来都不可能是某种抽象的人，所以作者想要塑造的是一个真实的人物，而不是一个抽象的红色将军。

可见，在正面人物塑造方面，两位作家的表现风格是有差异的，除此之外，在反面人物塑造方面，两部小说也展现了不同的风格。

《山乡巨变》中的反面人物众多，如单干户的坚守者菊咬筋、落后干部谢庆元、反革命分子龚子元，对于这些反面人物，周立波用漫画式的创作方式让他的人物一一出场。在写到这些反面人物被劝说加入农村合作社时，重点突出了他们缺乏劳动积极性、随大流、有名无实、犹豫不决的精神状态。谢庆元虽然加入了合作组却身在曹营心在汉，思想顽固且落后；而反革命分子龚子元混迹在人民群众之中，为非作歹最终被揭穿。周立波对这些反面人物的描写运用了反讽的修辞方法，与正面人物的高大形象形成鲜明的对比。

而在《将军吟》中，对反面人物的描写采用的是批判式的创作视角，并且用"恶有恶报"的叙事语式完成了对人物形象的结构。如林彪反党集团的代理人江醉章，他鼓吹"文化大革命"运动的理论，表面上积极投身于革命而实际上是为了自己的私欲。他善于施展阴谋、玩弄权术，糊弄了一大批人，他的野心是巨大的，心灵是邪恶的，小说对其进行了立场坚定的批判和否定。又如，邬中与刘絮云夫妇，他们为了自保，为了爬向更高的位置，甘心被江醉章利用，一次次出卖上级领导彭其司令，残忍地策划怎样整垮三位将军的阴谋。这些反面人物的身上有着人性最残忍、最无情、最可悲的一面，莫应丰将其赤裸裸地展现出来，对丑恶的人性进行了严正的控诉。

可见，对于正面与反面人物的塑造，两位作家的创作视角和审美意识是不同的，相比而言，《山乡巨变》人物形象塑造的视角较为单一，人物形象立体感不够；而在《将军吟》中，人物形象的叙述视角较为多变，人物形象显得较为丰满可感，这种视角的差别体现了不同时代两部现实主义作品审美趋向上的差异性。

---

[1] 黎之：《致莫应丰同志——谈〈将军吟〉中彭其的形象》，《读书》1982 年第 2 期。

综上，中华人民共和国成立以来，现实主义文学一直占据主体地位，现实主义文学作品一直以来都以深刻描写现实生活中的人、真实揭示生活中的矛盾、鲜明再现历史中的真实情境为广大读者认可与喜爱。就《山乡巨变》和《将军吟》来说，从意识形态与叙事方法、审美方式与文化批判、创作视角与形象塑造这三个方面进行考察，对两部作品所呈现的社会意识、文化传统、人物形象、创作方式等进行深入分析，可以从中发现湖湘文化境遇中现实主义的变化发展轨迹。无疑，不同的社会意识形态影响着作者采用不同的叙事策略，不同的审美方式使得作者对于文化批判的态度不同，不同的创作视角也使得两部小说的人物形象各具特色，通过两位作家不同的创作、不同的思考、不同的展现，使得作品呈现出了各自的历史真实与文化内涵，虽同是现实主义文学作品却各自绽放出不同的光芒。

第二节 矿山人的真实人生：谭谈创作对现实主义的坚守

谭谈的小说关注底层矿工的生活状态，其中，甘于奉献的矿工和大胆追求爱情的新时代年轻人成为小说着力描写的对象。总览谭谈小说创作，人物形象丰富多彩、栩栩如生，有的工笔重彩，有的写意简练，有的蜻蜓点水，有的一笔带过，呈现了独特的现实主义艺术表现特色。

一 传统美德典型形象的塑造

在谭谈的小说中，女性形象比较丰富的有《山道弯弯》《你留下一支什么歌》《山影》《月亮溪》等数十篇，其中既有出身于农村的家庭妇女，或从农村走进煤矿的年轻女性，也有在煤矿工作和自主创业的独立女性，她们身份不同、性格迥异，人生遭际也各有不同。

考察谭谈20世纪80年代的小说，可以发现，作家并不热衷于追随时代变化改变创作题材或写法，而是始终坚持自己的写作立场和表现方式，将自己的笔触放在偏僻的农村，与城市的喧嚣与浮躁相比，遥远和贫穷的乡村遍地充溢着淳朴的风俗和人情。从读者来看，了解谭谈一般是从《山道弯弯》开始的，这部中篇小说是谭谈创作生涯的一个里程碑，作品在20世纪80年代曾产生过广泛影响，出现过火爆的"山道弯弯"现象，许多艺术表现形式如电影、京剧、歌剧、花鼓戏、电视剧等都与这篇小说合作过。谈到这部小说为什么能在短时间内风靡全国时，谭谈曾说："是因为在全国一片'反思文学'氛围的笼罩下，这部小说像一股清风吹来，它所宣扬的中国传统美德也是'文化大革命'后社会正需要的。"[①] 虽说如此，更主要的原因无疑是作家坚持独立创作、真实抒发情怀，以作品无尽的魅力撩动了读者心弦的结果。

《山道弯弯》成功刻画了金竹这个山村妇女形象，这是作家对当时农村妇女的思想世界、生活方式进行详细考察之后提炼而成的结果，是从伦理关系、家庭生活等角度细致入微地刻画出的一位具有中华民族传统美德的代表性人物。作者开篇便写道："这是一张二十七、八岁的少妇的脸，秀丽、端庄。一弯柳叶眉，衬托着一双丹凤眼。阳光，赠给她一脸油黑的健康肤色。"[②] 无疑，这一形象在脑海中呈现的就是一个传统女性的形象，作者不仅用浑然天成的溪水、晚风和青翠的山峦，烘托出金竹的清秀和朴实，还采用衬托、拟人等手法，生动地刻画了金竹的外貌神态以及她身上蕴藏的中国传统女性的主要优点，如勤劳节俭、勇于奉献、舍己为人、贤良淑德等。对于金竹来说，开始和大猛建立小家庭的生活是甜蜜的，虽然艰苦，但她却愿意毫无保留地与所爱之人同甘共苦。在婆婆生病时，金竹孑然一身来到这个家中，包揽了全部的家务，和大猛一起肩负起了孝敬公公婆婆的责任。尽管"五年间接连不断的不顺心的事向她压来，但她尽到了做儿媳、做妻子、做母亲、做嫂嫂的责任。五年的生活虽然清苦，但夫妻间却是恩爱的，婆媳、叔嫂间却是和睦的"[③]。在大猛遭遇矿难不幸去世后，作为嫂嫂，金竹觉得不能光盘算着自己如何过得好，更要尽到做嫂嫂的责任。所以，为了让凤月及其家人看得起二猛，金竹果断地将本属于自己的顶职机会让出，也期望此举能令二猛的婚恋

---

① 田芳：《〈山道弯弯〉吹来文坛清风》，《长沙晚报》2011年7月1日第20版。
② 谭谈：《山道弯弯》，湖南人民出版社1983年版，第3页。
③ 同上书，第28页。

大事进展顺利。小说不仅从人际伦理和内心世界的角度，描绘了金竹这样一个具有先人后己、舍己为人传统美德的好儿媳、好妻子、好妈妈、好嫂子的人物形象，并反复通过"田螺"这一物象所指代的民间故事人物原型"田螺姑娘"来与金竹的品性遥相呼应。每当生活犯难时，金竹就会掏出这个奶奶送给她的"田螺"，小说写道："是的，金竹小时候，常常和奶奶坐在屋前的竹丛下，听奶奶讲许多古老的故事。她是踏着这山间古老的石板路长大的，是听着'田螺姑娘'那样的故事长大的。老奶奶的、我们民族的、传统的道德美熏陶着她。她慢慢地懂得，人不能只为了自己，活在这个世界上，就要尽一份责任。对父母，要尽到子女的责任；对丈夫，要尽到妻子的责任；对弟妹，要尽到兄嫂的责任。她是遵循着这么一条老奶奶传授给她的、自己认定的道德准则，到这个家庭里来的。"①

可以看出，民间故事中神奇而淳朴的田螺姑娘那舍己为人的美德和孝悌之情的传统，在老奶奶的故事里得到了传颂。"她是遵循着这么一条老奶奶传授给她的、自己认定的道德准则，到这个家庭里来的。"这看似简单寻常的一句，它隐喻的是金竹这位普通女性，其行为方式并非圣人之言或文明之书的教导，而是传统文化、民间故事教育的结果，是祖母甚至是世代农村女性身份的传承。在农村这个大环境中，顺从规矩、隐忍坚韧是农村女性最重要的特质之一，这一认知观念以自然而然的方式传递着，而金竹正是这大环境下熏陶出来的典型代表。不仅如此，"自己认定的道德准则"一句，还暗示金竹在遵循传统美德的同时，并没有完全盲从，而是形成了个人的是非观，是一个有思想、有主见、具有独立人格的新时代女性。

《山女》中的雪妹和柳春也都是这样具有传统美德的农村女性。尽管家庭条件极为普通，但她们却都毫无怨言，骨子里所遵循的依旧是对某种传统文化的依附：把自己定位为贤妻良母，以"一家人和睦相处，婆媳间感情融洽"为生活重心。这种依附，更多的是表现在生活方式上，尤其是在家庭角色和婚恋观上，她们都有着十分强烈的家庭意识和家庭责任感。如阿四死后，为了雪妹的终身幸福，柳春积极地为雪妹物色伴侣，去支持、帮助她寻找自己的幸福；柳春不幸丧生后，雪妹为了照顾河娃和两个孩子的生活起居，自觉

---

① 谭谈：《山道弯弯》，湖南人民出版社1983年版，第35页。

放弃了自己下半生的幸福，主动肩负起家庭重担，希望能帮助河娃开启新的生活，等等。站在传统文化观念的立场上来看，她们无疑都是传统美德的承载者。

《月亮溪》里的惠萍和母亲张碧兰、《山雾散去》里的山嫂、《美仙湾》里的晓仙等也是传统美德的典型代表，作者或是在道德沦丧的环境中展现她们所具有的人情人性美，或是通过女性命运的跌宕起伏来抒写生活无奈的悲凉美。因此，谭谈在自己的作品中十分重视描绘女性的传统美德，对这些不完全是以男性为主体的贤妻良母式女性形象给予了高度的赞扬与充分的肯定，这些女性形象对于维系家庭、社会和谐与稳定，都具有极其重要的意义。

爱情故事几乎遍及谭谈的每部小说，而女性形象又往往成为爱情的主角，这些女性具有巾帼不让须眉的胆气，她们敢于冲破传统道德的束缚，在追求爱情时充分展现了她们的勇气、智慧和决心。

在小说《你留下一支什么歌》中，作为部队青年军官的姐夫给女主人公石磊介绍了一个大学生对象，他分配到矿上一年后就评上了助理工程师，如此优秀"条件"的李全明深得石磊父母喜爱。可石磊却偏偏喜欢复员矿工章小兵，为此石磊和父母、姐夫、李全明作出了坚决的抗争。从石磊与李全明的一段对话中，便可展现石磊（叙述人"我"）追求自由恋爱的新思想：

"我问你：你爱我吗？"我避而不答，陡然问他。

"爱！爱！"

"爱我什么呢？"

他一下愣住了，目光直直地望着我。足有半分钟之久，才含糊地说道："你什么都好，你的什么，我都爱。"

"从什么时候开始爱的呢？"

"不快两年了吗？"

"一见面就爱上了？"

"不，没见面就爱上了。"

"是吗？"

"你姐夫向我介绍你情况后，我就喜欢上了。我的家是农村的，经济条件很差。你们家都有工作，家庭经济条件很好。姐夫又是矿里的要害人物，管干部的，听说，还可能提升为副书记……"

"就这些?"

"不，远不只是这些，还有……"

我的心像猛然被人捅了一刀似的，全身不禁颤抖起来。①

石磊和李全明的对话，看似简单平常，实则令人震惊深思。李全明企图以"爱情"为纽带，来追求"经济条件"和"可能提升"的社会地位，严格来讲这并不是爱情，而是一种"投机"，是一种买卖婚姻。可悲的是，身为大学生的李全明不以为耻，反以为幸。所以，"我的心像猛然被人捅了一刀似的，全身不禁颤抖起来"，于是她对李全明说：

> 你刚才不是问我，我对你有什么意见吗?现在我告诉你，从同志之间，从工人和工程师之间的关系上说，我的确对你没有什么意见。你是一个称职的助理工程师。我们将来一定是一对很好的同志。如果要从妻子和丈夫的关系上说，我们将来不一定是很好的夫妻。一个不被妻子所爱的人，我想他自己也是不会幸福的。我们为什么不做一对很好的同志，而要勉强做一对不幸福的夫妻呢?②

这是石磊为追求真爱而发出的真知灼见，通过与不懂爱情为何物、充满铜臭气味且趋炎附势的李全明对比，塑造了一个大胆追求爱情的"颇有几分胆量，颇有几分豪爽气"的女性形象。石磊对于自由自在、不受束缚、淡化名利型爱情的追求，一方面是吸取了姐姐"条件婚姻"的血泪教训，另一方面是受新时代自由婚恋教育影响的结果。

在小说《山道弯弯》中，作家不仅塑造出了一个具有传统美德和心灵善良的金竹，更展现了她在关键时刻对待重要人生问题时的果敢和坚定。当二猛的婚恋之路屡次受挫时，金竹主动提出与其结合组建家庭，为了自己心爱的家人而不顾世俗的眼光。《山女》中的柳春，也是一个具有"社会主义新思想的新女性"，她鼓励寡母不能把自己的心"套在封建的枷锁上。她应该有她

---

① 谭谈：《你留下一支什么歌》，湖南人民出版社1985年版，第255页。
② 同上书，第256页。

的幸福，自己应该支持她、帮助她去获得这种幸福"，"胆子就是要大一点。有些事，你胆大一点，就突破了，就成功了，就获得了你想获得的东西了。胆子小了，常常错过机会，变成终生遗憾"①，并理直气壮地开导雪妹去勇敢追求自己的幸福。

一个作家总是能通过其文学作品中的人物，来折射出他对社会的关注视角。而人物形象的塑造，则能体现作家的价值观与情感意向。因此，从"大胆追求爱情的新思想者"这类源于生活而又高于生活的文学形象中，我们可以看到作者自始至终遵循着现实主义创作原则，敢于直面现实，在给人以鼓舞、力量、警觉和思索的同时，批判买卖婚姻，倡导自由婚恋，号召广大青年去大胆追求真爱。

同时，谭谈的小说还塑造了一批泼辣热心的"坏"女性干部。"泼辣"一词，在《古代汉语大词典》（上海辞书出版社，2000年）中的释义为"凶悍不讲道理"，当然这只是对"泼辣"一词的字面解释，在作家的笔下，泼辣与感性鲜活的女性结合，展示出了女性冲破规范、强悍独立、力争自由的特性，女性在重礼仪、讲义气、尚豪侠、贵质朴等特性外，也富有粗疏、剽悍、鲁莽的一面。在生活中，"泼辣"的女性也许让人心生不快，却仍引发别人的关注、喜爱。有时，辛辣的言辞如尖刀一般刺入人的内心，却让人精神舒爽。谭谈小说中不乏这种泼辣热心、具有强悍生命力的女性形象。

"泼辣"女性的表现特征之一便是心直口快、无所顾忌，爽朗地将自己的想法和盘托出。在《山雾散去》中，因为嘴辣的缘故，"人们便称她这个没有吃过辣椒的"同时又"担任着矿务局机关家属革命领导小组组长"的北方乡村女子为"辣嫂"了。当发现食堂门口的弃婴时，辣嫂便"呼呀着：'哪一位，行行好，把她认了吧！'"当没有人愿意带时，她又抱着孩子找到当时矿务局最高权力机构大联委，"尖着嗓子嚷叫开了：'快出来哟！给你们送孩子来了！'"机关里的人一个个不敢出面时，"辣嫂大步闯了进去，就将孩子往一个高个子怀里塞"，并"瞪着眼睛嚷道"："勒令嘛！""让走资派带嘛！"其咄咄逼人的言辞与神色无不彰显出辣嫂泼辣锐利的口才和能干劲头。但这位"辣婆娘"嘴辣心却不辣，她让作为头号走资派的原矿务局党委书记郑原带这

---

① 谭谈：《山女》，甘肃人民出版社1984年版，第125页。

个没满月的娃儿，实际上是出于让年长的郑原能摆脱扫马路、扫厕所的重活，并在年老后能有个女儿陪伴的周到考虑。在"勒令"郑原带孩子后，辣嫂隔三岔五来照看孩子，给孩子送尿布、暖瓶、牛奶等物品，并凭借自己的嘴尖口辣让大联委免除了郑原上台被批判充当活靶子以及扫马路、扫厕所的任务，后来又热心张罗，帮郑原请了一个奶妈来照顾孩子和郑原的生活起居。可见，在辣嫂热情主动、心直口快的表象之下，隐藏的是帮助他人、改善现状的良苦用心，让读者因其语言泼辣而发笑的同时，又为其内心的善良所感动，甚至折服。

另一个泼辣热心的女性典型形象就是小说《山影》中的煤矿工会副主席赵敏。她"矮矮胖胖的身材，很会讲话，为人和善、热情"，先是"信心十足"十分热心地为脸部被烧伤的矿工劳模乡哥出主意，"到那些偏僻、贫穷的山村"去为乡哥找老婆，解决他的婚姻大事。接着，为了劝说山妹嫁给乡哥，又是游说山妹母女，"大九九，小九九，倒出了几箩筐"，又是带领山妹去矿上玩，成功说服山妹进入了矿山。后来，作为"一位出色的做群众工作的干部"，她又发挥自己的三寸不烂之舌，用自己的亲身经历来规劝山妹要收拢心思和乡哥尽快圆房，不要野想着和林玉生的恋情了。在这位拥有锋利口才以及无论何时都满面春风、笑意盈盈的赵大姐面前，任何人都只能落荒而逃。赵敏带着一股泼辣无畏的劲儿对矿上大大小小的事情进行调解，可谓是"一位出色的做群众工作的干部"。小说中的山妹妈也是"一个强悍的女人，她豪爽、仗义而又泼辣、精明"，丧夫后，硬是凭着自己的一双手，把这个家撑起来了，把四个孩子拉扯大了。在山妹面对乡哥是嫁还是不嫁的问题上，山妹妈说"主意全由你自己拿。娘不逼你"，"娘可是有言在先，你要把主意拿稳，不要到后头又来反悔。这是一辈子的大事，不能要猴把戏"，充分展现了一个单身母亲泼辣果敢的刚毅气质。后来，在山妹决定嫁给乡哥但又有思想包袱的时候，山妹妈又说道："依我看，这伢子老实，靠得住。脸皮儿烧坏了，丑一点，这虽然不是好事，但也不碍大事。我们山里人，就像伢子不要去寻花瓶妹子一样，妹子也不要去寻花瓶子伢子。"其理性的思想与非凡的胆识，实则超越了一般农村妇女。

总之，辣嫂、赵大姐、山妹妈这三个处于不同环境中的典型"泼辣"女性，她们的形象既有历史传承性又有文化差异性。她们泼辣强悍、追求话语权，有着男性气质，但同时又热心助人，想人之所想，急人之所急，赋予了作品特别的感染力。

除了女性形象，谭谈对小说中的男性形象，也从外在的社会身份、背景、地位到内在的性格心理都进行了比较广泛的展现，其身份既有区长、矿务局党委书记、部队的师政委，又有普通矿工、军人、农民等，遍布社会的各个阶层，其中以矿工和老干部较为典型。

谭谈写矿区的小说很多，几乎占据他全部作品的一半，他在矿区生活了十年，与煤矿的不解之缘使他成了煤矿世界的表达者。在煤矿当过矿工又走出了矿山的谭谈，不仅对矿区生活非常熟悉，也十分了解矿工们的感情，并对自己所应履行的社会职责，有了明确而清醒的认识，因此，他怀着对普通矿工的深切同情和怜悯，塑造出一个个甘于奉献、勤劳善良的矿工形象，他们其实也是传统美德的承载者，透过他们，既为社会大众深入了解矿工打开了一扇窗，又为深邃的矿道点亮了一盏灯。

中篇小说《山道弯弯》着力叙写了老实憨厚、任劳任怨的矿工兄弟大猛、二猛。诚实、勤快、敬业的矿工大猛因为矿难事故，"为祖国的煤炭事业光荣献身了"！二猛呢，"他也是矿工，在社办小煤窑里当挑夫。这些社办小煤窑，还是原始的开采方法。煤，全靠一根弯扁担挑出来。他年方二十五，身材高大，壮实。但，三年的小煤窑的挑夫活计，却使他的背微微有点驼了"。可见，二猛跟他哥哥一样，是一名做事踏实可靠、甘于为国家煤炭事业无私奉献的年轻底层矿工。在哥哥因煤矿中天然存在的不安全因素而因公殉职后，他又毅然顶职进了煤矿，当上了一名电机车司机。后来，"矿上开大会动员，号召干辅助工种的同志，充实到井下采掘一线去"，二猛又主动报了名，迫于自己成家立业的压力和对嫂子侄女的家庭责任，他不畏矿井工作的艰辛与生存、工作环境的难以忍受，积极要求下井当采煤工人，延续哥哥未完成的事业。由此，二猛那甘于为煤矿、为国家无私奉献的高大形象跃然纸上，同时展现出一位农村青壮年想通过自身劳动改善家庭物质生活条件的迫切心理。可见，《山道弯弯》可谓是一曲抒写矿工美好人性的赞歌，它从心灵深处勾勒出了普通矿工质朴淳厚的高尚情操和简单美好的生活愿景。

中篇小说《你留下一支什么歌》中的章小兵，是从炮兵部队复员回矿山的一名普通电焊工，他从刚进矿时的什么都不会，到在师傅的鼓励与严格要求下努力学习焊接技术，"大颗大颗的汗珠，爬满了章小兵的面颊。他又起身调了调电流，再一次将焊条伸向铁板。自然，还是不顺手。天底下条条蛇咬人。要学会一门技术都不那么容易呵！这时，只见他那宽大的额头上，一滴一滴的汗珠落下来。掉在铁板上，湿了很大一个印子。……也许是艰苦的部队生活赋予了他一副刚强的性格吧，他没有住手。一次又一次地调电流，一次又一次地把焊条伸向铁板，坚持在铁板上写着'一'字"①。直至后来，他作为二工区唯一的焊工代表参加"金鹿峰矿务局青工技术比赛大会"，并夺得了全局青年焊工比赛的第一名。至此，作者展现了一位生活中不善计较、憨厚率真，工作中敢于攻坚克难、劳苦敬业的青年矿工形象。

《山影》中的乡哥更是一名态度忠诚、尽职尽责的底层矿工典型。"个子高大、壮实，一身是劲儿"的乡哥，"是一个标准的矿工"。他"十年前，进了那座远近闻名的煤矿。进矿头一年，就当上了劳动模范"。"十年里，三千六百多天，他没有请过一天事假、病假、伤假，月月满勤，年年满勤。十个春节，他都是在井下，在'突突'的风钻声中度过的。"现如今，这位"进矿十年，当了九年劳动模范"的"几好的矿工"，又因为矿井里起火，他去灭火而把整个脸盘烧坏了。谭谈在因公负伤的情境中成功塑造了乡哥这位养家目的明确、极具负重力和牺牲精神的劳模矿工形象。谭谈曾深情地写道："一种对矿工的敬慕心情，强烈地冲击着我的心。我想写这些普普通通的矿工，写这些把爱情献给矿工的平平常常的女人。这时候，一些平日里认为很平常的普通矿工和他们的妻子，骤然间变了，就像一块黑不溜秋的煤块，陡地投进了炉膛，吐出了腾腾的烈焰。他们的心灵，在我眼前闪起光来。"②谭谈正是怀着这种对矿工的真挚热爱、切身理解和庄严的敬重之情塑造出了一个个有血有肉、生动感人的艺术形象，这些普普通通的矿工和他们的妻子一起，在传统美德的光环下，于谭谈的笔尖或直接或间接地闪现出了思想美、行为美、心灵美、道德美的人性光辉。

---

① 谭谈：《你留下一支什么歌》，湖南人民出版社1985年版，第207页。
② 谭谈：《我走过的弯弯山道》，湖北人民出版社1987年版，第3页。

老一辈的矿山干部，身上有着老一代的传统道德观念，有着逝去时代的烙印，他们和那些泼辣热心的女干部们身上所释放的气息却温馨得让人缅怀，闪耀在他们身上纯真善良的人性美与当代官场小说中那些利欲熏心、工于心计的人物形象形成鲜明对比。

《山雾散去》中的郑原，曾"是统帅这个四万矿工的矿务局党委第一书记"。在职的时候，他"高烧到三十九度五"还坚持带病工作，刚开车把他从医院里接回来他就上台去做报告了，因为生病没吃早饭，他也坚持要上台来做报告。可就是这么一位品格高尚、亲民爱民的好干部，"现在，靠边了。白天，他的任务是扫厕所，扫马路，清水沟。晚上或其他时间，一逢召开这样那样的批判大会，他便戴上那特制的帽子，列队上台，充当'活靶子'"，并被称作"头号走资派"。但即便如此，郑原那种坚强隐忍、原则性强的行为与性格却让人钦佩，他毫无怨言地依然坚守在金鹿峰矿区，做着组织安排给自己的事或者其他一些体罚性劳动。这位"举止深沉、老练，态度温和、严谨，平日很少言语，仍然不失领导者的气度"[1]的老干部，直至"四人帮"被粉碎，官复原职担任矿区第一书记，他也还是老实厚道、善良仁慈地做着自己该做的事，任劳任怨地为矿区付出着。作家在精心塑造这样一位老干部的艺术形象时，不倾力描写他在政治生活中的显赫地位、叱咤风云和在权力更迭中的哀乐悲欢，而是用细腻冷峭的笔触描写他日常的工作生活、人生际遇、思想轨迹、情感流程，把他还原成有血有肉的普通人，以此显示他的情操格调、苦恼欢欣与思考追求，来拉近和群众之间的距离。

中篇小说《碑》中的江晓峰，原是管辖犁河湾一带并在这里指导土地改革工作的八区区长，现如今是"村里的新公民、离休老干部"。当年，江区长十分热心本区的教育事业，将地主庄园开办成了一所翻身小学，一心一意为村民及其后代谋发展，深得大家的拥护和爱戴。可就是这样一所好不容易凑齐人力物力建起来，给村里的孩子们传授文化知识的学校，在"大跃进"期间却被要求拆掉而建一座炼铁厂。当村里派人去给时任县长的江晓峰送信，希望他能出面保全这所学校时，这位学校的创办人却迟迟不肯露面，送出去的信也不见回音。时隔多年，这位离休老干部带着一直以来的负罪感，用沉

---

[1] 谭谈：《罪过》，湖南文艺出版社1987年版，第195页。

痛而嘶哑的嗓音道出了真相：1958年，正是自己，这位大家敬仰的好干部批准公社把这所学校拆掉办炼铁厂的。他还坦诚地告诉大家：

> 李水云老师的报告，我收到了没有？侯新后来写给我的信我接到了没有？接到了，都接到了！我为什么没有给你们回信？这个答案李水云老师当年就说出来了：是我的脑袋发了昏！还有一条，当年李水云老师没有说出来，那就是我想保自己头上的乌纱帽，看重自己那个名儿，担心自己身败名裂！那时候，我们共产党内，头脑发昏的人，或者说，想保乌纱帽的人，不止我一个。上面有，下面也有。所以，我们办了不少错事，办了不少蠢事！①

所以，江晓峰背负着这种罪恶感离休后，又回到了犁河湾，捐出自己一生的积蓄，来重建翻身小学。谭谈以疏淡有致的笔触，层次分明地表现了江晓峰由膨胀、迷惘、愧疚到终于清醒的思想发展与认识深化的过程，显示出了一位老干部因无法抗拒的外在原因，只能随着时代的变迁而逐渐吐露自己心声的无奈经历。以此将人物的坚强隐忍、复杂思绪以及默默背负的经历进行了生动表现。

此外，在《听到故事之前》《美仙湾》《那一个秋天》《落雨天》等作品中，也都不乏诸如此类坚强隐忍的老干部形象。无论是青年时代，还是步入中年，谭谈总是依据自己具体的人生经历，从生活中汲取最富有时代气息的写作素材。他抓住当代中国"政治"与"革命"的基点，紧扣时代脉搏进行文学创作，并以此来映射出国家的政治风云变幻和民族的命运遭遇。

同时，谭谈还对生活在矿山周围的世俗男性进行了刻画，他们或者是没有子承父业且又看不起矿井工人的矿工之子，或者是善于算计、明哲保身的自私村民，等等。他们往往游离于矿山之外，也未能亲身参与煤矿工作的各个环节，但因地理位置之便，始终关注着矿工们的工作及生活中的大小信息，并以此作为自己待人处世的依据。

《留给妈妈的思考》中的小雨，是一名在校大学生，同时也是一名矿工之

---

① 谭谈：《你留下一支什么歌》，湖南人民出版社1985年版，第419页。

子。父亲是分管全局机电设备的副总工程师,是矿务局的机电技术权威,母亲是矿务局矿工报社的校对员,哥哥小雷是一名井下矿工。就是在这样一个矿工家庭出生的大学生小雨,在哥哥小雷两次高考落榜后,不仅不安慰、鼓励哥哥,反倒"邀来一些没有考上大学的同学,津津乐道地大谈大学里的见闻,不时炫耀自己的聪明和才学"。那时小雷正在复习功课准备迎接来年的高考,希望小雨能营造一个安静的环境供自己学习,小雨竟然冷嘲热讽地对哥哥说道:

"我怎么啦?我不用功,但我是大学生了。你考不上大学,去考井下工吧!"

"井下工怎么啦,低人一等?"

"不'低人'你就去报名呗!现在矿里不正在招收井下工吗?"[1]

就这样,小雷当真去报名当了一名井下工人。下矿后,他却并没有放松学习,而是"暗暗地选定了自己的志向,下着苦功夫",并评上了全局的劳动模范。而小雨却因为放松学习、多科成绩不及格、做事我行我素而被学校除名了。谭谈刻画出小雨这样一个人物形象,一方面是在为底层矿工正名,为他们鸣不平,另一方面在小雷和小雨这对兄弟的留守与出走煤矿之间,尖锐而又真实地指出了部分社会人士对矿井工人这一职业的看法,指出了城乡二元对立的社会现象。

中篇小说《山道弯弯》中的秃二叔,他"身材矮小。心里鬼点子蛮多。有人背地里唤他'鬼二叔'"。他是谭谈塑造的一位生活在矿山周边的善于算计、明哲保身的自私村民形象。在"猛听到大猛的死讯后,对煤矿有关劳保政策略知一二的秃二叔,窜到了凤月的家",他鼓动二猛代替金竹去煤矿顶职,还说道:

人都说,是亲三分向哩。你是我侄子,金竹以后是我什么?就很难说了。你想想,一个二十多岁的小寡妇,入了矿,吃上了国家粮,当上

---

[1] 谭谈:《罪过》,湖南文艺出版社1987年版,第41页。

了工人,每月拿上几十元票子,那不很快成了人家怀里的人呀!你可莫傻哟,自己成了国家工人,凤月还不追着你的屁股来呀!唉,我这个做叔叔的看着你二十五、六,还打单身,心里也不自在……①

秃二叔在为自己的侄女凤月和远房侄子二猛盘算幸福生活时,却从未考虑过金竹的感受与未来,赤裸裸展现了他唯利是图、善于算计的一面。后来,在得知二猛可能会终身残疾后,秃二叔又撺掇凤月离开二猛,嫁给了部队丧偶的军官赵科长。至此,秃二叔诒上欺下、明哲保身的本性便显露无遗,他也成为整日无所事事、不务正业的世俗村民的代表,他们的道德失序与传统美德的承载者之间形成鲜明对比。

作品细腻地描摹了游离于矿山周围的这些思想狭隘的普通男性,他们出现的频率虽然不高,但在甘于奉献的底层矿工、坚强隐忍的老干部等拥有传统美德人物形象的对照下,他们的形象就更显得渺小、猥琐,他们的思想更是落伍、保守。同时,在谭谈对人性的剖析中,也召唤读者将目光投入当下矿工的生存境遇,从而展开更多对社会、现实的整体思索。

二 审美意象的构建

作家对文学意象的捕捉、提炼、构建是否成功,直接影响作品的艺术成就及接受效果,正如学者所说:"意象的营造是几千年的文化和艺术的发展积淀在中国人心里深处的一种普遍的审美意识……近几年来创造意象的意识突然在小说艺术领域中迸发,并且使一批作家的作品灼灼生辉。"②纵观谭谈的小说创作,可以发现他所营造的艺术世界,也是一个充满意象的世界,依托立"象"来表达无穷之"意",而"意"的无穷也带来了"象"内涵的丰富性。作者挥洒着具象描述和哲理升华的才情,构建了现实感浓郁的丰富意象,展现了作者理性与情感在文学语言中的完美结合。

谭谈善于从社会历史环境以及文化积淀中提炼具有深刻意蕴的意象,以增加作品的气韵。他的八部中篇小说标题大都包含有"山""路"等字眼,

---

① 谭谈:《山道弯弯》,湖南人民出版社 1983 年版,第 22 页。
② 李陀:《意象的激流》,《文艺研究》1986 年第 3 期。

如《山道弯弯》《山雾散去》《山女》《山影》《小路遥遥》《风雨山中路》等。在抒写这些意象的笔锋之间，不仅让读者领略了山乡的美丽景色，更是通过这些域外之象，表达了作者深邃的情感，创造了只属于他个人的象征意象。

"山""路"在谭谈的小说中有深刻的隐喻意义。

其一，表征踏实质朴的品格。《山道弯弯》一开篇便写道："山，青翠翠的。山顶山坳，覆盖着绿竹。山名呢，也像这山一样秀丽、漂亮：翠竹峰。山坳间，有两条不同时代开拓出来的路。那攀山而上的，是古老的石板路；那曲曲弯弯的，是年轻的公路。不知为什么，她，是那样偏爱着那条远古时代留下来的路……"[①] 这段描写无疑给大家展现了一幅群山环绕、曲径通幽的美景。"那条远古时代留下来的路"这一意象，象征着善良质朴的金竹，是一位传承了中华民族传统美德的美好女性，使得《山道弯弯》唱出了一曲颂扬中华传统美德和现代人格的深情赞歌。

其二，表征困难与障碍。在金竹与二猛的爱情故事中，作者巧妙地通过"山"这一意象来象征着阻挡在二人情感面前的封建观念这座大山，表达了这对苦命鸳鸯爱情之路的艰辛以及封建思想对人的戕害情形。同时，也通过大猛、二猛的生活境遇，反映了煤矿背后隐藏着引起矿难事故不断发生的不安全因素，继而引发社会对矿工职业安全、爱情婚姻、社会保障等现实问题的关注。

作家在《山影》题记中写道："天上有太阳，地上就有阴影。"结合作品内容，题记的隐喻性不言而喻。山妹用自己的青春和一辈子的幸福，换来一个被人羡慕的工作，这场组织包办的买卖婚姻，无疑浸染上了浓厚的封建色彩。所以，标题中的"山"，象征着十年动乱后，封建主义这座大山依然压在劳动人民身上，封建思想的糟粕存在死灰复燃的现象。"山影"则隐喻着封建主义这座大山投下来的阴影，仍在潜移默化地影响人们的工作与生活，封建买卖婚姻残存的旧思想、旧习惯，严重地侵害了男女的婚恋自由，破坏了社会主义婚姻家庭制度。"一个性伙伴应该被当作一个人，而不是一个东西来

---

① 谭谈：《山道弯弯》，湖南人民出版社1983年版，第1页。

对待。……很多社会把性关系限制在制度化的契约领域内,例如婚姻。"① 山妹恰恰是受到了制度化买卖婚姻的束缚与制约,以至于最后不得不向冷酷的现实妥协,与矿工乡哥一起"走上了一个女人所要走的路"。

其三,表征产生压迫感的大环境。小说《山雾散去》中的"山雾"象征着"文化大革命"时期的政治阴霾,人们在经历了十年浩劫后,政治上极"左"的思想雾霾"散去",那些被打倒、被批判的人终于守得云开见月明,重又回归正常生活。《山女》中的"山",则象征着农村妇女在地主恶霸的强权欺压、封建思想的残害与农村闲言碎语的逼迫下,生活与生存的辛酸不易。《小路遥遥》中的"小路",则道出了生活中的荆棘虽然无处不在,但"走的人多了,这个大刺蓬里,居然也踩出一条路来",象征着只要大家不畏艰险、脚踏实地,便能披荆斩棘,最终成为生活的胜利者。

"意"由"象"生,"象"中存"意",谭谈以隐喻、象征为基本的思维活动方式来赋予具象以深刻的文化意蕴,从而使其成为独具魅力的艺术符号,让作品蕴含丰富的审美趣味点。对这些意象的描写,同时也倾注了谭谈对生活的观察、感知与思考,也是现实生活在作者心灵中不断升华而结出的果实。

细读谭谈的煤矿题材小说可以发现,关于矿井环境、矿工作业、挖掘工作等的描绘采用了近乎实录的手法,故我们不难理解其小说中"黑色"以及与之相近的文字成为出现频率最高的词汇。以黑色的意象,包含客体环境的纯黑和主体活动的染黑,共同营造出矿山特有的"黑暗世界",真实地再现矿井深埋于地下几百公尺而难见天日而仅靠探照灯获取丁点亮光的艰苦的工作环境,以及矿工辛勤工作而全身变得黑不溜秋的必然结果。谭谈在小说中赋予"黑暗世界"丰富的象征意义,不仅使作品更具哲理性,同时也让我们从中窥视到了人性的光辉这一谭谈思想体系中最重要的内容,这也是谭谈作品之所以在当下社会还具有较大影响力的原因之一。

"黑暗世界"的象征,主要有以下两点:一是象征煤矿中的"黑暗世界"。在煤矿世界里,"黑暗"二字代表的是矿井下黑暗的巷道,以及乌黑的煤炭带给矿工的那洗不白净的皮肤和挣脱不掉的死亡威胁,因此,黑色是矿工身份的代指。谭谈着力描写了身处井下"黑暗世界"的矿工,不畏工作环

---

① [英]卡瓦拉罗:《文化理论关键词》,张东卫等译,江苏人民出版社2006年版,第107页。

境之苦、劳动强度之大以及世人因其工作性质对他们的偏见之深,通过矿工劳模乡哥、对煤矿不离不弃的郑原、甘为煤矿无私奉献的二猛、为煤矿光荣牺牲的大猛等人物形象,来努力还原矿工所承受的包括生存方式和精神状态上鲜为人知的苦难,展现了矿工甘于奉献、坚强隐忍的人性光辉和对光明世界与幸福生活的美好向往,以及作者对这些矿工朋友们苦难生命的关怀。二是象征宗法制社会下,农民们受地主恶霸、封建势力摧残的"黑暗世界"。在农村封建势力束缚下的男女老少,他们身上集结了农民苦贱的命运和卑微的坚忍,如被地主恶霸逼迫得跳河自尽的雪妹、被恶棍奸人欺凌得逃离家乡的惠萍娘、受封建势力影响而婚姻受阻的晓雷等,通过他们"吃得苦、霸得蛮、不怕死"的湖湘人一以贯之的生活态度,淋漓尽致地展现了农民身上忍辱负重、顽强勇敢寻求生活出路的人性光辉。

"黑暗世界"与"人性光辉"这一黑一亮的辩证关系,不仅凸显了矿工的美好品性和农民与苦难抗衡的坚忍生命态度,更是彰显了谭谈作品所蕴含的人道关怀。可以说,谭谈的小说是经得起时间检验的佳作,尽管读者对象征意义的理解可能会随着时代的变迁与历史的更迭而产生细微变化,但这些变化却丝毫不影响作品所表达的深层内涵,赋予小说更厚重的历史感。

作家汪曾祺曾说:"小说本来就是语言的艺术……有人说这篇小说不错,就是语言差点,我认为这话是不能成立的……语言不好,这个小说肯定不好。"[①] 谭谈小说之所以能受到广大读者的喜爱,就如汪曾祺先生所说的,他的语言有独特之处。谭谈的小说一直坚持着语言的通俗质朴和强烈的抒情风格,并不时穿插涟源方言,使得作品与作家具有地域风味的创作风格紧密联系起来。

谭谈一直坚信"文学艺术,是人类社会生活的客观反映。文学艺术的主旋律,应是客观地正确地反映当今时代人类社会生活的主流"[②],一直坚持"火热的生活养育自己的创作,也丰富自己的人生。为文,要在群众中汲取养料;做人,也要在群众中汲取养料"的艺术追求。谭谈不止一次地强调:"文艺家在社会生活中汲取创作素材的同时,要改造自己的主观世界,缩短或消

[①] 汪曾祺:《晚翠文谈新编》,生活·读书·新知三联书店2002年版,第43页。
[②] 谭谈:《伴你同行》,作家出版社2000年版,第32页。

灭自己与人民群众思想感情上的距离。"① 所以,他一直坚持运用通俗质朴的语言来拉近和人民群众在思想情感上的距离。

首先,谭谈在创作中大量使用生活化的通俗语言。例如,《月亮溪》中的"饱盈盈、清澈澈、光溜溜、凉鲜鲜、甜爽爽""鲜鲜亮亮、素素净净、吵吵闹闹、齐齐整整、平平静静"等重叠式的词语,都有口语化特点。又或者,在形容溪水里青山的倒影被水波荡碎了时,作者写道"变得东一块,西一块,上一块,下一块了";在形容古老的木板屋虽破旧但整齐时,作者写道"屋子里的摆设,眼是眼,眉是眉,井井有条"等。这些日常词句,使小说语言通俗易懂,接地气。

其次,多运用句式简短、结构简单的口语化短句。谭谈吸收了口语结构紧凑的优点,一切以通俗简洁为原则,因此,作家在运用语言时,既要忠于"原文"的大众语言风格,又要有所创造;既要使用通俗的大众化语言,又要能在通俗中显现深刻含义。谭谈所用的短小精悍的句子,使得语句读起来不但明快利落,而且意蕴深远。比如,《你留下一支什么歌》中的句子:

> 然而,一个女人所追求的、所满足的难道就是房子、票子和机子吗?所有这些,都是没有感情的。有感情的,是人,是人的心啦。爱情,说穿了,是两颗在一起跳得合拍的心呵!②

语言急促有力,节奏感强,不拖泥带水,短短几句话,把一个女人所追求的爱情以及爱情的本来面目真实地展现了出来。又如:

> 还有许多普通的工作、普通的岗位,需要我们青年人去做,去把守。干普通工作不可耻,藐视普通工作才是可耻的!在普通的岗位上有所创造,干出成绩来,是一样光荣的,更加高尚的。③

全篇充满了这样简短但又不失深意的句子,但是这短小灵活的一句话,

---

① 谭谈:《伴你同行》,作家出版社 2000 年版,第 33 页。
② 谭谈:《你留下一支什么歌》,湖南人民出版社 1985 年版,第 249 页。
③ 同上书,第 251 页。

便把章小兵舍己为人、以身为一名普通电焊工为荣的形象生动地刻画出来，谭谈小说语言通俗、质朴的特点也明显地表现出来。

谭谈小说语言强烈的抒情性，主要表现在他的语言细腻地体现了作家的立场、主人公的情绪和整个作品的情感基调。例如，《你留下一支什么歌》中的语句：

> 我沿着山脚下的小溪走去。溪水很清，很蓝。和我现今那乱哄哄的心境，形成鲜明的对比。溪岸边，一年四季，野花开不败。这溪流，就像是一条色彩斑斓的带子，挂在我们黑色的矿区。风景别具一格。煤矿里没有公园，这小溪边是青年矿工们常爱来走动的地方。兴奋的时候，来到这里捧一捧水洗脸，让可爱的溪水分享自己的欢乐；苦闷的时候来溪边走一走，让长长的溪水，把自己的愁肠洗涤。一对对年轻的恋人，更是喜欢到溪边来走走，让溪水为他们的恋歌伴奏。如今我走来了，身边没有他，也没有他，独自一个人，沿着溪岸走。①

那注重色彩的细致入微的描写，利用不同色彩的色调、对照的变化来渲染衬托因主题所创定的特殊环境，不仅将溪边的美丽景色及带给青年矿工的作用完美地展现了出来，也使得美景和"我"糟糕的心情形成鲜明对比，具有了强大的感染力。而且，谭谈小说中这些色彩丰富的语言不仅仅停留在对客观物象的简单描摹上，更重要的是满含着色彩之外的审美意蕴。但是后来写"我"被章小兵的话语所感动的时候，语言的情绪便出现了这样的变化：

> 他这一番轻轻的话语，似乎把蓝天上明月旁边的小星星擦得更亮了。我不禁抬头望着明月，望着明月旁边的小星星……顷刻间，我的心房像泡在热水里一样，很暖和。②

简短的语言，却将"我"轻松愉快、倍感温暖的心情展露无遗，主人公的不同心理状态便在这种语言的变化中表现了出来。同时整个作品的基调也

---

① 谭谈：《你留下一支什么歌》，湖南人民出版社1985年版，第187页。
② 同上书，第252页。

随着语言的变化而变化，后来章小兵为了不影响"我"和李全明以及家人的关系，而选择调离工作岗位后，"我"木然了：

  这时，外面一声声汽车喇叭声传来。我蓦地意识到什么，匆匆奔了出去。我飞跑在公路上。远远地看到，矿中心区的广场上，一辆大型交通车，载着满满一车调往新矿区的工人，就要开动了……
  我朝着广场疾奔。赶到广场时，汽车开走了。我的眼前，是一片飞扬的尘土……①

小说至此结尾，语调再次变得沉闷起来，作品采用倒叙的写法，将"我"因爱情受阻而苦恼、体会到爱情的美妙、最后又返回到现实烦闷中来的跌宕起伏的心情整个跃然纸上，小说的情绪便呈现出沉郁—飞扬—沉郁的变化，而这些全都在谭谈那带有强烈抒情意味的语言中得以呈现，我们在阅读小说的过程中，便能体会到作者在创作时的心情变化。

每个人都生活在特定的地域环境中，方言往往成为人们表达自己思维方式的一种载体。苏珊·朗格曾说："方言的运用表现出一种与诗中所写、所想息息相关的思维方式。彭斯不可能用标准英语说到田鼠，甚至注意田鼠时也不能想到它的标准英语的名称，否则，他的思考就会稍近滑稽或多情。农民语言中的田鼠，总有泥土、谷物、耕耘、收割等朴实的场景。"②

自幼生活在涟源农村的谭谈，鲜活的涟源方言早已在他心中打下了深深的烙印，虽然已转型成为一名作家，但是谭谈从思想性情到生活习惯、说话处事以及艺术情趣上都还保留着乡村的淳朴，使其小说处处充溢着生动而又富于个性的地方方言。

在《山道弯弯》等小说中，人物的对话包含大量的涟源方言。如秃二叔撺掇二猛去煤矿顶岗时，二猛开口便问：

  "么子事？"

---

① 谭谈：《你留下一支什么歌》，湖南人民出版社1985年版，第259页。
② [美]苏珊·朗格：《情感与形式》，刘大基等译，中国社会科学出版社1986年版，第251—252页。

"打个商量。"①

又如，金竹跟二猛的对话：

"你，在屋呀？"金竹并不感到突然。
"嗯。"二猛闷声闷气地哼道。
"凤月来找你了。你不应该这样。"
"那该哪样？"
"人家回心转意了。"
"你没听出来？她还等着看我干什么工种呢！开汽车，她自然乐意。要是下井，嗨，冒探你的闲事了！这种人，哼！"②

这是从《山道弯弯》中随意选出来的两段对话，我们看这里面典型的涟源方言有："么子""打个商量""在屋""冒探"，这些都是地道的涟源话，一看这样的文字，我们便能真切地感受到作者所写的正是典型的涟源人以及他们的日常生活，其笔下的人物形象也就更加生动丰满起来。同时，将自己在底层生活中掌握的土色土香的农村口语熟练运用到创作中去，用农民语言写农民，实际上意味着谭谈在写"自己生活圈子里熟悉的人，获得的感受"，也意味着谭谈作为文艺家，在社会生活中汲取创作素材的同时，也在"缩短或消灭自己与人民群众思想感情上的距离"。这实际上是谭谈现实主义艺术风格的自觉追求。

此外，谭谈所使用的这些语言也都是适用于他作品中的人物与小说内容的，他的小说主要是描写涟源周边的农村与煤矿生活，作品中的农民和矿工自然要使用与自己身份地位相适宜的典型的方言口语，这样的小说才会让读者感受到鲜活的生命力。如二猛与金竹的对话：

"二猛，到矿上，不论分配做么子工作，头一要注意安全呀！"金竹叮嘱着，眼眶又湿了。

---

① 谭谈：《山道弯弯》，湖南人民出版社1983年版，第20页。
② 同上书，第39—40页。

二猛点了点头，脚下的木板桥闪了闪。

凤月也跟着上了桥。站在二猛身后，轻声问："等汽车？还是……"

"走！"二猛说。

"表姐，欢欢，请打转身吧！"凤月向金竹母女扬着手。①

文段中的"做么子""头一""打转身"等都是和地方农村方言十分匹配的话语，描写出了作为一个地道农村妇女的金竹，其心地的善良与淳朴。此外，小说中还有诸如"细伢子""呷饭""做女""这副相"等富有生活气息的方言，语言自然朴实、鲜活生动，与娄底涟源地方农民的身份相宜地契合在一起，具有民间的特有风味和浓郁的地方色彩。

谭谈以民间视角站在人民之中来写故乡，作为叙事者，他在小说中以朴素的内心去观照、理解并书写本真而原色的地方风貌，以涟源方言来展现当地人民的意识形态，恰如其分地融入一种故乡情结中，游刃有余地穿行在一种精神文化空间。

无疑，自从走上创作道路以来，谭谈在文学创作过程中一直保持着自己的文学品质和文学理想，他没有盲目追随当时风靡文坛的诸如伤痕文学、反思文学、寻根文学等文学流派和思潮，而是紧紧跟从自己的内心在"做生活的有心人、有情人"，从自己童年的苦难生活、底层的真实经历出发，"坚持写自己身边熟悉的人，坚持写自己经历的感人的事"，遵循现实主义的艺术风格，创作了大量具有社会责任、饱含对现实理性思考的文学作品。

他不仅在创作风格上秉承现实主义的手法，还对主题进行了更为深入的挖掘，对题材内容进行了更为宽广的拓展：既关注着他熟悉的煤矿世界与农村生活，为底层矿工与农民鼓与呼，也关注着异常的人伦关系，批判了传统思想对人的残害与束缚，展现了新时代青年为爱奋起的美好追求；更有记录自己及他人生活经历的现实写作，比照着生活中的人物原型，塑造出了一系列融入他内心深处的人物形象。众多的题材给谭谈提供了广阔的创作空间，同时也丰富了谭谈的人物画廊，谭谈在小说中描绘了风格各异的人物形象：既有继承了传统美德的农村妇女、大胆追求爱情的新时代女性、泼辣热心的

---

① 谭谈：《山道弯弯》，湖南人民出版社1983年版，第48页。

干部，又有甘于奉献的底层矿工、坚强隐忍的老干部及矿山周围的世俗男性。在艺术特征上，谭谈的小说具有强烈的感情色彩，语言通俗质朴，涟源方言的使用更使得作品保持了其与众不同的文学个性和审美追求。独特的视角、向现实掘进的深度叙事，使谭谈的文学作品获得了与众不同的存在价值。

当众多作家迎合着社会体制的转型而迅速转变创作风格，使得文学开始向经济原则、金钱原则妥协，日益显露出媚俗媚商的趋向时，谭谈依然坚守在让工人阶级做文学艺术作品主人公的创作阵地，贯彻落实"让工人伙伴在文学舞台上唱'主角'"的创作宗旨，坚持将现实性和社会性融入自己的作品中，构建具有自己独特个性的文学，为文坛吹来一股清风，并以惊人的记忆力和丰富的文学想象为我们开辟出了一个具有浓厚人文关怀和道德教化功能的文学花园。

第三节　韩少功《山南水北》的乡土情怀

《山南水北》（2006）是韩少功的乡土写实散文集，记载了作者隐居在湖南汨罗八溪峒的乡土田园生活。作者用细腻温馨的语言和真实可感的叙述，描绘了身边人、事、物发展的客观性与可能性，可以看出，在山清水秀的环境中，作家抛开城市的喧嚣和杂念，试图用真诚的心去感悟乡间的草木人情，重拾乡间那份简单与安详，寻找他自己特有的乡土情怀。

韩少功的乡土情怀，与他的人生经历密不可分。1968年初中毕业后，他被下放到湖南省汨罗县天井公社做知青，6年的乡村生活，让他想尽快逃离乡村奔向城市，做一个知识分子。在城市奔波忙碌了20多年后，他却做出惊人之举，选择回到曾经做知青的湖南老家八溪峒，过上了"半世俗半隐居"的生活：半年在湖南老家生活，半年在海南工作。每当春末夏初，韩少功从海南回到汨罗，开始和妻子的田园生活；到了秋末冬初，他便携带一夏的劳动果实回海南的郊区避寒。在这样的人生经历中，韩少功写下了《山南水北》这部散文作品，用99个篇章记载了他多年来对乡村生活的感悟，展示了当代

"世外桃源"的景象,用散文开辟了一片充满和煦阳光的生活场景。罗格·盖德曼曾这样评价韩少功:"他开始是下放知青中的一员,慢慢地成长为观察者、参与者,最后演变成一名怀旧者。"① 归乡后的韩少功,凡事亲力亲为,下地农耕、养花种草、串门聊天,感受和尊享大自然的美好与纯真。

在八溪峒这片神奇的土地上,韩少功由舞文弄墨的作家转身变为朴实能干的农民,用他自己的话说:"我农活干得很好,家里吃的蔬菜、粮食都不用买。"(《都市快报》2007年10月29日)从一开始对乡村生活的反感逃离、对城市生活的追求向往,到经过20年的陈酿后选择转向投入乡野田间,在大自然的怀抱中,他的身心得到了久违的舒缓,获得了审美的愉悦。

一 灵性的乡野

在《文学的"根"》(1985)一文中,韩少功明确提出了文学有"根"的思想,他认为"文学之'根'应深植于民族传统文化的土壤里,根不深,则叶难茂"。他提出了文学寻根的问题,被视为寻根文学的美学宣言。灵感来源于生活,在韩少功看来,作家的写作必须扎根乡土,贴近人们生活实际,这样才能写出"接地气"的好作品。《山南水北》就是韩少功在历经六年之久的乡村生活体验后所撰写的作品,书中记录了他六年生活的点点滴滴,向读者介绍了他"对乡村新生活的观察、倾听、感受、思考以及玄想幻觉"②。这里的一草一木、一人一物,都被韩少功赋予了清新怡人的乡土情怀,展示了八溪峒多姿多彩的乡村风貌。

城市里的韩少功是一名作家、一位文人,而到了乡野民间,他脚穿胶鞋,头戴草帽,扛着一把锄头穿梭在乡间,锄地、播种、收获。回归乡土的韩少功,此时俨然已不是一个有身份的城里人,而是一位货真价实的农民,他从平等的角度去观察身边的农民朋友,和他们过着一样的农居生活,在作品中呈现出一个个鲜活的人物形象。

在《青龙偃月刀》中,手持一把"青龙偃月刀"的何师傅,凭借自己传统娴熟的技艺,本着自己的剃头原则,用三十六种刀法在顾客头上挥舞。他

---

① [美]罗格·盖德曼:《一百个出自乡村孤独的中国词条》,《当代作家评论》2004年第4期。
② 魏美玲:《韩少功〈山南水北〉的乡土世界》,《四川大学学报》2012年第1期。

看不上那些年轻人五颜六色的染发，也反感那种烫头、焗油的潮流。他只喜欢每天在自己的店里，等待欣赏他的客人来，好全心全意为他剃头。这位乡村剃头匠何爹，"操一杆青龙偃月，阅人间头颅无数，开刀，合刀，清刀，弹刀"①，宁可少挣钱也不愿随波逐流，顺应当下所谓的"潮流"。他坚守着自己的原则和信仰，坚定执着地使用传统技艺，用那把刀在顾客头上"玩出了一朵令人眼花缭乱的花"。在《笑大爷》中，讲述了一个人因为小时候烧伤而在嘴角两边留下了疤痕，在脸上形成了一种凝固的笑状："他伤心的时候是笑，生气的时候是笑，紧张的时候也是笑。"②"笑花子"的名称就是这样被叫开的。看似精神不太正常被人作弄取笑的笑花子，却因为几次极准的预兆让大家刮目相看：每次摇动破伞都会下雨，比天气预报还准；拿松树枝到处扑打，预示火警，最后果真发生了火灾。自此以后，笑花子被尊称为"笑大爷"，在村里没人随便敢招惹。

还有在《杀猪佬》中，本是路边杀猪的毛伢子，却兼职做起了卫星天线安装，他们的动作虽粗鲁猛烈却简单有效，省时省力地便修好了卫星天线。喜欢评论国际时事的绪非爹敢于议论中美局势并发表对美国当局的不满和愤怒，心系台湾回归问题，还不时咒骂日本右翼势力，说惹怒了中国人民大家一起凑钱造两颗用火柴划的原子弹来对付他们。（《意见领袖·山南水北》）有学者认为，对韩少功来说，"乡民们某一个闪光点，都会激发作者的创作源泉，从而诞生了一个又一个精悍蕴藉的小故事"③。在《山南水北》中，故事中的乡土世界不仅有生动形象的人物，还有异常神秘的人格化的动植物，它们像人一样有心情、有脾气，有自己的性格。

在这里，青蛙是聪慧的，它们可以清晰辨别出宿敌"老五"的脚步声来躲过被捕的灾难，它们可以"迅速互通信息然后作出了紧急反应，各自潜伏一声不吭"（《智蛙·山南水北》）。在这里，狗是友好的、通灵气的，它们被叫作"呵子"。贤爹家的呵子翻山越溪，给自己远在他方的儿子叼来兔子；有福家的呵子在家中感应到在外的主人出事，以死"挡煞"，拿自己的命换取了

---

① 韩少功：《山南水北》，作家出版社2012年版，第190页。
② 同上书，第154页。
③ 李莹：《论〈山南水北〉的"根"》，《绥化学院学报》2014年第9期。

主人的命；茶盘砚的呵子们嘴里横叼着象征和平的树枝，见了新朋友彼此嗅嗅屁股、摇摇尾巴以示友好。(《山中异犬·山南水北》)韩少功家的"三毛"，原是一条流浪狗，后被韩少功收留。初到韩家的三毛并未被女主人喜爱，它仿佛能听懂人说话，每次知道自己做了女主人不喜欢的事情时，"就缩头缩脑，下巴紧贴前爪"，等待挨骂。三毛临死前，卧伏在主人的一只布鞋上，发出沉重的喘息声，它在感受主人最后的气息，然后安心通向另一个世界。在这里，猫也有极强的表现欲，看到主人出现，便"唰地一下窜上树，又唰地一下从树上窜下来"，它没有什么要事，"只是想请你见识它非凡的速度和高度"。不服气主人夸奖狗兄弟，会在门口留下"血淋淋的一丝鼠肠或一只鼠腿"以向主人展示自己的战功。(《猫狗之缘·山南水北》)家里有了猫，老鼠们再不敢肆意作祟，但时间长了，资格老了，猫咪也有了自己的脾气，有了讲究，个性张扬，不饿的时候不惦记回家，也不理主人的各种呼叫。它"雍容矜持地蹲在墙头，观赏学校那边的广播操或者篮球赛"，"仙风道骨地蹲在院门顶上，凝望远处一片青山绿水，凝固在月光里或霞光里"(《诗猫·山南水北》)。

在《山南水北》里，"万物都有灵性，他们朝气蓬勃，有着强大的生命力，韩少功从平凡事物中挖掘出悠然诗意"[①]，就是舫公家的动物都被他写得活灵活现、可爱动人，让人对其欣喜万分。不仅给动物赋予了灵魂，也为乡下的植物添加了生命，大自然的神秘与奥妙，是身在喧哗城市的人们所感受不到的。万物有灵，韩少功用短小精悍的语言展现了一个充满灵性的植物世界，展现了瓜果蔬菜、草药的魅力。在这里，草木心性不一。"牵牛花对光亮最敏感，桂花最守团队纪律，月季花最娇生惯养，阳转藤最缺德……"(《再说草木·山南水北》)对它们不能分亲疏厚薄，不能给它们脸色看，不然它们也会闹情绪，耍脾气。发现植物受孕了不能明说和大声宣扬，"只能远远地低声告人，否则它们就会气死"；"对瓜果的花蕾切不可指指点点，否则它们就会烂心"；"据说油菜结籽的时候，主人切不可轻言赞美猪油和茶油，否则油菜就会气得空壳率大增！"(《再说草木·山南水北》)至于"楠竹冒笋的时

[①] 张颖：《个人记忆映射下的乡土世界——评韩少功的〈山南水北〉》，《宜宾学院学报》2009年第9期。

候，主人也切不可轻言破篾编席一类竹艺，否则竹笋一害怕，就会呆死过去，即使已经冒出泥土，也会黑心烂根"。

二 自然的画框

近30年的城市生活，让韩少功对城市生活越来越觉得陌生，他"不愿被城市的高楼所挤压，不愿被城市的噪声所烧灼，不愿被城市的电梯和沙发一次次拘押"(《扑进画框·山南水北》)。为了探究生活到底有什么意义，韩少功毅然决然"扑通一声扑进画框里"，回到了他阔别20多年的家乡八溪峒，重新审视城乡差异，感悟乡村的独特魅力。

韩少功认为，寻根是"一种对民族的重新认识，一种审美意识中潜在历史因素的苏醒，一种追求和把握人世无限感和永恒感的对象化表现"[①]。他选择回归乡村，回到大自然的怀抱，将自己的生命和灵魂融入天地自然间，快乐地去感知乡村原野的风物人情。城里人总是感叹童年和记忆中对乡村的美好印象，却被现实纠缠，不忍放下手中的名和利，心中所想的那份闲暇和乐趣对他们来说遥不可及。而韩少功在厌倦了都市灯红酒绿的生活后，他渴望的是乡村的那片安详与恬淡，所以，他能毅然扑进这自然的画框里去寻找精神的文化之根。

置身在乡野之间，方可体验城市所缺乏的那份宁静与惬意。没有了网络和电话的干扰，没有了各种电器的捆绑和束缚，人的感官也发生了变化。早上醒来以后，躺在床上可以清晰地分辨出鸟叫声：有"冷笑"般的鸟叫、"凄嚎"似的鸟叫，还有像"小女子斗嘴，叽叽喳喳，鸡毛蒜皮，家长里短"[②]的鸟叫。不仅耳朵，连眼睛也发生了变化，变得更加神清目明，善于发现身边的一切。一次背上意外生了个毒疮，让作者开始留意身边不起眼的草本植物：车前草、金钱草、白茅根、凌霄、鸡冠花、麦冬、路边筋、田边菊、黄芪、牵牛花籽、紫苏籽、鱼腥草（观音草）……这些东西常见、价格低廉，还能治病，可比相对价高的西药好得多。但这些东西却越来越被忽视，甚至失传，出现了"中国乡下穷人多，却舍贱求贵地大用西药甚至滥用西药"

---

① 韩少功：《文学的"根"》，《作家》1985年第6期。
② 韩少功：《山南水北》，作家出版社2012年版，第76页。

(《每步见药·山南水北》)的怪异现象,不禁引起了作者的深思。

当所有人都苦思冥想、殚精竭虑地为在城市扎根博得一席之地而忙碌奔波时,"韩少功却背上行囊,从喧哗的城市'退场'。从所谓的主流生活、文化中隐身而去"[①]。在熟悉的八溪峒这块土地上,他过着晴耕雨读、串门聊天的生活,他用勤劳的双手在农地里播种收获,用另一把智慧的锄头在精神的土地里反思总结。最后,在收获的季节里,他不仅获得了物质上的瓜果蔬菜,在寂静的夜晚中,更收获了他对乡村、城市、存在、命运、人生等命题独立而深沉的思考。在季节之外,他不仅收获了丰盛的蔬菜、果实,还收获了这部充满阳光、散发着乡土气息的《山南水北》,为自己的寻根之旅继续添砖加瓦。

"韩少功在乡野民间探索着一个不为我们所知的世界,发现着人性的美好与纯真,在这里有久违的对天命的敬畏。"[②] 书中的故事都是韩少功或跋山涉水,或亲身经历,或收集整理而来的。在这些叙事中,我们可以发现乡民对宇宙人生的原始解读的残留,包括韩少功自身所包含的对自然的敬畏、对人自身能力极限的谦卑的自知。古人云,"万物有灵",正是在人与自然的碰撞中,才形成人类社会这个巨大的生命综合体。

从艺术表现上看,《山南水北》运用笔记体的散文形式来讲述了一个个生动的故事。这种开放型的笔记体式的散文,继承了散文的灵活与抒情,又继承了小说生动形象的叙事风格,将作者想要表达的内容用灵活多变的形式进行了完美融合。作品中添加了鬼怪、灵异等传奇色彩,使作品更有吸引力。在灵感与新体验的触碰下,作者用娴熟老练的写作技巧写下了对世人影响较大的作品《山南水北》。

《山南水北》于2007年获得第四届鲁迅文学奖,被认为是"一部壮观的散文长卷。韩少功将认识自我执着地推广为认识中国,以忠直的体察和宽阔的思考,在当代背景下发掘和重建了乡土生活的丰沛意义"[③]。

总之,乡村是韩少功创作的伊甸园,他的归隐被拿来和古代陶渊明以及

[①] 张富翠:《韩少功〈山南水北〉的乡村情结》,《飞天》2010年第2期。
[②] 孔见:《遗弃在尘土里的货币——〈山南水北〉的价值发现》,《北京联合大学学报》2008年第2期。
[③] 韩少功:《北京文学·中篇小说月报》,《北京文学》2008年第1期。

19世纪的美国梭罗作比。但他的归隐并非真正避世,他是将自己放入一种乡村生活中,去感知乡村与城市的区别,感受乡村特有的乡土气息,在那片乐土上,寻找自己的创作与灵感源泉。

第四节 翁新华《痴虎三部曲》的教育情怀

翁新华是当代湖南岳阳籍作家,"文化大革命"时辍学回家务农,后来成为小学民办教师,因为对写作的热爱慢慢走上文学创作的道路。20世纪80年代中期,开始在刊物上发表小说,迄今为止,已发表短篇小说、散文、文学评论200余篇,中篇小说70余部,长篇小说10余部。文学作品涉及城乡变迁、教育改革、官场、家庭、爱情等方面,视野十分宽广。① 其创作灵感多来源于乡村体验,作品题材紧扣住时代命脉和底层人们的生活状态。

《痴虎三部曲》(1998)是翁新华的一部长篇小说,主要通过讲述一个人的成长史,其性格、经历的发展变化,来阐释一定的教育意义和价值。② 小说主要讲述了农村孩子痴虎经过顽强拼搏考上了地区中专学校,中专毕业后去了南方大城市实习,面对大城市金钱、名誉的诱惑毅然选择放弃,回到贫穷落后的家乡,帮助橘农渡过难关,尽心尽力建设家乡的故事。小说中传达出来的乡土观、金钱观、爱情观都具有启迪和教育作用,女作家朱珩青在论及乡村文化理想如何实现时说道:"痴虎重感情、讲义气,是一个受浓郁传统文化影响的典型人物。"③

传统文化推崇情怀,如"自强不息""天下为公""尽善尽美""忧患"等。这里,"情怀"一般指人拥有一种高尚的心境,"教育情怀"可以理解为对教育怀有的某些高尚的情感。具体就某部文学作品而言,就是作者通过小说想要透露出来的一些价值表现,希望能够引起一定程度的重视及关怀,从

---

① 参见杨晓澜《一个孤独的写作者——翁新华访谈录》,《创作与评论》2013年第17期。
② 参见王兆璟《教育小说——流变及省察》,《教育理论与实践》2003年第9期。
③ 朱珩青:《乡村中国文化理想的现实——兼评〈痴虎三部曲〉》,《小说评论》1998年第5期。

而感染人、教育人。考察翁新华的小说《痴虎三部曲》可以发现，小说中的人物形象鲜明独特，让人印象深刻，如本真踏实的痴虎、灵活应变的赵行、被名利左右的唐怀玉和杨颖、理智独立的李小翠老师、舍己救人的大黑、唯利是图的赵达理等，这些人物串联起一个又一个跌宕曲折的故事情节，编织起一条又一条复杂的人物关系，所表现出来的人生态度、利益关系、爱情观念等问题令人思考。

一　学成报效故乡的理想信念

乡土情怀是后天培养起来的一种思想意识，古人推崇"宁恋本乡一捻土，莫爱他乡万两金"，或"物离乡贵、人离乡贱"，至死也要"叶落归根"。但是乡土情怀作为一种深层情感并不是每个人都能拥有的，它是通过乡土文化长期熏陶建立起来的一种故土意识，是离乡背井的游子会时时牵引出来的心底烙印。小说中将乡土意识和教育情怀摆在了一个极其重要的位置，作者对此进行了多角度的叙述。

首先，小说主人公痴虎"学成报效故乡"的人生经历作为主线为小说印染上了浓厚的乡土情怀。主人公痴虎获得读中专的机会很不容易，他的好友向学文带病学习，最终身体不堪重负而去世，他的父亲为了给他筹集学费，在山里炸石头的时候死了。中专毕业后，痴虎去了南方高尔夫俱乐部实习，在面对人生道路抉择的时候，他毅然拒绝遍地黄金的南方高薪白领生活，选择回家乡贡献自己的一份力量，即便在最后作为明月场长位置有可能不保的情况下，依然选择留在明月农场，老老实实当一名橘农，将自己的所学、所拥有的技术传授给橘农们。如果痴虎选择留在南方，或许他会赚很多钱，或许会成为下一个邹立，下一个富豪，获得让人尊重的社会地位以及权力，可是他没有这么做，他回来了。痴虎在当上明月场长后，帮助橘农成功收获果实，而橘农在换取收入后，却舍不得把钱拿出来还贷款，痴虎没有责怪乡亲们，因为他知道乡亲们好不容易有点盼头儿，他不能残忍地上门强行收款，做好了被革职的准备，选择独自承担所有的后果。对痴虎而言，能面对外界金钱的诱惑不为所动，是因为他知道故乡还很落后，故乡需要他；在拥有权力的时候，他首先想到的是乡亲们的切身利益，他爱乡人乡土，愿意在这片土地上耕耘一生。可见，在痴虎身上，深深浸润着一种浓郁的乡土情怀，这是一种人生境界，当这种乡土情怀作为人格力量展现时，乡土情怀便升华为一种教育情怀，它启示人们要学会热爱生养我们的这片土地，不嫌故乡贫穷，不嫌故乡人思想落后，要有默默耕耘和改变这种落后局面的决心和勇气。

其次，作者通过反面形象来阐明乡土情怀的价值和意义。受世俗社会影响和诱惑的杨颖忘根弃乡，投奔表面上似乎拥有金钱和权力的阮朗，落得未婚先孕的悲剧结果。杨颖和痴虎两人是同班同学，同去南方实习，并且两人之间还夹杂着些许朦胧的初恋情感。可是两人的思想观念完全不同，杨颖千方百计地想要留在南方大城市，受过教育的知识女青年居然被一个冠冕堂皇的老痞子给玩得团团转，一块进口女士手表、一瓶法国香水、一次去歌厅的机会就能牢牢地把这个姑娘的心给拴住了，她甚至都没怀疑过阮朗的话是真是假，也怪不得人家说她是"内地村姑"。最后，她因未婚先孕而留在了南方，赔上了自己的幸福，搭上了自己的前途和命运，虽然远离了自己的家乡，远离了勤恳劳作，远离了奋斗，离南方大都市近了，但也离家庭怨妇近了，离孤独无助近了。她的结局无疑是不幸的，她选择了南方，就意味着放弃了家乡，不惜以献身的方法试图得到一个不劳而获的机会，这看上去很现实，而实际上很虚幻。

最后，小说塑造了众多具有乡土情怀的人物形象。如刚刚从地区师范毕业的女老师，却以能把城市文明带到偏远闭塞的山村当作自己最大的快乐；身患疾病的向学文在生命最后一刻还在为梦想成为一名山村教师的想法而激动；大黑虽然没能读中专，但在外地打工的行囊里总有一本《柑桔培植大全》，期待有一天能回到明月家乡派上用场；李小翠老师作为一名公办教师，却宁愿留在破烂的明月小学教书……这些人物贯穿整部小说，让人时刻感受到浓浓的乡土情怀。

作者用心讲了这么一个"学成报效故乡"的故事，塑造了这么多具有乡土情怀的人物形象，意图显然很清晰，就是表达一种态度：乡土情怀是年轻人应该追求的一种人生境界，不忘根本，才能把握住人生的大方向，这种态度就是小说呈现的教育情怀。

二　现实人生的生存技巧

小说中作者塑造了一位智商和情商都非常高的人物赵行，赵行不仅成绩出类拔萃，做事也讲究方式方法，他的所作所为常常会让你在脑海中迸发出一个字："妙！"在处事的灵活性上，痴虎不及他。小说中有一个重要情节，明月橘园久不结橘，场长痴虎根据科学原理推断来年必定丰收，但是前提是要有排灌保温设备，硬件设施要到位。无奈银行行长唯利是图，怕这个穷乡还不上贷款和利息，不愿做没有利益的"生意"，痴虎为此头疼。就在大家一筹莫展的时候，赵行出了个"智取生辰纲"的主意，从外地借来橘子，制造橘园丰收的假象，让行长相信明月有偿还的能力，最终在行长还没有反应过来的时候，顺利让银行把款打过来，解决了明月最为棘手的问题。虽然具体实施计策的是痴虎，但是赵行却扮演了智多星吴用的角色，没有他的主意，明月农场仍然不能从根本上解决问题，更别提橘园丰收，橘农获得收入了。为向学文筹集医药款的时候，赵行为了让路人捐款，让事先安排好的托儿拿出 2000 元钱吸引和刺激路人的眼球，起到引领作用，制造积极捐款的景象，最终，掀起了捐款的一个小高潮。为了帮助体弱多病的向学文顺利通过体育考试，赵行在老师们默许的情况下，决定让痴虎代考。所有这些不合规范的行为，无疑都展现了赵行这个人物灵活应变的特点，虽不合规矩，但这也是一种果敢和智慧的表现，让人会觉得只要有赵行在，总能想到解决问题的办法。因为这一切行为的出发点是为了帮助同窗好友，是为了家乡人民的利益，并且没有损害到别人，即使有一些大胆出格，但都在情理之中。

即使在阮朗这个不讨人喜欢的角色上，也有灵活处事的闪光点，他洞悉董事长邹立喜欢践踏底层的施虐心理，当着他的面对农民工痛打辱骂，但是却为农民工争取到了长久做工的机会。这并不是在邹立面前表现自己，稳固自己的地位，一是因为他是邹立的妻弟，邹立给阮朗安顿好工作是跟妻子离婚时答应的条件；二是阮朗本不是一个有野心的人，只是得过且过而已，所以他本不需要有这些激进的行为。阮朗内心还是很同情这些农民工的，他知道他们需要的只是一个工作机会，并且农民工都领会到了他的情义，并不憎恨他。

我们知道，很多事情并不是你有一个诚恳的态度就可以的，假使老老实实求银行行长，说再多好听的话，行长也不可能把钱贷给一个几年都没有收入的穷乡。向邹立求情，求他多发点工资善待农民工，邹立一个从头到尾每一个毛孔都滴着血的资本家怎么可能心疼那些农民工。小说告诉我们的是做事方法得变，只要出发点没有问题，要达到目的，做事就应该灵活应变，思想就可以大胆一点，行为就可以激进一点，这无疑也是小说教育情怀的一种表现，讲授的是现实人生的生存技巧课程。

三　爱情与婚姻的基本态度

"大胡子爷爷别的话我不知道，唯独这一句我记下了：没有爱情的婚姻是不道德的婚姻。"[1] 这句话是小说中的"恋爱专家"赵行的弟弟赵放说的，这也是这部小说中对待爱情和婚姻的基本态度。原话出自恩格斯，但是在小说里，这句话的价值内涵得到了更为全面和充分的体现。

金学梅、杨乐高和李小翠老师的三角关系是小说中的亮点。金学梅与杨乐高校长是夫妻关系，金学梅年轻的时候喜欢杨乐高这个满带文艺气息的知识青年，杨乐高在"文化大革命"时期挨批斗，金学梅像个女汉子一样保护着他，并且不嫌他穷，杨乐高因为感激和欣赏无法将她割舍。看到这里，我们已经知道，金学梅和杨乐高婚姻联系的纽带是金学梅单方面爱慕杨乐高加上杨乐高对她心怀感恩，而很难说是建立在爱情的基础上的，所以按恩格斯理论来说，这应该是一场不道德的婚姻。但这婚姻只要没有出现让杨乐高产生爱慕之情的女人也还是能过的，可现实就是这么巧，李小翠老师出现了，她有文化有素养，大方、热情，和杨校长一样执着于乡村教育，有共同的话题、爱好，比金学梅要温柔娇艳，杨乐高很自然被她所吸引，而李小翠老师也日久生情恋上了杨乐高。真爱来了，不道德的婚姻也就出现了问题，李小翠和杨乐高的关系被发现也是迟早的事，而直接目击杨乐高和李小翠老师偷情一幕的除了金学梅，还有当时仅仅十几岁的痴虎，而痴虎经过再三思索，最终没有检举揭发杨校长和李小翠老师，这一点就暗示了这种爱情在小说中是应该合理存在的，因为连一个小孩子都本能地不去破坏它，虽然他还不太

---

[1] 翁新华：《痴虎三部曲》，湖南文艺出版社1998年版，第86页。

懂,但是他知道杨校长和李老师的为人,他们这么做是有原因的:因为爱情。

无疑,小说并不反对这种寻找真爱的行为,因为有的婚姻按照恩格斯的说法属于不道德的婚姻,那么婚后犯错误也就不可避免。没有经历过这种复杂情感的人,是不应该轻易对这种出现婚外恋的人妄下结论的,也没必要为出现这种结果而觉得可耻,因为这不是一个简简单单用对错就能说清楚的问题,重要的是,这种感情出现了,该怎么应对?小说中给我们做了尝试性的解答,婚外恋的暴露给杨乐高和李小翠老师提了个醒,这种关系不能这么不清不楚地继续下去,既然被人知道了,那就要拿出态度来。一个人的品行和爱情观是紧密联系在一起的,有德行的人是能够控制住自身情感的。[①] 杨校长和李小翠老师都是理智的,两个人都有自己独立的意志,受到理性的控制。已到中年的金学梅只是一介村妇,是杨乐高困难时期不离不弃的伴侣,虽然有时言语欠妥,但是内心总是为了杨乐高好,是善良的。别看她外表彪悍、性格强势,但是没知识没文化,离了杨乐高什么也不能做,杨乐高觉得自己有义务担当起这份责任。而李小翠老师通情达理,有朴素的情怀,她换了所乡小学当校长,拉开了和杨乐高的空间距离,她不会为了爱情而不顾一切,不会为了自己的需求而去牺牲别人,人的一生还很漫长,有爱却并不一定要在一起,这也是一种爱情,埋在心底也是美好的,但有的责任却需要用一辈子来践行。

在这对矛盾的情感中,我们可以提炼出这么一些有效信息,没有爱情的婚姻是不道德的婚姻,不然金学梅和杨乐高就不会产生感情危机。所以,小说告诉你,每个人在步入婚姻殿堂之前要认真思考,"我"的婚姻是不是建立在爱情基础上的。当然,小说也告诉你,即使因为某些原因不道德了,追求爱情也不是可耻的,但要能控制自己的情感,用理性的行为来承担自己应担负的责任,要考虑到作为社会关系中的自身。同时,要有自己的独立意志,并不是将自己生活的全部意义寄托在爱情上,像杨校长和李小翠老师,他们都还有为人夫、为人师表的责任,更有振兴乡村教育的朴素的教育理想。正如苏霍姆林斯基在《爱情的教育》中所说:"爱情,只有除了儿女情长之外还有别的追求时,它才是美好的。"也只有这样,才能静下心来反思和完善自

---

① 参见刘琼《卢梭的爱情教育观》,《宜宾学院学报》2010年第10期。

己。杨校长与李小翠老师的爱情不是小三介入家庭的剧情，同时，他们处理的方式也是妥当的，他们把爱情与婚姻的态度建立在爱与理智的基础上。小说通过展现这么一对矛盾的三角关系，旨在召唤一种良好的爱情理念和婚姻观。

四 正义情怀的始终坚守

同时，小说通过呈现一种正义情怀，向我们展现了符合一定社会道德规范的行为、准则。道德行为受到个人主观意识的引导，对于自身、他人和社会可能起到促进作用，也可能带来危害。[①]你心中拥有怎样的道德规范、准则将直接影响你的道德行为。因此，小说中的正义情怀旨在告诉我们什么是我们应该追求、学习、维护的道德行为。小说中不为名利、不计得失、踏实做事的精神以及明辨是非、坚定立场的勇气和决心是这种道德行为的表现，这也是小说正义情怀的具体内涵。

不为名利、不计得失、踏实做事的精神在小说中随处体现，但体现得最为突出的是俱乐部吊桥意外崩塌致游客落水的事件。作者花了大量笔墨进行了细致描写，通过这次事件，人心百态窥见一斑。一边是奋不顾身地拼命救人，如痴虎、大黑，特别是大黑，还因此付出了自己年轻宝贵的生命，他应该也没想过自己会因此丧生，只是内心的正义感促使他一次又一次地下水救人，终于在水中将自己的力气全部耗尽，正是因为他们这些人，才挽救了那么多命悬一线的落水者。而另一边，有人想趁难发横财，"救一个三万"，在岸上迟迟不下水，跟岸上落水者的亲人讨价还价；"打捞一个皮夹子，钱财对半分"，开着游艇不救人，而是去打捞皮夹子；有的甚至直接下水抢溺水者身上的金银首饰，全然不顾溺水者的死活。正是因为这些见钱眼开的人，阻碍了正常的救援时间，妨碍了正常的搜救，多少条生命，并不是因为救援不得力而死，却是因为不良或黑心救人者的阻碍或延缓造成的。作者通过大黑的死，通过搜救效率的低下来告诉我们，这是他们残忍地对待自己同胞的结果。同时，也从正面告诉我们，社会需要有更多不计名利、不计得失的人，不是说让我们每个人都做到舍己为人，但是我们至少要有一种正义情怀，在社会

[①] 参见荣沁瑜《浅析当代社会道德行为的缺失》，《群文天地》2012年第3期。

需要自己的时候，抛开金钱、抛开利益，尽自己所能去做一些事，而不是反其道而行之。

而明辨是非、坚定立场的勇气和决心也不是轻易就能做到的，特别是在对待自己至亲的时候。小说中，赵行的父亲赵达理是一个唯利是图的人，为了自己的私利，他宁愿贷款给一个山药贩子，也不愿为人民谋福利，但儿子赵行并没有同流合污，而是正告父亲这种受贿索贿行为的违法。事实也证明赵行的先见，最终山药贩子被抓，受到了法律的制裁。另有，秦玉洁的山药贩子叔叔秦拐子想挤对成绩好的向学文，给自己的侄子争取到考中专加20分的"地区三好学生"称号，于是写匿名信，诬告向学文有偷窃行为。秦玉洁知道后，并没有苟同叔叔的做法，而是给老师写了一封道歉信，讲明事情来由。很多人在面对这种事情的时候，恐怕都很难取舍，因为一般情况下，自己的亲人肯定是为了自己好，不论是赚钱提供一个好的生活环境还是找关系创造一条光辉的前途，那都是于自己无害的。可是，如果做这些事涉及违法，涉及一个人的清白的时候，要通过牺牲多数人来成全少数人，涉及危害社会、他人利益的时候，我们应该坚定地明辨是非，不该做的坚决不能做，因为这关乎道德与正义。

在道德的范畴中，正义情怀的内涵很多，小说中提到的只是冰山一角，但是作者通过这些小说情节想告诉我们的是，无论何时何地，都要坚守正义，保持头脑的清醒，不做违背道德准则的事，这样才能为社会带来秩序、平等和幸福。正如卢梭在其教育小说《爱弥儿》中所说："在一切美德中，正义是最有利于人类的共同福利的。"

五 教育情怀的美学价值

翁新华《痴虎三部曲》教育情怀的成因无疑与作者具有乡土烙印的人生经历有着密切的联系。翁新华出生在岳阳的一个乡村，早早地就出来务农、当小学老师、当知青，其人生经历十分丰富。从乡村到小镇，从小镇到工厂，从工厂又到小县城，再从小县城到大城市，一生都在辗转前进。[1] 他丰富的人生经历无疑是他创作的源泉，而这些人生经历大多源自故乡，岳阳自建城至

---

[1] 参见杨晓澜《一个孤独的写作者——翁新华访谈录》，《创作与评论》2013年第17期。

今，已有2500年的历史，其乡土文化底蕴之深厚自不必多说。翁新华身上具有很深的乡土烙印，虽然他由农村走向了城市，但是他的"创作始终围绕土地、家庭、自然、苦难、奋争而展开，饱含了对本土历史文化与情感的记忆、审视、感悟探察和批判"①。在他的心灵深处，乡土是一枚厚厚的烙印，是他毕生追求的文化理想，他的作品如《再生屋》《城市木马》等，其创作资源都源于乡村，《痴虎三部曲》也不例外。小说中对于乡村环境及特色场景的描写、乡民形象的刻画、质朴情感的流露都显得非常的本真、自然，因为在他看来，这些都是他觉得既可爱又熟悉的，写起来也是得心应手，他能嗅到大山的情怀，能信手拈来一首民谣，能细致观察到躺在树荫下的老黄牛，能捕捉每一个质朴感人的细节，他懂得乡村老师的纯粹和他们所在意的东西，他知道乡村老父亲的教育方式，知道乡人的不容易，他本能地爱乡村人的这种痴傻，既诚实又狡黠，不失原则又灵活多变、内敛踏实的性格。小说中的教育情怀必不可少地会涉及乡土情怀和乡民品质。

翁新华思想观念形成及奠基的主要阶段先后经历了"文化大革命"和改革开放两个时期，在出版小说的时候也早已过了而立之年。年轻时，当小学教师的他却要常常参加批斗大会，要被拉去喊口号，这种文化高压的环境铸就了翁新华内敛的性格，以及独立思考、冷静观察的行为习惯。他既没有多余的业余活动，日常交际也不多，孤独是他的生活形态。改革开放后，新时期文学创作出现了多元化景观，各种文学流派层出不穷，各种思潮精彩纷呈，翁新华这种内倾、孤独的性格打磨出来的文学作品，无疑让他在文坛有着一股独特的魅力。孤独者的思想是自由的，不必考虑别人是怎么想的，不用依靠任何人，也不需要取悦任何人，只要说出自己内心所想即可。改革开放初期，中国社会经济的大体走向是鼓励去南方大城市淘金，鼓励下海经商，一大批人因此而致富，翁新华看到了这一点，但是他没有跟随潮流向大都市"谄媚"，而是执着于农村。他的作品观照80年代以来的社会现实，展现普通农村劳动者身上的纯美人性。②《痴虎三部曲》可谓逆向而行，在倡导走出去的时代，呼唤回归本土；在市场经济、消费时代盛行的时候，却展现大私营

---

① 陈立新：《试论文坛"岳家军"精神的几个特征》，《理论与创作》1998年第6期。
② 参见李忠荣《论新时期"岳家军"文学创作的地域特色》，《湘潮》（下半月）2007年第9期。

业主的丑陋嘴脸；在浮躁、争名逐利的社会氛围下，提出个人应有的正义情怀。这与他孤独甚至有点执拗的性格是分不开的，他冷静地观察到了这个社会在前进中所缺失和遗忘的东西，觉得应该要把它们写出来。而直接激发他创作欲望的是法国作家安德烈·纪德写的《人间食粮》，纪德认为："不必顾忌已有的标准，活在这个世界上，就要勇于表达自己内心真正所想，尽情地让自己心满意足，这样才不枉来到这世上。"[①]翁新华对此产生了强烈的共鸣，他觉得我们应该要忠于我们的民族精神，我们应该诚实地写作，忠于自己的内心。所以，总的来说，《痴虎三部曲》乡土意识中所蕴含的教育情怀是作者的孤独执拗与这个社会环境的变化和熏陶交相打磨而成的。

《痴虎三部曲》教育情怀的美学价值在于，小说是在用悲剧的形式呈现美好愿景。大黑因救游客而奉献出自己年轻的生命，李小翠老师在即将坍塌的村小学教室内为救学生和保护教学器材而丧生，给痴虎筹集学费的老父亲在山里炸石头时却不料要了自己的命，杨颖和痴虎的初恋之花被浇上了铜臭，优秀贫穷的学生向学文在与权势的角逐中因可笑的 0.5 分而落榜，最终因此而死……这些悲剧情节带给我们心灵的震撼，让人既心痛又无奈，但是他们留下的美好人格却因此而定格。另一方面，小说具有很强的现实启示意义，当今社会，特别需要培养具有全球视野而又满怀家国情怀的人才，《痴虎三部曲》所展示的教育情怀是对乡土情怀的延伸与拓展，有很强的现实意义。又如，现实生活中频频发生的道德缺失事件，如利用职权谋私、对倒地老人不闻不问，以及卖毒奶粉、毒胶囊等不法或不义行为数不胜数，而小说中展示的对正义的坚守、对正确道德行为的维护无疑给我们做出了正面的行为引导。还有现在特别流行的婚恋家庭电视剧，对待婚外恋的态度都没有起到一个很好的引导作用，倒是小三抢夫、妻子复仇、男人狠心抛弃妻子的情节愈演愈烈，观众虽然看得十分虐心，但乐此不疲。这些网络和电视传播的语言、行为，虽然只是用来供人们娱乐消遣，但是我们却或多或少被这种文化氛围所影响，很显然，现代社会的爱情观亟须正确引导，或许我们从《痴虎三部曲》中能得到一些启发，《痴虎三部曲》给我们展现了一种态度：婚姻是一种责任，但应建立在爱情基础之上。由此可见，这本小说透露出来的价值理念是

---

① [法]安德烈·纪德：《人间食粮》，李玉民译，上海人民出版社 2007 年版，第 2 页。

充满能量的，它能让人的思想有所启迪，有所感悟。因此，小说因其独特的人性美和现实关怀，让人在不同的时空有着相同的审美感受，我们虽然看到了世间的假恶丑、现实的无奈，但同时我们也在感悟美，并走向美好，这也是小说的美学价值所在。

  总的来说，翁新华的《痴虎三部曲》从内涵上来说是一部以农村教育为视点的小说，它植根于农村现实，却又高于现实，有对现实的无奈和批判，但又给人温暖和希望。在这个农村城市化急速发展的年代，作者也试图展现乡土文化中值得秉承和珍惜的东西，这也构成了《痴虎三部曲》中教育情怀的具体内核。小说中的乡土意识、乡村人狡黠灵活的做事智慧、农村人质朴的正义感、负责任的爱情观，这都是对乡村文化的讴歌和赞美。但翁新华过度集中和浓烈的乡土情结以及对乡土文化的高度认同不可避免地造成认知上的孤芳自赏和片面性，用乡土的审美情怀去看待大城市的文明与价值，崇尚本土的质朴、纯洁与本真，而忘却了物质的匮乏与落后，认为精神之美能弥补一切。[①] 如小说中对于去南方淘金和对大学生唐怀玉在大城市寻求自我价值的否定，对持有财富和权力者的令人厌恶的反面形象描写，对城市人高傲、优越性格和滥俗生活的批判等，都导致了其写作的局限性。但小说所蕴含的教育情怀、审美价值，意在昭示传统审美价值观的回归，启迪人们辩证看待乡村与都市之间的文化差异。无疑，这正是《痴虎三部曲》这本乡土教育型小说的审美价值和艺术魅力所在。

[①] 参见包晓玲《乡土文学的发展与文化选择》，《当代文坛》2007年第3期。

第二章 浪漫主义与现代书写：湘楚文化血液中的浪漫风韵

第一节 湖南浪漫主义文学的嬗变及审美表现

湘楚之地是中国浪漫主义文学的摇篮，作为中国浪漫主义文学不可或缺的部分，湖南当代浪漫主义文学更是湘楚大地灵秀山水的产物，犹如湘女一般多情而热烈，散发着湖南人独有的精神气质。湖南当代作家传承屈原浪漫主义，自觉关心国家与人民命运，具有"先天下之忧而忧，后天下之乐而乐"的胸襟，但是湖南当代浪漫主义文学与屈原时代的浪漫主义文学相比，存在着明显差异，突出表现为理性意识与现实责任感更加强烈，这既是湖南青山绿水和湖湘文化经世致用、自强不息等品格的投射，也与中国现实主义和西方文学思潮的强势影响及作者个人的精神气质与价值追求紧密关联。

总的来说，湖南当代浪漫主义继承了屈原浪漫主义的文学传统，善于表现湖南风土民情，弥漫着湘楚巫文化气息，洋溢着浓郁的爱国激情。

一 湖南浪漫主义文学发展脉络

虽然"浪漫主义"这一概念从"五四"时期才从欧洲引进，但浪漫主义文学在湖南的发展却源远流长。[1]

---

[1] 参见王晓丽《论中国浪漫主义的发展嬗递与古今差异》，《广东海洋大学学报》2007年第5期。

第二章　浪漫主义与现代书写：湘楚文化血液中的浪漫风韵

湘楚是浪漫主义文学的发源地，屈原的"《楚辞》开创了浪漫主义的艺术风格和审美意象，成为我国浪漫主义文学的源头"[1]。庄子虽然不是楚地人，但其文章多涉及楚事，充满浓郁的湘楚气息，鲁迅赞其"汪洋辟阖，仪态万方，晚周诸子之作，莫能先也"[2]。因此，"庄骚"共同成为湘楚浪漫主义文学的源头。此外，长沙王太傅贾谊的《吊屈原赋》悲切苍凉、深沉激昂，尽显浪漫主义动人风韵，在湖南浪漫主义文学发展初期具有重要的影响和价值。

魏晋时期，兵荒马乱，硝烟弥漫，但仍出现了一批放荡不羁、狂狷飘逸的文人，他们在颠沛流离中依然追求着精神的超越与自由，在宏阔气势中凸显浪漫主义风韵，推动了浪漫主义文学的发展。其中，陶渊明《桃花源记》作为突出代表，显示了与湘楚文化息息相关的渊源，"忽逢桃花林，夹岸数百步，中无杂树，芳草鲜美，落英缤纷。渔人甚异之，复前行，欲穷其林"。桃树、芳草、落英红绿交织，芳香袭人，显现出平和淡雅的浪漫主义气韵。

唐代是湖南古典浪漫主义文学发展的黄金时期，除了本土文人，"许多文人墨客流寓于湖南三湘四水之间"[3]，他们或因仕途失意被贬至此，或被湘楚风光吸引而来，或为了摆脱官场喧嚣寓居于此。湘楚大地上留下了他们的喜怒哀乐，也留下了他们的传世篇章。如李白《渡荆门送别》："渡远荆门外，来从楚国游。"杜甫《登岳阳楼》："昔闻洞庭水，今上岳阳楼。吴楚东南坼，乾坤日夜浮。亲朋无一字，老病有孤舟。戎马关山北，凭轩涕泗流。"此外，孟浩然的《临洞庭湖赠张丞相》、柳宗元的《永州八记》《天对》、刘禹锡的《望楚赋》《砥石赋》、杨万里的《宿新市徐公店》、秦观的《踏莎行·郴州旅舍》等，为湖南浪漫主义文学的传承发展添上了浓墨重彩的一笔。

宋代程朱理学蓬勃兴盛，长沙岳麓书院、衡阳石鼓书院成为文人们讲学或游览的胜地，周敦颐、朱熹、张栻、王夫之等人纷纷前来，王阳明和湛若水的心学理论也随之传入，为湖南浪漫主义文学打下了理性的烙印。其中，范仲淹的《岳阳楼记》将洞庭湖雄浑壮阔的气势表现得淋漓尽致，是湖南古典浪漫主义文学中不可多得的佳作。

---

[1] 田中阳：《区域文化与当代小说》，湖南师范大学出版社1996年版，第269页。
[2] 鲁迅：《汉文学史纲要·鲁迅全集》第9卷，人民文学出版社2005年版，第375页。
[3] 欧阳友权：《湖南文学的湖湘文化背景》，《理论与创作》1998年第6期。

明清时期浪漫主义文学已跌入低谷，但是湘楚大地的学者文人仍在孜孜探寻。从明代诗人李东阳的《游岳麓寺》"危峰高瞰楚江干，路在羊肠第几盘？肆树松杉双径合，四山风十一僧寒。平沙浅草连天远，落日孤城隔水看。蓟北湘南俱入眼，鹧鸪声里独凭栏"，哲学家王夫之的"含情而能达，会景而生心，体物而得神"，到清代邓显鹤的"雄厚峻洁，磅礴沉郁，情深而意远，气盛而才大"，曾国藩的《早发武连驿忆弟》"朝朝整驾趁星光，细想吾生有底忙。疲马可怜孤月照，晨鸡一破万山苍"等作品可以看出，明清学者诗文彰显理性，却挡不住浪漫主义气息的散发，这对湖南当代浪漫主义文学发展的理性化趋向具有一定的影响。

新文化运动以后，西方思想不断涌入，作家们开始注重自我的表现，浪漫主义文学表现风格备受张扬和青睐。最具有代表性的是毛泽东的《沁园春·雪》《沁园春·长沙》《忆秦娥·娄山关》等诗词。这些诗词气势雄浑、豪情万丈，展现了新生代革命者的浪漫情愫，为湖南浪漫主义文学的当代发展奠定了坚实的基础。1937年一场战火点燃了湖南文人的爱国激情，他们以笔为武器，用文字进行革命，浪漫主义遂成了革命的附属品，出现了所谓的"革命浪漫主义"，但仍出现了周立波、康濯、沈从文、丁玲等重要作家。其中，浪漫主义文学造诣最高的当属沈从文，他以"乡下人"的视角描绘出了一幅纯净唯美的湘西山水图，构筑了一个超尘脱俗的精神乐园，那种总是在淡淡的哀愁中露出淡淡欣喜的文风，清新自然，令人沉醉。

中华人民共和国的成立标志着当代文学的开始，湖南浪漫主义文学渐渐步入低潮，尤其是"文化大革命"爆发，浪漫主义陷入歧途，蜕变为"伪浪漫主义"。80年代之后，随着改革开放的迅速发展，西方思想大量涌入，国内思想和学术相对自由，各大文学流派异军突起，各种文学思潮风起云涌，现实主义、古典主义、现代主义竞相呈现，使本来未能完全发展成熟的湖南浪漫主义文学陷入低迷状态。

二 屈原浪漫主义传统及其当代传承

作为中国文学史上第一位爱国主义诗人，屈原开创了从集体创作到个人创作的崭新时代，也开创了古代诗歌的浪漫主义传统，对湖南当代浪漫主义文学产生了深远的影响。刘勰《文心雕龙·辨骚》将屈原浪漫主义文学特征概括为"异乎经典"之四事:"诡异之辞""谲怪之谈""狷狭之志""荒淫之意"。总的来说,屈原浪漫主义诗歌具有如下特征:

首先,以楚声言楚事,着力表现楚风巫俗。"一方山水养育一方人。"楚国秀丽山川、奇花异草、龙凤鸠鸾悉数映入了屈原的脑海,成为其作品的主要意象,如江离、辟芷、秋兰、木兰、宿莽等都是屈原作品中的重要意象。同时,楚地乃巫术之乡,据王逸《楚辞章句》记载:"昔楚国南郢之邑,沅湘之间,其俗信鬼而好祠。"《汉书·地理志》也称:"楚人信巫鬼重淫祀。"巫楚之风深深影响了屈原,其作品中的灵氛、灵均、灵修、灵雨等均与巫术有关,而民间祭歌《九歌》更是一部楚巫风俗简谱。可以说,楚地风物是屈原创作的最佳素材,是屈原美学思想的源泉,而这一点在湖南当代浪漫主义文学中得到了很好的继承和发展,湘西故事、土家情结、乡野人情、洞庭水色、市井文化、巫风野火、地方小戏等都以文学的形式演绎出来,极富湘楚气息。[①]

其次,激情澎湃,在对现实的忧患中寄寓芳草美人的理想。屈原在诗文中一次又一次地倾诉自己的愤慨与哀怨,表明自己忠君爱国的心迹。郁悒、掩涕、离忧等词语几乎成了屈原的标签。《离骚》:"长太息以掩涕兮,哀民生之多艰。""亦余心之所善兮,虽九死其犹未悔。""路漫漫其修远兮,吾将上下而求索。"这种赤子之情的反复喷发,将屈原的爱国激情一步步升华。作为爱国主义诗人,屈原作品主题永远离不开国家与人民,一字一句都承载着难以抑制的爱国激情。这种爱国传统一直保留至今,在湖南当代作家笔下随处可见,只是不似屈原般激情四射,而是理性思考现实,孜孜以求,探索人类的出路。

最后,大量使用神话传说,想象奇特,尤尚夸张。《离骚》中尧舜、天帝、宓妃、凤凰、雷神等传说人物,《九歌》中湘君、湘夫人等神话故事,为屈原的作品增添了一层神秘的浪漫色彩。在《离骚》的后半部分,诗人描绘自己在风雨雷电的陪伴下驰骋天宇,俯瞰万物,思接万里,想象丰富,在朦胧迷离中尽显雄壮之势。同时,以香草佩饰象征品德,并极尽渲染,把诗人

---

① 参见胡良桂等《湖南文学史》当代卷,湖南教育出版社1998年版,第278页。

所推崇的美德拔高到了异乎寻常的地步。绚丽多姿的神话、天马行空的想象、惊天动地的夸张，将屈原的浪漫主义风格发挥到了极致。在湖南当代浪漫主义文学中也不乏传奇、想象与夸张，比如毛泽东的古体诗词气势恢宏、豪情激荡。新边塞诗人王昌耀的《慈航》等，喜欢将抽象的感觉浸入具体的历史，用热情激活古老的神话传说，凝练出壮美的意象，书写对爱和生命的赞颂。但与《离骚》远游仙境不同，《慈航》的主人公被抛入荒原，在荒原中寻觅人间的善良与爱，少了屈原香草神殿的浪漫情调，现实意味更重。

在屈原浪漫主义文学继承和发展方面，成就显著的是湘楚文学，即"湘味"与"汉味"这种极具地方"风味的"浪漫主义文学。"湘味文学"顾名思义，即体现湖南湖光山色、生活图景、思维方式的文学形式。从沈从文、丁玲、周立波等老一辈作家，到古华、韩少功、残雪等新生一代，"湘味文学"作家群逐渐形成，"湘味文学"也逐渐形成自己的浪漫主义表现特征。"汉味文学"与"京味""津味""海味""苏味"文学齐名，即以武汉地方语言描写武汉（湖北）风土人情的文学。20世纪80年代，以方方、池莉为代表的作家开创了"新写实主义"文学思潮，以塑造具有典型特征的武汉人形象向世人展示大武汉风范与小市民"混呗"心理的不和谐，再现当代武汉平民百姓的生存之累。

"湘味文学"和"汉味文学"很好地承续了屈原浪漫主义的气质，融入了楚风巫俗，"书楚语，作楚声，纪楚地，名楚物"[1]，具有浓郁的"楚味"。彭见明《那山那人那狗》以楚人的眼光打量湖南的秀丽山川，打量湖南人的淳朴心灵；池莉《烦恼人生》聚焦武汉百姓的"小烦恼"，琐屑、平淡、鸡毛蒜皮的罗列和不做作小人物的朴实展现了武汉人的现实人生，崎岖的羊肠小道、爽朗的少女笑声、拥挤的武汉公交、人头攒动的长队，充满"楚味"风情。另一方面，具有"天下兴亡，匹夫有责"的忧患意识，带有浓厚的"情味"意蕴，作家们或在瑰丽的想象中寄寓美好理想，或在华赡奇巧的辞藻里挥洒浪漫情怀，或在质朴素净中显示浓浓深情，或在平凡琐碎中凸显生活辛酸。韩少功的《月兰》通过勤劳善良的农村妇女月兰的悲惨遭遇，表达了对历史的深思和对穷苦大众的同情；欧阳忠《情愫集》对亲情、友情、爱情

---

[1] 欧阳友权：《湖湘文化与湖南文学的审美品格》，《求索》1998年第6期。

的娓娓叙述，人情味十足，感人肺腑。

由于湘楚文学的砥砺前行，屈原浪漫主义文学在当代"湘味文学"和"汉味文学"中得到了承传和发展，呈现出独特的美学意味。

首先，"湘味文学"丰富了屈原慷慨激昂的特点，具有浓烈的辣味、蛮劲，自强不息、不甘人后、敢挑大梁、勇往直前是"辣"的表征。巾帼不让须眉，作家残雪用荒诞技法在模糊和神秘中表现出历史和人性的本质，用赤诚烛照社会和现实，小说《苍老的浮云》中飞翔的毛毯、疯狂的蚊子、透明的胸腹，爆发出无穷的能量，强烈地冲击着读者的感官。而"汉味文学"则因历史的洗礼而更加沉稳，在香辣中带点甜味，既有屈原的深沉，但也不乏幽默调侃。如方方《黑洞》中陆建桥等人的粗鄙幽默，池莉《落日》中坐观虎斗的洒脱，或淡化道德，或笑对烦恼，寓讽刺于俏皮，轻松而不轻浮。

其次，表现为对屈原爱国传统的弘扬。湖南和湖北是革命圣地，红色文化兴盛，爱国主义传统深厚。湖南当代作家将爱国的赤诚倾注在人性的思考中，他们在古与今、农村与城市的对照中，寻求民族之路，而"汉味文学"偏重展示普通人的日常生活，在平淡中凸显文学的社会意义。同样是讲述市井生活动态，古华《芙蓉镇》中"赶圩"场景、众人对"豆腐西施"胡玉音的调侃只是为了与"文化大革命"后的萧条进行对比，从而达到批判、否定的目的。而方方《风景》中河南棚子一带人的"粗糙人生"，穿行不止的长江轮渡，风情依旧的花楼街，热闹非凡的四官殿、六渡桥，人潮涌动的江汉路新市场、汉正街，夏夜无君子、赤膊满街的"消夏图"，主要是为了展现武汉人的生活，亲切可感，耐人寻味，充溢着人文气息。

最后，感悟屈原善于从神话传说中汲取营养，充分运用想象和夸张等多种表现手法，当代"湘味文学"和"汉味文学"也善于借鉴和吸收，敢于不断尝试和探索，表现形式多样。当代"湘味文学"注重创作形式的多样化，如意识流、荒诞技法、魔幻现实主义等手法。武汉人独有的"九头鸟性格"则造就了"汉味文学""杂糅"的浪漫主义特点。[①] 它融合多种地域文化，既有"湘味文学"坚忍不拔、锋芒毕露、涛头弄潮的"辣味"，又有江浙文学的温柔与东北文学的粗犷。

[①] 参见樊星《当代文学与地域文化》，华中师范大学出版社1997年版，第242页。

可见,"湘味"和"汉味"文学作为屈原浪漫主义的主要传承者,既继承了屈原色泽艳丽、气势奔扬、情思馥郁、想象丰富的浪漫传统,又在当代多元文化的浸染下,显示了贴近生活、包容宽怀、表现形式多样的现代风格。

三 湖南当代浪漫主义文学的表现特征

湖南当代浪漫主义文学在继承和发展屈原浪漫主义的过程中形成了自己的特色,呈现出以下显著特征:

第一,隽永的乡村牧歌情调,浓郁的楚巫文化情结。湖南当代作家大多出生于农村,他们中不少人自称是"土作家""本地佬""乡下人",他们深深眷恋着那片热土,眷恋着那青山绿水、淳朴民风。带着对乡土的依恋,穿过茂密的鸟林,走过泥泞狭窄的乡间小道,告别神秘的村落与山寨,他们在憧憬和胆怯中走向了湖湘文坛。因为他们熟悉的只有那片土地,所以在他们的作品中不可避免地弥漫着浓浓的乡土味。一方面,他们以湖南人独特的视角描摹湖南秀丽山水,像古华文中雄奇的五岭风光,孙健忠眼里神秘的湘西,谢璞、谭谈笔下秀美的湘中,周健明心中浩瀚的洞庭,无不令人心驰神往。其中,叶蔚林《在没有航标的河流上》中描绘的隽秀潇水图,在精雕细镂中透出迷人神韵,被誉为当代文学作品中描摹自然风光的代表作。[①] 另一方面,作家们以亲切自然的笔调描述了湖南的风土民情,如《浮屠岭》中喝雄鸡血酒的神圣仪式、《姐姐寨》中空灵的"竹鸡调"、《醉乡》中古老的"上梁酒"风俗,生动活泼地勾勒出了湖南人独有的生活方式。乡村自然山水、古老风俗是作家们创作的不竭源泉,其间夹杂着淡淡的乡愁及对现实的不满和逃避,是湖南当代浪漫主义文学的坚实基点。屈原虽然被流放,但他已经将自己完全当作了楚地的一分子,或许他认为自己就是楚地,而当代作家只是将自己当作"局外人",当作被乡土放逐的流浪者,他们在古今与城乡的反差中越发感觉孤寂和伤感,因此他们的描写和思索比起屈原来说,显得稍微狭隘和单薄。

第二,浓厚的爱国情怀与忧患意识,能够理性地看待社会现实。在《青

[①] 参见罗守让《论湖南作家群小说创作的乡土特色》,周特新、文选德《湖南新时期10年优秀文艺作品选》文艺理论卷(上),湖南文艺出版社1990年版,第289—290页。

春之歌》中，杨沫通过女主人公林道静的成长历程说明：只有投身于革命，为人民的利益而奋斗，才能体现出个人自身的价值。古华《芙蓉镇》"寓政治风云于风俗民情图画，借人物命运演乡镇生活变迁"（《芙蓉镇·自序》），既表达了对湖南农民的挚爱与同情，又道出了对"左"倾毒瘤的痛恨与批判。韩少功的寻根小说清醒地剖析了中华民族文化之根，充分体现了文人的责任意识。《爸爸爸》借弱智儿童丙崽的眼睛，将顽固不化的"集体无意识"无限放大，揭示民族的劣根性，以引起疗救者的注意。① 从屈原开始，经过魏源、曾国藩、毛泽东、丁玲、周立波、康濯等人的继承和发扬，"先天下之忧而忧，后天下之乐而乐"已经成了湖南人的精神内核之一。因而，在湖南当代作家的笔下总是充溢着一股强烈的民族主人翁意识，这与屈原的爱国情怀不谋而合。略有不同的是，屈原将这种深沉的爱寄托在香草美人的盛情高歌中，而当代湖南作家则压抑着心底的狂野，激情也有所收敛，理性而冷静地批判现实，思考命运。

第三，开放创新，具有鲜明的时代性。湖南人以"吃得苦，耐得劳，霸得蛮"著称。其"蛮劲"不仅体现为勤劳拼搏的精神，更表现为博采众长、兼收并用的开放思想，以及敢为人先的创新意识和与时俱进的气魄。这股"蛮劲"在湖南当代浪漫主义文学中也有所体现。比如，韩少功《爸爸爸》大胆地模仿了哥伦比亚魔幻现实主义作家加西亚·马尔克斯的《百年孤独》，蔡测海《楚傩巴猜想》则创造性地采用了魔幻现实主义手法，这都极大地丰富了小说的创作形式。残雪《山上的小屋》既有令人窒息的"凌空御虚"感，又流露出西方现代派的恐惧和焦虑，成了湖南当代文学中一道亮丽的风景线。② 此外，女作家龙应台的杂文《野火集》，也深受西方自由、平等思想的影响。总之，作家们在继承与借鉴的基础上，积极尝试与创新，为湖南当代浪漫主义文学增添了新的元素。时代在发展，随着中西交流增多，文学也趋向多元化和国际化。

湖南当代浪漫主义文学既不同于屈原浪漫主义文学，也迥异于当代"汉味文学"，其独特性是多种因素综合作用的结果。其一，作家个人心理机制的

---

① 参见朱栋霖等《中国现当代文学史：1917—1997》，高等教育出版社1999年版，第128页。
② 参见胡良桂等《湖南文学史》当代卷，湖南教育出版社1998年版，第28页。

牵制。湖南当代作家大多来自农村，骨子里保留着农村人的淳朴自然。他们熟悉农村风土民情，步入文坛后，其乡土情思全部倾吐在对乡村人、事、物的回忆中。其二，自然与社会环境的熏陶。湖南深处内陆，三湘四水洗出了湖南人的柔情，秀丽山川撩起了湖南人的情思，神秘风俗拨动了湖南人的心弦，对故土的热爱成为湖南当代浪漫主义文学的主旋律。改革开放之后，湖南逐渐打开大门，集思广益，融会中西，紧跟时代步伐，积极融入世界大环境，浪漫主义文学中渗透出一定的时代气息。其三，文化的浸淫。湖南是革命圣地，历史积淀深厚，血雨腥风、硝烟炮火赋予湖南人更深重的社会使命感；湖南也是理学殿堂，书院促进了程朱理学的发展。红色文化、程朱理学等地域文化为湖南当代浪漫主义文学打上了沉重的政治烙印。

在个人、环境、文化等因素中，文化尤其是湖湘文化起着不可估量的作用。

一是湖湘文化中的政治情结对湖南当代作家人生追求与价值选择的规约。湖南当代浪漫主义文学既延续了屈原浪漫主义特征，又承继了近世湖湘文化的入世精神，具有经世致用与匡时济世意识。在早期的农村题材中，何立伟《白色鸟》通过讲述两个天真无邪的少年追寻大自然之美的故事，营造了一种天人合一的和谐氛围，而在结尾突然传来"开斗争会"的锣声，顿时将一切的美好击得粉碎。唯美与破碎的鲜明对比，使小说的批判意义铿锵有力，发人深省。在"寻根文学"中，韩少功《爸爸爸》《女女女》《马桥词典》等一系列作品，试图从"再现现实"向"超越现实"嬗变，作者想要忘怀现实，却无法真正逃出现实的怪圈。80年代中期之后，荒诞手法成为作家们跳出尘世的杠杆，残雪、叶蔚林、莫应丰、彭见明等都做过相应的尝试。可是不管他们如何努力，始终都逃不出"现实"这座"五指山"。正如田中阳在《湖湘文化与二十世纪湖南文学》中所说："20世纪的湖南作家没有一个超脱出世。"[①] 另外，这种"入世精神"也禁锢了作家的创作思维，他们把政治作为人生的首要目标，必然使文学带有强烈的政治功利性，从而忽视了作家自身人格的建构。

二是湖湘文化的边缘特性对作家乡土情结的滋养。严家炎先生在《二十

---

① 田中阳：《沉重的"浪漫"》，《理论与创作》1996年第5期。

世纪中国文学与区域文化丛书·总序》(1995)中曾说:"对于20世纪中国文学来说,区域文化产生了有时隐蔽,有时显著,而总体上却非常深刻的影响,不仅影响了作家的性格气质、审美情趣、艺术思维方式和作品的人生内容、艺术风格、表现手法,而且还孕育出了一些特定的文学流派和作家群体。"曾国藩之前,由于长期远离历朝政治中心,湖湘文化始终游离于主流文化圈之外,湖湘文化骨子里具有杂交性、弱势性、欠发达性、边远性的特征,这种特性在当代湖南作家这里往往体现为作家或关注乡土主题,或关注弱势群体,或关注底层生活,或从农村自然风光与民俗中寻找生命的依托与创作的灵感,如彭见明《那山那人那狗》中人与自然的融合、父子间浓浓的亲情、人与狗之间的心灵契合,皆是作者思维的载体,从乡村、乡土、乡情、乡俗着眼,寄寓着作者对民族生存方式的深沉思考。[①]

然而,这种"边缘"姿态对湖南当代浪漫主义文学也带来了不少负面影响。作家们难免沉湎于过去、保守偏狭,少了几分傲视群雄的霸气。虽然出现了周立波的《山乡巨变》、莫应丰的《将军吟》、任光椿的《时代三部曲》、唐浩明的《曾国藩》、代云(独孤残红)的《江湖四部》等长篇小说,也诞生了田汉《关汉卿》《谢瑶环》等优秀剧作,但无论是结构还是内涵,都无法称为"鸿篇巨制",更无法再现屈原时期的恢宏气势。

三是程朱理学经世致用、求真务实的理性精神对作家思想的引导。在理性原则指引下,作家们敢于正视现实,揭示社会的不合理,站在历史的高度探索人类与社会的出路。如痛斥"文化大革命"的作品像古华的《芙蓉镇》、发掘人类惰性与国民劣根性的"寻根文学"、张扬生命意识的叶梦诗化散文、针砭社会时弊的龙应台散文,作家们在现实与人性面前冷静地分析,体现出高度的理性,浪漫主义气韵从显性趋向隐性,但浪漫性依然依稀存在。但是,有些作家推崇"纯客观""零度情感",完全搁置了主观情感,一定程度上削弱了文学的浪漫性。[②]

四是广纳良言、兼收并蓄的开放精神增强了作家的创新意识。湖南当代作家敢于尝试,有海纳百川的广阔胸襟和敢为人先的撼人气魄。在继承湖南

---

① 参见涂昊《湘楚文化与新时期湖湘文学的审美特征》,《西南民族学院学报》2003年第2期。
② 参见李庆本《当代浪漫主义的终结》,《中国文化研究》1996年第4期。

文学优秀特质的基础上，广泛吸收古今中外的表达技巧，大胆运用意识流手法、荒诞技法与魔幻现实主义方法，将西方现代派技巧"东方化"，使之符合东方人的审美需求。孙健忠《死街》重视人类意识的自由流动，完全打破了因果联系与时空顺序，用心理时空取代现实时空。残雪《黄泥街》《苍老的浮云》、何顿《我们像葵花》、何立伟《你在哪里》等作品，以荒诞的视角审视世界，具有强烈的反讽效果。另外，韩少功《爸爸爸》、蔡测海《楚傩巴猜想》《斧斧斧》《三世界》等作品在极度夸张、超常想象中淡化情节与背景，构造了一个亦真亦幻、亦虚亦实的象征世界，湖湘文学的浪漫性呈现多元特性。

作家们大胆的创作，为湖南当代浪漫主义文学增添了别样的色彩，也为读者的阅读和接受设置了障碍，无形中阻碍了浪漫主义文学的发展。另外，作家们在创新的同时，有点浮躁与急功近利，忽视了文学自身的价值。市场经济飞速发展，人们的思想观念不断变化，湖南文学开始转型，不少作家弃文从商或走上政坛，作家队伍出现断层，纯粹的文学创作已不被看好，创作质量也不太理想，在近年的茅盾文学奖、鲁迅文学奖评选中，湘军惨不忍睹。除了尴尬和羞愧，我们更应该进行深刻的反思。[①]

湖湘文化对湖南当代浪漫主义文学的影响是多方面的，在肯定其积极性的同时也应看到其潜在的消极作用，趋利避害，实现湖湘文化与湖南文学的和谐共进。

综上，湖南浪漫主义文学始于"庄骚"，历经了千百年的发展，承继了屈原浪漫主义的表现特征，富有楚地气息和爱国情怀。但是在现实主义主导下，湖南当代浪漫主义文学抛弃了屈原浪漫主义的唯美意象与澎湃激情，更侧重理性，追求全面与科学，不断向现实主义靠近，逐渐成为一种"隐性"的浪漫主义审美意识形态。在湖南当代浪漫主义文学的发展过程中，湖湘文化起着十分重要的作用，其政治情结制约了湖南当代作家的人生观和价值观，边缘文化加深了作家的乡土情结，程朱理学的经世致用、求真务实的理性精神沉淀了作家的思想。通过对屈原浪漫主义文学的继承和发展，湖南当代浪漫主义文学浓郁的"楚味"、深沉的爱国热情、无所畏惧的"闯劲"成为中国浪漫主义文学中的独特风景。

---

① 参见彭石玉等《湖湘文化与湖湘文学：引力·张力·合力》，《长江大学学报》2010年第4期。

第二节　浪漫主义在当代湖湘文学中的"隐性"存在

　　湖湘自古便有浪漫主义的文学传统，但自沈从文以降，特别是中华人民共和国成立之后，湖湘浪漫主义文学日渐式微。但所幸，在现实主义文学巨流的猛烈冲刷下，湖湘文学的浪漫主义底蕴并未被洗去。随着欧美文化对中国文化的渗入，浪漫主义的内涵，或研究界对浪漫主义的理解也日趋丰富而深刻。由此，对浪漫主义文学的研究不能简单地从形式方面探求，更不能单纯地视为一种创作方法，而应该以更为广阔的视角去加以考察和探索。

　　湖湘文学发展到今天，已经取得了非凡成就。特别是近现代以来，从王闿运、曾国藩，到沈从文、丁玲、周立波，再到韩少功、残雪等，众多湖南作家以其内蕴丰富、影响深远的文学作品，为中国文学做出了不可磨灭的贡献，也使湖南文学成为中国文学版图中最为耀眼的一部分。学界一向认为湘楚文化是"离中原而独行"的，这说明湖南文化在某种历史渊源上区别于中原文明，而屈原则是湖南文学最为直接的文化源头。屈原开创了"楚辞"这种文体，且他的作品色泽艳丽、气势奔扬、情思馥郁，具有典型的浪漫主义特征，这也是中国浪漫主义文学的先声，从某种角度来看，湖湘文学从源头上便是浪漫的。

　　到了近代，沈从文带着卢梭式的浪漫，使湘西这块镶嵌在崇山峻岭中的明珠，成为近代中国最著名的文学原乡之一。虽然有学者提出，沈从文被简单粗暴地放入了二元对立模式[①]，但亦可认为沈从文的作品是多种异质因素的结晶，但不可忽视的是他作品之中的浪漫主义元素和风情。然而自中华人民共和国成立以来，社会主义、现实主义作为文学创作的指导方法被大力推崇，"消极浪漫主义"被大肆打压，带有鲜明"左"倾印记的"积极浪漫主义"逐渐成为浪漫主义的代名词。那么，曾在湖湘文学历史上大放异彩的浪漫主

[①]　参见王德威《现代中国小说十讲》，复旦大学出版社2012年版，第130页。

义文学时至今日真的已低入尘埃了吗，或者说浪漫主义真的只能作为一种创作方法而存在吗？确实，因为思维的惯性，在"想象、理想、情感"的文学场域已经无法让人真正感知到原汁原味的浪漫主义美学思想的风味，因此使得湖南浪漫主义文学的曼妙身姿被遮蔽，欲要让湖湘文学中作为"隐性"存在的浪漫身姿清晰显现，首要的便是廓清浪漫主义的概念内涵，只有在对历史概念祛魅的前提下，才方便对湖湘浪漫主义文学场域进行较为细致的考察。

一

"浪漫主义"在我国被当作与现实主义相对应的一种创作方法来看待由来已久，在广泛讨论与应用的前提下几乎成为一种"集体无意识"，"它以强烈的主观态度，热情奔放的情感力量，无拘无束的幻想精神，奇特神秘的艺术色彩，将理想型文学发展到极致"[①]。从这一界定中可以概括出三个主题词汇：主观、情感、幻想。虽然这种对浪漫主义的描述并无不妥，但是在"精神流向"似乎失去方向感的 20 世纪，文学界乃至整个思想哲学界曾经在"建立深度模式"和"拆除深度模式"中揪斗不休，"浪漫主义"置身其中显得尤其尴尬而无力。

这种把浪漫主义文学思潮切割成片段的做法，在中国文学理论中的延续是有迹可循的，其源头是 20 世纪二三十年代在中国被广泛传播与接受的高尔基式的政治学浪漫主义，也有学者称为"功利浪漫主义文学模式"[②]。总的来说，因为受到高尔基学说的深刻影响，这种浪漫主义文学模式具有强烈的非文学倾向，被认为"在风格上以华丽的辞藻和粗糙的形式表达浮躁的情绪；在作品的意义上追求文本的能指意义，强调文学的现实意蕴，突出作品的政治指涉性"[③]。很显然，把文学简化为阶级意识形态的宣传工具，是以抹杀其审美价值为代价的。当然，我们没有要为"什么是浪漫主义"这个问题寻求确切答案的企图，因为浪漫主义文学的文学特征极其含混与模糊，并且其诗学理论也十分宽泛和驳杂。所以，勃格姆说："谁试图为浪漫主义下定义，谁

---

① 童庆斌主编：《文学理论教程》，高等教育出版社1992年版，第165—166页。
② 朱曦、陈兴芜：《中国现代浪漫主义小说模式》，重庆出版社2002年版，第14页。
③ 同上书，第15页。

就在做一件冒险的事。"① 然而,尽管如此,要研究浪漫主义文学,就必须对浪漫主义理论有整体的把握与认识。

朱光潜先生曾对浪漫主义做过概括,他认为,作为流派运动的浪漫主义具有三种显著的特征:第一,主观性;第二,回到中世纪(强调浪漫主义与民间文学的关系);第三,回到自然。

朱光潜先生对西方浪漫主义的归纳和分析无疑是独到而准确的。但是,一方面朱光潜先生关于浪漫主义原则的界说着重于西方浪漫主义思潮表征的归纳,另一方面则是朱光潜先生似乎没有显露出其对于现代性溯源的兴趣。因而如何跳出历史时间的束缚,在不同的文化空间与知识场域中直指浪漫主义的本质核心就更加值得深入思考了。为此,威尔·杜兰在《世界文明史》中做了精要全面而又激情洋溢的概括:"浪漫运动是何意?乃感觉对理性之反叛;本能对理智之反叛;情感对判断之反叛;主体对客体之反叛;主观主义对客观性之反叛;个人对社会之反叛;想象对真实之反叛;传奇对历史之反叛;宗教对科学之反叛;神秘主义对仪式之反叛;诗与诗的散文对散文与散文的诗之反叛……青年对权威之反叛;民主政治对贵族政治之反叛;个人对抗国家——简而言之19世纪对18世纪之反叛,或更精确地说,乃是1760年至1859年对1648年至1760年之反叛。以上浪漫运动趋势的高潮阶段,于卢梭和达尔文期间横扫欧洲。几乎所有这些要素皆从卢梭找到根源。"(《世界文明史·文学卷》)这一对浪漫主义的概括几乎触碰到了人类社会政治、精神的各个方面。虽然其表现形态上千姿百态,但从中可以提取出一个关键词:反叛。诚然东西方的文化语境差异明显,近代以来中国作家受到西方文艺思潮的影响巨大,可是传统的东方式的审美自觉与习惯依然或多或少地影响着作家的创作,加之生存环境与历史时代的因素,西方的浪漫主义文学理论的原意在中国也就有了某种特殊形式的表达,但是同时,两者之间又隔着时空相互对话。在浪漫主义发轫时期,古典主义体系正土崩瓦解,启蒙主义和德国古典美学正蓬勃发展,"非理性"开始动摇人们对"理性"的绝对信仰。英国诗人华兹华斯把情感标榜为文学创作最重要的因素,可以明显看出其对逻各斯主义传统的背离;康德将想象提高到前所未有的地位,足以见得其对古

---

① [英]利里安·弗斯特:《浪漫主义》,李今译,昆仑出版社1989年版,第1页。

典主义绝对理性崇拜的反叛；卢梭则以"自然"为尺度，来考量现代文明，对人类文明正值增长时所产生的负值效应表示质疑、忧虑与反抗。① 浪漫主义实际上饱含着对人类更加美好的生存环境和精神世界的追求，也正是因为这种追求而不得不反对当下阻碍人类发展的一切异质因素，它以人道主义为价值尺度，有着独特的审美判断。人类社会是不断发展着的，浪漫主义的形态也不断地变化着，用某个历史时期的表征来完全界定浪漫主义，实在是偏颇之举。

湖南文学曾以乡土文学的独特面貌在全国文坛风骚独领。中华人民共和国成立初期以周立波为典范的乡土小说创作繁盛一时，以此为基础，乡土小说一直是湖南文学最主要的一部分，其浓郁的乡土特色与鲜明的时代精神为湖南文学的整体创作奠定了基调。直到20世纪80年代寻根浪潮之后，湖南文学开始向多元格局发展，湖南作家的文学创作开始了极具自省意味的自我调整与艺术突围。新时期的湖南文学背后，是整个国家求新图变快步走向现代化的历史境遇，在思想文化方面全社会亦进行着激烈而深刻的探讨，这时的文学在艺术审美方面寻求新的空间与道路的同时，也被寄予了带动整个社会思想翻新变革的厚望。从某种意义上说，在很长一段时间内，湖南文学是自愿背负着某种功利的社会责任的，这样难免会使之蒙上一层浓厚的现实主义色彩，然而"浪漫主义"却因语义的多义性与模糊性无形中遮蔽了自身的存在。但是，当历史概念的祛魅已经完成，界定浪漫主义的尺度业已建构，那么，此时再以新的视野来考量湖南当代文学，便会发现，在叙事主体对当下社会的深度理性分析模式之下，蕴藏着巨大的感性倾向。

二

在新时期的湖南作家中，彭见明无疑是最富浪漫主义情怀的作家之一。其早期作品多描绘山乡小镇平头百姓的纷繁群像，古旧的生存状态与传统心理境况，在本色自然的山水风光与生活片段之中，营造出一种安详平和的氛围。但是，在这种田园牧歌的氛围之下又浮动着不安的危机感。这种危机感来自与精神家园相对的充满丰富物质的外界现代文明。彭见明在其早期作品

---

① 参见俞兆平《浪漫主义在中国的四种范式》，广西师范大学出版社2011年版，第47页。

《躲避南方》中,便刻意建立起一种精神与物质二元对立的模式,即物质财富不断增长的同时,人们的道德情操却在不断地堕落,人已被异化成了金钱的奴隶,而经济相对落后的地方,却是充满人类道德神性的精神原乡。四角坪的年轻人一门心思只想南下发展,而邱家闺女在广东却不堪老板凌辱,身无分文只身逃出工厂回乡,一千多里的路程一路乞讨,而广东那面的富豪,非但不予施舍,还放狗咬人,以致邱姓姑娘饥饿成疾,最后落下精神病。这只是通过为富不仁的工厂老板与沿路不予援手的富人的品德败坏与冷漠,从侧面反映出财富使人性堕落的危机。而四角坪的一对双胞胎姑娘,南下广州通过出卖肉体赚得盆满钵满,却沾染上性病,回家治病并炫耀通过卖身所赚得的财富,"逢人便说那面是无比的好这里是无比的寒碜"[1],"那面"代表的是经济的发达,代表的是现代文明带给人们丰富的物质享受,但同时也代表着因金钱而丧失掉的道德观念。邱家姐妹明确表示会再去南方寻求财富,而当老乡问及是否担心再度染病时,回答是"在那个地方像样的女孩子都得这种病没有什么大惊小怪的,不得这种病倒是奇怪的事情,有些姑娘想得这种病还得不到呢"[2]。由此可见,南方的经济"发达"不但使人的道德感受出现退化,而且金钱亦逐步吞噬了人的自尊,现代文明助力的经济腾飞使"金钱"成为被社会普遍接受的尺度。所以主人公老田想方设法阻止小女儿容前往南方,为此老田向在地区担任国企老总的老友任子午求助,为女儿容在地区谋一份工作以打消其南下的念头。然而老田却发现任子午的生活也因财富而腐化,于是拒绝了任子午的帮助。"地区"此时已成了"南方"的缩影,在迅速富裕起来之后,也随"南方"产生了顺理成章的变化,老田要逃离的正是这种变化。老田最后为女儿在镇上开了一家商店,想以此稳住女儿,但是出乎意料的是,女儿容依旧偷偷跑去了南方。小说的结尾写道:"有的去,是图钱,有的就不知图什么了。"显然作者敏锐地感觉到了,财富仅仅只是现代性的表征之一,最为吸引人的是现代化的生活方式。老田对女儿容追求财富表示理解,却不希望女儿"出事",所以老田要逃离的也并非"财富"和"现代文明",而是这一切能够使人异化的负面价值。

---

[1] 彭见明:《当代湖南作家作品选·彭见明卷》,湖南文艺出版社1997年版,第63页。
[2] 同上书,第32页。

彭见明的"逃离"倾向亦明显表现在早期作品《土地啊土地》中，这篇小说亦是以城市与乡村二元对立的模式，以乡里人的叙事视角来对比乡里人与城里人的短长。城里人不惯走长路，城里姑娘太娇弱，又不愿或不擅长做家务事，城里干部常常睡午觉，星期天还要睡早觉，城里大概难以找到一个对劳动迷恋到痴傻痴狂程度的何莫多老倌。《土地啊土地》这部小说在表现农村人依傍体力劳动而焕发出充满活力的原始生命力的同时，也表现了随着科技文明对生活的侵蚀而出现生命力退化的隐忧。

显然，彭见明敏锐地察觉到了"现代性"对人类自身的摧毁与破坏，他的逃离并非无目的的盲目规避，而是伴随着一种"诗性生存"的追求。他的成名作《那山那人那狗》便是这样一部作品。随着父亲的衰老儿子渐渐长大，儿子承袭父亲的职业成为乡村邮递员，走上了一条父亲走了一辈子的充满艰辛但却忠于职守的山间小路和生活道路。小说似乎是用一种复制生活轨迹的方式来对抗时间，儿子不过是再次年轻的父亲。"儿子像父亲。笑模样、语气、利索干净的手势、有条有理的工作，都像。"[①] 甚至儿子的婚恋的机缘与方式也预示着他将重复父亲的历史。小说对于生存"诗性"的追求除了对抗时间之外，同样表现在小山村之中人与人的纯真朴实的情感之中。父子之情、夫妇之情、乡村邮递员与山民指点的感情，乃至人狗相依相随之情，自然人性在最本真的乡居生活中被表现得淋漓尽致。老乡邮员恪尽职守，工作中的小细节表现出了他对"弱势人群"的关照，是一种人性怜悯的显现。相比彭见明其他作品，《那山那人那狗》中这种未受鄙俗的商业气息所濡染，在相对封闭的山区所保存下来的淳朴与信义显然是为作者所赞美的。

彭见明从心里亲近自然，用一种审美的眼光去捕捉自然、表现自然，乃至在小说中引人领悟到自然那庄严、超越的神性。在小说《泽国》中，彭见明运用了散文化的叙事风格，来描写一对姑嫂在洞庭湖捕鱼放钓的生活情境。小说情节被淡化，着重渲染洞庭湖秀美多姿的自然风光和人与自然和谐共生的生活场景。"渔帆在这柔和的光彩下无忧无虑地往来。在绿色湖水和草泽里谋生的人们崇拜太阳神，红色创造和保护着他们的生存，朝阳和落日制造着

---

① 彭见明：《当代湖南作家作品选·彭见明卷》，湖南文艺出版社1997年版，第32页。

红色的时刻,是渔人生命最活跃的时刻,是渔人生命最活跃的时刻。"① 在这里,人类崇拜着自然,而自然则慷慨地赠予人类丰富的资源,没有疯狂的掠夺,也没有惨烈的报复,人与自然在和谐友好中互相依赖。生活成了诗意存在的显现。"暮色开始降临的时候,湖泊往往也开始变得宁静。躁动的湖泊也有疲惫的时候。水波顿时变成一匹柔软的缎子,泛起些柔和的皱褶。快要落水的太阳愈来愈大,光芒也愈来愈轻柔,像一个苍老的老者的晚年,愈来愈慈祥亲切。太阳和湖泊共同制作了天底下最美的这幅画。"② 一切都沉浸在自然的融合之中,整篇小说的人物与情节在融和冲淡中又能天然入妙,透出一种超逸、淡远的余韵,这是生活的画,画中的生活,这也是生活的诗,诗中的生活。同时亦能看出彭见明的审美艺术追求,即追求融合了"自然人性"与"自然神性"的一种"生存的诗化"。

具有"逃离"倾向的湖南作家还有韩少功,通过其小说《月兰》《西望茅草地》和《马桥词典》等可以看出,韩少功对于"现代性"这一模糊的概念的感情是复杂的,一种城乡选择的焦虑长期横亘在作品之中,但至少韩少功深刻地觉察到了"现代性"对"自然人性"的深刻伤害。卢梭把人分为"自然的人"和"社会的人"两种,且把"自然的人"予以理想化,认为"自然的人"是最美好的、完善的,是人类的"黄金时代",而"社会的人"则是人类不断地对自我附加影响,如意识形态的分化与对立等,韩少功早年带有反思意味的小说就带着强烈的对"意识形态"的反叛。而在长篇小说《马桥词典》中,韩少功除了隐约将自然的灵性化作某种宗教情结加以表现外,还透露出了对现代文明侵害人类精神与肉体的忧虑。这种忧虑在其2006年出版的纪实散文集《山南水北》中得以完全显现。他在解释为何打算隐居乡间时这样写道:"融入山水的生活,经常流汗劳动的生活,难道不是一种最自由和最清洁的生活?接近土地和五谷的生活难道不是一种最可靠和最本真的生活?我被城市接纳和滋养了三十年……在媒体的罪案新闻和八卦新闻中与我格格不入,哪怕看一眼也会心生厌倦。我一直不愿被城市的高楼所挤压,

---

① 彭见明:《当代湖南作家作品选·彭见明卷》,湖南文艺出版社1997年版,第5页。
② 同上书,第24页。

不愿被城市的噪声所烧灼，不愿被城市的电梯和沙发一次次拘押。"① 城市的飞速发展曾被当作中国综合国力不断增强的表现被人们不断自豪地提起，城市所体现的对中国的想象正全面覆盖我们的生活，而农村却因为落后而被当作一个"问题"，一个拖延人们追求"现代性"脚步的问题。但在韩少功看来，乡村是有着丰沛的意义的，他所追求的生活的诗性存在于那里。韩少功在80年代中期提出文学寻根的文学思想，在他那里，"寻根"其实是对传统文化的同化作用、愚昧保守、迷信野蛮、禁欲主义的一种批判意识，同时，也彰显民俗文化的精髓。② 韩少功还在继续努力去实践寻根文学。到了21世纪以后，韩少功为了要摆脱科学文明的矛盾、弊端和悖理，寻找基于乡土的传统和文化，追求自由、坦白的精神寻根，倡导新寻根文学。换句话说，韩少功的新寻根文学是要抛开并穿越20世纪80年代和90年代以及20世纪的科学文明的弊病，寻求一份诗意的精神家园。

孙健忠是一位极具浪漫气质的少数民族作家。前期，因有感于家乡改革的好消息而创作了《甜甜的刺莓》《醉乡》《留在记忆里的故事》等作品，并且都获得了全国性的各类大奖，产生了广泛的影响。在其后期的文学创作中，可以直接地感受到孙健忠作品中的"主体意识"的萌发，政治本位的写作意图开始退却，视野更加开阔，且带有相当浓厚的西方现代艺术的气息。正是这种现代意识增强了孙健忠对生活的感悟能力，于是原本美丽而色调单一的湘西大地在他眼里开始变形，怪诞却充盈着个体本位意识的作品出现了。

而小说《舍巴日》（1986）标志着孙健忠创作转型的成功。在这个作品中，作家开始有意摆脱对土家族社会生活的意识形态叙事视角，从而转向湘西关注土家族民族的历史变迁及其具有魔幻色彩的文化表现。另一部小说《死街》同样充满着湘西独有的神魔色彩。内容涉及抗日战争、解放战争、湘西剿匪、土地改革等一系列重大的历史事件。而古老湘西原始生命体验的生活状态，是人类童年时代生命的某种感知。

自20世纪80年代以来，由农村转向城市的劳务工作者逐渐成为备受关注的群体，"乡下人进城"成为一种普遍的社会现象，而由此产生的一系列社

---

① 韩少功：《山南水北》，作家出版社2006年版，第4页。
② 参见刘蕊《新世纪韩少功文学创作论》，硕士学位论文，河南大学，2010年，第24页。

会问题也渐渐浮出水面。现代文学向来有着社会批判的传统，对于社会问题更是有着敏锐的嗅觉，于是"底层文学"便应运而生。近十年来，所谓"底层文学"或"打工文学"佳作迭出，曹征路的《那儿》、迟子建的《踏着月光的行板》、铁凝的《谁能让我害羞》和贾平凹的长篇小说《高兴》等皆属于此类文学中的优秀文本。

湖南70后作家盛可以在2004年推出了具有浓厚女性色彩的长篇小说《北妹》（曾于2003年以《活下去》为题发表于《钟山》增刊秋冬卷），惊艳文坛，小说讲述了钱小红和李思江两位湖南女子在深圳的打工经历。钱小红与姐夫偷情被发现，从农村逃离去了县城招待所当服务员。后来她到发廊打工结识了李麻子，又辗转到了深圳。她文化水平不高，一口一个"猪日的""我操"，语言粗野、性格热辣却充满智慧；她我行我素、恣意纵情，追求新奇的生活和时尚的装扮却又很真诚。《北妹》虽然充斥着大量的"身体写作"元素，却因为主人公其"冒险经历"对公共空间的原生态式的袒露，而显得比"上海宝贝"们的感官刺激具有更广阔的社会意义。

弗洛伊德认为："一个人活在世上由于生活负担太重，因此烦恼也随之增加，这些苦恼主要来自于：一、自然界的压力；二、自身肉体的弱点；三、家庭、社会、国家以及人与人之间关系的不安全性。"[①]这些苦恼使人类的生存变得艰难而黯淡，在盛可以的小说中，生存困惑与苦痛形成的悲剧氛围是她传达悲剧意识的重要一面。

隐藏在盛可以小说"悲剧意识"身后的，是她充满人文关怀的反抗精神。从一定意义上说，浪漫主义实际上饱含着对人类更加美好的生存环境和精神世界的追求，就如同卢梭对现代文明负面效应的反思深藏着对人类自身生存的隐忧，尼采以《查拉图斯特拉如是说》横扫基督教的信仰世界是为了唤醒人类"忠实于大地"，摆脱"超尘世的希望"的麻痹。而不管盛可以在《北妹》中所营造的悲剧氛围是出于怜悯还是愤慨，抑或是纯粹自然主义的描写刻画，文本中都隐藏着对美好生存环境的追求，从另一个角度来看，这种非个人的、群体性的追求是对整个身处社会底层的个体生命的人道主义关怀，钱小红和李思江的打工经历，实际上可以被看作一场遭到家园空间拒绝而被

---

① ［奥］弗洛伊德：《图腾与禁忌》，杨庸一译，中国民间文艺出版社1986年翻印版，第9页。

迫进行的历险过程。《北妹》所体现的"悲剧意识"一方面就体现在两位农村女子在公共历险空间中所遭遇的种种灵肉沧桑和生存困境：钱小红和李思江的暂住证是用李思江的处女身交换来的；钱小红因为詹老板的垂涎而被老板娘陷害，无缘无故被抓到拘留所；李思江前后为两位男人所抛弃，并被本地人设计坑害而做了结扎手术，生育权被无情地剥夺，这是城市对她精神和肉体的阉割。钱小红留给父亲的信里，写到了打工者的艰辛："在工厂里，吃的是五毛钱一包的方便面和一块钱一份的快餐，没完没了地加班加点，一天工作十几个小时，这样每月的工资才有一个欣慰的数字，不过就三四百块钱……有人还摔伤了腿，残废了，但是厂里也不负责。没有哪个厂家会同情员工，他们要的是他们像机器一样干活，成为他们赚钱的机器。"① 另一方面，钱小红厌恶乡村对人性的压抑与虚伪丑恶，"钱小红的胸部太大，即便不是钱小红的本意，也被毫无余地地划出良民圈子，与寡妇的门前一样多了事"②。她主动背弃了乡村，转而投入城市的怀抱寻求新的生活，却不能为城市所容纳而成为新的边缘人，只能在城市与乡村的夹缝中艰难生活。而李思江则更加悲惨，李思江未去深圳前，"纯净得像深山里的矿泉水"，这种纯洁从某种意义上又是最容易遭到侵害和破坏的，对她来说，表现为某种被动和软弱，如此，李思江在严酷的现实面前便失去了处女膜，失去了对身体的掌控，失去了生育权。

　　盛可以从女性的内在经验出发，让主人公的苦痛经历显露出浓厚的悲剧色彩。然而，"悲剧用形而上的慰藉来解脱我们，不管情况如何变化，生命仍然都是坚不可摧的、充满欢乐的"③。现实的人生充满了苦痛与悲剧，但是悲剧本身经由人的超越和反思，就可能进入新的可能性，所以，盛可以并非意在渲染悲观绝望的气氛，而是通过钱小红对生活的自由追求，进行对悲观主义的超越，靠释放生命原始的欲望，战胜生存的苦痛。"钱小红的打工生涯几乎就是一段段露水姻缘的拼接，性的恣意放纵构成了《北妹》的底色。"④ 钱小红几乎不受传统贞操观和性禁忌的约束，但是她在文本中所呈现的却并非

---

① 盛可以：《北妹》，天津人民出版社 2011 年版，第 165 页。
② 同上书，第 166 页。
③ ［德］尼采：《悲剧的诞生》，周国平译，生活·读书·新知三联书店 1986 年版，第 53 页。
④ 李丹：《"底层文学"的性别偏歧》，《当代作家评论》2014 年第 2 期。

放荡自轻的形象。因为，即使是底层处境让她在很多时候不得不随波逐流，但她却牢牢掌握了身体和性爱的自由。钱小红对性持开放态度，却不愿在两性关系中失去尊严，不与男人发生交易性的性行为。她从不羞于谈论性欲，并创造条件去寻求来自异性的满足。对钱小红来说，欲望跟她倨傲的乳房一样真切自然，性事只为满足身体的原始欲望，她可以随便同男人上床，但与性交易无关，她从来只是根据自己的感情来取悦自己。钱小红因朱大常帮助过自己而对他产生依恋，从而向他寻欢献身，但面对詹老板等人的钱色交易的暗示时，钱小红心知肚明却机智地避开，可见，钱小红完全支配着自己的身体，只有在她自身产生性需求时，她才会"奉献"自己的肉身。在《北妹》里，身处青春期的打工少女饕餮般追索性满足，钱小红的纵欲状让其在"性的狂欢"中显露出一种酒神般的迷狂，而盛可以也正是借钱小红这种纵欲自弃的状态，来表达对生存苦痛的深刻感悟，从而达到悲剧意蕴的升华与超越。

总之，对文学界和思想界来说，在"深度模式"上无论是"拆"还是"建"，浪漫主义都不应当只是被当作创作方法来对待。并且，在文学创作相对自由的氛围中，"浪漫主义"与其作为一种思潮性的影响被关注，不如专注于文本美学的感性特质而期待被发掘。在方兴未艾的湖南文学界，可供发现的作家作品还有很多，若是基于传统固有的"浪漫主义"美学观，此种相对感性的元素在当代湖南文学中的确是不易被发觉的，然而，若是基于"底蕴"的眼光来考察"浪漫主义"在当代湖南文学中的"隐性"存在，文学的浪漫主义美学特质也就慢慢呈现其清晰的身影。

第三节 沈从文小说的浪漫"水"韵

从古到今，水常常成为作家和艺术家灵感的源泉，沈从文作为中国现代极具艺术特色的作家，深受中国传统水文化的熏陶和感染。一方面，湘西大量关于水的民风民俗构成了沈从文作品中不可或缺的内容，不仅为其小说创作提供了丰富的素材,也为其散文创作增添了独特的魅力和诗意;另一方面,传统水文化的独特性质,营建了沈从文作品水汽氤氲的世界,从而使其作品产生了巨大的艺术张力。这种艺术张力不但对其小说人物的塑造起了春雨般的滋润作用,也为其散文创作注入了浪漫的灵性和诗性。

一

"水"作为自然界中一种普通的物质,在中国传统文化中,被赋予了深刻的文化意蕴。在《诗经·国风》中,如《诗经·汉广》《唐风·扬之水》,"水"意象就频繁呈现,对后世文学产生了深远影响。

荣格说:"每一个原始意象中都有着人类精神和人类命运的一块碎片,都有着在我们祖先的历史中重复了无数次欢乐和悲哀的一点残余。"① "水"可谓是中国文学艺术的永恒主题,无论是古典文学的成长还是现代文学的发生都离不开水意象的滋润。可以说,水意象作为民族的一种集体无意识,对中国文学艺术来说,可谓生生不息、源远流长,形成独特的水文化景观。

沈从文作为中国现代极具影响力的作家,得益于中国传统文化特别是中国传统水文化的滋养,他在《从文自传》中这么说道:"到十五岁以后,我的生活同一条辰河无从分开……这一大堆日子中我差不多无日不与河水发生关系。"② 为此,他的创作生活也深受水的影响,他说:"我所写的故事,多数是水边的故事,故事中我最满意的文章,常用船上水上作为背景,我的故事中人物的性格,全为我在水边船上所见到的人物性格。"③ 这里,作家的水是很有灵性的,作品的一切背景都涂上了水的光影,水成为他作品心灵外化的声音,极具内涵。其中,《边城》《丈夫》《贵生》《长河》《柏子》等作品,其故事场景或在河上,或在溪边,演绎着小说人物的悲欢离合。

中国传统水文化对沈从文精神特质形成的影响主要表现为两个方面:一是表现为对其性格成长的浸润;二是表现为对其浪漫理想追求的感染。

凤凰城北门外有一条清澈见底终年碧绿的河流名叫沱江,它是沈从文故

---

① [瑞士]荣格:《心理学与文学》,冯川等译,生活·读书·新知三联书店1987年版,第9页。
② 沈从文:《从文自传》,湖南文艺出版社1992年版,第149页。
③ 金介甫:《凤凰之子——沈从文传》,中国友谊出版公司2000年版,第152页。

乡的母亲河，在他的血管里流淌着的是这条河的精气，那里的奇异风情对沈从文的影响是刻骨铭心的。从小在青山绿水中呼吸、感悟大自然的清新气息，体悟中国水文化传统的丰富意蕴，培育了作家平和、纯良、清灵、活泼的性格。与老子"上善若水。水善利万物而不争，处众人之所恶，故几于道"的水文化思想一脉相承，沈从文故乡的水对其人生观的影响和个性的发展也是非常重要的，他曾说："我感情流动而不凝固，一派清波给予我的影响实在不小。我幼小时候较美丽的生活大部分都与水不能分离，我的学校可以说是在水边的。我认识美，学会思索，水对我有极大的关系。"① 从这些自白中，我们就不难理解在沈从文孤独的灵魂里，早已融入了中国传统水文化的深厚内蕴，这使他虽然常感寂寞却不悲伤，因为从中国传统水文化中，他感觉到了生命的智慧和力量，从而养成了"善利万物而不争"的人生态度和博大人格。他说过："水的德性为兼容并包，柔濡中有强韧，从表面看，极容易范围，其实则无坚不摧。水教给我粘合卑微人生的平凡哀乐，并作横海扬帆的美梦，刺激我对于工作永远的渴望，以及超越普通人功利得失，追求理想的热情洋溢。"② 中国传统水文化渗透的文化底蕴，让作家选择了水意象来表现父老乡亲卑微的人生与疾苦，由此，在感性的体味中达到对生命的一种理性思考。

老子对于"上善若水"的哲学内涵有进一步的阐释，他说："居善地，心善渊，与善仁，言善信，正善治，事善能，动善时。夫唯不争，故无尤。"老子的这段话对沈从文来说，可以成为他人生及其人格发展的某种注释，正是对独特的中国传统水文化营养的深刻汲取造就了沈从文独特的水性人格。

在沈从文笔下很多人具有这种"水性人格"，特别是其代表作《边城》里的翠翠，"在风日里长养着，故把皮肤变得黑黑的，触目为青山绿水，故眸子清明如水晶。自然既长养她且教育她，为人天真活泼，处处俨然如一只小兽物。人又那么乖，如山头黄麂一样，从不想到残忍事情，从不发愁，从不动气"③。翠翠的外表与灵魂就如生养她的那条小溪，清澈见底、干净透明。作家在翠翠身上贯注了一种人格理想，即表现为"一种优美、健康、自然而

---

① 沈从文：《沈从文文集（9）》，花城出版社1984年版，第109页。
② 沈从文：《沈从文散文选》，人民文学出版社1982年版，第114页。
③ 沈从文：《沈从文文集（6）》，花城出版社1984年版，第75页。

又不悖乎人性的人生形式"。

沈从文曾说过:"这世界上或有想在沙基或水面上建造崇楼杰阁的人,那可不是我。我只想造希腊小庙。选山地作基础,用坚硬石头堆砌它。精致,结实,匀称,形体虽小而不纤巧,是我理想的建筑。这神庙供奉的是人性。"①无疑,人性成为沈从文作品的基质,从这种基质中生发出来的光芒不仅照亮了湘西这片神奇的土地,也照亮了中国和世界。

二

中国传统水文化除了对沈从文精神特质形成的影响深远外,对其艺术个性特征形成的影响也是不能忽略的。一方面,湘西大量关于水的民风民俗构成了沈从文作品中不可或缺的内容,不仅为其小说创作提供了丰富的素材,也为其散文创作增添了独特的魅力和诗意;另一方面,传统水文化的独特性质,营建了沈从文作品水汽氤氲的世界,从而使其作品产生了巨大的艺术张力。

中国传统水文化对沈从文沉静、正直、清朗气质的形成有着深刻的影响,更使其后来在城市生活中,心里依然容不下一点有违清澈的东西,从而对人生、生命进行思考,对民族进行反思,并试图重塑国民性,对民族的未来进行思考,这些都直接激发了沈从文的创作。他一方面通过剖解大城市里的丑恶与病态,创作了《八骏图》《绅士的太太》等小说;另一方面又通过描写深受家乡之水润泽的健康人性,建立起一座座精致的"希腊小庙",创作了《龙珠》《月下小景》《雨后》《三三》《柏子》等小说,并催发了《边城》这部传世之作的诞生。毋庸置疑,正是这些深受中国传统水文化熏陶的作品,建造了沈从文不朽的荣誉殿堂,蕴藉了沈从文别具风格而且充满无限魅力的艺术内蕴。由此,不难看出,正是中国传统水文化意象形成了沈从文创作的生命之源,在他的小说里,"水"超越了它自身的物质形态而形成了一种文化符号,这种符号成了一种主观的形式,一种生命的象征,成了其塑造的人物性格依存的载体和故事展开的舞台。

传统水文化对沈从文创作的影响无疑是深刻的,其中,《边城》所构造的

---

① 沈从文:《沈从文文集(9)》,花城出版社1984年版,第2页。

水汽氤氲的世界就是这种影响的特别表现。

在《边城》中，作者将浸润着自己生命热情的"水"注入了字里行间，据统计，"水"在小说中共出现了163次，而雨、雾、溪、河之类的词亦不胜枚举。

"小溪流下去，绕山岨流，约三里便汇入茶峒的大河。人若过溪越小山走去，则只一里路就到了茶峒城边。溪流如弓背，山路如弓弦，故远近有了小小差异。小溪宽约廿丈，河床为大片石头作成。静静的河水即或深到一篙不能落底，却依然清澈透明，河中游鱼来去皆可以计数。小溪既为川湘来往孔道，限于财力不能搭桥，就安排了一只方头渡船。"[1] 小说开头所展现出的诗一般的画境不仅为小说定下了基调，而且为其故事的展开、人物的塑造布下了背景。当然，像这样的画境在作品中随处可见，甚至于那祖孙的住处，两山的篁竹与翠色都如流水般，似乎要流淌。

其次，传统水文化意象与沈从文小说的人物塑造紧密关联。

沈从文是一个个性鲜明、风格迥异的作家，他总是不能忘自己是一个"乡下人"，总是以一个乡下人的眼光去观察社会、审视人生，去挖掘人性的善与恶、美与丑，去思考和探索人生的意义、生命的本真。他在精心营造的色彩斑斓的艺术世界里，塑造了许许多多独具魅力的人物形象，既有贩夫走卒、船夫水手，也有土匪山贼、农人兵士，更不忘多情少女和痴情娼妇，而其中最让人不能放下的是那些让人一见倾心的湘西少女形象，她们是这块神奇的山水自然哺育的精灵，是善和美的化身。

沈从文塑造了一系列湘西少女形象，这个群体主要包括翠翠（《边城》）、三三（《三三》）、夭夭（《长河》）、萧萧（《萧萧》）、阿姐（《雨后》）、阿黑（《阿黑小史》）、媚金（《媚金·豹子·与那羊》）、莲姑（《卒伍》）。作家赋予了这些像水一样美丽的女性形象水的灵性和美质。就萧萧、翠翠、夭夭、媚金、三三而言，她们是一群美丽活泼的自由精灵，寄托着作家对优美洁净灵魂的礼赞。纯洁、善良、美丽、活泼，如山间野花芳香四溢，如山涧清泉干净透明，青春的美丽和生命的活力在自由自在、无拘无束的自然纯真的生命形态中展示和奔放。

---

[1] 沈从文：《沈从文文集（6）》，花城出版社1984年版，第72页。

《边城》中的"翠翠在风日里长养着,故把皮肤变得黑黑的,触目为青山绿水,故眸子清明如水晶。自然既长养她且教育她,为人天真活泼,处处俨然如一只小兽物。人又那么乖,如山头黄麂一样,从不想到残忍事情,从不发愁,从不动气。平时在渡船上遇陌生人对她有所注意时,便把光光的眼睛瞅着那陌生人,作成随时皆可举步逃入深山的神气,但明白了面前的人无机心后,就又从从容容的在水边玩耍了"[①]。这女孩似乎是"翠"山与溪流心心相印而共同创造的精灵;而萧萧"风里雨里过日子,像一株长在园角落不为人注意的蓖麻,大枝大叶,日增茂盛"(《萧萧》)。她们在自然的怀抱里,无忧无虑地生长着、发育着,她们既不是自然的奴隶,也无心去征服自然做所谓"自然的主人",她们与自然达到了"天人合一"的境界,无处不闪耀着善良无私、白璧无瑕的人性光辉和纯洁无瑕的灵魂。

而《边城》中的阿哥则是天保、傩送,强健而豪爽,诚实而谦逊,"豁达而多才,不拘常套小节。年幼的则气质近于那个白脸黑发的母亲,不爱说话,眼眉却秀拔出群,一望即知其为人聪明而又富于感情"[②]。他们都是水中的英雄,他们的出场与塑造也是在水中完成的,正直、豪朗的掌水码头的顺顺,无私、正直而乐于助人的杨马兵,慈祥开朗的老船夫,甚至于作品中的妓女,浑厚、感情真挚、诚实守信、白脸长身,这些人物形象和水的关系可谓是水乳交融。

三

传统水文化的特质,营建了沈从文作品水汽氤氲的世界,使其作品产生了巨大的艺术张力。这种艺术张力不但对其小说人物的塑造起了春雨般的滋润作用,也为其散文创作注入了浪漫的灵性和诗性。

徜徉于沈从文的散文世界,我们不但可以领略到如画风光、如诗景物,还可以聆听唧唧虫鸣、嘤嘤鸟唱、汩汩水流,同时,不难发现传统水文化与其散文中的审美实体有着千丝万缕的联系,使其拥有咀嚼不尽的审美意蕴,一篇篇精致的散文处处弥漫着水的气氛、水的气质、水的色彩,让人感到流

[①] 沈从文:《沈从文文集(6)》,花城出版社1984年版,第75页。
[②] 同上书,第83页。

动和水的无限生命。

　　毋庸置疑，独特的中国传统水文化内涵给沈从文散文注入了无限的诗情画意，如《鸭窠围的夜》中："河面一片红光，古怪声音也就从红光一面掠水而来。原来日里隐藏在大岩下的一些小渔船，在半夜前早已静悄悄的下了拦江网。到了半夜，把一个从船头伸在水面的铁兜，盛上燃着熊熊烈火的油柴，一面用木棒槌有节奏的敲着船舷各处漂去。身在水中见了火光而来与受了柝声吃惊四窜的鱼类，便在这种情形中触了网，成为渔人的俘虏。"[1] 从中我们立时感受到了他心目中寄托的那种意境和江夜的静美。"油柴"点燃后河面的"红光"以及"棒槌"敲击船舷的声音给宁静的江夜配上了节奏，这种画面最让人想起村野自然原始的态势。在这里，水再一次让我们享受和感动——如梦，如幻，那样美，那样迷人！

　　在故乡自然美的怀抱里，面对如梦如幻的奇丽景色，作家常常陷入某种哲学的沉思状态，他在《一九三四年一月十八》一文中写道："望着汤汤的流水，我心中好像忽然彻悟了一点人生，同时又好像从这条河上，新得到了一点智慧。的的确确，这河水过去给我的是'知识'，如今给我的却是'智慧'。山头一抹淡淡的午后阳光感动我，水底各色圆如棋子的石头也感动我。我心中似乎毫无渣滓，透明烛照，对万汇百物，对拉船人与小小船只，一切都那么爱着，十分温暖的爱着！我的感情早已融入这第二故乡一切光景声色里了。"置身于宁静，凝神静观，沈从文将生命个体融入了自然的意境之中，从现实的审美感受进入了一个禅的境界。

　　可见，"水"之于沈从文的文学作品，就好像金秋迷人的枫林与洒下的缕缕金光；犹如一望无垠的洞庭湖与荡漾的一叶扁舟；犹如"清泉石上流"的寂静山林与随风拂过的一丝竹笛音韵。我们不得不承认，沈从文深受中国传统水文化和湖湘文化的影响，这些文化素养不仅给予了他独特的精神气质，而且成就了他独特的艺术魅力。因此，我们读沈从文时，要看到那份水"情"；研究沈从文时，要注意那份水"劲"；探讨沈从文的艺术作品时，更需要认真感悟中国传统水文化的那份浪漫水"境"。

---

[1]　沈从文：《湘行散记》，岳麓书社1992年版，第168页。

第四节　田汉早期戏剧的唯美新浪漫主义艺术诉求

作为我国现代戏剧的重要奠基人，田汉一生创作了近百部戏剧作品，而早期戏剧创作在他整个艺术生涯中最显成就。总体来说，他早期的作品虽然与现实紧密相连，但往往内蕴着浓厚的新浪漫主义色彩，作为个体存在，田汉也希望"用自己的艺术来弥补人生的缺陷，试图用美丽的理想去代替那不足的现实"[①]。

新浪漫主义特别强调对现实的观照和融合，在艺术表现上呈现出如下特征：在人物形象塑造上借鉴王尔德唯美主义思想，趋于理想化，带有强烈的艺术气质；在情节结构上多运用表现主义艺术手法，呈现出情感化特征；在戏剧情境的营造上注重象征性，凸显诗意化。从这个角度看，田汉早期戏剧作品如《咖啡店之一夜》《获虎之夜》《苏州夜话》《名优之死》《南归》等经典剧作，在人物形象、情节结构和戏剧情境上都深深蕴含了新浪漫主义的艺术表现元素。[②]

一　理想化的艺术形象

作为新浪漫主义艺术的执着追求者和实践者，田汉在他早期剧作中塑造了一大批理想化的艺术形象。剧中人物无论是身份职业、行为处事、表达方式还是精神追求都充满了理想化色彩，如《梵峨璘与蔷薇》中的琴师秦信芳、《名优之死》中的京剧演员刘振声、《南国》中刻画的流浪诗人等。他们大都精神高洁、目无下尘，对黑暗的社会和丑恶的人性深恶痛绝，在他们身上，寄寓着年轻的田汉对自由、艺术、精神世界的新浪漫主义艺术理想。

对于作家来说，自身的性格或某种特有的精神，在一定程度上都会体现在他的艺术形象身上，对于艺术家田汉来说，自己的生活经历和情感变化有

[①] 邹永常：《田汉与新浪漫主义》，《戏剧文学》2008年第10期。
[②] 参见赵淑芳《〈获虎之夜〉美学特征论》，《河南农业》2010年第9期。

机融入了他的作品中,剧中人物的想法或观点多多少少带有他自己的思想和生活烙印,隐隐约约闪烁着作为艺术家难能可贵的特质。

在早期作品中,田汉塑造了一系列具有浪漫气质的"艺术家"形象,如《梵峨璘与蔷薇》中擅长大鼓的说唱家、《古潭的声音》里的诗人、《名优之死》中对于艺术执着热忱的京剧演员等。田汉作为诗人,生性浪漫,性格热烈,他在作品中有意刻画自己熟悉的艺术家形象,让作品更加生动可感。如此,可以看到,田汉早期戏剧中呈现的主要人物都是标准的理想知识分子,他们中既有诗人(辛先生《南归》),也有画家(刘叔康《苏州夜话》)和音乐家(秦信芳《梵峨璘与蔷薇》),他们在灵妙想象里成就出一组长长的艺术家的画廊。[1]

除了角色身份和职业所焕发的艺术气息外,田汉早期戏剧作品中的人物大多都有一种艺术家所特有的"精神流浪汉"气质,他们身怀对艺术、对自我、对人生的爱与热忱,却流离漂泊,居无定所,过着浪迹天涯、四海为家的生活,并在这个过程中完成自己对世界的感知和对理想与爱情的追求,如《梵峨璘与蔷薇》中如大雁般"漂泊"的琴师,《苏州夜话》里四海无家、孑然一身的画家刘叔康,《获虎之夜》里只能寄居在破庙的孤儿黄大傻等。而《南归》看起来更像是一曲关于流浪者的悲歌,抒发着流浪诗人心中不屈的郁闷……这些人物身上的"精神流浪汉"气质,符合人物艺术身份的设定,符合田汉所崇尚的向往自由、追求自我个性的新浪漫主义气质。

可见,田汉早期作品里的戏剧人物几乎都有着艺术家自身的气质,他们对自身所处的世界和周围的人事充满着细腻而丰富的感情,且善于在戏剧高潮时将自身情感表露出来,让剧中角色思想情感的表达方式趋于抒情化、理想化。

抒情化和理想化倾向融汇在他的作品人物中,这些人物对于生活都有执着而清晰的目标,善于发现生活中的美好元素,情感或者表现为温柔细腻,或者表现为热情芬芳。在《咖啡店之一夜》中,女主人公白秋英是一个平凡的服务员,从未接受过正规教育,但在和男主人公林泽奇讲述自己悲惨的生活经历时,她的叙述却很流畅而富有感情,极具深意和感染力。她说:"时常

---

[1] 参见景志刚《论田汉早期剧作的人物塑造》,《盐城师专学报》1990年第2期。

听得人家说悲哀是一种宗教，没有受过悲哀洗礼的人，反而是世间顶不幸的人，我就是其中的一个……也许对人生没有感到过绝望的，也感觉不出人生的欢喜吧。"① 此时的她就像是一个带有着忧郁气质的诗人，而能够讲述这些来源于生活的磨砺，哪怕只是品读剧本，读者也可以想象到舞台上的白秋英会是怎样的表情、怎样的神态、怎样的动作。田汉将这种抒情化和理想化的表现方式运用到多部作品之中，主人公自由自在地在不同的地方漂泊，如同仙人一般不食人间烟火，边走边唱，将自己所思所想、所爱所恨用一种极其抒情化的方式表达出来。可以说，他们的人生本身便是一种抒情的、诗意般的存在，早已游离于黑暗的社会现实之外。而当遭受到残酷现实的迫害时，他们依然能够保持自身精神的高洁，这显然是作者新浪漫主义艺术思想的显著体现。

《获虎之夜》中的黄大傻的身份是农民，在姑爹魏福生口中，他更是一个癫癫傻傻的"癫子"，但是田汉将这一"傻子"形象进行了改造，赋予了他对莲姑真诚的爱，用眼睛美化生活中的一切，最后还能说出一段具有生活哲理的独白性话语："黄大傻，一个没有爹娘、没有兄弟、没有亲戚朋友的孩子，白天里还不怎么样，到了晚上独自一个人睡在庙前的戏台底下，真是凄凉得可怕呀！……我才晓得世界上顶可怕的不是豺狼虎豹，也不是鬼，而是寂寞！"

> 我寂寞得没有法子。到了太阳落山……就独自一个人挨到这后山上，望着这个屋子里的灯光……尤其是下细雨的晚上，那窗子上的灯光打远处望起来是那样朦朦胧胧的，就像秋天里我捉了许多萤火虫，莲妹把它装在蛋壳里……②

这是黄大傻被当成老虎误打伤后发出的内心独白，似乎在寂静的夜晚，一个毫无知识修养的农民也是能激发诗意的，因为面对寂寞的夜和死亡的阴影，他可以以一种梦幻的心境尽情倾泻心中的声音，诉说着内心的寂寞和对心爱女人无私的爱，这时，连年老的祖母也不由得为他伤心感慨"可怜的孩

---

① 田汉：《田汉文集》第1卷，中国戏剧出版社1983年版，第130页。
② 同上书，第237页。

子，不想他这样爱着莲儿"。此时的黄大傻已经化身为一个艺术家，一名抒发郁结的诗人，一个自我情感的呐喊者与呼唤者。这种极致的抒情化的表达方式使人物丰富的情感得以展露在观众面前，带有强烈的理想化和浪漫主义色彩，具有极强的戏剧感染力。

除此外，田汉作品中的人物，无论身份地位，无论贫富贵贱，往往都有着崇高的精神境界。他们往往承受着来自不同方面、不同程度的痛苦，但是却绝不向世俗低头，绝不向恶势力妥协，固执地坚守着自己精神世界的一方净土。"作为渗透在作品中的田汉'自己的色彩'，包含了田汉稳态的个性层次的抒情个性和动态的精神层次的思想苦闷两个方面。"① 那些诗人或从事艺术活动的人，他们的工作性质决定了他们有着不沾世俗的那一面，在对待灵与肉、精神与物质的冲突时，他们都肯定选取前者，拥有浓郁的"精神至上""艺术神圣"的色彩。田汉1920年到1929年间的戏剧作品流行的一个关键原因，是因为作品均站在现实的角度揭露人生的黑暗，又进而将人生引入更高的艺术境地，思索着人类的追求与命运这个恒久的命题。② 在《咖啡店之一夜》中，白秋英对爱情的自信被世俗利益冲击得粉碎，但她却进行了强力的反抗，将李乾卿给她的1200元钱一张张投入了熊熊的炭火中，将李乾卿写给她的信也一一投入火中：

> （扯碎信纸悉投入火中）瞧，这是我跟你一块儿拍的照片，我真不知怎么会那样天真，把一个不过相识，甚至并不相识的人当作自己性命一样的情人。③

爱情在一瞬间的破灭和爱人难以置信的变化让她在短短的时间内遭受了从期望、等待到绝望、痛苦的巨大打击，可是她并未因此而放弃自己做人的尊严和原则，坚守着自己的节操。对于李乾卿临走前想和她再"握一握手"的请求，她"冷然拒绝"了。虽然被背叛的痛弥漫在她的心头，但是她并未过多纠缠，更没有接受李乾卿出于怕受要挟而给她的钱。对于她的行为，连

---

① 景志刚：《论田汉早期剧作的人物塑造》，《盐城师专学报》1990年第2期。
② 参见周锋《田汉的早期剧作与新浪漫主义》，《浙江树人大学学报》2007年第7期。
③ 田汉：《田汉文集》第1卷，中国戏剧出版社1983年版，第142页。

林泽奇也说"秋姑娘今晚的态度,我实在佩服得很"。

《名优之死》则塑造了一位一心追求戏曲艺术、把"玩意儿"看得比自己生命更重要的京剧演员刘振声。他痛心自己精心培育的养女刘凤仙受到代表社会黑暗势力的劣绅杨大爷的腐蚀而堕落,小有名气便贪图享受,不思进取。他虽然痛心疾首,却又无可奈何,他苦口婆心好言相劝却始终无法将刘凤仙拉回正途。他为了追求艺术完美、捍卫艺术的神圣,最终忧愤而终,倒在自己一辈子挚爱的舞台上。该剧通过名优之死,反映了金钱、名利对美好人性的腐蚀,触及人性和社会的真实性,因而有着新浪漫主义的艺术风格。由于该剧塑造了具有伟大人格和巨大精神力量的艺术家形象,让观众和读者记忆深刻。

在《苏州夜话》里,田汉同样展现出一位热爱艺术却饱受战争摧残而妻离子散、流离失所的艺术家刘叔康。他以为自己的女儿早就在战争中死去了,而他人生所追求的艺术至上主义也随着自己所有作品被破坏而破灭,只能回归到"幻灭的悲哀"和"无家的寂寞"中,但是他始终没有放弃自己成为艺术家的那种理想追求。在作品中,刘叔康用台词发表感慨:"这年头,美的东西的命运总是悲惨的。可是人不能因为它要被破坏就不去创造,也许正因为它难免要被破坏就更加要多地创造吧。"[①]

这种精神追求,也正是田汉本人所倡导的新浪漫主义追求"艺术美化人生"的理想,面对世俗社会中的种种人情冷暖、世态炎凉,面对这黑暗的社会吞噬着人性最初的善良和世间应有的公平正义,他的主人公们却依然固守着自己的人生信条和艺术理想,坚守着内心深处崇高的精神追求,不盲从,不屈服于残酷的现实,始终给人以温馨和阳光般的希望。

二 情节结构的情感化

戏剧情节结构的情感化是新浪漫主义的一个特点,对于戏剧的情节结构,田汉喜欢简单处理,给予人物情感和精神更多展示空间。"他的戏剧作品角色不多,几个即可,情节设置也相对简单化,从不拖泥带水,对人物生活状态的描写却相当细致动人,对舞台的安排、构造也与众不同。与别的剧作家对

[①] 田汉:《田汉文集》第1卷,中国戏剧出版社1983年版,第344页。

比，他总是给观众一种清新自然、非凡独特的舞台感觉，因此我们在观赏田汉的剧作时，仿佛在浏览一段浓缩的人生。"① 与此同时，"田汉在安排事件紧密度的时候还不够细致化，人物之间的矛盾偏于弱化，他把笔墨都着重在对人物内心情感的描写上"②。田汉认为，戏剧效果的体现在于对人物情感的有效处理，事情发展的主题和关键脉络都是依照于情感的起伏，情节的设置和结构都要依照情感发展的逻辑。田汉早期剧作偏于新浪漫，比浪漫主义在追求"真"和"美"上更进一步，艺术家最忌讳的便是拾人牙慧、盲目追随，因此田汉一直在创作中始终坚持独具特色的创作风格。

田汉早期的作品多是以情感的发展来支撑整个戏剧的发展脉络，故事情节渐趋情感化是颇为鲜明的特点，极力减少文字对于矛盾和冲突的展现，用背景来淡化那些重要的事，而着重描写民俗风情或生活中的一些琐事；在故事发展到戏剧矛盾顶点时，他往往会故意出现一个弧度较大的坡度，这样使观众产生的一种紧张感总是保持在一定范围内；情节发展也有条不紊，这种结构给人物留有更大的抒情空间，如此，观众难以猜测故事情节的发展，只有一直跟着人物情感变化的脚步，才能体会出剧本所表现的最真实的情感。

在以人物情感推动剧情发展为主线的作品中，《黄花岗》最具代表性。林觉民在即将奔赴革命战场时，与妻子进行了一场颇为深情的对话，但对于这对革命伴侣，不舍与痛苦只能压抑于心，情感在悄无声息中推向最高点。这里，宏大叙事但没有宏大场面，作品关注的只是人与人之间的真挚感情，情感是故事发展的主线。在另一部剧作《南归》里，也主要根据情感线索来展开剧情，叙述充斥着孤独伤感的气氛，最后，孤独的漂泊者把对生活、梦想的体会写成了一首诗，当他自弹自唱时，所抒发出来的孤独伤感的气氛感染着观众，人物的情感也随之被引至高点，观众因此同情而流泪。与《南归》主题相似的剧作还有《古潭的声音》，在剧中，踌躇满志的诗人是骄傲而自负的，他不断地展现着自身的才华，当经历了一个充满激情的陶醉的阶段之后，诗人的情绪便像抛物线经过了最顶点之后开始跌落，失意、感伤、徘徊于心头开始蔓延。诗人无所寄托，唯有舞蹈女子美瑛是他独一的依靠和获得安慰

---

① 高建慧：《田汉前期剧作的浪漫主义色彩》，《大舞台》2012年第8期。
② 同上。

的来源，但是好景总是不长，美瑛也选择离去，他的期望变为失望，走到崩溃的边缘。剧中诗人的情感积累到顶点需要宣泄出来，当美丽的美瑛从此不再歌唱舞蹈纵身古潭时，诗人自然是没办法接受这个事实的，他唯有控诉古潭："万恶的古潭，我要对你复仇了。我要听我捶碎你的时候，你会发出什么声音？"① 因此，在田汉的剧作里，到处充满着浓浓的抒情的味道，他能让你在精神上得到洗礼，视觉上得到创新，情感上得到满足。欣赏完他的作品，你始终有种萦绕于心的感觉，伤感却久久无法离去，牵动着你的情感，让你一直在情感的世界里荡漾，戏剧情怀在不知不觉中渗入。

田汉早期的戏剧作品并不着力关注人物的性格，而是着重人物情感的起伏变化，这样，戏剧冲突相对弱化，但更容易抓住观众，引发心灵上的共鸣。因此，在剧作上，田汉不再在意外部事件的矛盾，更关注人物精神生活上的起伏和追求，这种淡化情节、强调心理刻画的表现手法内蕴着现代戏剧的新浪漫主义艺术元素。与曹禺相比，曹禺的代表作《雷雨》是四幕剧，中间却涵盖将近 30 年的时间跨度，该剧戏剧结构紧凑、矛盾冲突激烈，戏如其名，营造出一种极其紧张的氛围；而田汉的剧作风格偏边缘化，由于深受新浪漫主义思想的影响，他的剧作以轻松自然为重点，人物关系趋于简单化，结构紧凑，矛盾冲突的展开比较迅速，多使用"巧合"这一手法来展开矛盾，使故事情节的发展让人难以预料，却又觉得发生得理所当然。

在《咖啡店之一夜》中，李乾卿来到咖啡馆，碰上了在这里当侍女的昔日恋人白秋英。这是一个类似于电影《卡萨布兰卡》的重逢故事，正如电影中男主角所言："这世界上有那么多城市，城市里有那么多酒馆，她却偏偏走进了我这一间。"② 同样的巧合出现，不一样的是，白秋英发现自己苦苦等待的恋人竟然为了现实利益而早就与另一个女子订婚了。只有巧合得到了充分的展现，戏剧的矛盾冲突和发展高潮才得以有序展开。在《获虎之夜》里，姑爹魏福生想为莲姑添置最后一件嫁妆而深夜去打虎，不料黄大傻却偏偏躲在草丛里，魏福生的火铳又偏偏把他给打伤了，这是一个巧合。正是这样一个巧合，黄大傻被抬到了魏福生家，见到了莲姑最后一面，向她抒发自己的

---

① 田汉：《田汉文集》第 2 卷，中国戏剧出版社 1983 年版，第 42 页。
② 同上书，第 123 页。

胸臆，使戏剧发展达到矛盾的高潮。《苏州夜话》是一部故事情节很简单的作品，在剧中，画家刘叔康和失散多年的女儿（卖花女）在苏州重逢，这又是一个巧合。田汉通过这一巧合，来表现当时军阀混战给普通的百姓带来的痛苦和颠沛流离的生活。田汉的巧合出人意料，却往往又在情理之中，通过巧合进行缜密的戏剧矛盾的编排。

田汉早期戏剧大多短小精悍、结构紧凑，通过传统的线性叙述方式展开。但是对极具浪漫情怀的田汉来说，抒情占据了剧作的大部分，因而显得剧作与其他不同，因此需要对情节构成、话语模式、叙述修辞等进行相应的调整以统一在抒情的风格之下，但这也会使戏剧作品的思想深度显得相对单一狭窄，难以涵括更多的内容。正是由于受新浪漫主义的影响，对情节结构进行情感化处理，所以其作品的戏剧结构一般都比较单一，冲突也比较简单，没有复杂的技巧和结构，而多以单线支撑戏剧结构，这也是田汉戏剧风格的显著特征。

在《古潭的声音》中，戏剧人物非常少，人物之间的关系也相对简单。全剧才三个人物，即诗人、诗人的恋人美瑛，以及诗人的母亲。而作品只针对主要情节展开叙事，对其背景只是一笔带过。剧作对美瑛被解救的过程和诗人的南海之旅均做了淡化处理，因此人物之间的冲突偏于淡化。所以，在剧本中可以看到，不管是人物状态还是故事情节，都相对变得较为简单：诗人喜欢美瑛，母亲对美瑛也喜爱有加，但相反的是，这种热烈的情感在美瑛身上没有得到回报，她对诗人和诗人母亲并不是特别感冒，态度一直平淡。在她的内心，有着汹涌的情感波澜，她并不喜欢诗人安排的"美好生活"，她认为这样束缚了自己，单调的生活状态不是她向往的，但是她又不好意思言说。诗人对其越好，她越觉得内心愧疚，伤感自卑的情绪不断地在内心堆积起来，无处可以宣泄，唯有通过歌唱来消遣表达隐秘在心底已久的情感，可是这些并不能起到任何作用，最后她无路可走，只能纵身古潭，寻求解脱，获得生命的重生。在以单线情节支撑的戏剧结构下，田汉对古潭一死进行了浓厚的刻画，此刻人的精神得到安慰，得到提升。在生命哲学意义上，结束就是一种开始，生命在生死之间轮回，在幻灭中重生，美瑛跳入古潭，诗人也追随而去，这种爱恨别离的情感得到迸发，让观众为之动容，单线结构得到华丽的发挥。

三 戏剧情境的诗意化

话剧虽然在我国起步较晚，但是却对世界话剧做出了应有贡献。而这一贡献最突出之处，就是以田汉、曹禺、吴祖光、夏衍等为代表的剧作家创造出了独具中国特色的诗化现实主义传统，而田汉便是该传统的最早的开拓者之一。他早期戏剧象征性强，抒情氛围颇显浓厚，饱含有浓烈而深沉的诗化倾向，具体表现为他喜欢营造出一种唯美主义感伤的诗化风格，这是新浪漫主义追求的内涵特征。[1] 在作品中，田汉喜欢让剧作展现美轮美奂的诗意，在戏剧氛围、人物台词等意境的营造上，努力追求达到戏剧情境的诗意化，特别是对于舞台节奏变化、戏剧环境因素改变，以及戏剧内涵的表达意义方面精益求精，常常运用诗化的手段，让其显得更为恰当，足以展现唯美和诗意。通过诗意化的戏剧情境，来表达剧中人物的内心情感，体现创作者对新浪漫主义的倡导和追求。

戏剧情境最重要的因素是戏剧氛围的营造，它引导着舞台的整个剧情发展，也紧密把控着情感起伏的脉络变化，因此作家需要重视它，并灵活运用它。虽然文学上的戏剧是指为戏剧表演所创作的脚本，但是也终归要将其展示于舞台之上，戏剧氛围的重要性不言而喻。田汉早期的剧作，十分善于营造充满诗意化的气氛，人物在这种氛围中表情达意，抒发自己的情感；戏剧冲突也在一种诗意的氛围里悄悄地展开。

田汉的很多作品中都有对夜色的描绘，黑夜总是给人以冷清、凄凉之感，能够营造出一种感伤、孤独的诗化氛围。在《苏州夜话》这部剧中，典型地营造出"夜"的戏剧氛围，成功且富含诗意。在黑夜里，伴随着音乐的烘托，主人公四海漂泊、无家可归的悲伤凄清便更加凸显出来。在戏剧开始时，一群学生商量着要"去外面玩玩"，学生丁咏叹道：

　　到街上去，
　　到夜的苏州去。

---

[1] 参见田本相、吴卫民《论田汉早期话剧的诗化倾向》，《创作与评论》2013年第20期。

夜的苏州多美啊！
你可以看见罗马似的城头的月，
你可以看见威尼斯似的街头的水，
你可以看见那船上卡尔曼似的女儿。
千古风流说馆娃。
何必新亭挥涕泪？
观前街上品清茶。①

这段台词营造出了夜晚的苏州如诗如画的氛围，在大胆的想象中诗意尽显。而《湖上的悲剧》也同样渲染了一种诗化的氛围，夜色下，主人公谈论自己的爱情誓言，谈论自己的生死，那种不离不弃的爱情无不让人落泪和向往，爱情悲剧在湖边的夜色中悄悄展开，更具象征性和神秘性，更易让观众感知和理解。而在《颤栗》中，黑夜不再单单只是一种自然现象，而是成了一出家庭伦理悲剧的背景色，成为黑暗现实的一种折射。"夜"早已不是简单的"夜"，它俨然成为田汉诗意表达的工具。

戏剧氛围的诗化常常选用充满画面感的色彩来营造。在作品《乡愁》中，田汉将草原景色描绘得细腻动人，灯光、树林、草地，观众感觉到画面唯美、色彩丰韵，想象出充满诗意的意境。而另一部作品《落花时节》则更胜一筹，剧中段落里曾这样来渲染气氛："当微风吹来，雨水打进了房间里面，连同花瓣也一起吹进来了，桌子上的书被翻动起来了，发出脆耳的声音。"这种描写给观众更多的是唯美的想象，自然中的人文美景情景交融，让人难以忘怀，即使到了剧作最后部分，这种诗意的氛围都值得让人玩味，久久不能淡去。而在剧作《南归》中，田汉进行了大胆的创新，把中国古典艺术和现代诗化手段巧妙融合，在戏剧舞台上彰显出"小桥""流水""人家"般的中国古典诗意美。

戏剧艺术是一门综合的、丰韵的、需要在舞台上进行表现和演绎的艺术，而戏剧语言则是获得良好舞台效果的重要基础。在正常情况下，剧中人物的情绪变化或者是思想表达都需要通过语言台词来展现，戏剧语言的诗意化恰

---

① 田汉：《田汉文集》第1卷，中国戏剧出版社1983年版，第336页。

好是赋予人物活力的关键点。霍华德·劳逊也曾经说过:"正是因为诗意,语言才显得如此立体化、真实化。"① 作为一门长期在舞台上进行表演的艺术,戏剧语言的重要性早已不言而喻。而对于倡导新浪漫主义的田汉来说,追求戏剧语言的诗化也是他创作的重点之一。在文学史上,诗是一门古老的优秀艺术,把它和戏剧完美融合,将诗意的语言与戏剧的情节冲突融合在一起取得了绝好的艺术效果。从田汉早期的戏剧作品看,我们充分感受到他那诗人气质的散发和诗化般的戏剧语言的表现,展示了他对诗的深层次的审美理解。

田汉早期的作品十分注意戏剧语言的诗化,在他的笔下,赋予了角色以诗意化和性灵美,他们一张口都是诗,都是理想化的浪漫主义者。在《南归》中,流浪者归来与春姑娘饶有兴致的对话值得玩味:

女:你该看见那深灰的天,黑色的青林,白的雪山啦!
流:都看见了,看够了,我又想起南方来了。
女:辛先生,那雪山脚下的湖水,还是一样的绿吗?
流:绿的像碧玉似的。
女:那湖边操场上的草,还是一样的青吗?
流:青的跟绒毡似的,我们又叫它"碧琉璃"。②

该段对话台词情韵深致、诗情浓郁、画面唯美、华丽感与立体感交互,展现出春姑娘痴情、羞涩、着急的情感变化过程,诗人对家乡无法割舍的感情自然流露出来。

另一部剧作《古潭的声音》是受日本著名诗人松尾芭蕉的诗句"古潭蛙跃入,止水起清音"的启示而创作的,剧作塑造出一个被诗人从"尘世的诱惑"中救出来的舞女(美瑛),可美瑛最终却投身于古潭之中。她在纵身跳入古潭之前,留下了这样绝望的一首诗:

古潭啊,你藏着我恐惧的一切,

---

① [美]霍华德·劳逊:《戏剧与电影剧作理论与技巧》,邵牧君等译,中国电影出版社1961年版,第126页。
② 田汉:《田汉文集》第2卷,中国戏剧出版社1983年版,第74页。

古潭啊，你藏着我想慕的一切，

古潭啊，你是漂泊者的母胎，

古潭啊，你是漂泊者的坟墓。

古潭啊，我要听我吻着你的时候，

你会发出一种什么声音。①

借美瑛之口，田汉传达出了一位新浪漫主义者所热忱追求的性灵之光。这种诗意的语言、对死亡的快感，承载了创作者对人类毁灭重生的冲动，反映了对创作理想和生命价值的终极追求。

唐代诗人韦承庆官场失意被贬至广东，贬谪途中与亲人各赴贬所，写下有名的五言诗《南行别弟》"澹澹长江水，悠悠远客情。落花相与恨，到地一无声"，以此表达对弟弟的依依不舍。通过对该诗历史人文背景和其表达情感的深入挖掘，剧作家从中受到启发，于是创作了戏剧《苏州夜话》。在这部剧作里，田汉塑造了一个漂泊流浪的艺术家形象刘叔康，古诗的情致与现代戏剧的巧妙融合，传达出诗意绵绵的情境。漂泊自古以来便似乎是中国历代文人墨客经常遭遇到的生命状态，独自一人流浪在外，孤独寂寞无可排遣，这种失意和痛苦是旁人无法理会的，那么如何能让观众切实感受到呢？剧中刘叔康的台词是这样的：

人一过了壮年，他爱热闹的心也不让少年人，可是命运每每使他离开热闹。我已经是个四海无家的人，家庭的乐趣，我是被拒绝了的。……可是失望得很。我千辛万苦得来的真理，很热心地拿来献给你们，而你们却把这些真理当成粪土。小凤，要不是还有你在，我快要把乐趣失掉了。②

这是刘叔康向学生吐露衷肠时的话语，台词充满了感伤的诗意，营造出一种诗化的戏剧意境。而在田汉创作的大量戏剧作品中，此类语言极其常见。无论是《灵光》中顾梅丽和张德芬二人的互诉衷肠，还是《咖啡店之一夜》

---

① 田汉：《田汉文集》第2卷，中国戏剧出版社1983年版，第42页。
② 同上书，第340页。

中白秋英对自己不幸遭遇的吐露，抑或是《获虎之夜》中黄大傻被打伤后的内心独白，在田汉那神奇的笔下，诗意化的戏剧语言成为他早期戏剧作品中的一大特色，成为他塑造人物、表情达意的重要手段，构成了新浪漫主义的重要艺术特征。

可见，田汉在戏剧创作中喜欢采用充满象征、梦幻和寓意的现代表现手法，用幻想虚构出非真实的世界，筑构起戏剧梦境的诗化情境；反过来，这些幻想和虚构又充满了浪漫主义色彩，使得戏剧作品中的情境充满了诗意化，建构起田汉独特的戏剧理想。

作品《灵光》就洋溢着浓厚的浪漫主义梦幻气息。在这个三幕剧中，整个第二幕都由顾梅丽的梦境组成，她梦到爱人抛弃自己而与他人结婚，经历了被背叛和失去的痛苦，醒来后仍心有余悸，却发现自己的爱人好好地来到了自己身边，又让人有种失而复得的喜悦和庆幸。这种梦境的虚假与现实的真实之间的冲突与落差，使观众和主人公一起体会了人生起落的跌宕。最后，张德芬为自己的爱人祷告：

> 降福于我的——梅丽！使她能以自由的精神，谦虚的态度，精致的手腕，创造她的艺术，由她那艺术的作品，叫瞎眼的看见，瘸腿的行走，长癞的干净，耳聋的听见，死了的复活，贫穷的得听福音。[①]

在另一部充满着感伤情调的抒情剧作《南归》中，田汉也用浪漫的幻想和诗意的笔触，深层次地表现了主人公在思想层面的情感困境和精神层面的漂泊困境。在剧本中，春姑娘痴恋着诗人辛先生，可是诗人却是漂泊不定的，四海为家。他习惯了孤独，不会为谁而停留，尽管流浪者的旅途是漫长而艰辛的，同时这旅途中充斥着茫然和无奈。在剧本中，田汉用新浪漫主义的笔触，营造了一个个诗意化的戏剧情境，来展现漂泊不定、不知何去何从的人生状态和迷茫情绪。

田汉戏剧梦境的诗化，在新浪漫主义这里可以概括为两个字——"醒梦"：在黑暗丑恶、物欲横流的世界里，一切利益、金钱和人世的恩怨都不过

[①] 田汉：《田汉文集》第1卷，中国戏剧出版社1983年版，第114页。

是一场梦,而追求理想化的新浪漫主义者们却是"众人皆醉我独醒",他们以清醒的"醒梦"的目光审视世界,并且在自己的艺术创作中完成自己对这个世界的重塑,表达对美好性灵世界的向往。也正因为如此,在田汉早期的戏剧中,充满了诗化情境的构建,梦境和现实相互交织,幻想和虚构、象征和寓意使得作品的情境充满了诗意美。在《三叶集》里,田汉曾提及自己的剧作要求:"凡作剧必先抓得若干之现实的题材,加以十二分精到的研究,再纵其灵妙的想象,而施以剥蕉似的、锤钉似的紧张的描写。"① 因此,在现实主义基础上,加以诗意的想象,才能构筑起新浪漫主义的艺术殿堂。

总之,田汉作为中国现代戏剧的重要奠基人,早期戏剧作品大都充溢着强烈的新浪漫主义色彩。他虽然接触并受到多种文艺思潮的影响,但始终以一种开放、自由的文化心态与世界眼光兼收并蓄,善于吸收外来文学艺术思潮的养分,将现实主义与浪漫主义交相融合,拓展新浪漫主义的审美追求。尽管这种融合经过了艰苦的探索,付出了艺术家极大的心血,但是却为中国乃至世界戏剧史开辟了一片灿烂的天地,留下了不朽的篇章。

---

① 宗白华、田汉、郭沫若:《三叶集》,安徽教育出版社 2006 年版,第 57 页。

第三章 女性创作与女性意识：湖南女性作家的美学追求

第一节 蒋子丹"荒诞小说"的形式纠结与自我释放

蒋子丹对小说形式的探索，主要表现在对"荒诞"小说的形式纠结与自我释放的审美结构之中。从刚开始写作时对于形式的困惑到后来形式的释放，蒋子丹逐渐在形式上超越模仿而呈现出创作的自我风格，在对小说形式的探索与实验中写出了自我对于人生的感悟与理解。

"荒诞小说"是中国当代作家文学实验的热点，蒋子丹的早期小说以"荒诞"特色引人注目，因而被视为这一小说形式的先锋派实验作家。从1984年接触现代主义开始，蒋子丹就被西方现代主义经典所吸引，在把各流各派的现代主义经典小说中译本悉数找来阅读后，感悟于海勒、加缪、玛格丽特·杜拉斯等大师的作品，对小说的荒诞与幽默风格产生了浓厚兴趣，开始了有关"荒诞小说"的探索与实验。

1985年，蒋子丹通过模仿西方"荒诞小说"的形式结构创作了"颜色系列"小说，即《黑颜色》《没颜色》与《蓝颜色》。在初次尝试创作"荒诞小说"之后，她总结道："对幽默与荒诞的深层含义并没有吃透，可能是过于追求皮毛的效果，这些小说太注重细节的荒诞而忽略了逻辑的荒诞，在语言上也只是地毯式的俏皮话轰炸。"① 虽然她的初次尝试对"荒诞"的理解并不深刻，但是这些作品也初步具有了荒诞与幽默的色彩，这为她后来的小说创作奠定了良好的基础。在对"荒诞小说"形式的探索与实验中蒋子丹的写作技巧日渐成熟，但是随着技巧操作的熟练，作品内在的真实感也在慢慢消失，在创作小说《圈》时，她感觉到了："一种技法上的半身不遂症正向她袭来。"② 对小说的形式纠结使她陷入了小说形式创新的困惑之中。

1988 年，蒋子丹在海南先后创办了《海南纪实》与《天涯》杂志，在担任杂志编辑期间，生活的新体味给她的写作生涯带来了新的生机，使她逐渐走出了形式的困惑境地。她开始试写另一种"荒诞小说"，即细节真实可信、语言易于理解但是内核却充满荒诞，而荒诞之中又包裹着险恶的真实。90 年代初期，蒋子丹创作了一系列作品如《老 M 死后》《贞操游戏》《左手》《绝响》《从此以后》《桑烟为谁升起》等。蒋子丹在不断探索与实践中重新构建了自己的"荒诞小说"，她释放出的自我不再刻意隐藏自己的女性身影，并以此为出发点自然而然地重筑起自己的小说世界。在自我释放中，小说的形式也得以释放，除了对荒诞的情节与黑色幽默的广泛运用外，她还不断尝试着叙述人称与叙述视角的变化，实践着小说审美形式上的锐意创新。通过冷静观察、深入思考、精心布局、巧妙安排，她的小说创作逐渐到达了一种妙境。

可见，蒋子丹对"荒诞小说"的探索就是形式纠结与自我释放的过程。我们可以将这一过程尝试分为层次探讨：一是《黑颜色》的创作体验与小说的形式困惑；二是小说的形式释放与自我释放。

一 《黑颜色》与形式困惑

《黑颜色》是蒋子丹对"荒诞小说"的初次尝试，故事讲述了美术学院的学生"我"总是将绘画中本应该用黑颜色表现的地方改用蓝颜色填充，因而常常受到丁教授的斥责，然而一次突如其来的车祸却触动了"我"对于黑颜色的感悟，与此同时，"我"的生活也发生了微妙的变化。在后来的绘画中，"我"不由自主地将原本是蓝色背景下的蓝眼睛、黄头发的白人模特画成

---

① 蒋子丹：《荒诞两种》，《作家》1994 年第 8 期。
② 蒋子丹：《黑颜色·自序》，北岳文艺出版社 2001 年版，第 3 页。

了一幅黑色与红色交织的画作,而这幅名为"永恒"的画作竟莫名其妙地受到人们的认同与赏识。通过蒋子丹的精心安排与巧妙布局,《黑颜色》由一个清晰简单的故事变得荒诞诡异而晦涩。

　　蒋子丹将整部作品的讲述重心放在车祸部分。各种原本正常的生活现象在这突如其来的车祸中都产生了不同程度的变形,原本熟悉的事物也变得陌生,人们甚至对真实经历的事件产生怀疑。"我"在同学舒好的凭空臆想与认真讲述下,由一个事故的目击者演变成了肇事者。"我"不仅陷入了对于自身存在的感知迷雾之中,而且对于周遭人物的认识也危机重重。① "我"开始怀疑到底是"我"意识到的"我"是真实的,还是舒好编造的关于车祸的虚假讲述中的"我"是真实的,种种的疑惑使得矛盾进一步加剧。舒好又是谁,是"我"的同学还是朋友?现场的抢救医生又怎么会莫名其妙地变成了"我"家附近菜市场的张屠夫?然而这一切的发生都只是由于"我"想要看看事故司机的面容,可"我"万万没意料到这一个简单的想法会牵扯出一连串的事故。最终"我"还是没能看到司机的脸,一直以来看到的只是司机后脑的黑发与凝固的血块。这诡异的黑色与红色使"我"产生了巨大的触动并最终凝结成了一幅出自"我"手的名为"永恒"的画作。在"我"的一双蓝眼睛的注视下,飘忽不定的现实存在时远时近,一切都显得荒诞迷离。"我"深陷于各种各样的疑惑之中难以自拔,但唯一能肯定的就是那凝固的黑色与红色,于是"我"原本纯净清新明丽的蓝眼睛也变成了斑杂凝重沉郁的黑眼睛。在蒋子丹用心营造下,《黑颜色》绽放出了荒诞诡异与黑色幽默的色彩。

　　车祸的大篇幅记叙展现了蒋子丹对于"荒诞小说"形式探索的实验姿态。小说采用第一叙事人称"我",以"我"的眼睛来观察现实世界的各种荒诞变形,而"我"就是一个处于荒诞世界中的理想主义者。透过"我"的眼睛,蒋子丹对于那些生活中无所事事、平庸卑琐、麻木不仁的人进行了无情的嘲讽与批判。蒋子丹充分从西方现代小说中汲取养分,在小说的形式上运用了象征性的情节结构。全部的情节单元都围绕着"我"的意识、感觉、心理的变化而展开,"我"是情节的内核也是情节片段之间的连接线索。象征的含义凝聚着所有的情节单元又贯穿着整个形象体系。各种象征形象都具有大

---

① 参见蒋子丹《女性姿态的文学游戏》,《海南师范大学学报》2007年第5期。

幅变形的特点，经过了大幅度变形的处理后象征性质显得更为强烈。形式上的模仿使得《黑颜色》具有了"荒诞小说"的基本特点，但是其中的"荒诞"仍只是停留在事物表面的荒诞而没有达到深入骨血的程度，小说过于注重细节荒诞的同时忽略了逻辑上的荒诞。可见《黑颜色》是蒋子丹对于"荒诞小说"的一次勇于尝试，虽然未入骨髓但也可称得上是一次成功的实验。

蒋子丹曾说过："小说让人动心的地方恰恰更多，譬如构思的机巧、故事的曲折，甚至某种结构形式或具体技法，都可能突然叫人心血来潮跃跃欲试。"① 于是，在创作过程中蒋子丹一面急切地寻找着无拘无束的小说态势，一面又固执地认为小说不可以放弃形式与技术，这导致了她对小说形式的困惑并徘徊于小说的迷宫之中不得其门而出。现代派以它的极度变形赢得了人们的惊奇同时又以它的过分刺激疲乏着人们的神经。

继《黑颜色》之后，蒋子丹又继续构建她的"荒诞小说"，即《没颜色》和《蓝颜色》，这两个"颜色"小说是对《黑颜色》的延续。"我"从《黑颜色》中顿悟而出进入了斑驳陆离的《没颜色》之后，又拨开云雾找到了理想的《蓝颜色》。蒋子丹凭借"颜色系列"在文坛上一炮打响，这些作品也被批评界鉴定为"荒谬的存在"。至此之后，蒋子丹又尝试着变换小说的形式进行创作。《那天下雨了》《假月亮》等作品展现了蒋子丹构建故事的技巧与手法日渐变得成熟。到了创作中篇小说《圈》时，作者简简单单的勾勒就呈现出了一个令人捧腹又真切可见的荒诞人物，种种客观的挖苦嘲弄已然到了炉火纯青的地步。而就在作者写作笔法日趋成熟的同时，作品内在的真实感也在一点一点地消失。此时蒋子丹也已意识到了这些作品变得越来越晦涩难懂，这显然不是一种好现象，她的苦心经营俨然变成了一盘迷局。关于这段时间的创作体验，她日后也多次谈到，虽然刚开始她还为这种脱离真实故弄玄虚的境界而沾沾自喜，但是很快她就意识到了缺失真实感的创作绝不能称得上是成功的创作，即使是"荒诞小说"也不能脱离真实。就如小说《圈》中的"左上""右下"以及"我"的命运就是由于作者的用意过度而显得不够自然。可见对技巧的自信操练也使蒋子丹陷入了自己营建的形式怪圈之中。

对蒋子丹来说，"荒诞小说"就像是一片新鲜而又奇异的丛林，她兴高采

---

① 蒋子丹：《创作随想》，《当代作家评论》1995年第3期。

烈地摸索了一段路程以后，发现自己的本性仍与其格格不入。她不能像某些"嬉皮""雅皮"那样肆无忌惮又忘乎所以地玩技巧、玩文字、玩历史、玩良心。① 本性里认真严谨的态度令她不断地纠结于小说形式的探究之中，过于认真的性格使她常常感到拘谨、困惑，甚至感到了某种瓶颈的窒息。她甚至觉得创作对她来说成了一双"夹脚的高跟鞋"，外表高贵美丽却缺少了最为基本的舒适之感。小说创作的各种困惑让她不禁要开始思考一个基本的问题，即何谓"荒诞"？1988年移居海南的蒋子丹投身于文学编辑的工作之中，新的生活给她带来了新的写作生机，对"荒诞"一词也有了进一步的认识："表象背后的力透纸背才是真正的荒诞。"② 她开始试写另一种"荒诞小说"：细节真实、逻辑荒诞③，这与略带真实色彩的《黑颜色》相互呼应。蒋子丹对"荒诞小说"的重新认识就有如郑板桥画竹的体会："四十年来画竹枝，画到生时是熟时。"于是，在不断深入思考与解决疑惑的过程之中她又开拓了另一种创作之境。

二 形式释放与自我释放

20世纪90年代初，蒋子丹在重新建构了自己的"荒诞小说"之后迎来了新一轮的创作高峰。《左手》《桑烟为谁升起》《最后的艳遇》《绝响》《老M死后》都可谓是对于"细节真实与逻辑荒诞"的实践，这一系列的创作包含了小说的形式释放与作者自我释放的过程。

蒋子丹在重构"荒诞小说"的过程中，经历了从"细节荒诞"到"逻辑荒诞"的不断发展完善的过程。蒋子丹以如椽的笔锋、洋洋洒洒多排比的语句，穿插幽默戏谑的情节，展示人生的荒诞以揭示人生的本真。④

《左手》中的关先生一生都在精心呵护着儿子幼时因病迟钝的左手，对儿子左手的极尽训练、重视、偏袒和欣赏达到了极端之境，最后关先生死于儿子的枪下，但在丧命那一刻竟由于儿子使用的是左手而面露微笑。《最后的艳

---

① 参见鲁枢元《文学中的蒋子丹：女妖·乌托邦·虚掩的门及其他》，《小说评论》1995年第4期。
② 蒋子丹：《黑颜色·自序》，北岳文艺出版社2001年版，第3页。
③ 参见蒋子丹、单正平《两栖人生：蒋子丹访谈录》，《作家》1999年第2期。
④ 参见张赟《文学之路上的前锋者：论蒋子丹》，《小说评论》2010年第2期。

遇》类似于荒诞戏剧《等待戈多》。女主人公在焦虑与等待中期待着爱情的来临同时又担心着爱情的来临，最终的幻想却因现实而破灭。到场的"戈多"远非女主人公在焦虑中期待的"戈多"，从反面证明了精神的"空白"一旦为物质的"实在"填充，审美的张力便随之而委顿。①《绝响》中女诗人黛眉爱上了有妇之夫，最终为情自杀。她以死来报复情人的举动却被公安局定性为因总务科科长"文大肥"分黄花鱼不公而负气自杀。好奇的"我"在追悼会上看到了一个悲痛得非常突出的男人，他竟是黛眉平时恨之入骨的总务科科长"文大肥"，而所谓黛眉的情人始终没有露面。《老M死后》中老M生前一直宣称患有精神病的儿子是正常人，可他却死于儿子手下，潜意识里总是依靠着老M的"我"注定永远走不出"老M总是对的"这一魔咒。蒋子丹在小说的创作中实践着"细节真实与逻辑荒诞"的美学原则，并在荒诞的细节之中展现出了生活的真相：病态父爱的纵恶嫌疑、女性之爱的极端天真、男性潜意识的喜新厌旧等。无论是细节的荒诞，还是逻辑的荒诞都是作家面对人性异化和畸变现象时表达内心忧患的一种方式，而蒋子丹也在关于"荒诞小说"的探索之中，建构着从"细节荒诞"到"逻辑荒诞"的小说美学结构。

蒋子丹深爱西方现代主义小说的表现形式，她的小说对叙述人称、叙述视角等进行了深入拓展，并进而建构出了蒋氏"荒诞小说"的审美价值。蒋子丹作品中叙述人称是多样化的，这一特点在20世纪90年代后的作品中更显突出。在《左手》《绝响》中"我"是故事的旁观者，从旁观者的视角出发的故事更具有真实、客观的效果。在《最后的艳遇》与《老M死后》中作者采用了第一人称，《劫后》和《从此以后》中作者采用了第三人称，《等待黄昏》则采用了两种人称的叙事。叙事人称是叙事视角的一种不完全的表达，作者的观点通过不同的叙事人称可以呈现出不同的表达方式。可以说，各种叙事人称的尝试是蒋子丹对于荒诞小说叙事方式的尝试，因为在写作中灵活交替使用各种视角，可以更好地表达作者的思想意图。

从作品可知，蒋子丹对于限知限觉的视角与全知全觉的视角都有诸多的

---

① 参见鲁枢元《文学中的蒋子丹：女妖·乌托邦·虚掩的门及其他》，《小说评论》1995年第4期。

尝试。限知限觉的视角是用"我"的角度去叙述事件的过程，从而体现"我"的所见所闻所感。如《桑烟为谁升起》中作者直接闯入叙事场，与人物进行交谈，以一种自由的谈话体的方式展开故事。一开始"我"只是一个故事的旁观者，但是在与萧芒相识、相知的过程中"我"逐渐地参与到女主人公的命运安排之中，成了一个暗箱操纵者。在巧妙的结构设计中，读者被带领进入女性命运与自救之路的思考，而各种布置与经营正是作者的技术实验。全知全觉的视角可以描述事件中每一个人物的经历和感受，并让读者感受到作者似乎无所不在无所不知的权威性。如小说《从前》中就运用了广阔的全知全觉视角，将每一个人物的命运串联在一起。《从前》讲述了秋实路六号院里的孩子们的故事，小说没有完整的故事情节，只是分为多个部分讲述了几个六号院里的孩子的故事。几个故事单独成立又串联在一起，虽然运用讲故事的方式叙述，但又没有通常小说中对于人物形象的烘托、渲染与着意塑造。小说中的人物和故事往往被更强烈的具象性和更深邃的偶然性所推动，一方面展开变幻无穷的叙述层次，另一方面又显露出神秘莫测的故事内核。由于没有固定的人物，所以小说没有统一的人称，也没有贯穿的人物，而是不停地转换人称。

　　无论是叙述人称还是叙事视角的变化，都体现了蒋子丹的创作思考与技术实验："一面急切地寻找无拘无束的小说态势，一面又固执地认为小说是不可以放弃形式与技术的。"[1] 而形式的高超精妙与内容的贴近现实人生，共同践行了蒋子丹对文学"前锋者"的阐释与追求。

　　蒋子丹作为一位女性作家，在小说中也自觉地呈现出了女性主义的觉悟。她的小说不刻意隐藏自己的女性影子，而是自觉地将女性自我释放了出来。她的作品有着非常鲜明和自觉的女性批判意识，能够使人感到有一种与某种妇女的文化政治目标相契合的内在底蕴，这种文化政治目标对当代中国妇女而言，就是一种建立在性别体验或经验或利益之上朦胧的群体共识。[2]

　　在小说《桑烟为谁升起》中，蒋子丹营造了一种关于女性故事的自由谈

---

[1] 张赟：《文学之路上的前锋者：论蒋子丹》，《小说评论》2010 年第 2 期。
[2] 参见王绯、蒋子丹《游戏与诡计：一种现代新女性主义小说诞生的证明》，《当代作家评论》1995 年第 3 期。

论氛围，在彰显创作主体的女性身份时，也将有关女性的爱情理想、生活处境等问题的探求与思考进行了充分的扩展和深化。小说以半魔幻游戏式的叙述结构展开，全力塑造了萧芒这一个典型的现代东方女性形象。在萧芒由一个正统的淑女演进为一个全方位开放型的现代女性的过程中，蒋子丹诉说着女性身体从蒙昧到苏醒的往事，从而进一步揭示出女性心灵的自觉。萧芒在与丈夫宁羽短暂的婚姻中，被迫也是必然地陷入了尴尬的境地。她一方面被要求为贤良淑德、温柔婉约，另一方面又被要求为热情主动、娇娆献媚。最终她还是无奈地接受了丈夫另有新欢的事实。在丈夫死后，她又遇到了几位男士，每次她都热情地献身于爱情之中，但每一次她都被男人盘剥、无视与抛弃。萧芒最终进退维谷的三种结局宣告了在物化时代女性身体和心灵都难得善终的主题。虽然蒋子丹在萧芒故事的叙述中是个暗隐作者，但是可以看出她对这类女子最终为男性轻视或抛弃的文化处境有着深切理解和同情，小说的结局仍诉诸男性性别拯救的破产及女性出路的虚无。

在小说《从此以后》中，蒋子丹又试图利用换妻的故事来矫正这个向男性中心倾斜的世界。副局长闻布衣和妻子的婚姻就像许多婚龄较长、关系和谐的夫妻一样，昔日的浪漫情怀逐渐衰退，生活平淡无奇。虽然闻布衣有时也会感慨年轻时的爱情，但是严谨和自律的性格也使他成为一个安分守己的人。而一次意外的事故使妻子必须接受大脑移植的手术，换脑后的妻子从原本的传统女人变成了一个开放、现代、时尚的女性，这使得闻布衣与妻子的生活发生了巨大的改变。现在的妻子虽然外表如从前一样，但是灵魂完全是另外一个女人。"说到底正是那个在有机玻璃罩子下引诱过他的年轻女人，她借妻子之身还她自己的魂，神不知鬼不觉地取代了妻子。"[1] 在蒋子丹的笔下，这个有趣的换妻寓言深入了男性喜新厌旧的心理层面。闻布衣作为安分守己的标准男人代表，在看到有机玻璃罩中的年轻女人时内心同样产生了爱意与渴望，这种秘不可宣的内心冲动与他正经的外表产生了强烈的对照。蒋子丹在戏剧性的安排中，在各种反讽、调侃、戏谑的叙述下，将男性丑陋的心理与人性的弱点展现得淋漓尽致，这种女性主义的批判意识透过喜剧效果的呈现更具有讽刺的意味，也体现了女性主义批判者颠覆男权中心世界时的自信

---

[1] 蒋子丹：《从此以后》，长江文艺出版社2001年版，第310页。

与勇气。

蒋子丹用充满自信潇洒的笔触颠覆着以男权为中心的世界，并进一步指向人性的本质，从而寻求着对于女性审慎的爱意和自我获救的温暖。正如学者王绯所说："蒋子丹的小说展示的正是女性主义者审视男性丑陋心理和人性弱点时的内在自信，它既是一种创作主体心灵感觉状态的外化，也是一种前瞻性意义的女性书写姿态。"[①] 蒋子丹在创作中的自我释放使她一举成为 90 年代以来女性写作热潮中别具一格的佼佼者。

蒋子丹对于"荒诞小说"的探索是一次先锋派的实验，从刚开始的形式困惑到后来的形式释放，逐渐在形式上超越模仿而呈现出创作的自我风格。"悲观进取"是蒋子丹所欣赏的一种生活观，她将这种观念努力实施于自己的生活与创作之中，也正因为这种"悲观进取"的生活观，使得她在小说形式的探索与实验中逐渐写出了自我对于人生的感悟与理解。至今，蒋子丹在进行小说创作的同时，仍然在努力寻求着蜕变与自我的超越，这都源于她对文学的真心热爱与执着追求。也许在不久的将来，她的新作又会带给我们新的惊喜。

第二节　从《窗外》到《还珠格格》：
湘女琼瑶的感性狂欢

在琼瑶小说中，作者通过构建"浪漫梦幻的爱情王国"来表达自己内心深处对美和爱的感受和态度，在情怀的抒发中以求得对自我精神的印证。她的许多言情小说正是感性生活形态的精神狂欢，不管是处女作《窗外》，还是后期作品《还珠格格》，都有深深的琼瑶式狂欢色彩。这些小说不管是主题的诠释、人物的刻画、情节的描写、环境的塑造和语言的表达上都流溢着作家的感性情怀，呈现着情感狂欢的色调。

---

① 王绯：《世纪之交的女性小说》，《小说评论》1996 年第 2 期。

一 创作情怀：用心谱曲为爱高歌

在琼瑶的小说中，所体现出来的政治色彩比较淡薄，她不会为了写作而写作，她所写的都是自身的生命体验和内心深处最真切的感受。对此，她曾说："一个作家写作，并不一定负有社会使命。……我写小说很少考虑到会有什么社会影响，我只是以我手写我心、我的感受，只要是人类有的感受：感情、亲情、友情、仇恨……我都写。"[1] 琼瑶很清楚自己是一个平凡的女人，她并不在意她的作品能不能成为永恒的经典，至于时间是否会把她的作品淘汰，甚至被读者淡忘，她都能坦然面对。琼瑶很欣赏香港科幻小说作家倪匡说过的一句话，大意是：人不要追求永恒，永恒的只是日月星辰，因为人太渺小了。基于这种创作思想，琼瑶当然既不愿担负"文以载道"的责任，也不愿刻意追求作品永恒的意义，而只是希望能够为读者写作，把内心最真挚的情感和画面通过作品呈现给读者和观众，这就是一个作家，一个写作的人最大的成功和幸福。琼瑶曾说："我在我的作品中很想把我的人生观表现出来，但是有时自我表现得过分了些。当然，不可否认，我对人生基本的这种怨天的感觉有时还会流露出来。实际上，人生并不是你所想象的坏。当你能感受到的时候，当你能欢乐的时候，甚至当你面对危难的时候，你都能有一颗宽容的心来接受爱，并且是快乐的接受爱，把一切磨难都变成一种考验。我不去考虑我有没有使命感，要不要去教育青年人，或者要给下一代留下什么东西。"[2] 正是因为琼瑶这种乐天、坦然、真诚的人生态度，作者始终相信人间是充满美与爱的，是充满人性的。所以在琼瑶的作品中，基本上没有坏人，即使有，他们也会在人间爱与美的教化中变好。从美学追求来看，在琼瑶多情易感、浪漫唯美梦幻的气质与情感表达中，蕴含了一种对美的与生俱来的敏感，生活和命运造就了一个"唯美是求，唯爱是从"的作家。琼瑶说："我永远带着一份浪漫的情怀，去看我周围一切的事与物。我美化一切我能美化的东西，更能美化感情。无论亲情、友情、爱情……我全部加以美化，并

---

[1] 杨云：《琼瑶的生活琼瑶的爱》，《文娱世界》1987年第3期。
[2] 刘彦生、熊源美：《琼瑶长江行》，民族出版社1993年版，第18页。

且很迷信我所美化的感情。"① 作为一个整天活在"云里雾里"的标准梦想家,琼瑶编织小说,编织故事,编织梦想,也把自己置身于小说和故事中。琼瑶很清醒地认识到惩恶扬善、除暴安良、伸张正义、凸显美丑可能给社会带来的欢愉和希冀,她想通过笔下那些被美化、感化过的感情故事和对理想化人物的塑造,来传达自己对生命的理解、感知和企盼,对爱的偏执,对美的狂热和渴求。正如琼瑶所言:"在我写的时候,我笔端心底,满满溢着爱。"②

由此,唯爱而写成了琼瑶的基本创作理念,并因此铺就了她大众的、唯美的、言情的、梦幻的文学路线。

二 情怀表现:情感铸造的灵魂恋歌

常言道:感人心者,莫关乎情,而爱情是人际关系中最深层的、最亲密的表现,是人类智慧与情感的浓缩和集中体现。表现和讴歌爱情是琼瑶作品永恒的主题,琼瑶的小说素有"爱情百科全书"之称。琼瑶小说的核心,是以女性的梦幻与理想,编织成人世界里的爱情童话。她笔下的爱情男女,为了追求爱情,不惜一切代价全力以赴,对待爱情矢志不渝,拥护爱情生死相许。正如琼瑶所说:"人来世间是一趟苦难之旅,如何在苦难中寻找安慰,如何在坎坷中化险为夷,我只迷信一个'爱'字。"③ 琼瑶是一个爱情至上主义者,其作品围绕"言情"而生发出来的人物形象由爱而凸显人物的个性色彩,情节模式是由爱而引发人物的命运沉浮、由爱而扭结复杂的人际纠葛,审美风格也是由爱体现诗意浓浓。爱情成为所有的男女主人公人生至高无上的主宰,无论他们身份、地位、性格有何差异,他们都自始至终走不出爱的王国。在处女作《窗外》中,作者就把"情"字写得淋漓尽致。柔弱敏感多情的江雁容痴情地恋上自己国文老师康南,而康南也无可自拔地爱上了比自己小二十几岁的学生雁容。世俗的偏见和舆论的施压,痴男怨女最终还是以悲剧告终。《庭院深深》中的小资本家柏沛文对采茶工章含烟的爱更是死心塌地,在

---

① 琼瑶:《琼瑶自传》,作家出版社1990年版,第217页。
② 王基国、余学芳:《爱情教母:琼瑶》,新疆人民出版社2003年版,第1—2页。
③ 李光惠:《琼瑶笔下世俗的爱情理想》,《东京文学》2009年第12期。

以为含烟死后的一年时间里,每天死守在"含烟山庄"里痴情地等,对含烟痴痴地思念,直至一场大火把"含烟山庄"烧毁,自己也在大火中双目失明。虽然双目失明,还是每天在一片灰烬的含烟山庄里苦苦追思和等待含烟。而琼瑶后期作品《还珠格格》更是把"情"发挥到极致,尔康和夏紫薇那"山无棱,天地合,才敢与君绝"的爱情誓言,五阿哥永琪为了小燕子的爱宁愿牺牲一切也在所不辞。言情的魅力,曾使琼瑶作品在大众读者心中产生深深共鸣和心情的愉悦,"琼瑶小说真正的价值是对读者心灵的慰藉,而不是现实的指导"①。琼瑶也以自己鲜明的创作特征,提供了大众时代颇具代表性的言情小说类型。

　　琼瑶对于笔下人物形象的塑造,往往在传统的痴情中融进现代的思想观念,在爱情中所表现出来的价值观与道德观实际同中国文化中较富于人情味的价值观、伦理观相一致,并注重突出了反封建礼教的主题意向。其小说的爱情观、婚姻观、基本的价值取向,是追求发自内心的爱、忠贞不渝的爱、有道德有文化有教养的爱。她笔下的主人公可以为爱而生,为爱而死,为爱付出一切,他们蔑视世俗社会强加在人们身上的种种具有封建迷信色彩的精神枷锁,他们一旦坠入爱河就会像《我是一片云》中的段宛露那样:"我只知道一件事,我要和孟樵在一起,他是强盗,我爱他;他是土匪,我爱他;他是杀人犯,我爱他。"②虽然爱得痴情,爱得要发疯发狂,但是他们始终没有逾越传统伦理道德的规范。《几度夕阳红》中的李梦竹,18年前不满母亲的包办婚姻,与风流倜傥的阔家少爷何慕天两情相悦,倾心相爱,后来由于种种误会,负气嫁给了也是深爱她的杨明远。18年后,她与何慕天再次相遇,虽难忘旧情,但最终还是在家庭伦理道德规范制约下以礼节情,回到了明远的身边。《在水一方》中的杜小双,虽然丈夫卢友文一而再再而三地伤害她,但是她还是一往情深地等待着他能悔改,能回心转意。可见,琼瑶通过小说表达了恋爱自由、婚姻自主、个性解放、家庭民主的愿望,她曾说:"一个真正的婚姻,应当是自由的,有爱情的,以互爱为基础的并可维持的婚姻。"③

---

① 汤哲声:《中国流行小说经典》,文化艺术出版社2004年版,第276页。
② 琼瑶:《我是一片云》,花城出版社1996年版,第282页。
③ 刘彦生、熊源美:《琼瑶长江行》,民族出版社1993年版,第25页。

三　情怀寄寓：唯爱是求的痴情迷狂

琼瑶小说中的主人公大都是痴情而带有理想色彩的现代城市的才子佳人。作品中那些理想化了的男女主人公身份多是作家、音乐家、画家、记者、编辑、教师、经理、工程师、中级职员、医生、护士、大中学生等。他们是社会转型时期日益活跃的中产阶层，虽然不一定是社会改革的代表人物，却是追求人生梦想、努力生活的才子佳人。他们的价值观和人生设计虽然不乏时代的特征，但琼瑶没有让笔下人物全身投入广阔的社会生活中，而是让他们偏隅于爱情的角落里。琼瑶小说设计了三种爱情人物，他们分别是：

（1）充满现代感的苦恋式情人。这类人物在一定程度上深深地印着作者青年时代的感情足迹和人格意向，集中体现了琼瑶式的爱情理想与浪漫情怀。他们多是痴情无比而又带有理想色彩的现代都市男女，为了追求心中完美的爱情，历经磨难仍痴心不改，对爱执着，唯爱是求。战争、硝烟、烽火、时间、空间、天上、地下都割不断情；金钱、地位、门第、背景都阻止不了爱；生命的残疾、命运的愚弄、境遇的落魄、年龄的悬殊、长辈的干涉也改变不了爱。在爱情王国里到处是这些痴情男女的身影，他们把爱演绎得如梦如幻、哀怨唯美。如那个不顾世俗舆论压力，情愿跟着比自己年长二十几岁的老师康南浪迹天涯的雁容（《窗外》）；为了丈夫能浪子回头，不惜忍辱负重、痴心不改，苦苦等待的杜小双（《在水一方》）。"爱到深处无怨尤"，"问世间情为何物，直教人生死相许"（《还珠格格》），这反复出现、旨在点题的诗句，正是苦恋式情人形象的真实写照。

（2）介于传统与叛逆之间的人物。琼瑶说过："在我的身体里，一直有两个不同的我。一个我充满了叛逆性，一个我充满了传统性。叛逆的那个我，热情奔放，浪漫幻想；传统的那个我保守矜持，尊重礼教。"① 正是作者这种双重性格与精神矛盾，无法避免地影响到她对笔下人物的理解和塑造，同时也真实地反映了琼瑶和同时代人在新旧价值观念激烈碰撞社会里的两难选择。琼瑶笔下的爱情男女，在世俗偏见起冲突的时候，往往会从叛逆的形象开始，以对传统的皈依而终结。作者塑造的许多女性，在追求完美浪漫的爱情历程

---

① 琼瑶：《琼瑶自传》，作家出版社1990年版，第244页。

中，都能做到不卑不亢、不屈不挠、独立自主、顽强拼搏。一旦得到爱的归宿，就会陷入情网当中不能自拔，牺牲自己的独立人格，在婚姻中终结生命的理想，《一帘幽梦》中紫菱所走的人生路线，便是如此。当年的紫菱独立、叛逆、狂放、固执，然而最后鼓起勇气，顶着世俗偏见和传统压力，与离婚男子费云帆走进了婚姻的殿堂。进入婚姻殿堂后的紫菱性格锋芒便开始消失，她靠一个男人实现了爱情梦，同时也在一个男人的怀抱里终结了人生理想。无论当初她如何独立、奔放、叛逆和固执，最终还是回到闺房成为人妻，去守着自己苦斗来的如意情郎，重蹈传统生活的覆辙。

琼瑶的另一部小说《浪花》，则深刻地表现了社会新旧观念撞击下的琼瑶人物的矛盾性格。主人公秦雨秋是一个画家，她沉迷于梦想和绘画，又向往自由，崇尚真实，独立且叛逆，因此她总是被世俗社会所遗弃。在家庭生活中，因为被视为不称职的妻子而导致离婚；在社会天地里，她不为流行时尚与平庸画界所接受，因为她被视为出格的画家。秦雨秋固执地用会思想的画对生命进行挑战，用叛逆的形象同社会作战，最后是与画廊经理贺俊之相遇后，两颗寻寻觅觅的灵魂开始发生强烈碰撞，并摩擦出激烈的爱情火花。但是，彼此苦苦寻觅到的爱情生活，却终究逾越不了传统秩序的鸿沟，爱情之舟在传统秩序樊篱的阻碍下搁浅。贺俊之无法放下和割舍已经属于他的婚姻、家庭和子女，雨秋最终也在是非与舆论、道德与传统、畸恋与反叛的种种社会压力和心理困扰下独自离开台湾，浪迹天涯，以此方式来宣告叛逆的终结，从而完成了"又西方，又东方；又现代，又古典；又反叛，又传统——一个集矛盾于大成于一身的人物"[①] 形象。

（3）灰姑娘与白马王子的形象。灰姑娘与白马王子的形象提供了琼瑶小说最常见的人物模式。琼瑶作品中的灰姑娘，都是生活在社会底层的普通人，生活的艰辛和现实的残酷，为了生计，她们做了歌女或舞女，如《庭院深深》中的章含烟和《烟雨蒙蒙》里的陆依萍；有的失去双亲，寄人篱下，如《在水一方》中的杜小双；有的家境贫寒，生活艰难，如《菟丝花》里的雅筑。虽然身世境遇不尽相同，但是人生命运却是极其相似的。首先，她们都长得清新美丽，富有古典气质；其次，她们身上都富有现代女子敢爱、敢做和自

[①] 樊洛平：《当代台湾女性小说史论》，河南人民出版社2004年版，第274页。

立、自强的独立精神，有一种令人心仪的人格美；最后，则是她们都有童话般的传奇爱情经历，改变了人物的一生。就像《庭院深深》中的章含烟的爱情传奇那样，从晒茶场上的小女工到女秘书再到"含烟山庄"的女主人，章含烟人生的瞬间转变，演绎的就是一个灰姑娘梦幻般的童话爱情故事。

灰姑娘与白马王子的人物模式，讲述的是成人世界里的现代童话，核心是对爱情传奇的建构。作为现代社会中的爱情传奇，它是唯美的、浪漫的、梦幻的和令人期待的。虽然这样，琼瑶也很明白故事发生的年代，她也特别强调了"发乎情，止乎礼义"的爱情原则，强调独立奋斗、追求自身价值的人格力量，表现了作家对人道主义精神的颂扬和对中华民族传统道德的维护。这就在灰姑娘与白马王子童话的古老框架中，融进了现代社会具有进步意义的精神内容，跳出了贫与富、善与恶单纯对立的童话叙事模式。

四　情节模式：跌宕多姿扑朔迷离

琼瑶对言情小说的艺术经营，首先表现在情节模式的建构上。她的小说吸取了我国古典小说和戏剧的传统，具有曲折离奇、跌宕起伏的艺术美。一元化的人物和多元化的三角关系，是琼瑶小说的基本模式。小说中无处不在的三角恋和婚外恋为琼瑶小说情节的构筑提供了美学张力，正如有学者所言："琼瑶的小说在主观上反对滥情主义，崇尚一心一意的单线恋情；但在叙事的过程中又极其依赖人为设置的三角恋，甚至多角恋，通俗的'三角恋爱'模式，包括师生恋、乱伦等在内的畸形恋情，在琼瑶剧中随处可见，一女多男、众星拱月的角色设置模式依然盛行，老夫少妻型感情作为一种情爱常态贯穿始终。"[①] 有的是"显三角"的表现形式，诸如《烟雨蒙蒙》中陆依萍姐妹对何书桓的爱情角逐，《昨夜之灯》中罗志刚和顾亚蒙对雪珂的情感争夺，《在水一方》里卢友文与朱诗尧面对杜小双的情感对峙，都是此种情节模式的衍生和复制；有的是"隐三角"的关系，它主要是男女主人公爱情追求视野内的两个人物，在无形中构成了对另一个人的爱情威胁，从而形成或多或少的爱情对峙和竞争，诸如《一颗红豆》《心有千千结》《一帘幽梦》等作品中的

---

① 谢建华：《主题传承与形式跨越——中国都市言情剧经典文本分析》，《南京师范大学文学院学报》2007年第4期。

爱情描写；有的是"叠三角"的模式，它所表现的形式大多是在回忆旧情往事中所体现的代际矛盾与友谊爱情的纠葛，其中的代表当属小说《几度夕阳红》。

琼瑶小说建构情节模式的主要方法是在不平衡的艺术中强化情节结构的戏剧性和曲折性。在大多数琼瑶小说中，故事往往是从静态的平衡到动态的不平衡中展开来的，遵循"钟情—冲突—波折—回归"迂回跌宕的情节结构是其小说的一大特点。作品中男女主人公会在某种偶然的场合中一见钟情，以迅雷不及掩耳的速度坠入情网，然而感情的道路又是跌宕起伏、一波三折的。他们会遭到来自社会和家人的双层阻力，遭受社会舆论和传统伦理道德的双层压力，以及偏见和复仇的煎熬，总之，爱情时刻面临着世俗偏见与家庭恩怨情仇的联合绞杀。此种情节安排，会把男女之间的爱情发展一步步推向高潮，以此来调动读者阅读心理的紧张状态。诸如《窗外》中的江雁容和康南的师生恋从萌芽开始就注定是艰难曲折的，他们遭受的将是来自家庭施加的压力、阻力和社会舆论的偏见。首先是家里人极力反对，特别是江雁容母亲对其学业的施压，使本是娇弱、孤独和压抑的江雁容更是备受煎熬，这时两人的恋情至少还能躲躲藏藏，私下见面。其次是学校的施压、旁人的冷眼、社会舆论的偏见等接踵而来，康南名誉扫地，被逼到遥远的小山村教书。江雁容高考失利加上情感受挫，绝望到极点，几度寻死自杀，但未遂。到最后的结婚、离婚，去找康南途中所发生的小插曲都写得委婉曲折，充满戏剧性。同样，《烟雨蒙蒙》中的何书桓和陆依萍，面临的是理智和情感的冲突，而在《在水一方》中，主人公杜小双和卢友文在思想观念和价值观上存在严重分歧。琼瑶这种动静相生、曲折有致的情节设置所产生的艺术效果，能给读者以玄妙的情感冒险和审美情感波浪式起伏的心理满足。

琼瑶小说情节引人入胜的魅力还在于悬念的设置和神秘氛围的营造。琼瑶的作品具有一种曲折离奇、扑朔迷离的美，这跟作者善于巧构故事的技巧是分不开的。琼瑶写小说，很会利用设悬念、卖关子、结扣子等建构故事的艺术方法，使故事情节既环环相扣、曲则回环、神秘莫测，又令人遐想。如《几度夕阳红》，作者多处设置悬念，何慕天和李梦竹十八年前因为什么结下仇恨，这是一个悬念；十八年前的误会解开后，魏如峰和杨晓彤恋爱会被允许吗,这也是一个悬念。一个悬念解开后,又是结了一个扣子,十八年前李梦竹千里迢迢怀着身孕跑到昆明找何慕天,但作者故意安排何慕天的太太迎接了梦竹,并且何太太也是怀着身孕的,这就使悬念未解,反而结了新扣子。此种情节模式在琼瑶的小说中随处可见,她的这种悬念或玄秘,有的是紧扣人物的身世之谜而来,有的是根据爱恨之情而生,也有的是围绕环境氛围的制造而呈现。

琼瑶小说情节描写还有一个重要的特征就是各种故事元的高度密集和反复作用,这已成为思维定式。这其中,关于"身世之谜"的故事元,时常发生在血缘链与感情线上,它所强调的多是有关两代人的生命来源和代际关系的问题,如在《几度夕阳红》《菟丝花》中的相关描写;关于"失忆症"的故事元,往往都是联系人物爱情路上遭遇的波折和打击,导致人物命运的陡然转变,令故事情节悬念丛生,比如《昨夜之灯》里的雪珂、《我是一片云》中的宛露,都经历了一段"失忆"的人生;关于"替身人物"故事元,它充满的是有关戏剧和人生扮演、命运的偶然和奇特的生命体验,如《梦的衣裳》《月满西楼》等作品,表现的正是这种"替身"人物。

五 语言抒发:古典的词诗意的美

琼瑶是一个具有深厚文学功底的人,她对爱情的描写,受到浓重的中国古典文化的影响。琼瑶对言情小说的艺术经营,也表现在风格意境的创造上,她的小说是诗化了的环境里发生的诗化了的故事,作者将诗与文、叙事与抒情有机结合起来,使之具有典雅脱俗、浓郁敦厚的含蓄美。具体而言,琼瑶小说语言的古典诗意美主要表现在以下三个方面:

(1)耐人寻味的书名。琼瑶小说的书名和灵感,大都是来自中国传统的古典诗词,带有浓浓的古典意蕴。如《几度夕阳红》的书名,来源于罗贯中的《三国演义》卷头词"青山依旧在,几度夕阳红";《庭院深深》出自欧阳修的《蝶恋花》"庭院深深深几许,杨柳堆烟,帘幕无重数";《心有千千结》则出自张先的《千秋岁》"心似双丝网,中有千千结";《在水一方》书名自然让人想到《诗经·秦风·蒹葭》中的优美诗句"蒹葭苍苍,白露为霜。所谓伊人,在水一方";《一颗红豆》使人联想到王维《相思》里那"红豆生南国,春来发几枝。愿君多采撷,此物最相思"的感人咏叹;《烟雨蒙蒙》则出自王昌龄的"玉清坛上雨蒙蒙",章八元的"满城春色雨蒙蒙"等。还有一些作品是以花草植物命名的,如《一颗红豆》《菟丝花》《芦花》《金盏花》《幸运草》《五朵玫瑰》等。在这些作品中,作者除了根据展开故事情节的需要,进行适当的景物描写外,还着意描写某种花草的形态和习性,并将这种描写与故事所要表现的思想情调、人物性格相联系,托物言志,从而使自然风物平添了某种象征意义,成为作者人生哲学的传达媒介。代表相思的红豆,则见证了致文与初蕾历经磨难、矢志不渝的爱情;柔软洁白的芦花,象征着一种美好的情感,一种幸福。

这些书名既含蓄又典雅,充满诗情画意,又雅俗共赏,别具风味。

(2) 如歌如梦的意境。在琼瑶小说的语言描写中,作者为了营造如歌如梦的意境,巧妙地把古典诗词完美地融入行云流水般的文字里,往往在场面与景物的描写中,融情于景,融理于象,使作品呈现出强烈的典雅情趣,烘托出作品的情感氛围,同时也把读者带到一种令人神往的美的境界中去。首先,作者擅长用古诗词常用的夕阳、彩云、浪花、寒烟、窗外等意象,赋予爱情以纯洁忠贞、痴情缠绵、伤感多变的意蕴。如《月朦胧鸟朦胧》中有一段描写是这样的:"窗外,正是月朦胧,鸟朦胧,山朦胧,树朦胧的时候。窗外,却是灯朦胧,人朦胧,你朦胧,我朦胧的一刻了。他们静静地站着,静静地依偎着,静静地拥着一窗月色,静静地听着鸟语呢哝。人生到了这个境界,言语已经是多余的了。"短短一段文字,连用了两组排比句,既把刘灵珊和韦鹏飞纯洁的、唯美的、浪漫的爱情以一种诗意的笔调描绘了出来,给人以爱情的美感,也让我们感受到了它具有散文诗语言所特有的一种轻松自然的旋律美、和谐美。其次,作者也喜欢用没有一丝粗俗、静美得如同清冽的泉水洗刷过的语言来描绘大自然的风姿,从而更好地体现作品的主题和表达作者思想情感及对人生哲理的思考。"由于大自然的限定性较少,这些主题比放置在社会环境里得到更加无拘无束的揭示,并且更容易产生哲理。"[①] 如《一帘幽梦》中紫菱和费云帆在国外游玩的一段描写:"我四面张望着,黄昏的阳光从树隙中筛落,洒了遍地金色的光点。是的,这是春天,到处都充满

---

① 曹文轩:《中国八十年代文学现象研究》,作家出版社2003年版,第155页。

了春的气息，树木上早已经抽出了新绿，草地上一片苍翠，在那些大树根和野草间，遍生着一丛丛的野百合，那野百合的芳香和树木青草的气息混合着，带着某种醉人的温馨。我深深地吸一口气，仰视蓝天白云，俯视绿草如茵，我高兴地叫着说：'好可爱的森林！'"① 这里，作者运用了古典诗词意象如"大树""野花""白云"等，爱情与山水、自然与人性、古典与现代融合在一起，展现了一种情感四溢又如诗如画的意境。

（3）优美动听的歌词。琼瑶不仅喜欢以古典诗词作为小说的书名，而且还喜欢写诗当歌词用。琼瑶认识到音乐作为一门艺术所具有的奇特功能和效果，所以在她的每部作品中，几乎都有一首乃至数首古典诗词或者歌曲，这些诗词或歌曲都是琼瑶对古典诗词的巧妙借鉴、套用或者模仿。它们是统摄全篇的主题歌，又是画龙点睛的诗眼。《在水一方》作者配合故事情节，借鉴和套用《诗经·秦风·蒹葭》中的诗句改编成了一首萦绕至今的爱情诗："绿草苍苍，白雾茫茫，有位佳人，在水一方。我愿逆流而上，依偎在她身旁，无奈前有险滩，道路又远又长；我愿逆流而下，找寻她的方向，却见依稀仿佛，她在水的中央。"既保留了《诗经》原作反复歌咏、一唱三叹的形式，又将原作那种真挚的情意和朦胧的人物形象表现得恰如其分、恰到好处，并且很好地运用到小说中来，同时也很好地突出了小说的思想基调和主题。如《月朦胧鸟朦胧》的主题歌是这样写的："月朦胧，鸟朦胧，点点萤火照夜空。山朦胧，树朦胧，唧唧秋虫正呢哝。花朦胧，叶朦胧，晚风轻轻叩帘栊。灯朦胧，人朦胧，今宵但愿同入梦！"这首歌既是主人公灵珊最喜爱和经常吟唱的一首歌，也是情侣陶醉的爱之至境，唯美细腻的歌词、整齐和谐的节奏、柔和温婉的曲调，唱出了灵珊对爱情的憧憬和向往。除了这些，还有很多歌词都是作者根据诗词歌赋精心改编创作的，如《一帘幽梦》《几度夕阳红》《一颗红豆》《心有千千结》等歌词，满满的都是古典的韵味。总之，深厚的中国古典诗词歌赋的呈现是琼瑶执着追求的诗意风格，其作品也有别于一般意义上的言情小说，从而具有几分文学的、唯美的、雅致的风情。

琼瑶的小说，一度风靡台湾地区、东南亚和大陆，受到各层次读者的欢迎，无论男女老少，抑或干部、工人、个体户、待业青年等都拥有琼瑶的读

---

① 姜晓：《情之世界：琼瑶小说赏读》，国际广播出版社1992年版，第271页。

者群。根据她的小说改编成的电影和电视剧也曾刮起一阵又一阵狂热的风潮，大街小巷，说起琼瑶剧，无人不知，无人不晓。直至现在，很多电台卫视都还在播琼瑶小说改编成的电影和电视剧，"琼瑶热"犹有余温。琼瑶作品之所以能拥有那么多的读者和观众，跟她对爱的诠释、巧妙情节的构思、古典诗意的语言、独特的人生体验是分不开的。然而在批评界也有学者称琼瑶小说为"社会公害"，是不折不扣的精神毒品，这对琼瑶作品所体现的精神内涵、审美价值的认识有失偏颇。所以，面对琼瑶这样独特的文学作品，更应该以一种冷静的历史观去深入理解其作品所体现出来的价值观、道德观和审美观，从而发现其作品独特的美学价值。

第三节　叶梦散文的女性觉醒：女性体验与性灵书写

叶梦散文对女性的身体发育和生命孕育等生命奥秘进行了大胆而细致的描述，这种试图突破传统女性话语禁忌意识的呈现，标志着女性主体意识的觉醒和回归，表达了作家独特的写作立场。整体来说，叶梦散文大都以女性的自然生命历程为出发点，大胆却又含蓄地描写出女性最初的生命悸动，表现出女性自我从生理到心理成熟乃至完善的整个过程，力图从生命哲学层面描绘女性的生理奥秘，从私密角度揭示女性的存在之谜。

一　男性化叙事模式的消解

20世纪80年代初，一篇清新脱俗的散文《羞女山》让叶梦这位工人出身、自学成才的青年女作家在文学界声名鹊起。此后，又相继出版了《月亮·女人》《灵魂的劫数》《湘西寻梦》《月亮·生命·创造》《小溪的梦》《风里的女人》《遍地巫风》等散文集，多次收获各类散文大奖。从创作主题来看，叶梦散文大致经历了从描写婚姻家庭爱情、孝敬父母等生活题材，再到描写以女性的生命体验和女性存在为主题的转型过程，并最终成为抒写女性体验和女性存在的作家代表。有论者认为，叶梦散文的问世"标志了旧散文的结束，新散文的开始"（刘锡庆语）。

叶梦被认为是位纯粹的女性主义作家，她始终以一位女性意识觉醒者的姿态，让她的散文充满着女性存在的气息，抒写着女性生命的体验，抒发着女性的自我性灵，孜孜不倦地探索着女性存在之谜。一方面，她的散文大多取材于女性的生命体验和女性意识；另一方面，她的散文始终站在女性的立场，用女性独特的视角写自身对生命和人生的体验和想法，表现了女性主体意识的遐想、期待以及梦幻之中的思考。《羞女山》，将"羞女"比作人类的始祖女娲，她那不加掩饰的"晒羞"的"全美的体态""完完全全是一个狂放不羁、乐知天命的强者"，"那拥抱苍天，纵览宇宙的气魄与超凡脱俗的气质"的女性形象，淋漓尽致地体现了叶梦对于女性充满创造想象的自我肉体生命的赞扬，并总括了新时期初女性散文尚未明确意识到但此后却一直在努力追寻和揭示的女性自我形象。① 她在散文中以女性少有的勇气和诚实，用独特的思路和细腻的手法描写了一个个与现实密切相关的主题，以女性特有的视角，抒发了女性对人生的感悟。正如杰西所言："悲剧不是一个女人，悲剧是一个人的体验在文化中神秘地被放大。因此，一个人的体验既是所有人体验过的，同时也是所有人不需要再去体验的。"②

纵观叶梦散文可以发现，在突破女性散文的男性化结构、展现女性主体生命意识方面彰显了其创作风格的审美特质。

美国人类学家阿登那夫妇认为，女人在人类历史上几乎构成了一个失声的集体，"其文化和现实生活圈与男性（主宰）集团的圈子部分地重合，却又不是完全被后者包容。女子文化圈有一部分溢出了这一文化圈，前者可以用主宰集团的语言表达，而溢出的部分则是女子独特的属于无意识领域的感知经验，它不能用主宰集团控制的语言清晰地表达，这是失声的女人空间，是野地"③。波伏瓦在其著作《第二性》中也说："在人类的经验中，男性故意对一个领域视而不见，从而失去了这一领域的思考能力。这个领域就是女人

---

① 参见刘萌《当代"女性散文"三家》，《职大学报》2001年第1期。
② Joyce Carol Oates, "The Death Throes of Romanticism: The Poems of Sylvia Plath", *Contemporary Poetry in America, Essays and Interviews*, Edited by Robert Boyers, Schocken Books, NewYork, Secondprinting, 1975, p. 96.
③ 王逢振：《最新西方文论选》，漓江出版社1991年版，第49页。

的生活经验。"① 纵观中国历史,男性的语言霸权限制了女性对自身文化的创造和想象,并被迫向男性文化靠拢和归同。正像男性按照自己愿望和想象去构造女性神话一样,女性的本质、角色、地位全部由男性来解说、操作和定义。男性在潜意识里一直阻止女性表露出对性生活和自己身体的兴趣。在古代社会,男性不停地向女性灌输一种贞洁道德观念和"三纲五常"思想,使得女性在性行为中流露出一点点主动都被认为是很可耻的表现;在现代社会,虽然这种道德的约束从现实生活的表象中消失了,但是它的价值观和逻辑却仍旧体现在语言形式及其语言审美中,女性只能纯洁地、朦胧地歌颂爱情,只能羞涩地犹如处子一样表达朦胧渴望的内心活动,只能"犹抱琵琶半遮面"地对自己的女性体验和爱情感觉欲言又止。语言中的性禁忌或性传说是男性用来控制和压迫女性的最隐蔽的方法,也是男性文化和男性话语权力结构中最坚固的堡垒。但是,叶梦却在其散文作品中让女性主体意识占据制高点,大胆突破了男性话语的封锁线,让"我们紧紧拥抱着,不顾一切地走入那决斗一样的境界",体味"两个星球接受了一种恒定的吸引,开始传递一种场的脉动"的感觉,回味"激烈的搏杀好像过去了整整一个世纪"的生命历程。这里,叶梦不仅用"决斗""搏杀"这样强大的字眼修饰女性躯体的琐细感觉,而且在叶梦的心目中,"我们"是同样的"无知而笨拙"的"鸟",是平等的"两个星球"②。这些都是女性生命体验和独立意识的体现,打破了女性散文的男性化叙事结构模式。这种让女性体验和女性存在得到充分体现的叙事方式,表达了女性叙事对于男性话语的反抗意识。

二 女性主体独立意识的书写

叶梦是一位具有探索意识和开拓精神的女性散文作家,她的散文对于女性的心理成长、身体发育和生命孕育等女性生活经历中的种种奥秘进行了大胆的发掘和描述。传统文化认为,女性处于审美客体的位置,女性的形象是娇弱和含蓄的,所以女性独有的生活激情和生命体验,也被隔离到了传统文学的审美世界之外。但是叶梦从一开始就背离了这种女性文学传统结构,她

---

① 陈立旭:《两性之争》,中国华侨出版社1993年版,第20页。
② 王伟伟:《叶梦散文论》,硕士学位论文,河南大学,2009年,第57页。

的《今夜，我是你的新娘》《创造系列》和《不要碰我》等作品很直白地展现了女性初潮、交媾、生育、哺育等生命活动和生命历程，将男女两性从心理到性特征都放在完全平等的位置上加以审视。①叶梦散文对女性生命体验的直白描写，体现了女性主体意识的觉醒，但是身体描写并不是叶梦散文的全部意义，而是希望通过描写达到对女性独立人格精神的肯定。"经过一场暴风雨的洗劫，我们像一对无知而笨拙的鸟在混混沌沌的暗夜中探索和挣扎，一切愉悦、窃喜，一切害怕、恐惧，一切紧张、颤抖都随暴风雨过去了。""一种秘密的不可言喻的欢愉在我来不及体验中已经完成……日月已经停止运行。世界变得天昏地暗。凭着我的直觉，我感觉有一颗种子落入我的土地。"②关注女性生命的表现、探视女性的生命奥秘和密码不仅是对女性独立人格精神的赞扬，更是对女性纯洁灵魂的揭示。不仅如此，她有时"用难以想象的大胆和坦率直逼女人隐秘的区域，有时用令人费解的隐喻去描写那骚动不安的生命之潮，探寻女性生理之谜，从生命的本原上去展示女性辉煌的历程：初潮、初吻、交媾"③。她自觉地从女性角度出发，借以表达女性的主体存在，表现出女性独特的生命体验和思想观念，企求在寻求男女两性真正意义上的平等之路上走得更远。

可以说，叶梦散文是真正的女性散文，散文中的女性主体意识非常明显。从她的散文来看，这种女性主体意识主要表现在"乡土""月亮"和"巫性"三个系列篇章中。

叶梦有着很浓的故土情怀，是一位会把故土情怀带进写作的作家。她的这种故土情怀，在散文集《乡土的背景》中表现得十分明显。在书中，"叶梦试图从其笔下的人物身上挖掘出益阳这一特定的地域文化背景之下的人文精神，从而精心绘制了一幅近百年来益阳历史人物的人格精神的浮雕图"④。她站在女性的角度，用女性独特的视角去发掘故乡益阳的美。她认为当人们在诉说家乡各类人物的时候，往往不会描写到女性，所以，叶梦刻意挖掘那些长期为男性话语所忽视的女性、为男权社会所遮蔽的女性，这些女性——在

---

① 参见郑闻《清风梦谷中的黑夜之灵——叶梦印象》，《理论与创作》1993年第5期。
② 叶梦：《月亮·生命·创造》，十月文艺出版社1993年版，第13页。
③ 邓福田：《20世纪末散文创作流评述》，《黑龙江史志》2009年第6期。
④ 李阳春、伍施乐：《别样的人生背景，别样的文化风情》，《船山学刊》2004年第4期。

叶梦的笔下复活起来，灵动起来。① 在《隔海情缘》《她站在周立波身后》和《七坛甘草梅》中，叶梦分别塑造了崔鹏飞、姚陵华和吴淑媛三个女性形象。吴淑媛养在深闺不食人间烟火，从小就沉醉于刺绣和读书，两耳不闻窗外事；崔鹏飞高中毕业时放弃上大学的机会，只为了能支撑起整个家庭，一心一意打理夫家的药材铺生意；姚陵华是一位忠诚勇敢的地下党员，为了革命奉献了一生。她们善良美丽、勤劳贤惠，为了家庭整天操劳，一点怨言都没有。吴淑媛曾经条件优越，从小养尊处优，但在家庭衰败之后能够自食其力；崔鹏飞一个人辛勤操劳、尽心尽力，拉扯大三个儿女，为公婆养老送终，把家收拾得干干净净、井井有条；姚陵华孝敬婆婆，胜似母女。吴淑媛为了养育三个孩子，不断从娘家拿各种金钱珠宝，去补贴家用，一直等待着丈夫归来，直到希望破灭。崔鹏飞留守大陆 47 年，痴情地盼望等待着可以与丈夫重聚的那一天，却始终不相信去了台湾的丈夫会早已经另娶妻子。这些女性，对家庭真诚，对丈夫深情，具有坚强的品性和耐心。

在叶梦的散文中，那些看似平和的语言中分明隐含了随时可以喷发的怒火和怨恨，她那支记录这些女性生命历程和生活变化的笔就像是一挺机关枪，不断地喷射子弹，射向每一个辜负了这些女性一生的男性，她要为这些爱了一生、痛了一生、忍了一生、等了一生的女性做出一个公道的判决。但她"不仅仅是简单站在道德法庭上居高临下地进行评判，也不屑对这几位女性曾经的另一半进行义正辞严的斥责，她只是将她知道的事实披露出来，读者透过字里行间还是可以感觉到叶梦的态度的"②。散文中弥漫着浓厚的故土文化气息和独特的女性存在。可见，叶梦的散文中既饱含着故土文化的深刻内涵，又蕴含着女性的细密温柔，从而构成一种独特的审美特质。

月亮是叶梦散文中无处不在的一个意象，月亮的阴晴圆缺主宰着女性身体的潮涨潮落。在叶梦心目中，"月亮给了我快乐和忧伤，月亮启迪了我的灵感和女人的智慧，月亮使我拥有一份明丽的心境和日趋完整的精神人格，月亮使我成为一个女人一个妻子一个母亲"③。叶梦的散文集《月亮·生命·创

---

① 参见龚政文《一座城市的文化符号——读叶梦〈乡土的背景〉》，《理论与创作》2004 年第 4 期。
② 陈南先：《别样的风景不变的情怀》，《阅读与写作》2007 年第 2 期。
③ 叶梦：《灵魂的劫数》，安徽文艺出版社 1993 年版，第 201 页。

造》被学者以为:"该散文集的美学价值是对女性生命历程的敏锐、大胆、淋漓尽致的展露,对现代女性意识与生命意识的显示,对女性之谜与人性之谜的探索等等。"① 不仅如此,叶梦在这本散文集中,还用独特的手法描写了女性的身体成长和思想变化,叶梦感性地、全面地向人们敞开了女性的精神世界的大门。叶梦曾经说过:"作为一个女人,最大的乐趣便是创造。无论是生命的创造还是精神的创造,都能给我带来快乐。"② 在《风里的女人》《我不能没有月亮》《月之吻》和《今夜,我是你的新娘》等散文篇章里,叶梦大胆率真地表现了女性丰富细密的性隐私,表现了女性体验和女性存在。在《月之吻》中,"我"并没有对这初吻感到甜蜜和新奇,是因为迷魂草的幽香把"我"迷惑了,那男人根本不是"我"想象中的男人,最后"我"终于明白了那棵树只是一个梦。在这篇散文中,作者借梦境来描写自己的初吻,写得似真似假、缥缥缈缈、半遮半掩,很贴切情窦初开少女的细微情感和朦胧情怀,明显凸显了作者的女性意识。在《我不能没有月亮》中,作者描写了"我"的初潮,表现了月亮和女性那种暧昧的微妙的不同寻常的关系。"我熟悉月上尘土的气息就像我熟悉我身体的气息","我记得我第一次看人类登月的影片","便心怀一种隐私"。在传统的文学审美观念里,人们描写女性的时候,总是喜欢用月亮这个至阴之物来当作女性的象征,用太阳这个至阳之物来当作男性的象征,月亮是围着太阳周转的,因为太阳的恩赐,所以月亮才能发出微弱的光芒。女性常常会因为总是生活在男性的施舍或者恩赐的阴影里而哀伤、叹气、楚楚可怜。但在叶梦心目中,是"月亮给了我快乐和忧伤,月亮启迪了我的灵感和女人的智慧,月亮使我拥有一份明丽的心境和日趋完整的精神人格,月亮使我成为一个女人一个妻子一个母亲"。因此,"我"不能没有月亮。在这里,通过描写女性生命节律与月亮周期的吻合,表现她们在寂静月夜的孤独,意识到生命周期在月亮的手中重复,不需要多久,便会失去创造力。叶梦毅然发挥出女性生命的全部热情,因为她认为生命创造寂然熄灭这是一件令人遗憾的事,于是她选择了在阴历春三月的满月之夜"着手一个生命的创造"。叶梦对月亮有着很深的迷恋和眷恋,叶梦指出月亮是创

---

① 薛南:《论〈月亮·生命·创造〉所构建的女性躯体修辞学》,《当代文坛》2000年第6期。
② 同上。

造之神，月亮不是依附物，它有着自身的魅力，这是对传统语言的另一种解读。在漫长的人类社会历史上，男性手中操纵着所有的创造权，女性只是男性社会的生育机器，女性失去了生育的自主性与存在感，她生育的行为都要受男性社会的控制，她生育孩子的性别要受男性社会的评判。但是叶梦却将生命的创造权从男性手中夺了回来，并昭示众人乃至于整个世界。①《月亮·生命·创造》告诉我们这样一个存在：文学与女性的生命存在一种特别的关系。女性意识开始从男权的歧视、压制的不平等关系里脱离出来，女性以胜利者的姿态示威性地带着自豪感展现在了叶梦的散文中。

在许多"巫女型"的当代女作家中，叶梦散文中的主人公形象拥有着自己的个性和独特的形象语言。在《风里的女人》中，她是这么叙述的：

> 这个女人穿一套黑色的裙衫，她板着脸，一点都不招人爱怜，她睁一双看不透的黑眼睛，困惑地在风中来去，长风撩起她长长的黑发，经幡一样在夜风中招摇。……她的黑眼睛穿透豪华的宴会后，一切握手、干杯，一切拥抱、亲吻，一切媚笑、假笑，都被那黑眼睛储存起来。谁知道她收藏这些派什么用场？②

无疑，从"专探人隐私的女巫"到"没有灯光的门洞里的交易"直至"幽暗如迷宫的灵魂深处的丝丝缕缕的微波"等意象，这些意象都是危机意识的象征和隐喻。③

"巫"是叶梦散文关键词中的关键词，巫无处不在地贯穿于所有的主题当中。因为巫是围绕着叶梦散文散发出的一种独特的氛围和气质，所以叶梦散文中始终有一种神秘的氛围，这种神秘与孤独遥相呼应，构筑了叶梦散文的独特气质。有学者曾将这种女性思维称为"巫性思维"，指出："她们（女作家）富于女性想象力和巫性思维，有强大的直觉感悟能力，对生命的奥秘、自然的奥秘有浓烈的探究兴趣且其直觉对社会人生心理有一种不经逻辑推理，不经前因后果分析，就直达事物本质的洞察力、穿透力和预见性，她们对世

---

① 参见周艳华《月亮女神的生命创造——叶梦的散文》，《广播电视大学学报》2003年第4期。
② 叶梦：《风中的女人》，中原农民出版社1994年版，第49—50页。
③ 参见楼肇明《巫性思维与叶梦散文创作》，《创作与评论》1990年第5期。

界事物的把握是从整体出发的,往往把不相干、没有逻辑因果关系的事物拉在一起进行省察。"① 当这些特质变成文学创作的时候,就显示出了女性文学的独特魅力,让女性作家的优势变得更为明显,让女性作家们在文学创作中坚持站在女性立场上,自觉从独特的女性视角出发,从对生命的心理感悟开始,从多重的女性体验开始,由内到外,由己及人,这其实已经把叶梦的散文提到了一个相当高的地位了。② 益阳是叶梦魂牵梦萦的故乡,故乡是叶梦散文文化底蕴的所在,也是激发叶梦回忆的第一要素。叶梦有一本散文集《遍地巫风》就是描写故乡益阳的,当故乡和女性相结合时便产生出了脍炙人口的优秀散文作品《灵魂的劫数》,在《灵魂的劫数》中,无所不在地充斥着女性和巫性的结合:

> 童年的生活似乎在冥凡两界之间,黑夜、鬼神、蛇和蜈蚣一类的动物都是我害怕的东西。外婆总说我有灵根,所以总长不胖。我怕黑,我总以为黑的地方一定有鬼或者蛇。故事中的鬼一点一点地溶入了我的血液。我熟悉那些鬼跟熟悉我的家人一样。我总感觉黑地方鬼无处不在。这种偏于阴性的、更多感性特点、带有认知方式上的整体思维特点的意象和隐喻,与女性心理有着天然的亲近。③

叶梦散文中的女性世界,大多数与神秘诱人的梦境、缥缈的风月和朦胧含蓄的性欲望紧密相连,让人置身其中又觉得梦境一样,清新朦胧、虚虚实实、淋漓尽致但又含蓄遮掩,具有一种半巫半诗的意境。叶梦用女性极敏感和细腻的直觉,以其对天、地和人的巫性感悟力,表现出了女性多彩特别的生命季节更迭,不但把一方水土独特的魅力表现得淋漓尽致,同时还表现出了女性对人生的认识和对世界的认知。

综上可知,叶梦在散文创作道路上所展示的女性体验和性灵书写构成了作品独特的艺术魅力。她把女性孕育新生命摆在生命创造的高度,比肩精神创造,把它们一起当作女性生命无限精彩的一个表现,因此,她采用全知视

---

① 刘春勇:《新潮散文回顾之叶梦:抗争与宿命》,《海南师范大学学报》2007年第4期。
② 参见楼肇明《女性社会角色·女性想象力·巫性思维》,《散文选刊》1990年第1期。
③ 叶梦:《风中的女人》,中原农民出版社1994年版,第31—33页。

角的叙述方式，以主动、高昂的姿态，把她的女性观传达给读者。① 作品中所有关于男女之爱、生命孕育的赤诚描写，并没有因暴露了女性的欲望、展现了女性的身体而显得低俗，反而更凸显了对生命纯洁的呼唤。无疑，这种既坚定地站在女性立场，用女性特别的眼光、细腻的思维去发现生命过程中的美，去品味生活和感知世界，又在表达对故乡深厚的思乡情怀中，展现出对女性的细腻感情和女性主体的觉醒意识，一同构成了叶梦散文独特的审美价值。

第四节　理想母性的缺失与消解：残雪小说的性别之维

一　理想母性的建构

由于父性权力的始终在场性，女性总是被男性话语结构着，在西方文化父亲与母亲的二元结构中，理想母性一直是父性文化建构的一个对象。作为人类之母的夏娃和作为基督之母的马利亚，表征着人类生死的两极。在基督教文化中，夏娃因背叛上帝，造成了人类的苦难，是人类死亡的象征，因此作为堕落之母，始终是被诅咒的对象，于是在基督教文化的集体想象中，圣洁之母马利亚便应运而生。《天主教要理》一书中这么记录了马利亚的性征：

> 马利亚是童贞女，因为她的童贞是她的信德和她全心投靠天主圣意的标志，由于她的信德，她成了救世主的母亲……马利亚是童贞女，同时又是母亲，她是教会最完美的形象和实现……马利亚和她的圣子耶稣基督在圣子的整个救赎工程中密切结合在一起，因此被尊奉为教会之母。②

---

① 参见段湘怀《从生命体验出发的跨时空对话——叶梦和法拉奇创作的比较研究》，《湖南人文科技学院学报》2006 年第 5 期。

② 刘文明：《上帝与女性》，武汉大学出版社 2003 年版，第 178 页。

从这一段话中，我们可以发现如下一些文化符号：

（1）由基督教父完成了西方文化中的母性转换。马利亚形象的想象与创造，是对人类之母夏娃堕落之罪的矛盾解决，正如基督教父哲罗姆所说："死亡通过夏娃而降临，生命通过马利亚赐予。"至此，母性通过男性话语的赐予代圣父圣灵布道，具有了救赎人类的功能，这也是女性救赎功能的具体体现。

（2）贞女是女性理想形象的象征。教父通过对马利亚的歌颂，将基督的救赎思想和禁欲思想紧密联系在一起，至此，贞洁守身成了女性的道德准则。

（3）母亲既是贞洁的又是圣洁的，既是苦难的又是救赎的。这里男性话语规定了母亲的文化功能，建构了生物性的生育与母职的母性神话。"信德"和"投靠天主圣意"的潜在意义就是作为女性的母性一心一意按父权的规定安身立命，于是，慈母、圣母与难母形象成了西方文学中母性的滥觞。

与西方父性文化类似，中国传统文化从社会性别视角出发创造了许多关于母亲的神话，认为做母亲是所有妇女的生物本能，而做一个好母亲是女人生活的重要目标。女人需要通过扮演母亲角色，把子女抚养成人，顺利完成社会化来实现自身的价值；如果男人的成功在于事业，女人的成功则在于成为一位圣洁的、慈爱的、具有牺牲精神的好母亲。从"女子无才便是德"到"母以子贵""男主外，女主内""慈母手中线，游子身上衣"等文化规定中，将女子定义在性、婚姻和生育的三位一体结构中，表达了父性文化对女性母亲角色的期待，同时也内化了女性自身对成为母亲的期望。可以说，父性文化对女性"母亲神话"的建构史，就是女性对自身性别认同的强化史，母性成了女性人生的必需历程，因此，在中国文学中，母亲成了圣爱、苦难的象征。

置身于中西文化中的残雪，以其特有的个性创作，用小说消解了文化和文学中的理想母性的神话结构，将母性置于人性的维度，并由此以"卡夫卡式"的风格对传统母性进行了质疑和解构。

二 对传统母性的质疑与解构

在卡夫卡的小说中，质疑和解构的策略表现为他小说中弥漫的畏父意识，而母亲只是一个缺失或沉默的能指，抑或为父权的一个否定或帮凶。

卡夫卡的畏父意识主要表现在那封具有小说特征的《致父亲的信》中，该信写于1919年11月，中译本长达3.5万多字，其内容涉及伦理学、教育学和政治学，而且不拘泥于具体事实的真实，从结构和修辞上具有很高的文学性。卡夫卡原来想托母亲转交，但母亲担心这封信会激化父子间的矛盾，又把信还给了卡夫卡，希望父子间的矛盾不了了之。

信的开头，卡夫卡将他的畏父情绪毫无掩饰地和盘托出。

"最近您问起过我，为什么我说畏惧您。同往常一样，对您的问题我无从答起，一来我确实畏惧您，二是要阐明这种畏惧涉及的具体细节太多，凭嘴很难说清楚。"① 为什么畏父？笔者认为这是由于卡夫卡身上具有浓厚的阴性基质（Anima），这种阴性基质从外在来说，与父亲强大的阳性基质（Animus）形成了对比和矛盾。卡夫卡说"我瘦削、弱小、肩窄，您强壮、高大、肩宽"，瘦削、弱小的卡夫卡当然不符合具有象征能力的父亲的规范，因此将弱小的卡夫卡置于父亲内在强大的语言秩序中，使他符合象征界语言的符号规范，在卡夫卡的父亲看来，这是他作为父亲的权利和义务，因此用语言来威胁和责骂成了父亲塑造儿子的一种策略。依拉康看来，如果父亲与象征界的符号性权力相连，则母亲就是现实世界的一种本能力量，这种本能力量对主体具有某种支配性作用，是主体不断产生"欲望客体"的力量源泉，它使主体处在寻求满足又难以满足的状态，从而形成"焦虑"。对卡夫卡来说，如果父亲是他成长过程中的支配性力量，则母亲是他不断形成"焦虑"的外驱力。卡夫卡说：

> 母亲不自觉地扮演着围猎时驱赶鸟以供人射击的角色。如果说您用制造执拗、厌恶甚至憎恨的感情来教育人，在某种令人难以置信的情况下还有可能将我培养为一个能够自立的人的话，那么，母亲用宠爱、理智的谈话（在纷乱的童年，她是理智的典范）以及说情把这又给抵消了。我也就重新被逐回到你的樊笼。要不就是，我们之间没有取得真正意义的和解，母亲只是在暗地里保护我免遭您的伤害，暗地里对我有所给予，有所允诺。结果我在您面前又畏首畏尾起来，又成为骗子，成为自知有

---

① ［奥］卡夫卡：《致父亲》，张荣昌译，广西师范大学出版社2004年版，第2页。

罪的人。这个人因为自己平庸无能，连自己权益内的东西也只能靠不正当的手段取得。当然后来我就养成了用这种方法去觅取连自己也认为不是我分内的东西的习惯。这又加深了一层我的内疚。①

在这里，父亲、"我"、母亲三者之间构成了一个拉康式的审美三角结构。父亲作为象征界的代表，旨在让"我"进入秩序的"樊笼"，成为一个具有自立能力的主体，母亲总是不"自觉"地成为父亲的帮手，让"我"成为语言符号规范的对象。但是她的"宠爱、理智"和"保护"又让"我"不断地陷入想象态的错觉之中，不自主地试图逃离这个"樊笼"。实际上这种想象态的错觉和偏离，使父亲的象征权力变得变本加厉，因此实际上又使自己更加深陷于这种樊笼之中。母亲，在这个三角结构中，是处于现实世界的一种神秘力量，使主体"我"不断产生想象的错觉，使"我"不断处于寻求逃离而又难以逃离的状态中，为此，反而加深了"我"的畏惧感，产生了对"父亲"的负疚意识，使主体陷入一种恶性循环。这样，母亲，在"我"的成长历程中，是一种悖论力量，她既肯定或建构主体，同时又否定或解构主体，既是父亲权力的结构力量，同时也是父性权力的消解力量。可以说，卡夫卡的母亲不再是传统文学中的圣洁、苦难或恶毒的一维母亲形象，他从人性的角度呈现了母亲形象"母性"的多维特质。

卡夫卡畏父意识主导的人格让他的小说形成了某种"缺母"的现象。

所谓"缺母"，是说卡夫卡的小说缺乏主体的母亲形象，她要么缺失（或不在场），要么沉默，要么与父亲形成一体。

先看他的长篇小说《城堡》《诉讼》和《美国》。

《城堡》是典型的"缺母"小说，说话和行动的主体都是一些单身汉式的人物。小说中的老板娘和老板未见其有儿子，因此尽管老板娘是一个独立人物，但未见其有母性的表现。唯一一个完整的家庭是巴拉巴斯家，但小说在描写阿玛丽亚的悲惨遭遇时，为其赎罪的是她的妹妹奥尔嘉和父亲，她的母亲在整个小说中处于缺失和沉默状态。《诉讼》通篇也没有一个典型的母亲形象，与《城堡》一样，母亲总是"不在场"。《美国》（又译《失踪者》）

---

① ［奥］卡夫卡：《致父亲》，张荣昌译，广西师范大学出版社2004年版，第38页。

写到母亲，但小说也没有对母亲展开细节表现，而只是用"父母"的字样，描述性地提到了母亲。比如，"十六岁的卡尔·罗斯曼受家里一个女仆的引诱，而且这女仆还为他生了一个孩子，因此他被他可怜的父母送往美国"①，"这是一张我父母的照片，卡尔说"。从这有限的描述中，很难推测卡尔的母亲是一个怎样的形象。如果卡尔被放逐是他父母的共同决定，则说明在"放逐"卡尔的行为中，母亲是父亲的一个帮手，如果卡尔的父亲是无情的、凶狠的，则母亲失去了"圣爱"的传统光晕。有限的叙述，将卡尔的母亲置于了某种相对的不在场状态。

再来看卡夫卡的短篇小说。在《判决》《变形记》《乡村医生》等大量的短篇小说中，不仅看不到理想母性的光辉，甚至都难寻觅到母亲的身影。像《判决》《乡村医生》等小说，母亲只是作为一个抽象的符号偶尔出现，直接呈现的形象一般是父亲，这也是卡夫卡畏父心理的直接暴露。《判决》中关于母亲的话只有两句，而且是父亲责备儿子的一种力量和理由。第一句为"是你的母亲把她的力量给了我"；第二句为"你打定主意之前，犹豫的时间可真不短啊！先得等你母亲死了，不让她经历你的大喜日子"。第一句说明死去的母亲是父亲力量的一种支撑，第二句则指责儿子对母亲的无情。虽然，通过这两句话难以确定母亲作为主体形象的表现，但暗含了母子关系的疏离，母亲只是父亲权力场的一个能指符号，抑或说是父性权力的一个帮凶，但也同时暗含了母亲话语的某种缺失情形。

《变形记》中的母亲是卡夫卡小说中唯一具有角色特征的一个母亲形象。在母亲未知萨姆沙变形之前，母亲的声音是和蔼的，对儿子充满了人性的善良和关爱之情，而一旦看见儿子变成了爬行动物后，其和蔼和关爱逐渐失去了颜色。当格里高尔轻声地想向母亲致意时，母亲先是大喊"救命、天哪、救命"，接着"再次尖叫起来，逃离开桌子，扑进向她迎面奔来的父亲的怀里"，然后在"头十四天里父母鼓不起勇气进来看他"。虽然残存的母爱也让她想来看看格里高尔，但在妹妹和父亲逐渐表达出对格里高尔的厌恶和痛恨之情后，母亲的亲子之情也慢慢地畸变了。"搬柜子"行动，是母亲心理变异的开始。"母亲在这间房里惴惴不安似乎也没有主见，不久便沉默不语，竭尽

---

① 叶廷芳主编：《卡夫卡全集》第2卷，洪天富等译，河北教育出版社1996年版，第3页。

全力帮助妹妹把柜子搬出去。"①"帮助妹妹把柜子搬出去",这是对妹妹情感的默认和支持,当妹妹大喊"我们必须设法摆脱他""他必须离开这儿"时,至此,母亲不再表示异议,最终格里高尔寂寞地死去后,母亲同妹妹及父亲一样感觉到松了一口气,并一同构想着格里高尔死后他们可能拥有的美好的生活。

在这里,母亲的形象是一个动态的形象,她的慈爱、和蔼建立在儿子能无私对家庭奉献的基础上,一旦儿子成了家庭生活的累赘,母爱也就慢慢蜕变成同情与义务,而当儿子已经不可能恢复为心目中的儿子时,同情和义务则逐渐变成了冷漠和厌恶。传统男性话语中理想母性的博爱、宽容和牺牲精神,逐渐被一种人性的恶所笼罩,传统的人性伦理道德土崩瓦解,本能意义上的舐犊之情、文化意义上的伦理之爱荡然无存。这样,父性权力在场结构的美丽的母性神话在卡夫卡的小说中灰飞烟灭。

超越生物性生育与母职神话,超越文化意义上的慈爱与受难形象,从人性恶的视角,来表现母性的病态特性,是残雪小说对卡夫卡小说在共时状态下的一种特定的历史延续和演变。与卡夫卡一样,残雪笔下的母亲形象同样具有符号的抽象性特征,不同的是残雪的母亲形象更具系列性。她通过对各种恶母类型病态人格的描摹,探测了母性内部灾难性的逆变情形。中篇小说《苍老的浮云》是残雪对人情世相内心深切体验的一种变形的超验表现,在作者独特的潜意识非理性逻辑的结构中,人类不再是举手投足理性、言谈话语表达得体的男男女女,而是"聚集为一个荒唐、疯魔的群体,肆无忌惮地展现出丑恶、卑鄙、缺陷的人性角落,揭示着古老民族可悲的发展及生存状态"②。在这种生存困境中,老况的母亲、虚汝华的母亲以及与此相关的人物,分别呈现多样神经质病态人格。

霍妮认为,神经症病态人格来自人际关系的失调,人际关系的失调使人产生焦虑,为对抗焦虑人才发展出神经症的追求。弗洛伊德认为神经症的驱动力来自本能,目标在于获得满足和避免挫折。③综合弗洛伊德与霍妮的神经

---

① 叶廷芳主编:《卡夫卡全集》第1卷,洪天富等译,河北教育出版社1996年版,第134页。
② 姜燕:《两种病态人格的心理透视》,《山东师范大学学报》1996年第2期。
③ 参见葛鲁嘉等《文化困境与内心挣扎》,湖北教育出版社1999年版,第81页。

症内驱力理论，考察老况和虚汝华之母以及相关人物的人格特征，可以发现，老况的母亲的内驱力来自她对权力的神经症需求，这种权力在母子和婆媳关系中是一种控制与反控制的矛盾。老况母亲对自身灵魂的纯洁和对生命意义的追求有着强烈的优越感，因此她孜孜不倦地要对老况和儿媳进行灵魂清洗工作。她认为"灵魂上的杂念是引起堕落的导火线"，并且将这句话说了不下五遍。老况是一个心智不太成熟的恋母型的儿子，在母亲的"扩张型"神经质人格支配下，自觉地与母亲一道进行灵魂清洗工作，以求身心两方面都变得健康，因此"有的时候，他躺在窗前，看见浮云从天边逝去，忽然很感动，甚至涌出了眼泪。'做到老，学到老'"[①]。对老况的母亲来说，儿子的服从与依附，使她的"扩张型"神经质人格得到满足，这种满足是通过老况作为儿子自恨自卑又依赖受悦他人的"自贬型"神经质人格来实现的。况母的"扩张型"病态人格既表现为热衷于支配他力也渴望支配他人，这种支配欲常常漠视对他人的基本尊重和关心，尤其对软弱极其蔑视。因此，具有"封闭型"人格特征的虚汝华遭到了她的不断抨击和诋毁，认为儿子与虚汝华的结婚是一个错误，是儿子软弱和迟钝的表现，儿子必须"每天坚持灵魂的清洗工作，就会慢慢地强壮起来"。而以封闭态度对抗自己扩张欲望的虚汝华，她认为："那女人早就活得不耐烦了，她迟早会从这世界上消失得无影无踪。"在此，况母、老况、况媳三者之间结构起一个扩张—自贬—封闭型的病态人格的三角关系，自贬屈从于扩张，封闭与扩张形成对抗关系，这种以"母权"为特征的母性表现不但使传统母性的神话结构坍塌，而且"权力"的在场不但使母性扭曲，连基本人性也被销蚀了。况母的"扩张型"病态人格的表现，就是一种母性兼人性的扭曲，母性恶成了人性恶的有机构成部分。

　　与老况母亲的"扩张型"人格特征不同，虚汝华的母亲表现的是一种"报复型"神经症人格，这种人格是对权力的神经症需求的不满足而产生的变异。对虚汝华母亲来说，对父性权力有着十分强烈的认同倾向，丈夫作为工程师是她作为妻子的骄傲，因此，她需要女儿"将来要继承父业"，但是女儿长大后竟然成了一个卖糖果的营业员。这样的结果，使她处心积虑地控制他人的神经症需求受到了严重的挫折，这种挫折感让她对女儿的支配性期待变

[①] 残雪：《通往心灵之路·苍老的浮云》，民族出版社2000年版，第45页。

成刻骨性仇恨，她发誓"要搅得她永远不得安宁"，并且逢人就哭诉"这家伙要了我的命"，"真是条毒蛇呀"。当虚母的神经症需求遭到挫折后，对女儿的报复性打击便成了虚母的生活内涵。虚汝华结婚以来，她的母亲只来看过一次，"那是她刚刚从一场肺炎里挣扎出来，脱离了危险期的那一天。母亲是穿着黑衣黑裤，包着黑头巾走来的，大概是打算赴丧的，她吃惊地看着恢复了神志的她，别扭地扯了扯嘴角，用两个指头捏了捏她苍白的手指尖，说道：'这不是很好嘛，很好嘛。'然后气冲冲地扭转屁股回家去了。看她神气很可能在懊悔白来了一趟"①。从这段话语可以发现，在虚母的报复心理中，希望女儿快快死去是平衡其仇恨心理的有效办法。面对母亲的这种仇恨心理，虚汝华像抵抗况母的"扩张型"人格一样，尽可能封闭自己，避免与母亲打照面，尽量少出门，"每天下班回来都几乎是跑进屋里，一进屋就放下深棕色的窗帘"②。但母亲却在黑暗中时刻窥视着女儿的生活，不时在门上贴张条子，上面写着很大的字："好逸恶劳，痴心妄想，必导致意志的衰退。成为社会上的垃圾！""后来她又接连不断地写字条，有时用字条包着石头压在她的房门外面，有时又贴在楮树的树干上。有一回她还躲在树背后，趁她一开门就将包着石头的字条扔进屋里，防也防不着，虚汝华总是看也不看就一脚将字条踢出老远，于是又听见她在树背后发出的切齿诅咒。"③ 从上可见，虚汝华的母亲是在对父性权力的认同意识中奉行着她的母职，母职的失败，让她产生了强烈的挫折感，挫折感变成了她仇恨、报复、窥视、骚扰、诅咒女儿生活的内驱力，这种内驱力是一种强迫性驱力，是神经症病态人格的体现。在这种神经症病态人格中，母职呈现出某种凋敝颓败的情势，母爱建立在完全的自私性功利基础上，仇恨、窥视成了人性的基本组成部分。传统文化中的理想母性，被作者颇具现代意味的"审母"意识所取代，母性作为人性结构的有机部分，同现代人的生存镜像一样充满着荒诞性和无意义性。

所以，无论是卡夫卡还是残雪，他们都是在人性的维度上来结构他们的小说的性别之维的，这个维度的出发点就是为了揭示、显明和澄清人的存在

---

① 残雪：《通往心灵之路·苍老的浮云》，民族出版社 2000 年版，第 23 页。
② 同上书，第 24 页。
③ 同上。

的不同方面。而母性是人性的一个生存面，母性的恐惧性是人自身深刻的恐惧之性的一个镜面，残雪和卡夫卡用他们极富个性特征的书写方式，对这个镜面进行了独特性的映射。卡夫卡主要通过《变形记》将母性置于动态结构中，呈现了母性的可变异性；残雪主要通过《苍老的浮云》置母性于静态结构中，呈现了母性灾难性的现实境况，既超越了男性话语对母性的理想想象，又僭越了女性话语关注母性被塑的苦难与挣脱的意象结构。从自身创作的个性出发，从存在的角度去发现母性生存的结构形式，展现母性的存在状态，如果从性别角度去阐释的话，这无疑是一种女性超性别的话语实践方式。也正如此，残雪与卡夫卡在文学性别之维上具有了特定的历史延续性和演变性。

以上可见，从女性主义"双性同体"理论看，残雪与卡夫卡在性别的叙述立场上神奇地达到了一致。两位作家对女性存在的探寻，是对父权制压抑女性意识、遗忘女性存在的揭示与批判。如果没有对人性的关注，没有对存在的思考和探寻，文学史将不会有这样动人的风景。

由此，残雪与卡夫卡小说通过对父性权力在场结构的揭示，表现了他们对各自文化传统的挑战姿态。卡夫卡以男性的超性别之笔、残雪以女性力量的双性之笔完成了女性主体意识的性政治话语实践，在两性关系中用女性的独立自主意识消解了父权制的规训与控制。对残雪来说，也以此维护了女性作家自身主体的书写策略。而小说中理想母性的缺失表现，既是对传统文学虚假母性意识的消解，也是对父权制进一步的批判与反思。

第五节　父性权力的在场结构与挑战

一　性别与"双性同体"叙事

将卡夫卡和残雪小说置于性别的维度进行考察，必然遭遇到一个困境即性别的冲突，卡夫卡作为男性作家，残雪作为女性作家，从性别上来看，存在着天生的差异。在女性主义看来，从《圣经》开始，世间最权威的话语就是由男性发出的,在男性话语权威的支配下,女性才被降为"第二性",在父权制中心文化中,男性作者成了他的文本的父亲,文学的创造力成了男性的专利,妇女的创作被置于边缘地位,正如美杜莎和美狄亚的僭越一样,必然遭到男性话语的压抑和惩处。为此,苏珊·格巴在《"空白之页"与女性创造力问题》一文中对此提出了质疑:"钢笔是阴茎的隐喻吗?"她认为在菲勒斯中心主义看来,男人手中的笔如同他们的阳物,不仅是他独有的,而且是创造力的体现。"这种阴茎之笔在处女膜之纸上书写的模式参与了源远流长的创造。这个传统规定了男性作为作家在创作中是主体,是基本的一方;而女性作为他的被动的创造物——一种缺乏自主能力的次等客体,常常被强加以相互矛盾的含义,却从没有意义。很明显,这种传统把女性从文化创造中驱逐出去,虽然它把她'异化'为文化之内的人工制品。"① 对此,伍尔夫认为,妇女要避免因为性别的差异而变成被动的被创造物,必然要有女性自身的写作,而妇女要写作,就要有一间自己的屋子和一些维持日常生活的金钱,摆脱妇女在经济上对男性的依附性,才有可能杀死妇女作为家中"天使"的受虐身份,形成妇女自身的创造力。

这样,男性写作和女性写作就成了性别话语的权力场所,在男性中心话语场,女性写作无意义之"空白"之举。除此外,女性主义者玛格丽特·阿特伍德在《自相矛盾和进退两难:妇女作为作家》一文中,对男性风格和女性风格也进行了辨析和批评,她说:"菲勒斯批评认为'男性'风格当然是勇敢、有力、明晰、充满活力等等;'女性'风格是模糊、脆弱、过分、敏感、柔和等等。"② 菲勒斯批评将文学分成男性和女性两种风格之后,再规定男性的就是好的、大众的、普通的,成了衡量一切的标准;而女性的就成了"低下的"代名词,这样的批评标准,运用到文学史中,其后果是使得妇女作品难以进入传统。而妇女要进行创作,一方面无传统可依傍,一方面也因惧怕成为"女性"的而无法表达自己真切的感受。与此同时,由于"普通"的都是男性的话语,女性的独特体验无法与这普通的话语形成对应,女性被迫保持沉默,或者以沉默表示抗拒,女性的创作因而也便没有男性创作那么丰富,

---

① 张京媛:《当代女性主义批评》,北京大学出版社1992年版,第165页。
② [英]特丽·伊格尔顿:《女权主义文学理论》,胡敏译,湖南文艺出版社1989年版,第133页。

这严重地压抑了女性的写作冲动和欲望。

男性话语除了在写作和风格上压抑女性外,还在文体上对女性进行了挤压,在西方文学史上,诗、戏剧及其诗体是一切"伟大"的男性文本生成的基础。从《荷马史诗》《神曲》到《浮士德》,从荷马、但丁到歌德,是他们及他们的文学演绎了西方的男性文学史。古希腊仅有的女诗人萨福也只是昙花一现,妇女被迫挤压在小说这一窄小的文学领域。爱伦·莫斯科认为,妇女之所以选择小说,与小说在文学中的"低下"地位相关,同中国古典文学一样,小说在18世纪的欧洲也无法作为主流文学成为经典,它一直作为一种低下的文学形式发展着,甚至不被当作文学来看,为此,米兰·昆德拉认为塞万提斯的小说传统被压抑的四百年,是欧洲人隐去了,存在被遗忘了的四百年①,这种低下的文学样式,正好同地位低下的妇女对应,小说被视为低俗文学,为男性的文人雅士所不屑,一直到福楼拜才重新被男性重拾起了这被欧洲文学遗忘了的传统。对妇女来说,小说创作的本身,就是生活于父权中心文化内部的妇女进行的颠覆性活动。比如,夏洛蒂·布朗特可以躲在《简·爱》后面,通过塑造叛逆的"疯女人"形象,对男性话语中的"理想女性"形象进行抗拒,抵制父权制文化施加于她的压抑。②

同时,伊恩·瓦特也认为,妇女选择小说这一文本还与小说的读者因素有关,她在《小说的兴起》一书中说,当西方历史进行到18世纪,随着经济的发展,妇女的闲暇时间增多了,有了阅读的时间,于是小说作为一种消费品,妇女成了其主体阅读对象。通过阅读小说,一方面让妇女摆脱了现实生活的不快,另一方面她们也在阅读中认同了作者的想象模式。这种娱乐性的想象认同,其实是对社会现实的一种无声的抗辩和幻想式的颠覆,显示出女性读者与作者潜意识中对菲勒斯霸权的革命性愿望。

在讨论女人的受虐地位和女作家的创造力匮乏方面,波伏娃认为,女人不是天生的,而是文化建构的产物。是男性为主宰的父权制文化体制压抑着妇女,使妇女变得地位低下,而不是因为妇女地位低下而应受支配。只有获得平等的经济地位,才能真正成为和男性一样的主体性而非仅仅是对象性的

---

① 参见[法]米兰·昆德拉《小说的艺术》,董强译,上海译文出版社2004年版,第4—5页。
② 参见张岩冰《女权主义文论》,山东教育出版社1998年版,第96—98页。

存在。妇女一般被认为缺乏创造力只是因为社会没有给她们提供发挥她们创造力的机会。妇女边缘性的位置无法使她们具有强烈的责任感和使命感。受压抑的处境，很难建立起自信心，妇女要释放自己的创造力首先必须取得经济上的独立，消除作为"对象性存在"的屈从地位。

弗吉尼亚·伍尔夫认为要改变女性写作的屈从境遇，创造出真正的艺术杰作，超性别的"两性同体"（Androgyny）写作不失为一条佳径。她接受了哥勒律治"伟大的脑子是半雌半雄"的观点，认为："在我们之中，每个人都有两个力量支配一切，一个男性的力量，一个女性的力量，在男人的脑子里男性胜过女性，在女性的脑子里女性胜过男性。最正常、最适宜的境况就是在这两个力量在一起和谐地生活，精神合作的时候。"[1] "两性同体"思想的提出，是针对历史上以男性价值为单一标准的反叛，意在克服父权中心文化的偏颇，解构了男女及男性写作与女性写作的二元对立，在文学中消除了主体与客体，即写作的妇女与被写的妇女、阅读的妇女与被读的妇女之间的界限。无疑，"双性同体"的文学观念是对女性写作困境的一种解放，极大地展现了女性创造的生命活力。

综上所述，从女性主义写作理论对父权制的对抗、对男女风格的辨析、对小说文本的选择、对性别文化建构的分析、对超性别的"双性同体"的理想追求的诸观念中，我们为卡夫卡和残雪小说的性别之维的相似性认同找到了契合点。可以说，卡夫卡和残雪的小说就建立在某种超性别的认知基础上，对父权制的文化批判、对理想女性的消解、对女性气质的解构形成了他们小说性别之维的基本立场。

二 父性权力在场结构的揭示与挑战

所谓父性权力即父权制（Patriarchy），这个概念最初源于社会学。"父权制"意味着一种社会结构，在这种社会结构中，父亲就是家长。[2] 后来，"父权制"成了女性主义批评家所反对的"既成的文化规范和相关的文化及社会

---

[1] ［英］弗吉尼亚·伍尔夫：《一间自己的房子》，王环译，生活·读书·新知三联书店1989年版，第120页。

[2] 参见［德］温德尔《女性主义神学景观》，刁文俊译，生活·读书·新知三联书店1995年版，第30页。

体制"的一个批评术语。女性主义主要从三个方面对此进行了揭示和批判。

从社会学来说，艾德里安娜·里奇在《生来是女人》一文中认为："父权就是父亲的权力，父权制指一种家庭——社会的、意识形态的和政治的体系，在此体系中，男人通过强力的和直接的压迫，或通过仪式、传统、法律、语言、习俗、礼仪、教育和劳动分工来决定妇女应起什么作用，同时把女性处处置于男性的统辖之下。……我们处处生活在父权制之下，不管我的身份、处境、经济地位或性别偏向如何，我都生活在父权之下，只有在我为赢得男性的许可而付出代价时，我才能在父权制的许可下有特权，发挥影响。"①

就文学而言，吉尔伯特和格巴在《阁楼里的疯女人：妇女作家与19世纪的文学想象》一文中说："在西方文化中，父权制观念是，文本的作者是父亲、祖父、生殖者及美学之父，他的笔是一种像他一样具有生殖力的工具。"②

就批评来讲，卡勒在《论解构》一文中认为："作家的角色被想象为父亲的角色，任何被认为有价值的母性功能都将被同化为父权功能。"③为此，温德尔在《女性主义神学景观》一书中将父权制定性为三种，第一种是米勒特（Kate Millet）所批评的性道德父权制。米勒特在《性政治》中指出"我们的社会就像其他所有历史上的文明一样是父权制"，性别之间的统治深深地植根于我们的社会结构之中。"这种统治比任何一种被迫隔离的方式更牢固，比阶级的形式更无情，更一致，而且毫无疑问也更长久……父权制作为制度，是一个社会常数，这个常数贯穿其他所有政治、经济和社会的形式，而不管它们是通过社会等级，还是通过阶级形式，是通过封建统治，还是通过官僚政治或者巨大的宗教团体的形式。"性与政治之结合是异乎寻常的。因此，尽管从私生活到政治这一步暂时显得巨大无比，但性交却被认为是"建立在最亲密的基础上之性政治的样板"④。第二种是天主教女神学家玛丽·戴利（Mary Daly）所分析的宗教父权制。宗教父权制是西方基督教文化的基石，她认为："圣经的和一般喜爱的上帝形象是一种天上的全能父权制，他按照其无法解释

---

① 王先霈、王又平主编：《文学批评术语词典》，上海文艺出版社1999年版，第695页。
② 同上。
③ 同上。
④ [德]温德尔：《女性主义神学景观》，刁文俊译，生活·读书·新知三联书店1995年版，第31页。

的，显得专横的意旨赏罚，这种上帝形象几千年来控制着人们的观念。圣父在天国的象征形象是靠父权制具有可信性特征的，这种形象是人的幻想的产物。反过来又为男性占统治地位的社会效力，其办法是：它使压迫女性的机制显得合情合理。如果说上帝在'其'天国是统治'其'子民的主，那么，这个社会是男性居统治地位，这也是理所当然的，这也符合神的计划和宇宙的规划。"第三种是历史文化学的父权制。这一点马克思在《资本论》、恩格斯在《家庭、私有制和国家的起源》中皆有揭示，博尔内曼（Borneman）在其经典著作《父权制》(1975)一书中阐释说："一当男人发现了私有财产之后——而这一点如今已经成了男人无可争辩的功绩——他就把女人和儿童看成了自己的'妻子'和自己的'孩子'。人变成了财产。人性开始物化了，对性别的敌视也因而开始了。"①

纵观卡夫卡和残雪的小说，这三种父权制都在他们疏离的态度上对其进行了揭示和批判。对应三种父权制形式，可以重点从性道德这个层面对他们的小说进行分析，中心论点是：性拒抗与女性主体的性政治策略。

波伏娃认为："男人期望，通过占有一个女人，能够获得有别于满足本身欲望的东西：她是一个他借以征服大自然的、有特权的客体。"② 在卡夫卡的《城堡》中，对神秘的权力主体克拉姆和索尔替尼来说，女人是显示他们"阳物"权力存在的一个他者，女性要么是一个纯粹的肉欲客体，要么是一个类似于弗洛伊德的"阴茎羡慕"（Penis envy）的阳物崇拜者，小说写道："克拉姆简直就是女人头上的司令，一会儿命令这个女人，一会儿命令那个女人到他那儿去，不许让他久等，而且如同命令一个女人马上来一样，他也很快又命令她赶快走。"因此，酒店老板娘就有三次被克拉姆召幸的经历，并且这一召幸成了她永久的幸福回忆和生活的本钱。弗丽达也因为作为克拉姆的情人的名分，获得了K的青睐。因此，K在向权力的不屈追求中，也希望通过占有弗丽达来建立起通往权力城堡的道路。对克拉姆来说，女人只是一个纯粹的肉体，是其权力欲望的一个对象，女人的义务就是随时为他们献身，是其

---

① ［德］温德尔：《女性主义神学景观》，刁文俊译，生活·读书·新知三联书店1995年版，第33页。
② ［法］波伏娃：《第二性 (1)》，陶铁柱译，中国书籍出版社1998年版，第183页。

权力祭坛上一只任人宰割的羔羊,"不错,姑娘因为爱官员,才把自己的身子给了他,这是事实,但这没有什么值得夸奖的"①。这里,女性作为一种性别完全是一种生物性的存在,丧失了自主选择和自我设计生活能力的主体的权利,仅仅是男人用以确认自己存在的一种参照物,一种补偿性事物。

对索尔替尼来说,女人不只是一个欲望的客体,而且是一个天生的"阴茎羡慕"者。他看上了美丽的少女阿玛丽亚,于是便写了一封情书,里面没有一句奉承的甜言蜜语,相反,全是些"不堪入耳的、露骨的、最最粗野的诗",信的末尾原句是:"你面前只有两条路:是马上来,还是——!"② 因为在他看来,"当官的看上哪个女人,这女人就除了爱上这个官员而没有别的法子,甚至不论女人自己怎么不承认,实际上她们是在当官的看上她们之前就爱当官的了"③。官便是权力,权力便是统治,统治便是享有控制和占有的权力,在索尔替尼心中,女性的生存便是取悦于男性的权力,女性的价值是被一个权力性的男人所占有,安于男人指派给她们的地位,因为阿玛丽亚一旦被男性权力看中,她面前便只有两条路:"马上来",依附于权力(男性)而获得生物性的生存权利;"还是"(即不来),则会丧失由权力可获资助的一切生存性保障,她的生命源泉便会枯竭。在这里,女性必须学会取悦男人,必须将自己变成"物",才会获得男性权力者的认可和喜欢。索尔替尼作为父权制的化身用男性的标准将女性内化成了被动的、受虐的"阴茎羡慕"者。

针对这种疯狂的父性"性道德"的在场性,卡夫卡塑造了两个女性反抗者的形象,一是弗丽达,一是阿玛丽亚。弗丽达以性的主体行动来反抗克拉姆的性的控制形式,阿玛丽亚则以沉默和受难姿态来拒绝索尔替尼的无耻召唤。卡夫卡在小说中写道:"弗丽达和阿玛丽亚还有什么不一样的地方吗?只有一点不同,就是弗丽达做了,而阿玛丽亚拒绝做而已。"④ 所谓"做了",就是说,弗丽达既做了克拉姆的情人,也做了克拉姆的背叛者,作为情人身份说明父性权力的强大,作为背叛者则说明弗丽达具有"欢快活泼、无拘无束"的自在本性和反抗性格,这一点通过克拉姆房门前的性爱行为和反抗宣

---

① 叶廷芳主编:《卡夫卡全集》第4卷,洪天富等译,河北教育出版社1996年版,第216页。
② 同上书,第211页。
③ 同上书,第216页。
④ 同上书,第217页。

言显示了出来。

> 他们紧紧拥抱,她那瘦小的身子在 K 两手抚摸下热烘烘的好似一团火,他们沉醉在爱的狂欢中,浑然无所觉地在地上翻滚,K 不断挣扎着,想从这种痴醉迷乱的状态下解脱出来,然而完全徒然,就这样滚了好几步远,直到撞在克拉姆的门上,然后就颓然躺在地上,躺在身下那些泼洒出来的啤酒小水洼和各种丢弃物上一动不动了。①

当从克拉姆房里传出一个低沉的、冷冰冰的带着命令语气的声音呼唤弗丽达时,弗丽达开始"几乎可以说是天生的惟命是从心的驱使下"纵身跳了起来,但是紧接着,便攥起拳头撞门,并大声叫道:"我在土地测量员这儿呢!我在土地测量员这儿呢!"至此,弗丽达宣告再也不会响应克拉姆的随声召唤,尽管也许从克拉姆到 K 的情人的转换,弗丽达同样会陷入父性权力的支配场域,但此时的弗丽达听从了内心的驱使召唤,女性的主体意识已初步形成。也确实,从抗拒克拉姆权力召唤的那一刻起,弗丽达开始了疏离男性"性道德"的反抗之途。当 K 不能再顺应自身内心的爱情感应时,她便毫不犹豫投入了 K 的助手耶里米亚爱的怀抱。也就是说,从脱离克拉姆权力庇护的那一刻起,弗丽达获得了生命的自主意识、爱情意志。她的自主精神超越了男性的权力话语,肉体或性已经脱离了其受动者的从属性,成为内在的主动性。性的主体地位使弗丽达从作为男性"他者"的对象性存在,获得了女性作为自我存在的主体身份。

与弗丽达的"做了"不同,阿玛丽亚则是以沉默来拒绝索尔替尼"性"的支配,尽管她的拒绝给父母、兄妹带来了无尽的灾难与痛苦,但这一拒绝姿态彰显了阿玛丽亚对男性权力的决绝态度。虽然她清醒地知道,这一决绝也许会毁灭自身和家庭的生活,但她绝不迟疑也绝不退缩。卡夫卡在小说中写道:

> 阿玛丽亚当时不仅承受着痛苦,同时也保持着清醒的头脑,看穿了

---

① 叶廷芳主编:《卡夫卡全集》第 4 卷,洪天富等译,河北教育出版社 1996 年版,第 47 页。

这痛苦是怎么来的，我们当时只看到结果，她却看到了根子，我们寄希望于一些小小的解决办法，而她心里很清楚一切已成定局无法改变，我们当时可以喊喊嚓嚓悄悄商议，而她只有默不作声一条路，她就是这样面对现实，正视现实，默默忍受着我们这种苦难的生活，当时这样，直到现在仍然还是这样。①

所谓"看到了根子"，是说阿玛丽亚清醒地意识到男性权力结构的无处不在，这是强大的、具有摧毁一切的力量，而对此的反抗与拒绝必然会遭受痛苦和毁灭。敢于正视和面对这种惩罚的痛苦，就是对自己自主精神的强力支撑，正如鲁迅在《记念刘和珍君》中所说的："真的猛士，敢于直面惨淡的人生，敢于正视淋漓的鲜血，这是怎样的哀痛者和幸福者。"阿玛丽亚之所以能默然地忍受着苦难的生活，那绝不是消极逃避，而恰恰是献祭给女性主体存在的精神祭品，是对菲勒斯传统道德文化的勇敢决绝，是对生物学定义上的女性本质论的无视与坚决抵制。

可以说从弗丽达"做了"到阿玛丽亚的"拒绝"，卡夫卡不但揭示了女性"性境遇"的种种生存面貌，作为现代主义男性作家更是较早地超越了性别的男女二元之维，从人性的角度塑造了弗丽达和阿玛丽亚作为传统性道德叛逆者的经典形象，从深层凸显了一位男性作家对女性主体的虔诚关怀之情，从这一点说，卡夫卡的性描写不仅仅是昆德拉所谓的"性喜剧"，而是另类意义上的"性政治"。米勒特的性道德说的是在两性关系中，男性用以维护父权制支配女性的策略，卡夫卡意义上的性政治便是在两性关系中，女性用以反抗父权制，消解和抗拒男性权力的策略，是卡夫卡颇具个性化特征的"双性同体"的文学呈现。

这种呈现，到了残雪《突围表演》中更是展现得淋漓尽致。与卡夫卡不同的是，卡夫卡是以男性超性别的目光书写女性的生存境遇及反抗姿态的，而残雪是以女性心灵的超性别目光去书写女性的生存境遇展现其反抗姿态的。残雪的这种超性别姿态又不同于陈染的中性姿态，陈染说："我一直特别反对强调性别，我觉得人类的最高境界应该还是人类普遍关心的一些话题，人性

---

① 叶廷芳主编：《卡夫卡全集》第 4 卷，洪天富等译，河北教育出版社 1996 年版，第 231 页。

的问题。"① 残雪关注的也是人性的问题，但她是从中国文化的特殊处境去理解和关心的，她说："我之所以对女性主义有好感，主要是因为像这种潜意识写作，在中国这种文化土壤里面，只有女性才可以做，男性做不到。"② 在中国的文化深层中，女性的生存结构是由父权制文化规定的，而要突破女性的文化规定去书写女性的深层意识，以及蕴含在这种深层意识中的潜意识欲望，残雪认为只有作为女性的自己才是最贴切的发言人。为此，残雪在谈到《五香街》（又名《突围表演》）这部彻底女性主义的小说时说："我认为只有彻底的个性写作，才能把女性写作进行到底。我在我的长篇《五香街》里对这一点描写得很透彻，那篇作品是彻底个性的，因此也是女性的……我对女性写作是这样理解的：它是一种对中国传统的反动，它的目标是彻底的个性化。中国女性在数量上确实倾向于传统的比较多，这是一个可悲的事实。改革解放了多少妇女呢？不管怎样，我要在艺术中大声呐喊，奋力张扬，告诉人们现代美究竟是什么。我这样做是出于我的天性。"③ 可见，残雪的写作是一种女性的个性化写作，在个性化上与卡夫卡相同，同时，要通过写作张扬女性的生命力，这一点与卡夫卡也类似。或者说卡夫卡通过写作张扬了女性的生命意志，不同的是卡夫卡以男性的超性别心灵去书写，残雪则以女性的超性别心灵去书写。

对残雪来说，以性来抗拒传统文化、弘扬女性主体意识的小说当推《突围表演》，小说真正地实现了残雪"对中国传统的反动"的女性写作策略。

《独立宣言》的起草人杰弗逊在两百年前，针对欧洲人对美国人曾经有过的野蛮生活的指责做过这样的回答："在被质问去表明我们的存在之前，要让我们进入存在状态。"这个回答摄人心魄。残雪的《突围表演》是一篇将墙壁上的男性生殖器的图案暴露在白昼的目光下，想从根源处来找寻它的意义的震人心魄的小说。X女士就是在这幅男性生殖器图案的感召下以有关性的演讲者的身份进入存在状态的，这种进入方式不同凡响，小说写道：

  过路的人们全都看见，X女士家那面粉白的墙上出现了一个奇怪的

---

① 陈染：《不可言说》，作家出版社2000年版，第110页。
② 残雪：《为了报仇写小说——残雪访谈录》，湖南文艺出版社2003年版，第143页。
③ 同上书，第188—189页。

图案。那是用炭笔画的一个男性生殖器，像是出自儿童的稚拙手笔，下面还有附言：某人第二职业之图解。这桩事情发生后，X女士不但没有丝毫生气的迹象，反而如获至宝，好几天激动不安，反复独自叨念这几句话：她是不是终于在黑暗中遇见了知音呢？与她产生共鸣的那个人，如今躲在何处呢？为什么他（她）要用这种古怪的方式与她取得联系呢？她思来想去，最后灵机一动，决定豁出去，她在屋门口放了一张长条桌，自己身轻如燕地跳上桌子，就对着空中发表演讲。五香街的群众蜂拥而至，大看西洋镜。似乎她所讲的，全是有关两性的问题，其中还有"性交"等不堪入耳的词汇，一边讲还一边感动地抽鼻子，以致嗓音在几个关键地方出现了颤抖。[①]

这段悖谬性的描述，给我们留下了不少问题。X女士为什么要演讲呢？原因当然是墙上的男性生殖器的图案激发了言说的欲望。她演讲的内容是什么呢？当然全是有关两性的问题，其中还有"性交"等不堪入耳的词汇。但奇怪的是，在讲到几个关键的地方时嗓音却出现了颤抖，以至于言说的欲望并未得到充分的展示。性的问题到底是一个怎样的问题，竟然如此不甚了了，这显然是摆在读者面前的一个难题，即便如此，这次演讲的深层意义还是隐约显示了出来。下面试从几个方面做出简要分析：

首先，它是一次由女性在公开场合进行的有关性的演讲。在中国传统文化的深层结构里，女性是一群被规定在闺阁和家庭圈子里的群体，在公众场合，女性的话语总是缺失的。X女士敢于在公开的场合发表演讲，这本身就是对自身话语权的诉求和彰显。同时，"性"作为淫邪的代名词，虽然不完全属于话语禁忌之列，但最多只能在私人领域隐晦地言说。而一般来说，私人场合的性话语大都是男人的专利，女性大都只有倾听的权利，而X女士竟能在大庭广众之下、众目睽睽之中公开宣讲，确实是冒天下之大不韪，这种胆量和气魄可令全中国的所有男子和传统女性汗颜。

其次，由女性来宣讲男性生殖器，这是对中国国民人格成长历史的质疑和警醒。在中国文化的深层结构里，中国人的人格成长是由整个文化来设计

[①] 残雪：《残雪文集：突围表演》，湖南文艺出版社1998年版，第24—25页。

完成的，为了表达的方便，我们不妨借用弗洛伊德的心理性欲发展理论来说明中国男人的人格成长的分期与特征。弗洛伊德认为正常的心理性欲发展可分为前生殖器阶段和后生殖器阶段。前生殖器时间包括口腔期、肛门期和男性生殖崇拜期，这个时期婴儿的整个生存的意向都集中在口欲的满足之上。有论者认为，中国男人的人格组成结构中，具有很严重的口腔期的遗留。整个人生大都处在以口腔为满足的人情伦理的氛围中，具有对"衣食父母"的依赖和服从的心理特质，个体只能在一个静态的过程中成长。在内部人伦关系上，面对长辈永远具有儿童化的倾向；在外部人伦关系上，面对工作和上司却要显得成熟能干，永远具有"老年化"的压力。个体处在这种"儿童化"和"老年化"的两相夹击之下，中国人的青春阶段就被整个地铲除掉了。①青春的缺失，导致了整个中国文化的"非性化"倾向，"安身立命"成了个体的存在方式；同时，"非性化"导致了对"性"的恐惧。因此，中国文化有"补身"和"亏身"之说，具体到道家有"采阳补阴"之术，也就是说，在这里，"性"也被食物化了。而更可怕的是，女人在中国文化中被称为"祸水"，中医认为若以五脏配属五行，则由于肝主升而归属于木，心阳主温煦而归属于火，脾主运化而归属于土，肺主降而归属于金，肾主水而归属于水，其中男人的肾归属于水，"祸水"说正暗含了男人对肾亏的恐惧，"性交"便成了伤身之举，女人便成了男性恐惧的对象和源泉。

口腔期后，人格成长发展到肛门期，弗洛伊德认为，在这个阶段的固着会导致肛门排出型性格或肛门滞留型性格。与西方人比较起来，中国父母对孩童的排泄训练很随便，这一随便，导致了自律人格的缺失。而由一位"阿姨"式的人替代性地催促孩童大小便，又养成了"他律制的人格"。因此有论者认为，中国男人的人格具有自律性差而他律性强的集体型人格特征，这一集体型人格特征导致了对个性"性"的压抑现象，所以许多男性常常无法进入与异性的正常交往状态，往往需要一个助手或媒人来协助个体"性"意识的完成。

从西方文化角度来看，一个完全健康成长的人，是必须发展到生殖器阶段的，亦即正面承认自己身上"性"的因素。中国文化"万恶淫为首"的

---

① 参见［美］孙隆基《中国文化的深层结构》，广西师范大学出版社2004年版，第101页。

"非性化"措施,从心理方面抹杀了这个阶段,"性"只是用来当作生男育女的手段,从来无法理解"性"可以是个体全面健康成长的人格内容。而"生殖器阶段"的人格完成,是个体"自我"意识形成的基础,是充分的自信和意志形成的保障。因此"生殖器阶段"人格的成熟与否,形成了西方文化的个性主义特色和东方文化的集体主义特征的差异。这样,"中国人成长的内容,只是'一人'之'身'的'快高长大',以及在'二人'关系中如何懂得去'做人'。虽然,一个人生理上的茁长势必带动他向成年迈进,但是,因为文化设计之拖后腿,在中国人'身'上,'固着'在人格发展初期的'口腔阶段'上的情形特别严重。在'肛门阶段'上应该受到的对身体排泄物与身体动作的控制,基本上也未获得解决,至于成年人'身'上应该装载有'性'之内容,则处于窒息或半窒息状态或无形状、无焦点的泛滥状态"①。

从 X 女士一看到炭笔画的男性生殖器图案之后的兴奋,对知音的渴望,在公开场合勇敢地做关于两性生活的演讲,我们可以感知,X 女士力图突破中国文化的固着,对中国男性人格的口腔和肛门型现状充满了质疑和焦虑,试图召唤中国男人生殖器人格的形成与发展,但她也深知这种突围的艰难与困境,因此"以致嗓音在几个关键地方出现了颤抖"。虽然如此,她的演讲同样显示了巨大的感召力量。听了她的演讲后,煤厂小伙感叹不已,"她说得我们心痒难熬";药房的算命先生老憎微醉着眯着双眼正言道:"总有一天我要证明一下:性的功能,决不因为年龄的增长而受影响,不但不受影响,还随着年事的增高不断地有所增加的……X 女士的演讲使我有种返老还童的感觉。"②

X 女士对中国男人人格现状具有启蒙意义的演讲,虽感召和启蒙了煤厂小伙等人,但也遭遇到了五香街群众的袭击,这种袭击说明了任何革命性的行动总不会一帆风顺的道理。前面讲过,中国男人的人格较西方人来说属于压抑性的集体人格,X 女士启蒙的对象是五香街的所有民众,除非 X 女士的启蒙革命大获全胜,获得民众的支持,反之则会遭到民众的集体攻击和惩罚。这种群众的情绪,代表了中国文化的"性"禁忌力量,药房老憎和 X 女士青

---

① [美]孙隆基:《中国文化的深层结构》,广西师范大学出版社 2004 年版,第 119 页。
② 残雪:《残雪文集:突围表演》,湖南文艺出版社 1998 年版,第 25 页。

梅竹马的青年男子是这种禁忌力量的代表。老憎是一个矛盾型人物，他一方面感召到了 X 女士的启蒙，另一方面又认为："一个女人，怀春也罢了，还四处招摇，这算怎么回事？我们都疯了。"X 女士青梅竹马的青年男子则说："一个女人，怎么能随便到大庭广众之间喊出自己的隐私呀！即便欲望高涨，难以自制，也得悄悄行事才行。这女人恰恰相反，平日里假作正经，你一向她表示，她就义正词严，拒人于千里之外，而你在意想不到的当儿，她却来上这么一手！这真太叫我受不了！"[1]

从上述内容可以看出，X 女士与这两个男人之间的冲突表现为：

（1）性是否可以说？

（2）女人可否有权力自己来表明欲望？

从中国文化的结构来看，"性"话语是被禁忌的对象，"非礼勿视，非礼勿听，非礼勿言"，"性"当属"非礼"之言。因此，尽管内心有性欲，口头上也不要承认在自己身体内部产生的最基本的、最直接的感觉，对性欲的渴求，只能压抑在沉思默想之中，故第一个问题的答案是：性是不可言说的。从父权制文化以来，女人的体验常常由男人并通过由男人发展的语言媒介记录、描述，在男性的话语经验中，女性的体验或者被忽略或者被歪曲，中国的文化史是一部由男性话语构想的历史，就如女性身份的班昭，她的《女诫》也是男性话语《周易》和《礼记》的补充和强化，是对父权制礼义礼法文化的梳理、传达和发扬。女人即使有欲望，也没有表达自己欲望的资格，女人只是被男性欲望表达的对象或波伏娃意义上的"他者"，由此，第二个问题的答案是：女人没有表达自己欲望的权力。

至此，残雪通过 X 女士具有革命启蒙意义的、以男性生殖器为题的性欲演说，明示了她对"中国传统的反动"的女性写作策略，完成了她对中国传统文化的拷问和计较。这实际上既是她的一种文学性的报仇，也是一种思想性的突围，并以此为基点，反叛了整个中国文化传统中男性千百年来自以为是、引以为豪的中心地位。而通过女人之口在文化深层中隐喻地揭示出中国男人人格的匮乏性和不完整性，实际上从主体上确立了女性主体的中心地位。男性已游离了传统的中心，更多地要依靠女性的召唤和启蒙来把握自身的生

---

[1] 残雪：《残雪文集：突围表演》，湖南文艺出版社 1998 年版，第 26 页。

存意识以及男性的本质力量，女性往往成了男性的导师和引路人。这里，残雪的小说既是对中国男性传统文化的反叛，也是一种挑战。当然，X女士演讲的被攻击和失败也隐含了残雪对自身反叛和挑战的矛盾和焦虑，但作品中体现的坚定的女性写作姿态和审美意识，在一定程度上实现了中国女性文学的历史书写。

这样，在存在的性别之维上，卡夫卡和残雪都揭示了父性权力的在场结构，也同时呈现了女性在父性权力结构中的反叛姿态。在消解男性书写的性政治策略的同时，卡夫卡以男性的超性别之笔、残雪以女性力量的双性之笔完成了女性主体自身的性政治话语实践，即在两性关系中女性用以消解父权制，维护女性自身主体的书写策略。

第四章　男性作家与女性意识：湖南男性作家的女性情怀

第一节　沈从文小说女性形象的审美意蕴

沈从文创作的小说主要分为两大类，一类是以湘西生活为主题的乡土小说，另一类是以现代城市生活为主题的都市小说，小说塑造的众多形象中尤以女性形象最为特别。沈从文创作的女性形象具有深厚的美学意蕴，既有乡野的纯洁野性之美，亦有都市的病态悲凉之美，不同地域、不同类型的女性有着不同的性情和人格特点，寄托了作家对人生与美的哲学思考，对不同生命形式的认知和把握。

纵览沈从文的小说，可以看到作家为我们创造了两个相互对立的世界，一个是充满着原始风土人情的湘西乡野世界，一个是充溢着声色犬马的都市世界，在这两个世界里，我们看到了沈从文明显的偏好：湘西乡野世界自然而纯净，是真挚生命的象征；而都市世界满是扭曲的人性和极端的物欲，是堕落腐败的地狱。正是这种独特的价值取向和创作个性，形成了他鲜明的艺术风格，给读者呈现了一个个栩栩如生的艺术形象。其中，女性形象作为其作品中最为精彩的形象群，历来受到广大读者的喜爱，其中尤其以《边城》中的翠翠、《旅店》中的黑猫、《夫妇》中的"她"、《三三》中的三三、《萧萧》中的萧萧等最为典型。在沈从文小说"人性的神庙"[①]中，这些名字对

[①] 黄尚霞：《探寻人性的"神庙"》，《毕节学院学报》2013年第7期。

应着一个个鲜活的生命,她们顺着自己生命的轨迹演绎着属于她们自己或喜或悲的故事,生活在沈从文心中那处神秘而理想的精神家园之中。而另一类生活在腐败肮脏的都市之中的女性,如《绅士的太太》中的太太们,抑或是被乡村淳朴改造的《如蕤》《都市一妇人》中的女性形象,则更多地寄托了沈从文对都市人冷漠自私的批判,对人性扭曲的痛苦以及改造人性的心愿。

然而,无论是湘西世界明媚灵动的女子,还是都市世界烟火世俗的女性,她们都是沈从文这个男性作家对女性的一种认识和欣赏态度,无论是原始纯净,还是自然野性,抑或是堕落悲凉,她们都代表着一种生命,一种人生态度,都是美的象征,并在其自身的历史流变中积淀了深厚的美学意蕴。

一 原始纯洁之美

沈从文笔下的乡村是一幅宁静的田园牧歌画面,这里远离城市,民风淳朴自然,濡染着浓浓的朴厚的人情。在这安详的画面中,灵动着这么一群泉水一般纯净的少女,她们集中了湘西自然、民族、人情中最优美的部分,她们不谙世事,在原始自然的生命形态中表现着自我的生命活力,洋溢着青春之美,涌动着对美和爱的强烈向往,在蒙昧自由的生命形态中彰显着生命的本真。她们"在这个纯净的世界中,没有欺骗和哄瞒,没有虚伪和狡诈,没有金钱的锈蚀,没有礼教的束缚,没有委顿琐碎的人格,有的是真诚、勇敢、燃烧的感情,雄强的生命力,鲜活的充满淋漓元气的生命"[1]。其中,《边城》中的翠翠在永恒的守望中淡化了现实的无奈,《三三》中的三三安静地经受着失恋风暴,《萧萧》中的萧萧在黑暗之中,点燃了人性的火把,燃起了自由的希望。

翠翠是沈从文笔下最为生动的少女形象。她是一个在风日里长养着的女孩,聪明、美丽、乖巧、纯朴、善良。在风日里长养的,触目即是绿水青山,于是,"自然既长养她且教育她,为人天真活泼,处处俨然一只小兽物"[2]。在湘西灵秀山水的滋养下,翠翠长成了一个亭亭玉立的美丽少女,从

---

[1] 王继志:《沈从文论》,江苏教育出版社1992年版,第185页。
[2] 沈从文:《边城》,肖涛等《中国现当代文学作品选读》,西安工业大学出版社2009年版,第102页。

过往的船客中懂得了男婚女嫁，也开始了对美的追求，文中有一段文字很精彩："一群过渡人来了，有担子……翠翠一面望着那小女孩，一面把船拉过溪去。……见翠翠尽是望她，她也便看着翠翠，眼睛光光的如同两粒水晶球……翠翠当时竟忘了祖父的规矩了，也不说道谢，也不把钱退还，只望着这一行人中那个女孩子身后发痴。"① 沈从文很巧妙地将少女的小虚荣化成一个发痴的眼神，将这种小心思的欲望杂质除去，只留下一个渴望、向往的姿态，将人性中最自然的东西无欲化地呈现了出来。端午的龙舟赛后，翠翠邂逅了豪爽开朗的英俊少年傩送，萌发了朦胧的爱意。随后，傩送借歌传情，翠翠在美妙的歌声中甜甜入梦。在梦中，她身体随着歌声轻盈地飞到悬崖半腰，摘了一大把虎耳草，却不知要将它交给谁。翠翠虽如同小兽一般成长，却在长大的过程中发生了微妙的变化，自然长成的少女心思，让她变得羞怯，美丽的爱情刚要开始萌芽，却被一场突如其来的变故给打断：大老死了，白塔坍塌了，傩送远走他乡，翠翠却一直未能向任何一个爱她的人表达自己。爷爷死后，在邻里的帮助下明白了一切的翠翠，选择了在茶峒渡口等待着心上人的归来，"这个人也许永远不回来了，也许'明天'回来"②！翠翠的未来我们无从知晓，在感叹爱情纯真的同时，一丝淡淡的凄凉涌上了心头。翠翠是人性美的代表，是沈从文所要表现的"一种人生的形式，一种优美、健康、自然，而又不悖乎人性的人生形式"③。"理想女性是京派作家心中的一方神圣净土，她们是那个乡土世界中一切美好价值的象征，是作家审美理想和美好情感的寄托，体现作家创作深层的'女性崇拜'心理。"④《边城》也正是通过翠翠这个纯朴、善良的少女形象，来淡化现实世界的黑暗与恶俗，通过翠翠与傩送之间凄美的爱情故事，来启迪人们心中的爱和温暖。翠翠永恒守望的姿态，是作者对未来的一种期盼，寄托作者对重造民族精神的美好愿望。

翠翠是自然养育的灵动的小兽，小说《三三》中的三三则是母性关怀下调皮俏丽的无忧少女。三三和朴实的母亲守着堡子里唯一的一座碾坊，三三

---

① 沈从文：《沈从文批评文集》，珠海出版社1998年版，第118页。
② 李玉秀：《京派作家的女性观》，《泉州师范学院院报》2005年第5期。
③ 沈从文：《沈从文批评文集》，珠海出版社1998年版，第224页。
④ 李玉秀：《京派作家的女性观》，《泉州师范学院院报》2005年第5期。

是碾坊唯一的继承人,虽是孤女寡母,却衣食充足,三三和母亲"吃米饭同青菜小鱼鸡蛋过日子,生活毫无什么不同处"①。三三住在碾坊里,"屋外墙上爬满了青藤,绕屋全是葵花同枣树,疏疏的树林里,常常有三三葱绿衣裳的飘忽"②。居住环境自然而又优美。三三每日的生活十分简单,一个人玩腻了,便来"巡视"一下家禽,又或者守着自家潭子里的鸭和鱼,见生人来钓鱼,便大喊"不许钓鱼,这鱼是有主人的"③,足见其调皮可爱。三三是湘西世界里的一点奇绿,充满了生机与活力。在一个夏天的傍晚,她初遇了城里的白脸少年,心中便开始了少女那一丝丝懵懂的绯红。三三是可爱的,她不懂如何处理这种感觉,便用嗔怒来掩饰自己,面对这份朦朦胧胧的情感,她手足无措,但同时又十分的大胆,没有因为那白脸少年是富贵人家而自轻自贱,如初生牛犊一般,没有富贵贫贱的物质观,纯净而自由。白衣少年和白帽子女人给她和母亲带来了关于城市的幻想,"什么时候我一定也不让谁知道,就要流到城里就不回来了。但若果当真要流去时,她愿意那碾坊,那些鱼,那些鸭子,以及那一匹花猫,同她在一处流去。同时还有,她很想母亲永远和她在一起,她才能够安安静静的睡觉"④。三三对于城市的幻想,仅仅限于逃避一些她所不喜欢的东西,在她懵懂的思想里,她仍然安于现实的简单的生活。三三有着一般少女的情怀,文中多次提到她的梦,在梦里出现的白衣少年、白色大狗,形成了少女纯净的春梦,一脸绯红地醒来,羞涩地同母亲讲述这个"好笑"的梦,少女的春愁荡漾在湘西葱翠的世界里。在宁静的湘西山水中,在宁静的杨家碾坊内,曾经无忧天真的少女三三,此刻心中正在经历一场小风暴:美丽的故事还未展开,便得知了白衣少年的病逝,这时的她,朦胧的爱情才刚刚抽芽便遭遇夭折,少女羞怯的心事,难受却无从表露,只能选择一再隐藏。三三同翠翠一样,将青春爱情的意义牵挂在一个男子身上,翠翠的他或许明天回来,或许就再也不会回来了;三三的他,却是永远不再回来了。三三和翠翠,面对自己的感情,都是采取被动甚至逃避的态度,纯朴的本性让她们缺失了对自我的认识,她们不能把握自己的命运,

---

① 沈从文:《萧萧集》,重庆大学出版社2011年版,第38页。
② 同上书,第39页。
③ 同上书,第43页。
④ 同上书,第52页。

简单地为爱而爱，为爱而等待，如同落入一般的宿命论的魔咒中一般，年轻美好的女子，邂逅并爱上一个男子，一旦这个男子不在了，等待她们的便只有无尽悲凉的命运。沈从文创作的女性形象，总是和自然结合在一起，她们看似平凡的人生，却处处洋溢着生命的热忱与庄严。她们单纯的生命，不需要理性的启蒙，这种纯粹自然的爱的本能，在等待中显露了生命的平和与宁静。三三和翠翠这类十五岁的少女，更显纯美珍贵。

相比翠翠和三三，在童养媳萧萧的身上，我们虽没有感受到青春少女的那种朝气蓬勃的美，却感受到了沈从文笔下湘西世界浓郁的人性美、人情美。萧萧十二岁便做了小丈夫的媳妇，小丈夫年纪不到三岁，刚断奶不久。萧萧过了门的生活并不比之前的苦，她仍同一般少女一样，"梦到后门角落或别的什么地方捡得大把大把铜钱，吃好东西，爬树，自己变成鱼到水中各处溜。或一时仿佛身子很小很轻，飞到天上众星中，没有一个人，只是一片白，一片金光，于是大喊'妈！'人就吓醒了"[1]。童养媳的身份并未对她造成什么困扰，不过是从伯父家转到了一个新的家，新家里的爷爷对她也如同亲孙女一般，她每日干一些家里的农活，带小丈夫玩耍。年纪稍长点便可以从行有余力的劳作中攒点私房钱。日子平淡地过去，直到被花狗的歌声唱开了心智，和花狗发生了关系怀孕后，她才想到像"女学生"一样，去城里寻找"自由"，私逃不成，由没有读过"子曰"的同族伯父和婆家商定，将萧萧再卖给别家，发卖不成，二月里坐草生了一个团头大眼的儿子，婆家照规矩给她吃蒸鸡同江米酒补血，烧纸谢神。萧萧在这个私生子十岁那年，给孩子接了亲，娶了一个长六岁的"新萧萧"，生活依旧不紧不慢地过着。小说中的萧萧并没有因为缺乏女性自觉而被欺压，在她身上，我们更为深切感知的是一种社会性，一种在长久生活中所积累下来的"规矩"。作者用习以为常的表述，带我们走进的是一个封建蒙昧的湘西世界，让我们感受到的却是人性的淳朴宽厚、生活的恬淡宁静。纵使萧萧会将"萧萧"这个"规矩"所延续下去，纵使我们明白童养媳这个制度的黑暗，却不得不为萧萧一家人鼓掌，他们带给了我们人性的光明，这是种力量，在拷问这个制度的黑暗的同时，也在鼓舞着人心的善。萧萧是被压迫的，但她同时又是自在的，是大胆勇敢的，她存在于

---

[1] 沈从文：《萧萧集》，重庆大学出版社2011年版，第15页。

一个矛盾体中,也正是这个矛盾,让我们更为真实地认识了这个湘西世界——黑暗笼罩着大地,但人性的太阳正在冉冉而起,萧萧如黑夜的精灵一般,舞动了燥热的改革空气,昭示了一个恒久深远的道理:拯救这个冷漠世界的,是人心的善与爱。正如李恺玲所说:"在实际生活中,它比凶神恶煞、威临一切的礼教更有力,最终裁决着生活的是非的是它——人性。"① 萧萧较之翠翠、三三,少了一份少女的活力和羞怯,多了一份湘西血性女子的无畏和勇气。

二 自然野性之美

1928年至1930年,沈从文与胡也频、丁玲夫妇合力在上海创办了《红黑》杂志,"红黑"是湘西话,大意为"反正""总是",如"红黑要吃饭的"。1929年2月,政府颁布了《宣传品审查条例》,创造社出版部受到了重创。然而,沈从文并未介入这场政治旋涡,而是埋首创作,初到上海两年,除了少量的诗歌外,他创作了三部长篇小说,以及十来部中篇和五六十篇短篇小说。照这个情形,沈从文似乎应该很顺遂,但其实不然,在现实生活中,他感受到的是文学与政治、商业日益密切的关系,"文运即由个人自由竞争转而成为党团或书商势力和钱财的堆积比赛,老板为竞争营业计,因之昨日方印行普罗文学,明日又会提倡儿童妇女教育。对作家则一律以不花钱为原则,减少商品成本,方合经济学原理。但为营业计,每一书印出可见大幅广告出现,未尝不刺激了作者,以为得不到金钱总还有个读者"②。对于接近30岁的沈从文来说,客寄他乡俨然是不得志的了,信仰与现实的背离,更深深触动了沈从文敏感的神经。"每逢佳节倍思亲",端阳节的淅淅沥沥的小雨,让他回想起故乡那轻快的龙舟,轻柔的早晨那一声声清脆的鸡鸣,城里虽然也有家养的鸡,却陷入了待宰的恐惧之中,鸣叫声沙哑难听。在城里得不到爱和理解,沈从文越发觉着故乡的山山水水明艳动人,故乡的人热情自然,那未经现代文明改造的乡村世界,才是最天人合一的美的体验。沈从文笔下有许多充满着野性的女子,她们的自然不做作、独立和敢爱敢恨,倾注了作者对

---

① 李恺玲:《冲淡又深情——从小说〈萧萧〉谈沈从文的艺术风格》,邵华强《沈从文研究资料(上)》,知识产权出版社2011年版,第273页。
② 吴立昌:《人性的治疗者——沈从文传》,百花文艺出版社2013年版,第91—92页。

她们的宠爱。《夫妇》中的那一对因为天气很好而情不自禁的年轻男女,《旅店》里风流娇俏、热情大胆的寡妇黑猫,都是自然的产物,他们不拒绝内心的声音,尊重自我选择,不被世俗的礼教道德所牵绊,如一幅狂野的沙漠之作,宏大而又亮堂。

　　《夫妇》中的"她"没有名字,小说一开始,是以一个村民的喊声引出后面的情节,"看去,看去,捉到一对东西"①。喊声十分迫切,引起了城里人璜的注意,他靠着猜想,寻思着应该是一个有趣味的东西,也许是两只活野猪,于是不爱凑热闹的城里人也跟着村民们去了八道坡,却发现这"一对东西"原来是一对青年男女,因为"看看天气太好,于是坐到那新稻草积旁看风景,看山上的花。那时风吹来都有香气,雀儿叫得人心腻"② 而把持不住,做了青年男女该做的事情,文中的"她"没有名字,只知道是一位从窑上来的新妇,和丈夫过黄坡去探亲,女子头上被好事的村民插了一朵可笑的黄花,在山风的吹拂下摇摆,这在城里人璜的眼中是美好的,如果没有这么多好事的村民的话。女子被村民们围着,默不作声,只是静静地流泪。作者通过璜的眼睛为大家描述了这个女子的相貌,"女子年轻不到二十岁,一身极干净的月蓝麻布衣裳,脸上微红,身体硕长,风姿不恶"③。而此时的她,虽然在流泪,却只因惶恐,而不是因为羞愧。在众人的反复为难下,女子才轻轻地、轻轻地说了一句:"我是从窑上来的,过黄坡看亲戚。"④ 经璜的解救,年轻男女得以脱身,女子将乡下人作恶插在头上的花送给了璜,璜嗅着在这年轻妇人头上停留过的花儿,不觉一阵暧昧的欲望在心中轻轻飘摇。这本是一件令人惊骇的事,然而,在作者从容淡定的笔调下,一切都显得自然、优美。年轻男女受到自然欲望的感召,在美好天气的触动下,冒着在外乡、在野外随时会被发现的风险,勇敢地做着让自己快乐的事情,即使被捉住了,女子流泪也只因恐惧而无关廉耻,这是一个自然的充满野性的未受到封建礼教和现代文明侵害的女性形象,她质朴、简单,是一个健康、热情的女性,也是一个大胆、率真的女性,是大自然所孕育的纯真,是作者对生命本真的深情讴歌。

---

① 沈从文:《萧萧集》,重庆大学出版社2011年版,第121页。
② 同上书,第125页。
③ 同上书,第130页。
④ 同上书,第128页。

猫是一种任性、自我的动物，喜欢我行我素，富有个性，追求平等。同时，猫有柔软的体格，尽显娇态。猫又是情绪化的动物，易怒，惹急了会以小小身躯扑人。沈从文笔下的"黑猫"，即使这样一位富于猫性的女性，也是一个独立自主、为自我生命诉求而存在的女性形象。《旅店》中的黑猫是一个守寡三年的花脚苗族的女人，"黑猫"的名字是她死去的丈夫为她取的，取名的缘由，或许是因为其皮肤较黑而又逗人喜欢，丈夫死后，黑猫继续经营着山脚下旅店的生意，卖饭、卖酒，为远方的客人和走长路的扁担客提供住宿。黑猫完全按着自己的意愿活着，她不同于一般的花脚苗族的妇女，她既有乌婆族女子的风流娇俏，也有白耳族妇女的自尊精明，再禀赋着花脚苗族女子的热情，使得"黑猫本身就是一件招来生意的东西"。然而这黑猫，却总被视为"与男女事无关，与爱情无分"①。无论是歌声、风仪、富贵，或者是"用力来作最后一举"，都未能俘获黑猫的心，然而，黑猫的欲望却在一个多狗多雾的八月天被大自然唤醒，在星光下，想起了平日里不曾想的男女之事，"一种突起的不端方的欲望，在心上长大"②。于是，黑猫在四个担纸客中牵走了一个"大鼻子"客人，来实现她所要的那种力，"一种圆满健全而带有顽固的攻击，一种蠢的变动，一种暴风暴雨后的休息"③。黑猫对于这种原始的欲望没半点抗拒，当她意识到需要时，便大胆地表达自己，这是一种野性自然的冲动，即便"大鼻子"客人最终走了，黑猫仍然勇敢地继续着自己的人生。黑猫虽然寄生于山脚下的小旅店里，但她于这个世界，她是自由的，她打破了传统礼教和现代文明的束缚，用自己的力量支撑和掌握了自己的人生，独立而富有生活热情，在感性和理性之中取得了平衡，正如天地两极的自然平衡一般，充满了力量之美、欲望之美、生命之美。

三 病态悲凉之美

上海，作为中国最大的摩登都市，到处是现代化的景象：高楼大厦、柏油马路、便捷的交通工具、灯红酒绿的娱乐场所以及机器轰鸣的大工厂，现

---

① 沈从文：《萧萧集》，重庆大学出版社2011年版，第111页。
② 同上书，第113页。
③ 同上。

代化的程度远高于当时的北京和中国的其他城市。伴随着现代物质文明的到来，人们的精神文明却一步步走向堕落。物欲横流，尔虞我诈，投机取巧，有人一夜暴富，声名鹊起，有人一夜一败涂地，坠入地狱。在这个大都市里，浮浮沉沉早已司空见惯，人们逐渐麻痹的精神引得作为人性救赎者的沈先生悲恸不已。沈从文一到上海（1927年），就意识到这种浸染了金钱关系的精神堕落现象已经深入国家内脏，亟待拯救。一切以金钱为依归的人与人的关系，将使人丧失单纯善良，文学与商业的紧密联系，也将使文学丧失其自由性和独立性。然而，面对这一股吞噬人文精神的大潮流，沈从文作为乡下人的自卑感使他备感无力，但不甘心就此放任堕落，于是只能借笔来表达对这一现象的戏谑嘲讽。《绅士的太太》中的女性，只是都市文明中肮脏卑俗的代表，而随着年龄的增长和自信心的树立，沈从文对这一类形象开始了改造，如《如蕤》中的如蕤就变成了一个富有而又聪明的都市女子，即使同在一个现代化都市的大背景之下，沈从文对都市女子的态度和认识，也已经发生了很大的变化。

沈从文说过："天下的女子没有一个是坏人，没有一个长得体面的人不懂得爱情。一个娼妓，一个船上的摇船娘，也是一样的能够为男子牺牲、为情欲奋斗，比起所谓大家闺秀一样贞静可爱的。倘若我们相信每一个人都有一颗心，女人的心是在好机会下永远有向善的倾向的。女人的坏处全是男子的责任。男子的自私，以及不称职才使女子成为社会上诅咒的东西。"[1] 生活在都市的女性，多半是逃不过被都市这个大染缸浸染的，沈从文也丝毫不吝啬他的讥讽之情，《绅士的太太》就是最具嘲弄和批评态度的小说。小说的开头，沈从文写道："我不是写几个可以用你们的石头打她的妇人，我是为你们高等人造一面镜子。"[2] 这是一面怎样的"镜子"呢？小说展开了讲述。作者并没有为绅士的太太们起名，小说开头介绍了东黄城根绅士家的情况：绅士背着太太在外面偷情，回家如同演戏一般，说是与和尚讨经学习，虚伪哄骗。太太也不是省油灯，遇到这种情况只想着要讹诈一笔，到后来，甚至与西城废物公馆绅士的大公子偷情生子。西城废物公馆家中情况更是复杂：绅士是

---

[1] 沈从文：《沈从文文集（3）》，花城出版社1984年版，第98页。
[2] 沈从文：《萧萧集》，重庆大学出版社2011年版，第239页。

个性无能的瘫子，太太和三个姨太太终日奋战牌场，从太太到小姐，无一不是无聊庸俗之人。二姨太耐不住寂寞，同讲经和尚私通。妓女出身的三姨太与大公子偷情被东黄城根绅士太太知道后，不但没有羞愧收敛，反而用金钱和男色引诱太太，同她与大公子一起赌博偷情。故事在三姨太斥责私生子中结束："小东西，你认得我！不许哭！再哭你爹爹会丢了你！世界上男人都心坏，只想骗女人，你长大了，可要孝顺你妈妈！"① 沈从文以此结尾，正好印证他说过的：绅士太太们之所以坏，全是男子的责任。在这个物欲横流的都市世界里，男人和女人之间充满了欺诈、谎言、虚伪、背叛，男人和女人如同游戏人生，对爱情随意，对婚姻更如同儿戏，人性在金钱所包装的现代文明中遭到放肆的践踏，女人们表面高贵矜持，内心实则都是空虚肮脏的，她们一面受男色、金钱的引诱，一面又在礼教与自由的矛盾中挣扎，以此度过自己醉生梦死、荒诞滑稽的一生。

蕤，《说文解字》注："草木华垂貌。"这是一个充满生机的字，沈从文拾此字为一个都市女子作名，是倾注了他的怜爱之意的。沈从文晚年回忆1931—1937 年这六年的创作时说："正是我学习比较成熟，也是一生生命力最旺盛的那几年。"② 随着沈从文创作的逐渐严肃成熟，1934 年冬创作的《如蕤》，显示了其对都市女性形象的重新塑造，新式的都市女性已从家庭走向社会，她们不再是依附在男人身上的附属品，她们有自主意识，独立坚强、敢爱敢恨、敢于追求自我，即使最终消失在都市灰暗背景下，也凸显其悲壮凄丽之美。沈从文笔下如蕤不能说十分美丽，"但眉眼秀气不俗，气派大方又尊贵，身体长得修短合度，所穿的衣服又非常称身，且正因为那点'绿肥红瘦'的暮春风度，使人在第一面后，就留下一个不易忘掉的良好印象"③。如蕤的家庭条件，使她见惯了那些怯懦虚伪的男子的谄媚，也疲于应付这商品形式一般的庸俗与平凡。她渴望一种"固执的热情，疯狂的爱，火焰燃烧了自己后还把另外一个烧死，这爱情方是爱情"④。她的本能里渴望一种力，一种强硬的态度和类似强暴的快感。于是，她离开了，甚至可以说是逃离了这场无

---

① 沈从文：《萧萧集》，重庆大学出版社 2011 年版，第 282 页。
② 吴立昌：《人性的治疗者——沈从文传》，百花文艺出版社 2013 年版，第 162 页。
③ 沈从文：《萧萧集》，重庆大学出版社 2011 年版，第 138 页。
④ 同上书，第 151 页。

聊的海边聚会，去到了北国的东方另一个海滨，在陌生的地方和陌生的人群在一起，她为她所处的清静无扰而自在快乐，她的心属于自己，她的心陪伴着自己。直到她遇到那个救她出海难的青年男子，"年青人似乎还刚满二十岁，健全宽阔的胸脯，发育完美的四肢，尖尖的脸，长长的眉毛，悬胆垂直的鼻头，带着羞怯似的美丽嘴唇，无一不见得青春的力与美丽"①。她疯狂地爱上了这个年轻又骄傲的男子，她将她对男子的所有理想加在这个年轻人身上，直到她意识道："一个人用回忆来生活，显见得这个人生活也只剩下这些残余渣滓了。"②世间男子都无异，只不过自己主观地将他理想化了，她果断地离去了。如蕤是勇敢的、率性的，她渴望纯真、强健和如乡下人那般的粗野单纯；对待爱情，她是清醒独立的，她不再甘心被动地做爱情的奴隶，而是大胆主宰自己的爱情。她的爱情是存活在她的理想之中的，所以她陷入了现实与理想空洞的苦闷之中，生出了许多的失望悲凉之感。如蕤是时代进化改造了的女子，她不再是沈从文笔下的荒诞颓废的都市女性，而她的这一改造，更多的是寄寓在对乡野自然的渴望之中，然而，沈从文也意识到：单纯地推崇一种美，譬如乡野之美，抑或城市之美，这些都是不行的。只有乡野和都市之中，真正文明的、为现代性所接受的、为民族品德所赞许的美，才是人性的治疗药品。于是，他选择了这种方式：让成长在都市文明中的女性去渴求寻找一种乡野自然的力，让两者融合到恰到好处，才可停止追寻。如蕤最终没有停止追寻，就是因为她所求得的这种乡野自然的力，还不够真正吸引她停下脚步，停止探索，她的放弃，抑或是抛弃，是与现实生活中所寻得的力的美感的告别，她坚持的是她理想中的能真正征服她的力的想象，现实往往骨感于想象，这种空虚感必将长久地围绕着她，让人不免生出许多悲悯怜爱。

正如有学者所言："在中国现代文学的女性形象画廊中，底层女性往往是被启蒙的对象，男性作家包括女性作家通常都会挖掘她们身上勤劳善良与愚昧麻木互为表里的性格特点，以展示女性生存状态，寄寓改造国民性的良好

---

① 沈从文：《萧萧集》，重庆大学出版社2011年版，第158页。
② 同上书，第173页。

愿望，这类女性形象构成了现代文学30年中的一道寻常景观。"① 纵览沈从文笔下的女性形象，从单纯质朴、自然野性的湘西女性，到饱经世俗熏陶的都市女性，无一不是作者寄存美好愿望的美的化身。沈从文力图通过展现湘西女性的纯朴、善良，来淡化现实世界的黑暗与恶俗，用翠翠与傩送之间凄美的爱情故事，来唤醒人心中的爱和温暖；用三三的纯粹自然，来呵护生命的平和与宁静；用萧萧平缓的悲剧，来拯救现实的冷漠；用夫妇的大胆来讴歌生命；用黑猫的野性来还原灵魂。同时，沈从文亦通过都市女性的颓废、悲凉，尽情批判都市汹涌的腐朽堕落，鞭打绅士阶层的虚伪和道德的沦丧，鼓励都市女性认识自我，找寻本真。沈从文笔下的女性，无论是湘西乡野世界的女性还是现代都市的女性，都寄托了他对人生与美的哲学思考，对不同生命形式的认知和把握。

第二节　王跃文《爱历元年》中的二元性别叙事结构

王跃文在其新作《爱历元年》中，试图建构起一种新型的二元性别叙事结构。小说通过对传统性别结构模式的消解、对传统女性知识分子形象的突破和对男女"主体"存在意识的叙述，显露出了试图建构这种叙事结构的文本意图。

男女二元对立是性别叙事中最基本的一种表现模式，在传统的男性所主导的话语空间，男性占据着权威、本质的主体地位。正如波伏娃所说："主体只有在对立中才呈现出来；它力图作为本质得以确定，而将他者构成非本质，构成客体。"② 他性是人类思维的一个基本范畴，女性作为与男性对立的他者而存在。这便是性别二元对立叙事模式的基本逻辑。在王跃文的新作《爱历元年》中，这一基本逻辑依然彰显，但有所发展和扩充。在男女二元对立的

---

① 王澄霞：《女性主义与中国当代文化》，社会科学文献出版社2012年版，第303页。
② ［法］波伏娃：《第二性》，郑克鲁译，上海译文出版社2011年版，第10页。

框架之下，王跃文力图突破传统的樊篱，不仅仅停留在性别诗学的维度，而是在性别书写中探求某种纵深的意义。

一 二元性别叙事结构的基本形态

王跃文素有"官场小说家"的美誉，但其新作《爱历元年》所书写的场面，却由官场置换到了家庭。其文本内容主要讲述了主人公孙离和喜子这对夫妻的家庭故事，以及他们各自在中年时所遭遇到的婚外情爱故事。

不难发现，整部小说的性别机制建构在孙离和喜子这对男女人物性格的鲜明差异之上。在小说的前部分，通过两位主人公婚前婚后的细节展露，把二人的形象与性格十分立体地展现出来，并且这种形象和性格是小说的基础性框架，这也就意味着在文本的后续内容中，主人公的性格特征将一直以此为基础。小说将孙离和喜子塑造为一成不变的典型性人物，随着岁月流逝，人到中年的孙离和喜子当然会产生变化。例如，孙离由少年轻浮变得老成持重，喜子由母爱寡淡变得母爱泛滥，两位主人公的性格由青涩走向成熟。小说"基础性框架"的价值索求，便是孙离和喜子所表现的那种印刻在灵魂中的精神追求和道德取向。而两位主人公之间的分歧、对立和个体的精神向度，也就架构起了小说中二元性别模式的基本形态。

作为县中学十分优秀却"不守规矩"的老师，孙离让校长刘开明十分恼火，因为他视学校关于"坐班"的规矩如无物，没课就回宿舍待着，并且"他很烦当这个班主任，每天下课前都要开班会。他推不掉这个担子，勉强干着"[①]。孙离年轻时或许是浮浪不羁的，但同时他充满朝气、思想开放、通达明理。小说开头所呈现的县中学的"光头风波"令刘校长十分气愤，而孙离却以开明达观的方式解除了这场"危机"。从孙离的种种表现来看，与其说他是轻浮浪荡，不如说他是不喜束缚，具有一种自在不羁的洒脱气质。孙离作为一名才华横溢的青年，他所追求的是一种主观精神上的自由，他所关注的是自我，他所致力于挖掘的，并非物质世界的资源，而是自身的才华和精神力量。孙离的性格特质，决定了他的人生志趣与精神向度。也正是因为他拥有精神上的追求和寄托，所以他并不在乎物质世界的环境优劣与否。

---

① 王跃文：《爱历元年》，湖南文艺出版社2014年版，第108页。

第四章　男性作家与女性意识：湖南男性作家的女性情怀

小说中有一个意象不时闪现，那就是兰花。从年轻时的孙离被西街人家窗台上的兰花吸引，到中年孙离和情人李樵第一次见面时她身后的兰花，这一意象几乎贯穿小说始终。并且，兰花的出现总是伴随着某种隐喻的启示。在小说中，兰花首先象征着孙离的志愿和理想。自从被西街人家窗台上的兰花吸引，孙离就想要种一盆兰花，但是直到"亦赤都快四岁了，孙离仍没有栽上一盆兰花。他找不到一个满意的花钵"①，这一情节与孙离彼时的生活状态暗暗契合。伴随着儿子的出生，他不得不面对一位父亲无法推卸的重任，而生活中家庭责任的膨胀已挤压到他的志趣，使他无力经营自己的"逍遥自在"，也就无法种出一盆古雅的兰花，于是只好诉诸画笔了。孙离觉得普通花盆太俗，于是他想到在河滩上去寻找一块凹陷的石头来作为花钵，然而极其荒诞的是，在旁人眼中他是在寻找着丢失的宝贝。"他（孙离）几年前去河滩找过天然石钵，却被喜子撞见了，说他是神经病。他说在河滩上找花盆种兰花，喜子死也不会相信。"② 这说明喜子并不真正了解自己的丈夫，以至于二人虽然结婚，但是在精神上却无法达到某种默契，他俩的爱情停浮在"见色起意"的肉体之爱层面，并非精神之爱。

兰花的象征意味并不止于此，在另一方面，孙离和兰花如此惺惺相惜又如此相似，在这里，兰花实际上就是给孙离人物形象的某种定位。孙离曾在脑子里涌现出许多古人咏兰的句子，有一句是这样的"芝兰生于幽谷，不以无人而不芳"，这句话正是孙离身处困境时的写照。在与宋小英发生绯闻而闹得满城风雨的时候，学校不但不给予孙离支持，反而给他施加压力，最后剥夺了他上讲台的权利。出乎学校领导意料的是孙离非常顺从，孙离"那个学期没有上课，天天守在家里看书写作"③。如此一来，作者给人物形象的定位就显而易见了，孙离的志趣显然更倾向于追求内在的精神自由与人生的诗性存在。面对他人给予的不公正待遇，孙离能够淡然承受，是因为他有志于文学创作，而文学创作对于所处环境与所在地域的要求并不高，"不公正的待遇"反而给予了孙离更多充裕的时间，所以他可以安心地待在县城中学这个

---

① 王跃文：《爱历元年》，湖南文艺出版社 2014 年版，第 42 页。
② 同上书，第 43 页。
③ 同上书，第 79 页。

"狭小"的天地里怡然自得。

在小说中,与孙离精神向度相对的是喜子。从外在表现来看,喜子比孙离更加进取、更有追求。她是名牌大学毕业的,并不甘心被分配到小县城教高中,所以喜子发愤考取了上海的研究生,一直读到博士毕业。孙离送喜子坐火车去上海时,嘱咐她勿与人相挤,喜子却说"他们只是挤一趟车一个座位,我是得从这个鬼地方挤出去",孙离在心里不无怨念"你挤吧,你挤出去,我反正就老死在这个地方"。[①]虽然孙离的话中,不无夫妻之间斗气的成分,但总的来看,喜子与孙离的精神价值取向是存在分歧的。喜子想要逃离对于她来说恶劣的环境和艰苦的条件,她所追求的是物质的丰盈和人世的前途光明。这当然只是喜子性格的某个单一侧面,从小说中可以看出,喜子有着女性的敏感与小脾气,同时她又是善良的。只是对比孙离看重内在的精神追求,喜子对于现实世界的渴望被凸显了出来。至此,人物的精神向度作为其形象与性格的基础性本质得以清晰确立,而二者之间人生指向的分歧,形成小说中男女性别二元叙事结构的基本形态。

二 对传统性别结构模式的消解与突破

在由男性主导话语权的传统语境中,两性的定位有着严格的界限。男性是阳的、雄性的、理性的、节制的、果断的、勇敢的,而女性则是阴的、雌性的、感性的、直觉的、顺从的、优柔的。在小说中,王跃文对传统的性别叙事模式进行了消解和突破,具体表现在两个方面:一是对传统性别话语权威的消解;二是对女性知识分子形象的突破。

(一) 对传统性别气质的消解

在小说所展现的两段婚外情中,孙离和谢湘安所代表的男性是疯狂的、痴迷的、留恋的、非理性的。孙离除了在面对年轻的李樵时偶尔想起年轻的喜子,似乎并未觉得有任何道德压力,前文也曾提到,孙离关注的是自我,他更乐意生活在自我关注的镜像中。他是感性的,他服从的是内心的欲望和感觉,他对李樵的爱直接而又热烈,第一次与李樵见面,孙离的身上就"散

---

① 王跃文:《爱历元年》,湖南文艺出版社 2014 年版,第 65 页。

发出奇妙的绿色气流"①。孙离曾构思过一篇杀妻的推理小说,但当他"一步一步推想过去,每一个细节都反复推敲"之后,他变得越来越紧张以至于不敢动弹,因为"他生怕自己想得忘了形,一时恍惚爬起来,就对自己身边的喜子下手"②。潜意识里的邪恶念头当然是会被压抑下去的,但是杀妻意识的偶然泄露,从另一种角度来看,也是间接说明了伦理道德并不能给予孙离精神上巨大的压力。

喜子的情人谢湘安同样爱得疯狂又执迷。在凤凰开会时,谢湘安在喜子醉酒后送她回到房间,等喜子醒来等到凌晨三点,只为喜子的一个平安的电话。在欧洲时,喜子买了两块手表,谢湘安觉得她是买给孙离和亦赤的,"他不想显得小气,心里却隐隐抽搐作痛。无论多么爱喜子,他只能是喜子生活中的隐形人"③。谢湘安对喜子的爱恋越陷越深,但是却因为这段恋情的无希望而充满忧愁。他的忧愁是求而不得的失望与悲伤,并非来自道德伦理的压力。而喜子却恰恰相反,她对谢湘安的爱是压抑的、欲迎还羞的。虽然最终还是接受了谢湘安的爱意,但喜子却背负着道义的重量,在喜子身上似乎隐约浮现着某种宗教情怀,她总是活在道德想象的阴霾之下。在凤凰谢湘安赞美她的耳朵真美,喜子想起孙离正是因为"看见她粉红色的耳朵,才开始约她散步的",在与谢湘安爱意正浓时,这一瞬间的想起,"喜子微微颤了一下,胸口突然堵了起来"④,不合时宜地想起了孙离与她之间的"爱历元年"。喜子因为想和谢湘安一起旅游欧洲而对孙离撒谎,在谎言脱口而出之后,她觉得"胸口堵得想吐,心慌得双手微微发抖",甚至在黑暗中祈祷:"饶恕我,罪过!"⑤ 在瑞士的酒店里,喜子同谢湘安云雨过后,突然泣不成声地说"饶恕我,饶恕我"⑥,并下定决心回国之后一定要离开谢湘安。可见,在欢愉背后喜子承受着极大的来自自身道德伦理意识的压力。

同样承受着压力的还有孙离的情人李樵。虽然这种压力在她与孙离缠绵

---

① 王跃文:《爱历元年》,湖南文艺出版社2014年版,第107页。
② 同上书,第184页。
③ 同上书,第175页。
④ 同上书,第158页。
⑤ 同上书,第16页。
⑥ 同上书,第176页。

悱恻的浓情时光中并未表现出来,但在潜意识里,在根深蒂固的伦理观念之下,李樵始终得不到道义上的解放。在李樵与孙离曾经躲雨的一处地方,发生了泥石流,一对男女在车中被埋不幸罹难,于是李樵感到十分焦虑与惶恐,认为这是上天对她与孙离的警示,虽然孙离尽力宽慰,这次泥石流产生的压力还是长期负荷在她身上。值得注意的是,这两段婚外情的最后分手,皆是女性一方在反思与权衡之后痛下决心提出的,并且表现得十分果决毫不拖泥带水。孙离和谢湘安所代表的男性对爱情疯狂而执着,孙离甚至因李樵的离去而一度萎靡不振,而喜子和李樵作为女人,却凭着理性判断,果断地终止婚外情,在感情方面表现出自己情人所没有的节制。就这样,女性反而成了更加理性的一方。

(二) 对女性知识分子形象的突破

喜子和李樵作为女性知识分子的姿态是十分鲜明的。喜子有一种冷若冰霜的高贵气质,孙离觉得"喜子的这种冷,不是冷艳,而是冷漠。冷艳会让男人有渴望,冷漠只能让男人望而却步"[1]。这可以看作喜子身为高级知识分子的严肃和不苟言笑。而李樵在饭桌上对孙离父亲的一番开导,也体现了她作为知识分子的见识。作为小说中最主要的两个女性角色,喜子与李樵实际上是作者心目中对于"女性"的感性认识的具体显现。将二者同文学史上众多知识女性进行比较,便能明确在性别意识中,更确切地说是在女性形象的塑造方面,王跃文做出了怎样的突破。

首先,小说中男性话语的性别区分模式得以消解,是因为作者将所谓的"性别特质"做了部分倒换,但男性话语并没有趁机侵入女性形象的塑造当中。20世纪20年代末小说中流行的"恋爱加革命"模式,体现了整个时代对女性的要求和规范,而众多作家笔下的价值导向明显的"正面"女性形象,或多或少在"革命情绪"的浸润下变得充满"阳刚之气",表现出一种男性化倾向。在茅盾的《追求》中,"三角恋爱的好手"王诗陶怀孕了,她想要保住这个孩子,当她用充满母性深情的口吻对章秋柳诉说时,章秋柳却用一种强硬坚决的声音劝她下决心打掉这个还未成形的生命。细细体味这两位女

---

[1] 王跃文:《爱历元年》,湖南文艺出版社2014年版,第138页。

性的对话,"我们分明能够听到一种男人的声音,它不理解,不怜悯,并且完全压倒了母性的声音和情感"①。

《倪焕之》中的金佩璋,"每天陪伴着孩子往还,好不感觉厌倦,又体味着孩子的一切嗜好与行动,她竟像是为了孩子而生活似的"②。而在倪焕之的心目中,自己的理想爱人绝不是这样的,"夫妻兼同志"才是他所向往的婚姻爱情。"金佩璋作为一个母亲所做的一切变得微不足道,而且毫无意义。"③在"革命加恋爱"的模式中的确隐含着某种选择机制,在这种机制内某些女性知识分子被予以肯定,有些却成为被否定和批判的对象,在这"褒""贬"之间,显露的就是女性形象创作的男性化倾向和尺度。若此时仍旧将"理性""果决"当作所谓的"男性特质",那么,喜子和李樵是否也带有"男性化"倾向呢?并非如此。女性形象的"男性化"倾向是一种泯灭女性本能意识的美学干涉,而在《爱历元年》中,喜子在时常保持理性之余,并未褪去女性本能意识中的温情部分。喜子把在亦赤那里未能给予的母爱全部献给了大山子,喜子与孙离的亲生儿子立凡患病就医,喜子前往照顾时看到立凡的手跟孙离的一模一样,"喜子痛得心里一抽一抽的,仰头把眼泪停在眼眶里"④,喜子作为母亲的女性特有的光辉,并未被男性气质所代替。

在另一方面,王跃文并不刻意塑造所谓"伟大"的女性形象,他直面知识分子在文化心理和人格方面的复杂与矛盾,至少在对待"爱情"时,女性并非只有崇高、圣洁的一面。张洁的名篇《爱,是不能忘记的》,主人公钟雨和老干部深深地相爱着,但他们之间是一种"凄凉、悲惨"而又无望的爱,"对钟雨和那位老干部来说,道德的束缚还不是最重要的,最重要的是良心和责任,还有道义,它们既与道德相联系,又是比道德强大和深刻得多的东西……在这么一座高山面前,多么炙热的爱情也得退让,并扭曲成一种纯精神的交流"⑤。面对婚姻与爱情、道义与感情、理想与现实的矛盾,放弃爱情而选择归附道义与良心,钟雨"以自己的爱情去做道德和人格神台上的祭

---

① 殷国明:《中国现当代小说中的知识女性》,广东高等教育出版社1990年版,第112页。
② 叶圣陶:《倪焕之》,人民文学出版社1978年版,第249页。
③ 殷国明:《中国现当代小说中的知识女性》,广东高等教育出版社1990年版,第114页。
④ 王跃文:《爱历元年》,湖南文艺出版社2014年版,第338页。
⑤ 殷国明:《中国现当代小说中的知识女性》,广东高等教育出版社1990年版,第372页。

品",这种牺牲催发了人物身上的神性光辉,于是"钟雨"这个女性形象被赋予了一种崇高圣洁的意味。在《爱历元年》中,与"钟雨"相比,喜子和李樵是"成色"更足的"人"。她们既背负着道德的重量,又享受爱时的欢愉,并且放弃一段婚外情对她们来说,也绝不意味着某种"牺牲"。喜子依然爱着孙离,李樵与孙离断绝情人关系之后并未在他的生活中"全身而退",她始终以朋友的姿态来面对孙离。爱欲与道德的糅合让小说中的两位女性更像是充满人性的"人",而一段婚外之情,不过是人到中年的欲望冲撞与内心迷乱。王跃文并没有制造悬浮在高空供人仰望唏嘘的精神神坛的意图,展现复杂、矛盾的"人间"意味,才是他书写的真意。

三 二元性别叙事结构中的自我意识和文本意图

在小说的前面部分,以孙离和喜子精神向度的差异为初始矛盾,构成了小说二元性别叙事模式的基本形态。这种形态在文本故事的推进中,不断地纵深丰富,从而在更加宽阔的话语空间内获得了更为广泛的表达。而所有的这些表达,最深层的本质意蕴都指向了作为主体的"人"的矛盾、对立和复杂的两面,这也就是小说中二元性别叙事模式所表现出来的人的自我存在意识和文化意图。

(一) 二元性别叙事中的自我存在意识

正如前文所言,孙离追求的是一种主观精神上的自由,他所关注的是自我。而喜子却更着眼于物质世界,更着眼于用道德实践来修正、规范自身的行为。值得注意的是,在小说的性别模式中,并不存在明显的"他者",孙离和喜子皆是主体意识十分强烈的个体,很显然二者都十分"关心自己"。"关心自己"当然不是纯粹字面上的意义。什么是"关心自己"?福柯借用《申辩篇》解释得十分详细,关心自己是"一种态度或心境,贯穿体现在个人立身处世、与他人交往、与自己相处的行为举止之中"[①]。从孙离的立身处世和同他人交往等行为举止来看,他的确是"关心自己"的,然而这种关心实际是一种较"肤浅"的途径,它是作为一种人本的利己思想出现的,"这种关心

---

① 杜玉生:《哲学修行与品性塑造》,硕士学位论文,北京外国语大学,2014年,第61页。

自己的原则是在如下一系列惯用语中形成的：'照料自己'、'关心自己'、'反求诸己'……'在自身中找到快乐'、'只在自身中寻求其他享乐'、'陪伴自身'、'做自身的朋友'……'照顾自己'或'崇拜自己'、'尊重自身'等"[1]。福柯认为这些格言或法则"是一种挑战和对抗，一种伦理断裂的意志，一种道德时髦，是对不可超越的个人审美阶段的肯定与挑战……他对让人坚持一种集体道德感到无能为力"[2]。无论在县城中学的生活，还是人到中年的那场婚外恋，孙离始终是活在自我关注的镜像中的，他的确是以"关心自己"的尺度来对抗世俗。"关心自己"有着多维度的阐释空间：它可以指涉道德实践领域，也可以被看作一种自我修行的技术，若是作为一种精神取向，则意味着将主体自我作为自己思想、情感和行为的基础，孙离正是属于后者。

那么，为何在小说的二元性别叙事结构中与孙离各占一元的喜子也是"关心自己"的呢？值得注意的是，此中存在的悖论，即"西方人所经历过的最严肃、最严格、最有约束力的道德都是从'照顾（关心）自己'这一命令出发的"[3]。例如，在基督教的禁欲主义中，就有"关心自己"的概念。喜子与孙离不同，孙离以自身的直觉感受作为主体行为的尺度，正如前文所言，喜子拥有一种宗教情怀，这种情怀体现在她的道德与救赎的理念上，正是因为存在着外在的权威与道德，所以喜子"关心自己"的道德实践与自我完善，唯恐自身的行为不符合外在的权威尺度。福柯认为关心自己是"个人的生存过程中一种永久的刺激原则、行动原则、焦虑与担忧原则"[4]。在这个意义上，关心某物就是对其表示担忧、焦虑，而喜子以外在的权威（道德或神灵）的尺度来衡量自己的行为，从而担心、焦虑自身的道德失衡，她的"关心自己"便表现在这里。因此，《爱历元年》这部小说中的二元性别叙事，实质上只是对于"人"的存在的思考，即人是依靠主体的直觉感受而存在，还是以外在的权威尺度而存在？

---

[1] ［法］福柯：《主体解释学》，余碧平译，上海人民出版社2010年版，第11页。
[2] 同上。
[3] 同上书，第12页。
[4] 同上书，第8页。

(二) 消解传统话语背后的文本意图

王跃文曾说:"(我)写的并不是什么官场小说。官场只是我小说人物活动的场面而已。写人才是我小说的真义。"①《爱历元年》的书写场面虽然已转换,但其写人的真义却始终如一。小说中二元性别叙事的实质是对"人"的主体意识的思考,而其对传统男性话语的颠覆、对女性形象的突破,种种表征都指向同一逻辑起点,即一种建构"理想文化"的意图。一方面,在性别维度王跃文以种种"颠覆""突破"来消除性别歧视;另一方面,王跃文把对这种理想文化的期待纵深到社会层面,对社会中畸形的、偏执的精神文化生态进行揭露与讽刺。

孙离的父亲并不缺钱,但是他却常年上访,他并不是无理取闹,而是拿着20多年前的红头文件找政府讨公道。更有意思的是,同孙父一同上访的张叔,他的口头禅是"谁谁谁态度好"。张叔的心态,在孙离看来,只要别人不欺负他,都是态度好,只要别人对他好一点,他就感谢得不得了。在这里,张叔其实就是处于他者地位的平民阶层的代言人。王跃文在小说中直言不讳,传递着中国民众最普遍也是最基础的诉求,"一是凡事都要讲道理,二是人与人之间要平等"②,扩展开来便是"法制"和"关注边缘底层人民,促进社会平等"。王跃文之所以备受读者欢迎,与其作为作家的社会责任感和作品中的坚守正义的立场是分不开的,面对社会问题和人性恶劣,王跃文往往是忍不住地发声讽喻斥责。宋小英在孤楼中因拆迁被埋丧命,拆迁办主任和派出所副所长登门"拜访"孙离,在一席谈话中,孙离洞察作为"人民公仆"的办事人员"规避责任"的险恶用心,王跃文借主人公之口大声质问:"你们知道什么是良心吗?"③宋小英的哥哥宋老虎在妹妹意外死亡之后挟尸要价,并指使陈意志打电话询问孙离,是否知道宋小英的存折在何处,面对被金钱异化的人性,主人公除了大骂"混账",并无他法。

"对社会运行秩序和人类生活样态的公正公平要求,正是女性主义理念的

---

① 王跃文:《官场无故事·自序》,中国电影出版社1999年版。
② 王跃文:《爱历元年》,湖南文艺出版社2014年版,第250页。
③ 同上书,第366页。

本有之义。"① 但这种要求或是期待，不仅仅只是女性主义理念的本有之义，在所有的社会文化形态中存在着的"他者"和"边缘"角色，都应该是平等、包容、开放的文化所观照的对象，王跃文在质问和批判文化语境中的不平等时，其实是在这种新型的二元性别叙事中，呈现一种公平公正的社会伦理指向，展现一种社会运行秩序中的人性化期待。

---

① 万莲姣：《全球化视域里中国性别诗学研究1985—2005》，博士学位论文，暨南大学，2006年，第190页。

第五章 文化虚无与现实幻化：湖南文学现代主义维度（一）

第一节 异端叙事：残雪小说对话性艺术特征分析

残雪源自地域文化的巫性思维不但成了她写作时所运用的修辞手段，而且将它提升为观察世界的一种方式和角度。在这种思维方式之下，使其文本的人性异化特征既显示出"残雪式"湘楚文化的地域艺术特性，更呈现出一种超越本土文化的异端境界。其中，对话性艺术特征的创造性表现具有典型性。

残雪小说的巫性思维是湘楚文化艺术特征的表现，是残雪将现代主义本土化和地域化的结果，是屈原《楚辞》中那充满瑰丽雄奇的想象和热烈奔放的激情，是呼神请愿、独语"怪力乱神"的楚文化风格的表现。

但是残雪小说不拘泥于地域文化的呈现，而是从地域出发，生成世界性的想象视域。她说："在中国的古籍中，我最喜欢的是《楚辞》，在我的长篇小说《宛如沙丘移动》中我使用了《楚辞·九歌》中的一篇《湘君》，我了解得不详细，是凭感而说的。但感觉到，即使在中国，也有一种自古就有的'非现实'的、在灵魂的真实中生存过来的地方性遗传。"[①] 从残雪的表述可见，这种源自地域文化的巫性思维不但成了她写作时所运用的修辞手段，而

---

① 罗璠：《残雪与中国现代主义小说的审美呈现》，《文艺争鸣》2010年第8期。

且更在于将它提升为观察世界的一种方式和角度。在这种思维方式之下,她那以"幻想"为文本生成方式的小说世界,显示了其独特的创作风格,也使其文本的人性异化特征既显示出"残雪式"湘楚文化的地域艺术特性,更呈现出一种超越本土文化的异端境界。其中,对话性艺术特征的创造性表现具有典型性。

一 复调与非对话性情形:现代小说的诗性表现

残雪小说也很好地体现了复调小说这一特性。其中,《黄泥街》是残雪众多小说中最富有创意的复调小说。

在《黄泥街》中,各种不同的意识结合起来形成了许多事件,如"王子光""委员会""文件"等事件,而最有代表性的当属下列的"王子光"事件:

齐婆:6月2日凌晨齐婆去上厕所,第一次发现男厕那边晃着一道神秘的光。

王四麻子:他在梦里吸吮一个很大很大的桃子,不知不觉地喊出那个玫瑰红色的名字:"王子光",最初有关王子光的种种议论也就是由此而来。那当然是一种极神秘、极晦涩,而又绝对抓不住,变幻万端的东西。

老郁:有种流言,说王子光是王四麻的弟弟。

朱干事:那个王子光究竟是不是实有其人,据说他来过,又不来了,但是谁也并没有真地看见,怎么能相信来过这么一个人呢?也许来的并不是王子光,只不过是一个过路的叫化子,或者更坏,是猴子什么的。我觉得大家都相信有这么一个王子光,是上头派下的,只是因为大家心里害怕,于是造出一种流言蜚语,就来了这么一个王子光,还假装相信王子光的名字叫王子光,人人都看见他了。其实究竟王子光是不是实有其人,来人是不是叫王子光,是不是来了人,没人可以下结论。我准备把这事备一个案,交委员会讨论。

人们:王子光来的时候,带着黑皮包咧。王子光来一来,又不来了。

齐婆:王子光哪里是什么上头的人,完全是发了疯了!他是废品公司的收购员,这消息绝对可靠,因为他是我弟媳的亲戚。再说我们连他的名字都弄错了，他叫何子光。①

巴赫金认为，复调的构成取决于作家如何处理不同的声音和意识。复调结构的艺术意志，在于把众多意志结合起来，在于形成事件。这里"意识"主要是指作家或主人公在其世界中采取的最终的思想立场，即对世界的看法。"声音"是指通过语言表达出来的某人的思想、观念、态度的综合体。

在黄泥街的人看来，王子光可能是"一种影射，一种狂想，一种黏合剂，一面魔镜"，也可能是"我们黄泥街人的理想，从此生活大变样"。特别对老孙头来说，王子光的形象更富有生命意义："自从黄泥街出现王子光的阴魂以来，这老头忽然脱掉身上那件污迹斑斑的烂棉袄，打出赤膊来，并且顿时就变得双目生光，精神抖擞，仪表堂堂了。"② 总之，王子光是不是上面派来的，是不是区里派来的，是不是真的王子光，王子光是不是何子光，这对黄泥街的人们来说并不重要，重要的是黄泥街的人们人人都有自己的思想和看法，人人都在王子光事件上附注了自己的意志，并且王子光究竟死了，还是活着，是在这里还是在那里，这绝对是没有答案的，因为每个人的意志都是自由的、平等的，每个人的声音都是绝不相融的。因此，王子光事件永远是一个不能完成的事件，这个谜永远是一个语言之谜，只要语言不协调，王子光事件永远可以不了结。

从王子光事件的未完成性及文本的构成特色看，小说《黄泥街》是一部极富创意的复调小说。

残雪小说在重视人物对话、灵魂对话的描述的同时，也有一部分小说展现了小说的非对话性。具有代表意义的当推《山上的小屋》和《思想汇报》两篇小说。

巴赫金认为对话是对人和人的存在方式的根本理解，"人实际存在于我和他人两种形式之中"，"生活就其本质来说是对话性的。生活意味着参与对话：提问、聆听、应答、赞同等等。人是整个地以其全部生活参与到这一对话之中的，包括眼睛、嘴巴、双手、心灵、整个躯体、行为。他以整个身心投入

---

① 残雪：《黄泥街》，民族出版社2000年版，第9页。
② 同上。

第五章 文化虚无与现实幻化：湖南文学现代主义维度（一）

话语之中，这个话语则进到人类生活的对话网络里，参与到国际的研讨中"①，并且强调"单一的声音，什么也结束不了，什么也解决不了。两个声音才是生命的最低条件，生存的最低条件"②。

残雪《山上的小屋》拓展了对话艺术理论，是对非对话生活情境的深刻呈现。小说着力描写了一家人的存在，"我"、父亲、母亲、妹妹，作为一家人，本应具有最好的对话环境、对话基础，而深入小说读者发现，"我"根本不可能与家人有任何的沟通。妈妈总是虚伪地笑着，妹妹的目光总是直勾勾地瞪着"我"，父亲"每天夜里变为狼群中的一只，绕着这栋房子奔跑，发出凄惨的嗥叫"③。而"我"所关心的"山上的小屋"，家里既无一人能够看到，也无一人关心，相互之间除了虚伪、哀怨、冷漠，根本闻不到一点亲情的味道，在这样一幅家庭关系的疏离图中，丧失了对话的基本平台，这种家庭关系的疏离图景表现了残雪小说中的非对话性结构情境。

对于这种非对话性情境，巴赫金以托尔斯泰的小说《三死》为例（《三死》被称为独白小说，独白小说亦是非对话性情境小说），将它作为复调小说的对立面进行了否定。但残雪的小说极富现代性，在巴赫金的理论中被当作过时传统而轻易否定或排除在复调小说之外的非对话情境，在20世纪晚期的现代语境中，已成为文学不可回避的描写对象，在某种意义上，残雪小说对巴赫金对话式复调小说理论提出了新的挑战。④

这种挑战在昆德拉的小说理论中已经露出了端倪，他认为："小说的复调更多是诗性，而非技巧。"⑤ 诗性是小说的特性表现之一，而非小说的全部，这说明复调只是现代小说的特征之一，而非现代小说的唯一认证标准。由此，非对话性情境小说，包括独白，也是小说现代性的因素之一，与复调一样，构成现代小说的现代诗性和叙述维度。由此，昆德拉继续说："小说的形式是几乎没有局限的自由，小说在它的历史进程中……留下了许多尚未探索的形

---

① ［苏］巴赫金：《陀思妥耶夫斯基诗学问题》，白春仁译，生活·读书·新知三联书店1988年版，第387页。
② 同上书，第344页。
③ 残雪：《从未描述过的梦境（上）》，作家出版社2004年版，第2页。
④ 参见涂险峰《复调小说的局限和复调小说发展的现代维度》，《外国文学研究》1999年第1期。
⑤ ［法］米兰·昆德拉：《小说的艺术》，董强译，上海译文出版社2004年版，第11页。

式可能性。"①"小说的形式可能性还远远没有被穷尽。"② 比如卡夫卡，其叙述的逻辑与陀氏小说的叙述逻辑完全相反，拉斯科里尼科夫无法忍受负罪感的重压，为了找到安宁，他自愿忍受惩罚，这种惩罚的逻辑就是：有过错一定有惩罚。而在《诉讼》中，K接受了惩罚，但不知道受罚的理由，于是只有调动全部的力量去寻找自己有罪的理由，这种受罚的逻辑就是：有惩罚就一定有过错。在这种叙述逻辑结构的不一致背后，其命题的意义是一致的，讲的都是人类生存境遇中罪与罚的沟通，只是一个是宗教意义上的，一个是荒诞意义上的，都是现代小说的表现方式。所以复调小说理论呈现了现代小说的诗性维度，但不是全部，在这个意义上，可以说，残雪用她的创作实践进一步印证和发展了巴赫金的复调诗学理论。

二 对话与未完成性：对话的主要表现形式

除却一些非对话情境，残雪小说的整体结构一般都体现了巴赫金复调小说的对话性特点，并且主体"他性"具有更多的不确定性。

可以说，残雪小说是对昆德拉"所有伟大的作品（而且正因其伟大）都有未完成的一面"③ 理论的具体实践，对话的未完成性作为伟大作品未完成性的一个表现，成了残雪小说最重要的艺术特征之一。这种未完成性，具体表现的正是作品主人公对话的未完成性，从人物的思想表现看，对话性往往是不明确的、空洞的，甚至不知所云。在《黄泥街》中有这样两段对话颇具代表性：

> 在那个雨天里，老郁一直在等委员会来人。
> 杨三癫子问老郁："委员会究竟是个怎样的机构？"
> "委员会？"老郁显出深不可测的表情，又重复了一遍，"委员会？我应该告诉你，你提的这个问题是一个很深刻的问题，牵涉面广得不可思议。我想我应该跟你打一个比方，使你对这事有一个大概的了解。原先这条街上住着一个姓张的，有一回街上来了一条疯狗，咬死了一只猪和

---

① ［法］米兰·昆德拉：《小说的艺术》，董强译，上海译文出版社2004年版，第104页。
② 同上书，第85页。
③ 同上书，第11页。

几只鸡,当疯狗在街上横冲直撞的时候,姓张的忽然打开门,往马路上一扑就暴死了。那一天天空很白,乌鸦铺天盖地地飞拢来……实际上,黄泥街还有一大串的遗留案件没解决,你对于加强自我改造有些什么样的体会?说?"①

"茅坑里有一只蛤蟆精……"袁四老婆在梦中说。那梦里满是黄蜂,赶也赶不开,蜇得全身都肿起来了。

"干吗不是黄鼠狼啊?"杨三癫子在烂木板堆里迷迷糊糊地嘀咕着,像有什么心事似的辗转不安。②

从这两段对话可以看出,老郁、杨三癫子、袁四老婆都是具有独立意识的人,都有自己的回答和答案,但他们的言辞永远达不到可靠的程度。"委员会"似乎是可以言论的对象,老郁也不厌其烦地运用多种修辞手法解释说明委员会的含义,但等到说明完毕,"委员会"的含义早已烟消云散,不知所终,在言语中,"委员会"成了无法言说的东西,其所表达的思想暧昧不清,烟笼雾罩。

袁四老婆在半睡半醒中看到的东西是一只蛤蟆精,还是一只黄鼠狼,在杨三癫子眼里都是一样的,在他们的对话世界里,明确的所指(思想或意义)是永远不存在的。不像卡夫卡的《城堡》《诉讼》,主人公所追求的对象是明确的,所指是存在的,残雪的《黄泥街》《苍老的浮云》等小说的所指却了无踪迹,只有能指(意象)到处飘浮。

从巴赫金的诗学理论出发,我们发现,从陀思妥耶夫斯基到卡夫卡直到中国当代的残雪,他们的小说都在同一审美表现领域呈现了现代主义小说内在的一致性,但更表现了作者各自相异的创造性。同时,作为对话性艺术,都表达了对存在的思考,侧重点却不同,陀思妥耶夫斯基展现的是人的痛苦境遇,卡夫卡所展现的是人的荒诞处境,残雪所表现的是人的虚无境地。痛苦、荒诞、虚无都是现代人的生存体验,是现代人不可逃离的处境。从这个角度看,三位作家的对话性小说又都表达了他们对人的存在可能性境遇的人

---

① 残雪:《黄泥街》,民族出版社2000年版,第57页。
② 同上书,第19页。

文关怀与艺术思考。

三　意识与潜意识：对话的主要表现形式

巴赫金认为复调小说的对话性渗透到了小说的各个方面，浸透了一切蕴含着意义的事物，他在《陀思妥耶夫斯基诗学问题》中这么表达：

> 的确如此，陀思妥耶夫斯基的至关重要的对话性，绝不只是指他的主人公说出的那些表面的、在结构上反映出来的对话，复调小说整个渗透着对话性，小说结构的所有成分之间，都存在着对话关系，也就是说如同对位旋律一样相互对立着。要知道，对话关系这一现象，比起结构上反映出来的对话中人物对话之间的关系，含义要广泛得多；这几乎是无所不在的现象，浸透了整个人类的语言，渗透了人类生活的一切关系和一切表现形式，总之是浸透了一切蕴含着意义的事物。①

从巴赫金这一段话，可以看出他重点在于说明两个问题：

第一，复调小说中对话是全面的、无所不在的，渗透到了小说的方方面面。

第二，复调小说的对话不是表面的结构上反映出来的人与人之间的对话，而是更深层的潜意识层面的对话。

第二方面说出了叙事文本叙述结构对话性形式的本质特征，即表层与深层的对话形式是小说最重要的对话性形式，表现为意识与潜意识的对话特征。

当然，意识与潜意识对话只是叙述结构中的对话性形式之一，在巴赫金的对话诗学中，双声性内结构和复调性内结构也是小说的重要的对话性形式。这里主要从意识与潜意识层面对残雪的复调性小说进行考察。

残雪小说继承了卡夫卡的悖论式叙述结构传统，表现为叙述中的故事总是一个不发展的故事，"或者说在被各种因素的纠缠中陷入泥沼，剩下的就是一只秋千"②。如《城堡》中的K，实际上他从起点出发，最终还是回到起

---

① ［苏］巴赫金：《陀思妥耶夫斯基诗学问题》，白春仁译，生活·读书·新知三联书店1988年版，第75页。

② 格非：《卡夫卡的钟摆》，华东师范大学出版社2004年版，第144页。

点,没有任何进展;残雪的小说"痕"系列中,主人公"痕"试图超越自身的生活,但总是不能如愿。卡夫卡把这种人生称为钟摆,人生犹如一个钟摆"在一个点与另一个点之间来回变动,所谓的变化也不过是摆动的幅度增大或变小而已"①。而这一切皆因为这世上虽有目标可寻却没有道路可走,对此,卡夫卡不无悲伤地喟叹:"目标确有一个,道路却无一条,我们谓之为路者,踌躇也。"② 踌躇就是犹豫,就是在原地迈不开脚步,或来回焦虑,也犹如钟摆。卡夫卡的这种叙述结构,让卡夫卡的文本深层总是要面对个体生存境遇的问题,因此其对话形式也表现为对存在的探寻。

残雪小说不忽视对存在的探寻,但她的小说更多地转向对"自我"意识的思考,探索个体人性的分裂状况,追问自我的灵魂结构,在小说中表现为"我"与灵魂的对话形式。

这种对话从《山上的小屋》开始,到《天堂里的对话(五则)》,一直延续到《突围表演》《思想汇报》,成为残雪小说叙述结构的主要形式。

《山上的小屋》有两种对话,一种是与"他者"的对话,一种是与灵魂的对话。这里的"他者"是一种异己的力量,他们是父亲、母亲和妹妹。作为"我",是渴望与"他者"进行对话沟通的,也希望"他者"(家人)关心"我"的思想意识、内心感受,比如希望他们能认同"我"在山上的小屋里看到的那个形象,但是家里人却在"黑咕隆咚的地方窃笑","父亲避开我的目光,把脸向窗口转过去","母亲要弄断我的胳膊","妹妹却总是直勾勾地望着我",根本不关心"我"的内心感受,自我与他者的对话实际形成了一种"非对话"情形。于是,"我"只有转向与自己对话,与自己的灵魂对话,而灵魂却被关在那"山上的小屋"里,孤苦、寂寞,在悲凉中狂暴呐喊,却得不到回应,只好苦苦呻吟。当"我"要上山去寻找那小屋,寻找被封闭的"那个人"时,小屋却怎么也找不到了。

从《山上的小屋》中,我们看到残雪的小说开始了对自我灵魂的探索,但这种探索是艰难的。自我作为通向人类精神王国的通道,文学艺术对这段心理历程的探索从来就没有停止过,但是当人类将自身的存在逐渐遗忘时,

---

① 格非:《卡夫卡的钟摆》,华东师范大学出版社2004年版,第144页。
② [奥]卡夫卡:《卡夫卡悖谬论集》,叶廷芳译,陕西师范大学出版社2002年版,第67页。

自我就丧失了存在的维度，因此《山上的小屋》中的"我"，不惜深入那被北风抽打的小屋中去寻找那孤寂的自我灵魂，去领悟自我灵魂的存在状态，但是这一切都是虚无的，灵魂的找寻不到，是现代人的一种存在境遇。因为从尼采揭示了现代人贫困的精神现状后，人类便遭受了类似落入荆棘丛中的痛苦，失去自我的焦虑感、寻找自我的徒劳感、渴望自我的虚无感，让人陷入了存在的困境。残雪以艺术家犀利的眼光看到了现代人灵魂的支离破碎的图景，面对着一个平面的、无法解释的世界，用艺术家的眼光去调整它、解放它，力图为灵魂找到一个自由飞翔的窗口。这一点我们从小说《旷野里》和《天窗》中可以观察到这种灵魂飞翔的历程，当《旷野里》人的灵魂还在空房里游来游去时，《天窗》中人的灵魂终于冲出天窗，飞到了天空，完成了艺术对人的存在的一种希冀。

如果《山上的小屋》是自我与灵魂的一次焦虑的对话，到了《天堂里的对话》就变成了一种诗意对话。

《天堂里的对话》是一场"我"与"你"之间的对话。"你"总是告诉"我"些什么，"我"总想问"你"些什么，"你"和"我"总是在相互倾听对方的诉说中诉说着，这样"你"和"我"总是处在相互寻求的过程中。虽然寻求的过程十分艰难，但诉说与倾听认证了"我们"的存在，"我"和"你"都走在"思"与"说"的存在之途，"你"还说："要是我们俩手挽手闭着眼一直走下去，说不定会到达桑树下的小屋。"

读完整篇小说，感觉小说语言充满了浓郁的诗意氛围，作者在引语中也暗示，诗与小说及小说中的"你"是长相伴随的，主人公是在一种诗意氛围中展开对"你""我"存在的诗意思考的。如果从海德格尔的"思"与"诗"的关系去考察，小说中的"我"与"你"呈现的就是一场"诗"与"思"的对话。

海德格尔认为，"思"与"诗"是两种本质的言说方式，"诗……仅仅停留在言说之中"，"我们的生存就是以交谈及其统一性为支撑点的"[1]，"自从我们是交谈，自从我们能彼此倾听……我们生存的基础就已是交谈"[2]。同样，

---

[1] [德] 海德格尔：《海德格尔诗学文集》，成穷等译，华中师范大学出版社1992年版，第215页。
[2] 同上书，第216页。

"思"首先是一种"倾听",是一种"对那个将要进入问题之中的东西的允诺的倾听"①。因此,在海德格尔看来,"思"和"诗"都源于对"存在"和"语言"的倾听,本质上却是一种应和着"道说"的倾听,表现为"思"是"思性的道说","诗"是一种"诗意的道说",同时"思"是"思性的倾说","诗"是"诗意的倾说"。

《天堂里的对话》中的"我"和"你",都在"思"着对方,都在和对方"说",都在"思"和"说"中试图为"你"和"我"的存在方式命名,寻找到"桑树下的小屋"那诗意的精神家园,并建立起一个充满"夜来香"味儿的诗意世界。

"夜来香"是小说中被反复吟咏的一个意象。海德格尔认为"意象的本质是使景物被看……意象之诗意言说,将天空显像的光明和声响与那陌生者的黑夜和寂静,聚合而成一体"②。"夜来香"的诗意意象是小说中"你"的特别之"思",因为"你"已经"告诉过""我"五次了,而"我"在倾听了"你"的"夜来香"之"思"后,"我"一心一意想着"要和你一起在黑夜里寻找夜来香"③,为什么要在黑夜里去寻找呢?黑夜也是一种存在之境,能在黑夜里找到夜来香,光明与黑夜就会聚合而成一体,这样就能达到荷尔德林"诗意地栖居在这大地上"的诗意境界。

在海德格尔看来,"思"越深入"存在",就越接近于"诗"。在小说中"我"不断地告诉"你","你"不断地对"我"说,实际上就是一种对存在的不断之"思",在这种"思"中逐渐接近于"诗",形成"思"与"诗"的对话状态。而"思"与"诗"均源于人对存在的领悟,对生命的沉思和体验,无论是"思"还是"诗",都是对存在之召唤的虔诚倾听和应和,所以海德格尔说:"思即是诗,且诗不是诗歌和歌唱意义上的诗。存在之思乃是诗的原始方式……思乃原诗;……一切作诗在其根本处都是运思。思的诗性本质保存着存在之真理的运作。"④ 这一真理的运作,从目的上看,乃在于为人类寻找精神家园,为重返"诗意栖居"和"本质存在"寻找道路,对《天堂

---

① 钟华:《海德格尔"诗"与"思"的对话思想研究》,《西南师范大学学报》2004年第3期。
② [德]海德格尔:《海德格尔诗学文集》,成穷等译,华中师范大学出版社1992年版,第204页。
③ 残雪:《从未描述过的梦境(上)》,作家出版社2004年版,第53页。
④ 钟华:《海德格尔"诗"与"思"的对话思想研究》,《西南师范大学学报》2004年第3期。

里的对话》来说,就是要到达那"桑树下的小屋"。

不过,在残雪的小说中,诗意对话进行的同时也是诗意对话的失落,"思"与"诗"的对话也是"思"与"诗"的分离。从柏拉图到笛卡儿,从海德格尔到尼采的整个西方形而上学,让"灵魂成了大地上的异乡者"(特拉克尔,德国诗人),残雪小说试图让这个大地上的异乡者找到栖息的小屋,但这种努力总是走向失败,因为"那条弯弯曲曲的小路,有时会忽然迷失在一片紫色的荒漠中"[1]。正如艾略特的荒原意象告诉了我们那能盛生命之水的圣杯丢失了一样,残雪的荒漠意象也同样昭示了人类寻找自我灵魂历程的艰难。

通过以上分析,我们看到,从陀思妥耶夫斯基小说主人公意识的苦难、卡夫卡小说主人公境遇的荒诞到残雪小说主人公灵魂的虚无困境,展现了现代小说在对话性艺术表现方面不同层面的思考,呈现了现代小说在叙述结构的对话性层面上的多重叙事维度。

第二节 韩少功小说的现代审美特征

新时期以来,无论是引领文学思潮还是潜心创作实践,韩少功都取得了不小的成就,被文学界公认为"值得期待的作家"[2]。作为一个有着强烈使命感和人文理想的作家,他始终坚持着知识分子的立场,坚守社会良知,关注时代变迁,在社会变化的每一阶段均会推出风格迥异的优秀作品。考察韩少功近40年的创作,无论是语言运用,还是人物表现,抑或叙事方式呈现出来的现代艺术特质,都为中国当代文学提供了一种极具个性化的现代审美范式。

---

[1] 残雪:《从未描述过的梦境(上)》,作家出版社2004年版,第57页。
[2] 沈杏培、姜瑜:《喧哗背后的落寞与匮乏:韩少功小说研究综述》,《文教资料》2004年第20期。

一　平实的乡土语言风格

语言是文学区别于其他艺术作品的根本特征，直接构成文学作品的物质表象。高尔基对此也曾经说过"文学的第一要素是语言"，表明了语言要素对于文学作品的关键性作用。自20世纪60年代伯格曼第一次提出"语言学转向"起，就已向世界表明语言已成为西方美学关注的中心，这无疑为我们对语言的认知开辟了一个极为广阔的天地。韩少功深受西方语言哲学的影响与启发，怀着对语言的强烈兴趣，对语言进行了细致入微的研究，并撰写了大量有关语言问题的随笔，如《词语新解》《叙事艺术的危机》《我的词典》等。1996年，韩少功创作的第一部长篇小说《马桥词典》更是集中探讨了语言问题，表明了韩少功在创作过程中对于文本语言的重视和苦心经营。因此，我们在探讨韩少功文学作品审美特征的时候，语言特色成为我们不得不关注的问题。对韩少功而言，其作品语言风格偏于平实凝重，充满理性色彩，但在具体话语实践方面又天马行空、不拘一格，使得语言在平实中呈现出丰厚而富有意味的一面。

不得不说，是湖湘民间语言孕育了韩少功的小说创作，正如山东民间地域语言之于莫言创作、饱含京味的"京片子"之于老舍创作一样，充满着湘楚地域色彩的语言在韩少功的文学作品中凸显出浓郁的个人记忆与湘楚文化的痕迹。韩少功生活的足迹、清醒的理性思维以及创作实践，确证着他的成长与创作始终离不开乡村土地的支撑，离不开对乡土文化的叙说。小说《爸爸爸》《女女女》中无处不在的乡土语言重现了今天湖湘一带人们惯于"制芰荷以为衣兮，集芙蓉以为裳，披兰戴芷，佩饰纷繁，萦茅以占，结绳以信，能歌善舞，唤鬼呼神"[①]的生动情景。在《爸爸爸》中，鸡头寨人所唱的"简"（古歌），在今天仍然为当地人所传诵，在那里，把"看"说成"视"、把"他"说成"渠"、把"我"说成"吾"、把"说"说成"话"、把"站立"说成"倚"、把"睡觉"说成"卧"；在《女女女》中，幺姑和家乡人们的话语里也时时带有民间方言色彩，把"电池"说成"电油"、把"很多"说成"几多"；同样，在《归去来》中，"识"大概是认识的意思，"赶肉"

[①] 蒋守谦：《韩少功及其创作》，《文艺报》1981年第19期。

是打猎的意思，"得禄"大概是指得到好处等。这些独特的叙述语言使得作品蒙上了一层真实却又神秘的色彩，把作品中的人物、事件描摹得更加传神，栩栩如生。也正是这些带着地域色彩的民间语言向我们展示了一个富有生气的湘楚乡土民情的真实风貌。而在《马桥词典》中，韩少功更是将方言的本真性发挥到了极致。《马桥词典》共编撰了115个词条，是"马桥人基本的生命信息库，马桥社会的简易百科全书"①。作品以小说写语言，详细反映了马桥人的文化历史、神话传说，详细记载了偏居一隅的马桥人的生活环境、地理物产、民俗风情、生息繁衍等。我们可以看到韩少功的小说语言具有很强的地域文化特色，使其作品的艺术风味与魅力独具一格。

除此之外，作家在语言运用上还努力追求奇崛般的陌生化效果。

俄国形式主义批评家什克洛夫斯基认为："艺术的目的是提供作为视觉而不是作为识别的事物的感觉，艺术的手法就是使事物奇特化的手法，是使形式变得模糊、增加感觉的难度和时间的手法。因为艺术中的感觉行为本身就是目的，应该延长。"② 韩少功深受这种美学观念的影响，尤其是在他后期的作品中，更加注重故事情节的淡化、象征色彩的加强，有效地实现了审美主体和审美客体之间的离间和空隙，以更为离间的效果呈现了局部与局部、局部与整体对照产生的荒诞结果，给人留下无穷的回味与思考。如在《归去来》中，"我"是一个陌生的外乡人，却被山寨里所有的人认定为另一个人"马眼镜"，而"我"在这样的误认中恍然感到山寨里一切人与事都有陌生的熟悉感，由此，明晰化的自我特征与具体化的个人历史都在这荒诞的时空中消失殆尽，实现了似真似幻、扑朔迷离的表达效果。这种从具象到抽象、从经验到超验的书写，理性地审视和表现了民族传统文化中荒诞的世界和困境，给人的感觉亦真亦幻，恍然隔世。显然，这些小说是凭借着"陌生化"的表现手法增益着小说的艺术价值与审美活力。由此，从现实主义的客观再现到表现主义的主观表现，认知方式与表达方式的改变，必然会带来艺术观念的变化，从而也逐渐建构起其小说的现代审美特质。

---

① 韩少功：《马桥词典·序》，人民文学出版社1996年版，第182页。
② [俄]维·什克洛夫斯基：《艺术作为手法》，托多罗夫选编《俄苏形式主义文论选》，蔡鸿斌译，中国社会科学出版社1989年版，第165页。

二　湖湘特质的人物形象

韩少功小说现代审美意识的呈现离不开其作品中各色人物形象的审美表现。韩少功是一个善变的作家，在创作上无止境地追求创新和突破，因此不论是在文体选择还是在叙事方式方面，都喜欢独辟蹊径。同样，在人物塑造方面，他也不甘循规蹈矩和一成不变，不论是早期作品中的"典型人物"，还是后一阶段作品里的"幻化人物"，对比前后人物风格的嬗变，都可以窥见作家的匠心独运、苦心孤诣。但不论是早期作品还是后期作品中出现的主人公，他们都有着相通的文化根源，这与养育和影响韩少功创作的"湖湘文化"因子是密不可分的。不管是作品中浸染着湖湘色彩特质的人物形象，还是对于作家自身人格和文化心态形成的影响，"湖湘文化"都起着独一无二的作用。

一般来说，典型人物形象是小说作品的灵魂所在，韩少功前期作品特别重视作品人物的典型性。譬如《月兰》里善良勤劳的月兰，《西望茅草地》里善良耿直、盲目搞生产的农场主张种田，他们是"善"与"勤"的化身，他们的一言一行给读者留下深刻的印象，甚至在日常生活中也能时常见到他们的影子。即使在他们身上仍存在着不同程度的落后愚昧等缺陷，并非十全十美的完美人物，但他们却是有着现实原型的典型性人物。而在后一阶段作品中，作家更趋向于抽象性、神秘性人物的塑造。这一方面归因于作家在创作手法上由现实主义向现代主义的有意识转变，另一方面则与作家自主的审美价值取向相关联。在《归去来》《爸爸爸》《女女女》中，作家塑造的黄治先（马眼镜）、丙崽、幺姑等，都不再是生活在读者周围可以耳听眼见的真实人物，而是具有象征意味且充满神秘色彩的虚幻人物。在《归去来》中，"黄治先"因偶然进入大山里被所有村民误认为是失踪多年的村里人"马眼镜"，由此串联起"黄治先"进入村子后发生在其身上的故事和"马眼镜"过去曾经在村里发生过的故事。故事最后，连主人公自己也分辨不清自己的真实身份，陷入迷途，使得作家有意识塑造的这个主人公形象更加具有扑朔迷离的意味。在《爸爸爸》中，"丙崽"可以说是一种荒诞性的存在，可就是这一个只会说两句话的弱智孩童，在"鸡头寨"全寨覆亡的结局中竟奇迹生还，他在"鸡头寨"戏剧性的命运，从大家任意践踏的"出气筒"到全寨供奉的神灵"丙大爷",这一戏剧性转变使得"丙崽"形象愈加充满了荒诞和奇异的色彩。同样,在《女女女》中,"幺姑"这个作家笔墨着力最多的人物,由最初的善良勤俭到病后的自私冷漠,最后异化成鱼形。异化成鱼形的"幺姑"让读者不辨真假,甚至怀疑她曾经是不是真的存在过,或者只是作者虚拟出来的抽象人物。

同时,具有不同文化背景的作家在塑造人物方面有着迥异的选择。韩少功的作品具有浓烈的地域特色,这在现当代文学史上绝非个例。湖湘文化之于韩少功,三秦文化之于贾平凹,巴蜀文化之于沙汀,东北文化之于萧红、迟子建,汉味文化之于池莉、方方的影响,都可以看作地域文化在文学层面上不同程度的折射和反映。

读韩少功的作品,可以发现其作品大都与描写湖湘地域的人事有关,因而作品中的人物自然也浸润了湖湘地域色彩。在作品中,作家从不吝惜自己的笔墨去解释作品出现的奇特现象和当地民俗民情,也不忽视描写湘楚之地积淀已久的历史文化内蕴。历史上,湖南被称为荆蛮之地,这里山高坡陡、野兽成群、瘴气弥漫、环境险恶,这里的人们"对于自己生活在其中的世界,他们感到既熟悉又陌生,既亲近又疏远。天与地之间,神鬼与人之间,山川与人之间,乃至禽兽与人之间,都有某种奇特的联系,似乎不难洞悉,而又不可思议"[1]。于是,"在生存斗争中,他们有近乎全知的导师,这就是巫"[2]。在那个时代,湖湘之地巫风盛极一时,先民崇拜巫神鬼魅,热衷于举办各类"祭祀拜神"仪式,由此构筑了一个神秘奇异、别具一格的"巫楚世界"。而"巫楚文化"则成了现代"湖湘文化"的源头。在诗人屈原、作家沈从文笔下均可寻得这一神秘浪漫、亦真亦幻的"巫楚文化"传统。作为"生于斯,长于斯"的湖南人,在韩少功的血脉里同样深深熔铸着"湖湘文化"的精魂。在作品中,作家试图构建的艺术世界都与这块土地紧密相连,无论是作品中出现的自然景观还是凡俗世态、乡土民俗都具有浓厚的"湘楚文化"色彩。而塑造的人物也大都经"湘楚文化"熏染而具有其独特的禀赋和特质。

---

[1] 张晓燕:《论韩少功寻根小说的楚文化底蕴》,《和田师范专科学校学报》2007年第6期。
[2] 曹霞:《论韩少功小说叙事转型的文化思考》,《广州广播电视大学学报》2003年第1期。

可以说，在前期作品中，作家以现实主义为主要表现手法，注重细节的真实性和人物的典型性，以此塑造出来的人物形象大多具有现实原型。他们再现了在特定的不同历史时期湘楚民众生活的真实面貌。月兰勤劳善良、张种田善良执着、小雨真挚纯情，虽都遭遇命途不济的悲剧性结局，但在他们身上都有着正面意义的积极力量，他们的存在，是对一个充满"伤痕"的时代的反映和总结。在后期作品中，作家以现代主义表现手法为主，注重人物的象征性、抽象性特质。在《爸爸爸》中塑造的丙崽、德龙、仁宝都具有深刻的象征意义，作为崇拜巫神鬼魅的民族，他们的言行、命途都与之相关，故事中出现的传说、忌讳、祭祀礼仪，都为作品蒙上了一层鲜明的地域色彩。而主人公们的命运，他们的出走、死亡或最终存活，都具有深刻丰富的文化内涵，象征着传统文化不同程度的失落。在人物性格的背后，隐藏着的是"那些作为人物命运底垫的弥漫着的一种来自土地深处的雄厚文化基因"，是"那些如汪洋大水一样冲决、淹没了故事的土地文化的暮霭"。主人公们神秘荒诞般的存在与故事发生地"鸡头寨"亦真亦幻的存在互为表里，增添了作品的神秘与魔幻色彩。

汪曾祺先生曾经说过，在小说作品中，气氛即人物，好的小说要在字里行间浸透了人物，作品的风格就是人物的风格。韩少功深受"湖湘文化"的影响，作品字里行间散发出来的"湖湘文化气息"是其文化内蕴的直接外现。

虽然韩少功与沈从文、残雪等人同为湖南本土作家，但不难发现他们在写作和思维方式等方面的显著不同。出现在韩少功作品里的具有"韩式风格"的人物有着自身鲜明的特质，这一点大抵可以归因于不同的作家因各自不同的价值信仰、个人思维、知识构成、生活经历而形成的具有较大差异的独特性情与人格。性情驱动写作，也呈现为作品的内质，如此，便有了他们风格迥异的作品。

湖湘文化是由湘楚地区的本土文化和中原地区的儒家文化交会而成的一种地域文化，它在湖湘大地间历经数百代的变异发展，集浪漫与现实、理想与实践、忠孝与叛逆、独行与群力于一身。从文化精神而言，它是一种人生的价值取向，具体地说，就是"以政治作为人生的第一要义，以经世致用作为治学和立身处世的基本原则"。从其基本特征看，表现为五个方面："（1）

哲理思维与诗人才情的有机统一；（2）经世致用的实学思想与力行践履的道德修养；（3）气化日新、自强不息的奋斗精神；（4）忧国忧民的知识分子群体参政意识；（5）运筹决胜、平治天下的军政谋略。"[1] 韩少功正是吸取了"湖湘文化"的精髓要义，传承了楚人在远古时代保留下来的好幻想、善神思的浪漫品格，并从"巫楚文化的神奇怪诞、奇思妙想深处，找到了给日渐板滞的当代文学思维带来神奇和新颖的契合点。他认为原始或半原始文化是文学思维这个直觉思维的标本"[2]。韩少功用这种思维方式演绎着他的作品，向世人展现出他观察世界的独特方式。

三 "不确定性"的叙事逻辑

在叙事方式上，韩少功进行了有力的探索，改写了传统小说的叙事方式和结构模式，因此而使文本呈现出来的"不确定性"成为韩少功作品最为突出的现代性审美特质。[3] 韩少功曾经以强烈的文化批判态度在80年代中国文坛执着"寻根"，去寻找隐藏在历史中的地域文化之源，而最终寻找到的却是丑陋不堪如"丙崽"般的"劣根"。应该说，韩少功深受传统文化的熏陶和影响，并一直以理性思维烛照和反思中国传统文化，另一方面又以开放的心态接受西方文明。在异质文化中日益产生了一种复杂纠结的文化心态。这种复杂的文化心态反映到作品中来具体表现为叙事方式的"不确定性"。这种"不确定性"是韩少功作品审美特征呈现的重要方面。

在韩少功创作的众多作品中，即使呈现出来的外在风格并不统一，但作家总是试图以自身主体意识介入世界，带着审视的目光俯视世界，以知识分子的立场书写世界，无一不是表达着作为一个有责任心的作家对这个世界的主体性认知。在实现或明晰或隐晦的主题表达过程中也折射出创作主体内心的隐忧、惊惧和痛楚。不论何时，韩少功始终坚定以知识分子的立场参与现实、干预现实。在早期的《月兰》《西望茅草地》等现实主义作品中，通过悲剧性人物的书写表达自己内心的痛楚和反思，立场是鲜明的。作家在后一

---

[1] 陶海洋：《也谈湖湘文化的基本内核》，《船山学刊》2005年第3期。
[2] 马景文：《论韩少功创作与巫楚文化的关系》，《作家》2009年第5期。
[3] 参见王建刚《不确定性：对韩少功文化心态的追踪》，《理论与创作》1998年第2期。

阶段作品如《归去来》《女女女》《暗示》中，如果简单地从故事情节去判断黄治先、"我"、幺姑、老黑等这些人物存在的真实性是难以得出结论的，所有的人物和故事都在亦真亦幻间飘移不定，似乎很难从中得出作家自身的立场和态度。但倘若从作品中的场景描写，尤其是对照着多部作品的城市与乡村环境、生活的描写探测作家的心理状态，依然是以一种主体意识的反思和怀疑来实现主题意义的表达。

在叙事视角选取方面，作家的多样性和创新性也同样随之体现出来。韩少功不拘泥于某一种固定的叙事视角，相反进行了多种视角选取的尝试。他的作品，多以"第三人称视角"讲述故事，但其中也不乏"同故事叙述"，如在《西望茅草地》和《女女女》中，"我"既是叙述者，也是故事中的人物。以第三人称叙述故事，叙述者类似于传统的说书人身份，掌握了整个故事发展的来龙去脉，并且可以自由出入人物心里，进行心理描写。而"同故事叙述"，则模糊了"叙事者"与故事人物"我"的界限，时虚时实，造成一种神秘莫测的氛围。在某些篇目中，作家甚至采取"多视角交叉"的手法，表明了作家在叙事角度上的多重选择。

纵观韩少功各个时期的作品，可以看出作家在作品结构方面是没有统一遵循的既定模式的，相反，作家始终力图创新。无论是前期作品中的功能性人物叙事，还是后一阶段中出现的情节连缀式而使作品结构幻化的试验，无一不表明作家本身对于尝试不同故事结构的热切追求。在早期作品如《月兰》《西望茅草地》等中，作家注重人物的塑造、情节的营造。早期的人物较之于后期更具有功能性。这些人物在完成他们的审美功能的同时也附加着重要的结构功能，而作品恰恰也是通过具有作者主题追求的人物来实现小说叙事结构的组织的。在后一阶段中，出现了《爸爸爸》的互文模式，通过古老神话模式的复现来结构全篇，《爸爸爸》中出现的"追溯""复现"情节同时预示着后来作家以连缀式结构方式组织文本的尝试。在这一类作品中，以《马桥词典》《暗示》为代表，作家试图以主体发散性思维将故事情节碎片化，用叙事与非叙事结合方式布局，从而使得小说结构得以幻化、散文化，并在某种意义上实现了对传统故事化小说结构的反叛和消解，使其作品呈现出现代主义影响下的审美特征。

在创作中不断突破小说传统,融入各种非小说文体是新世纪以来较为突出的一种创作现象,这种现象为当代小说的发展提供了某种可能性空间。[①] 韩少功是一位文体意识非常突出的作家,在文体选择方面有着自己独到的见解和尝试,作品《马桥词典》《暗示》等便是作家对于文体实验的有力尝试。《马桥词典》以"词条式"的记录方式展示了马桥各种人文形态,包括人物逸事、逸闻趣谈、风土民情、村落环境等。作品叙事与议论并举、抒情与说理交织,颠覆了"词典"在科学定义方面的规范,使词与义之间延伸出极为丰富的文化信息。在其另一作品《暗示》中,作家有意识大力消解了小说、散文、理论等文体之间的差异,将纪实与虚构、叙事与议论、个人经验与宏大历史熔于一炉,使整个文本类似于随笔散文,没有相对完整的故事,没有相对稳定的时空界限,也没有贯穿始终的核心人物,实现了多重文体的融会与整合。

在小说中融入大量非叙事成分,并非近现代才出现的一种文体实验。在我国早期的古典小说中,很多作品都融入了大量的诗词歌赋,并以此构成了中国传统小说特有的结构形态。但传统小说中的这种互文性倾向,并没有从本质上突破小说的故事化模式和改变人物性格与命运的线性发展模式。不同的是,在韩少功有意识尝试多种文体融合的作品中,它们比较彻底地消解了传统小说的故事化结构,也极力避免了小说对于人物性格和命运的关注,从而使韩少功作品的叙事呈现出某种碎片化的自由拼接状态。碎片意味着断裂,意味着整体性被肢解。因此这种碎片化的文本结构,不仅有效地帮助作家对各种非叙事文本进行了自由的组接,而且使他们能够更为自由地进入人物隐秘的内心世界,并由此形成了这些作品在审美上的另一种重要特征:人物的性格和命运不再成为叙事的重心,而人物的主观感受、内心体验,则成为表达的焦点,尤其是多重文体的不断渗透和融合,为展示那些丰饶而又极具生命质感的精神空间提供了灵活多变的表达手段。

从韩少功后期作品可以看出,他极力推崇一种杂糅式的叙事文本,这也成为韩少功创作的又一特色。作家以碎片拼缀方式,自由接纳各种非叙事性文本,让小说在逃离传统故事化结构模式的同时,在艺术形态上走向审美现代性。

---

① 参见洪治纲《多重文体的融会与整合》,《文学评论》2007年第3期。

综上所述，韩少功作品在叙述语言、人物塑造、叙事方面都生动鲜明地展现了在创作主体理性思考中，与象征、魔幻等现代表现手法有机结合的个人化审美表达方式，结构起了一种富有现代美学意蕴的文学范式。

第三节　残雪与中国先锋小说的现代意识

从中国先锋小说来看，卡夫卡文学意识的影响是深远的，其中以残雪、蒋子丹、宗璞、余华、张辛欣、刘索拉等最为突出。他们在创作中借鉴卡夫卡以来的西方现代主义小说叙事方法，不仅扩大了生活的表现范畴，也拓展了艺术的表现空间，使文学创作具有了更多的表现方式，尤其在小说创作方面，让卡夫卡以来的现代小说叙事艺术变得极具中国性。其中，最具价值的内核，乃是对卡夫卡小说以来的现代传统的继承与发展，在这种继承与发展中，残雪、蒋子丹、余华等作家的先锋小说具有了自身的现代意识。依笔者看来，这种现代意识主要从以下三个方面呈现出来。

一　对艺术形式感的关注

1979年，卡夫卡作品在大陆的公开出版，催发了中国作家对艺术形式感的思考与探索。

中国最早表明卡夫卡小说为自己的创作开启了形式之门的作家是宗璞。宗璞曾说，在20世纪60年代中期，中国兴起了批判经典著作的风潮，她被分配在卡夫卡课程批判小组。出于批判的需要，她阅读了大量的卡夫卡作品，结果，卡夫卡作品的艺术魅力不仅让她忘了"批判"之己任，反而给她打开了令她多年之后吃惊的另一个世界。她说自己"从卡夫卡那里得到的是一种抽象的，或者是原则性的影响，我吃惊于小说原来可以这样写，更明白文学是创造。何谓创造？即创造出前所未有的世界"[1]。从这一段话可以看出，宗璞在荒诞的岁月并没有随荒诞一起沉沦，反而在创造性艺术的感召下，体悟

---

[1] 宗璞：《独创性艺术的魅力》，《外国文学评论》1990年第1期。

到了艺术新的形式内涵即创造性小说艺术"精神的形式"（残雪语）的召唤。这种"精神的形式"就是艺术形式感的表现，表现为艺术作品里那种抽象的形式结构对审美主体所引起的感受。就绘画来说，这种形式感是构成画面的线条、色彩和由它们所组成的形式本身以及它们相互之间的关系，即所谓形式美所具有的感染力；就文学来说，主要包括文学语言、意象、情调，以及叙事方法、文体、结构等审美特性；就宗璞来说，那就是"小说原来可以这样写"。而"这样写"的内涵宗璞虽然语焉不详，但从她新时期以来的创作成果和她的创作随感来看，可以发现"这样写"的精神内涵。

宗璞说："我的作品可以分为两大类，一类是根据生活反映现实的写实主义手法，我称为'外观手法'，也就是现在说的再现。……另一类是'内观手法'，就是透过现实的外壳去写本质，虽然荒诞不经，但求神似，相当于现在说的表现……卡夫卡的《变形记》《城堡》写的是现实中不可能发生的事，可是在精神上是那样准确……这一点给我以启发。"[①] 现实中不可能，精神上却准确，这实际上就是米兰·昆德拉所说的"小说的艺术"。艺术的创造者是一个发现者，他关注的是艺术的形式。按米兰·昆德拉的话说："小说家对自己的想法不太在乎。他是一个发现者，他在摸索中试图揭示存在的不为人知的一面。他并不迷恋自己的声音，而是关注他所追求的一种形式，只有那些符合他梦想的苛求的形式才属于他的作品。"[②] 这种形式在宗璞的小说《蜗居》《泥沼中的头颅》《我是谁》中有所展露。

在《蜗居》中，作为一个被异化变形为蜗牛的"我"，在无边的黑暗中寻找着自己的家园，但"我"不知道这个家是否曾经存在过。叙述者以蜗牛之眼，上天入地看到了各种变形的人物和荒诞的人世景象，来呈现具有深厚历史意味的中国式荒诞意象。《我是谁》讲述了"文化大革命"时期一位爱国知识分子的故事，主人公韦弥被诬蔑为特务分子，她在丈夫被迫自杀身亡后，患上了精神分裂症，在幻觉中发现自己变成一只爬行的虫子。《泥沼中的头颅》告诉读者虽然"头颅"身陷囹圄，但仍然执着地追求真理，即使粉身碎骨也在所不惜。

---

① 施叔青：《又古典又现代：与大陆作家宗璞对话》，《人民文学》1988年第10期。
② ［法］米兰·昆德拉：《小说的艺术》，董强译，上海译文出版社2004年版，第52页。

第五章 文化虚无与现实幻化：湖南文学现代主义维度（一）

从宗璞的这三篇小说来看，作者可谓在卡夫卡的"启发"下，用"内观手法"，采用变形的形式，表达了荒诞、异化的主题，"卡夫卡"的痕迹相当明显。但"形式感"的本质特征在其先锋性，即每个独特的作家都有自己独特的想法与不可模仿的声音。宗璞的成功之处在于，在接受卡夫卡时不是一味模仿，而是用中国的传统文化和自身对历史与现实境遇的体悟，对之进行了过滤，从而表现出自身创作的创造性特征。有评论者针对卡夫卡的绝望和宗璞的绝望的本质区别进行了分析，认为："对卡夫卡来说，绝望是他所面对的生存困境，这种绝望具有形而上的意味，是一种精神上的、超现实的绝望，是由卡夫卡的悲观主义哲学所决定的，它源自西方传统基督教价值观念的解体，现代资本主义社会高度发达的机械文明所导致的人与人之间的冷漠、隔绝等。因而，与卡夫卡的绝望紧密相联的是彻底的幻灭、孤独和寂寞。……在宗璞笔下，韦弥的悲剧有着具体的、特定的社会原因，是特定历史时期造成的。……韦弥的死是对疯狂时代的控诉，是扼住生命咽喉的抗争和呐喊。在'我是谁'那撕心裂肺的绝望感中，分明充满着'觉醒和信心'，它让人在凛冽的寒风中，满怀着对春天的希冀，去眺望黎明的曙光。"[1] 从这段评析可以看出，宗璞对卡夫卡接受的过程，既是一种形式借鉴的剥离，也是一种形式内蕴的充溢与创造。因此，有论者认为："形式感之新就不仅是形式之新，也是思想观念之新，形式感不仅在于体现出一种形式张力，也在于能体现出艺术创造精神及思维的溢涨。"[2]

这种创造精神和思维的溢涨在余华那里表现得更为鲜明。在余华的小说中，人物的符码化和文本的抽象化使小说成了一个言说"命运""死亡""欲望"和"灾难"等主题话语的寓言系统。这种寓言化的形式系统，余华称为"虚伪的形式"。他说："当我发现以往那种就事记事的写作态度只能导致表现的真实以后，我就必须去寻找新的表达方式。寻找的结果，使我不再忠诚所描绘事物的形态，我开始使用一种虚伪的形式。这种形式背离了现状世界提供给我的秩序和逻辑，然而却使我自由地接近了真实。"[3] 而所谓违离逻辑接

---

[1] 姜智芹：《影响与接受》，《青岛海洋大学学报》2001年第4期。
[2] 张学昕：《20世纪中国作家的形式感纪纲》，《北方论丛》2001年第4期。
[3] 余华：《我能否相信自己》，人民日报出版社1998年版，第160页。

近真实无疑与卡夫卡的文学传统是遥相呼应的。卡夫卡"整体荒诞、细节真实"的形式结构给余华的文学创作带来了强劲的冲力,他曾对这种冲击进行过详尽而兴奋的描述:

> 一个夜晚读到了《乡村医生》。那部短篇使我大吃一惊,事情就是这样简单,在我即将沦为文学迷信的殉葬品时,卡夫卡在川端康成的屠刀下拯救了我。我把这理解成命运的一次恩赐。《乡村医生》让我感到作家在面对形式时可以是自由自在的,形式似乎是无政府主义的,作家没有必要依赖一种直接的、既定的观念去理解形式。在某种意义上说,作家完全可以依据自己心情是否愉快来决定形式是否愉悦。在我想象力和情绪力日益枯竭的时候,卡夫卡解放了我。①

在余华这里,卡夫卡深邃的思想、怪诞的风格和孤独的气质不只是作为一种文学精神影响着他,而且这种精神在他的作品中被形式化了。以内容形式化的文化修辞式样给予了他启示和感召,通过《四月三日事件》《十八岁出门远行》《一九八六年》《往事与刑罚》等小说展示的那个危机四伏的世界与卡夫卡笔下那个荒诞、无常、悖论的世界共同勾勒出了人类存在之图的恐怖与绝望之景。

在卡夫卡的作品中,以绝望的形式表现出了人类最黑暗的深渊处境。绝望作为一种人类内在精神的表现形式,是中国先锋小说关注的重心,而余华被认为是最具卡夫卡绝望风格的中国作家。但是余华的绝望绝不是对卡夫卡绝望风格的简单模仿,而是创造性地构建了余华特色的绝望形式。余华的绝望与卡夫卡对人类无可名状的生存体验的绝望不同,余华的绝望建立在对人性残忍的绝望基础上,卡夫卡的绝望更多地触及人类最深刻的精神迷津,余华更多地在诉诸人类形而下的冲动。如果说卡夫卡小说的绝望形式是始终如一的,余华的绝望却是线性发展的。在《世事如烟》《一九八六年》等小说中,余华感到了绝望的无可驾驭,在臆想中不断重复的凶兆、血腥及对征兆的印记,令他的小说带有某种令人生厌的模式化特征。到了《许三观卖血

---

① 余华:《我能否相信自己》,人民日报出版社1998年版,第92页。

记》，余华从80年代比较极端的"虚伪的形式"走向了叙事话语与现实世界的"整合"状态。有论者认为："这部朴实无华的小说为现代小说的写作提出了形式诗学的新问题。其中最突出的是'重复'问题。"主人公"许三观在他一生的卖血生涯中，每在生活关键处都重复他简单、循环的生活内容"①。笔者认为，正是这种重复，让余华走出了早期单调的绝望风格，凸显了在绝望的生存图景中，生活在社会最底层的人物所具有的生存责任感和"西西弗"式的对绝望与荒诞的反抗意志。如离家出走的一乐在许三观的背上看到了胜利饭店的灯光，许三观用"嘴"为三个饥饿无比的儿子做红烧肉的幽默讲述，都表现了"在绝望的边缘总是有一种新的力量诞生，让人能够从废墟中重新站立起来"②。这里，余华通过"重复"寻找到了超越绝望的表达方式，在卡夫卡式的对人类存在之图的描绘中，找到了对人类灵魂和精神的诗性表达，显示了小说形式的力量。

二 写作意识的自觉呈现

对形式的探索是在写作过程中展开的，写作是为了讲述，在讲述的方式中能呈现作者独特的审美特性，这种审美特性就是贝尔"有意味的形式"。先锋作家们对形式感的刻意追求是其写作意识的一种自行呈现，写作是作家的存在方式。

在后人的叙述中，卡夫卡是一个懦弱、羞怯、畏惧异性与婚姻、奇瘦无比的男人。他一生都像无力摆脱情欲的困扰一样，虚弱地活着，内心的脆弱让他感到生活的无力，在渴望力量的同时又感到矛盾和不自信。卡夫卡说："巴尔扎克的手杖上刻着：我在摧毁一切障碍。在我的手杖上则是：一切障碍在摧毁我。"③ 对于卡夫卡来说，孤寂的内心世界在与现实的交媾中遭到了撕裂。作为一家保险公司的职员，让他看到了社会无处不在的悖理和恐怖，这些现象与他那个瘦小、正直、单弱、善良的心格格不入，甚至永不相容。为此，他感叹道："这种生活是无法忍受的，而另一种生活又求之不到。"④ 所

---

① 张学昕：《20世纪中国作家的形式感纪纲》，《北方论坛》2001年第4期。
② 姚岚：《余华对外国文学的创造性吸收》，《中国比较文学》2002年第3期。
③ [奥] 卡夫卡：《卡夫卡悖谬论集》，叶廷芳译，陕西师范大学出版社2002年版，第131页。
④ 叶廷芳：《现代艺术的探险者》，花城出版社1986年版，第181页。

谓另一种生活,是卡夫卡心中的理想生活,而这种生活却求之不能,当内心遭遇到理想与现实这对矛盾体的撕裂时,表达内心的矛盾,就成为卡夫卡急不可待的内心渴望。

在卡夫卡看来,解放自己的唯一方法就是写作,对于一个内心走投无路的人来说,写作是一条通向内心暗昧和解放情绪的道路。一个被剥夺了生命自主权的人,唯一可做的就是梦想。卡夫卡曾对这种梦想做过如下描述:"我的梦的力量不让我睡觉,这些梦的光芒已照过我入睡前的清醒状态。在晚上和早晨,我对文学创作能力的意识是一望无际的。我感到自己完全放松了,直到我身心的最底层,只要我愿意,我可以从我内心深处把任何东西挖掘出来。"① 对卡夫卡这种一望无际的写作意识,有论者认为:"其实,卡夫卡只是在写作个人的历史,一直在坦白自己的命运。卡夫卡写作的意义在于彻底的自主性。"② 这种彻底的自主性,按照米兰·昆德拉的说法就是:"弗兰茨·卡夫卡通过小说的彻底自主性,就我们人类的境遇(按它在我们这个时代所呈现出来的样子)说出了任何社会学或者政治学的思考都无法向我们说出的东西。"③ 从米兰·昆德拉的评述中,可以看到"卡夫卡手杖"和"巴尔扎克手杖"在深层意义上的交融性:在脆弱的表象和孤绝的处境中,障碍为卡夫卡的生存和写作提供了无与伦比的强度。所以卡夫卡说,"每个人都在斗争,可是我斗争得比其他人多","在你和世界的斗争中,你要协助世界"。④ 这表明了卡夫卡拒绝与世界和解的决绝态度,卡夫卡的小说就是这种决绝态度的结果。小说是卡夫卡写作的中心形式,是他留在世上永恒的生命图景的展示,是其生命与世界相切的交合点。卡夫卡的小说是他生命的独特发明,他的现实是无中生有的现实,是应有尽有的现实。卡夫卡的这种写作意识交融于他的小说成了现代主义文学弥足珍贵的遗产和传统。

在余华的生命中,写作同样构成了理解文学及其与生活关系最为重要的概念。他认为,写作与叙述相关却不等于叙述,"叙述在对立视野中展开,而写作却是自行呈现的,它具有一种客观的品性"。写作的过程既是向未知的过

---

① [奥] 卡夫卡:《卡夫卡文集(4)》,祝彦等译,上海译文出版社2002年版,第90页。
② 周晗:《写作是一种祈祷方式》,《书屋》2002年第1期。
③ [法] 米兰·昆德拉:《小说的艺术》,董强译,上海译文出版社2004年版,第147页。
④ [奥] 卡夫卡:《卡夫卡悖谬论集》,叶廷芳译,陕西师范大学出版社2002年版,第163页。

去的追寻，也是向未知的将来的可能性的展开。在余华看来，"写作是一种自我塑造的力量……是敞开自身的方式，是把自己交给时间和命运的方式，随波逐流，欣喜和暗淡并存，自己和自己斗争。写作把作家自身、虚构的世界和现实联为一体"。余华将写作内涵的全部理解贯注于小说创作和文学批评之中，构成了"余华式"的小说美学理论。在随笔《布尔加科夫〈大师和玛格丽特〉》中，余华将布尔加科夫的写作理解成了一次单纯的回归，这种单纯的回归因其纯粹性而成为写作的起源，他说："布尔加科夫的写作只能是内心独白，于是在愤怒、仇恨和绝望之后，他突然幸福地回到了写作，就像疾病使普鲁斯特回到写作，孤独使卡夫卡回到了写作，厄运将布尔加科夫与荣誉、富贵分开了，同时又将真正的写作赋予了他，给了他另一种欢乐，也给了他另一种痛苦。……回到了写作的布尔加科夫，没有了出版，没有了读者，没有了评论，与此同时他也没有了虚荣，没有了毫无意义的期待，他获得了真正意义上的写作。他用不着去和自己的签名斗争；用不着一方面和报纸、杂志夸夸其谈，另一方面独自一个时又要反省自己的言行。最重要的是，他不需要逼使自己从世俗的荣耀里脱身而出，从而使自己回到写作，因为他没有机会离开写作了，他将自己的人生掌握在叙述的虚构里，他已经消失在自己的写作之中，而且无影无踪。"[①] 这段话虽然可以让人产生对像巴尔扎克与鲁迅这些以写作为生的人似乎远离了写作本身的误解，但这不是余华关心的问题，余华关注的是：写作是解放自身的有效手段，正如卡夫卡、布尔加科夫的写作是对自身生命的呈现一样，结果不是他关注的中心。

"叙述的虚构"是中国语境中的先锋派作家叙事策略的转折性标志。按文学的表达就是，把传统小说重点在于"写什么"改变为"怎么写"，它标志着小说观念的根本转变。余华所谓叙述的虚构实际上就是写作的自由。而卡夫卡就是完全"自由化"的作家，卡夫卡把写作当作一种祈祷的方式，在写作中让自己变成了虚无，而虚无就是一种纯写作，一种为内心而写作的心。在《文学与文学史》一文中，余华谈到了布鲁诺·舒尔茨的写作，对这种写作的自由尺度做了详尽的评析："与卡夫卡一样，（舒尔茨）使自己的写作在几乎没有限度的自由里生存，在不断扩张的想象里建构自己的房屋、街道、

[①] 余华：《我能否相信自己》，人民日报出版社1998年版，第67页。

河流和人物，让自己的叙述永远大于现实。他们笔下的景色经常超越视线所及，达到他们内心的长度；而人物的命运像记忆一样悠久，生和死都无法测量。于是我们谈到丰富的历史，可是找不到明确的地点。他们的作品就像他们失去了空间的民族，只能在时间的长河里随波逐流。"①

与余华对写作的纯粹推崇一样，残雪始终坚守着卡夫卡以来的现代主义艺术的精神家园，倡导纯文学的写作信念。残雪曾说卡夫卡是她最喜欢的作家之一，之所以喜欢，是因为卡夫卡创造的是"纯而又纯的尖端艺术"②，对作品的要求极其苛刻，不求读者多，只求同终极之美靠得近。所谓"纯而又纯的尖端艺术"，乃是一种高超的精神舞蹈，是一种具有奇异生命力的精灵，是无中生有的创造。

为此，残雪认为卡夫卡的"《城堡》也是灵魂的城堡"，这种对灵魂不同的艺术表现是一种对诗意和精神的召唤。在《诉讼》中，K 的寻罪的历程就是主人公自己对自己灵魂审判的过程。残雪在《艰难的启蒙》一文中这么说道："K 被捕的那天早上就是他内心自审的开始……史无前例的自审以这种古怪的形式展开，世界变得陌生，一种新的理念逐步地主宰了他的行为，迫使他放弃现有的一切，脱胎换骨。"③

这段话告诉我们，K 从最初的自信无罪到逐渐地陷入绝望而感觉自身有罪，并最终心甘情愿地走向死亡，这并不是什么对社会黑暗世界的控诉，而是对一个灵魂从挣扎、奋斗到彻悟的描绘。关于残雪与卡夫卡作品的关系，有论者认为"卡夫卡的作品只不过是一幅灵魂地图而已，沿着其中意味深长的标志和路线，残雪也描绘了自己的心灵嬗变"。"她所关心的是卡夫卡的价值选择与自己的文学理想和人生信念之间的奇妙关系。"④

这种奇妙的关系生成了残雪独创性的现代主义小说，这种小说被人称为"黑暗灵魂的舞蹈"。残雪对这种评价也很满意，她曾经说："写作就是表演，把灵魂里边的东西表达出来。像但丁写的地狱，那就是他的灵魂，整个地狱他一层层走下去，就是往自己的灵魂里面一层层深入，那些恶的、可怕的东

---

① 余华：《我能否相信自己》，人民日报出版社 1998 年版，第 18 页。
② 残雪：《为了报仇写小说——残雪访谈录》，湖南文艺出版社 2003 年版，第 132 页。
③ 残雪：《灵魂的城堡》，上海译文出版社 1999 年版，第 85 页。
④ 胡荣：《灵魂城堡的观察与探险》，《中国比较文学》2002 年第 2 期。

西都是他灵魂里的东西。"①

无论是现代小说之父卡夫卡，还是当代中国先锋作家残雪，他们都以极限性的沉思，祛除世界的魅惑，把握住了生存的深刻困境，他们对纯文学的执着理念与操守（其中卡夫卡、残雪是坚守者，余华只表现在早期创作中），决定了他们所有的文字都是一种精神诉求，其灵魂的深度决定了其写作的深度。残雪与卡夫卡在灵魂深处的相遇与感应，让西方渐渐远逝的现代主义背影在残雪的小说中日渐清晰明朗，残雪与卡夫卡构建起了百年现代主义西方与东方的一道独特风景。

三 荒诞意识的弥漫

中国作家对卡夫卡的接受，首先是从模仿卡夫卡小说结构的荒诞叙事意识开始的，这也许跟中国人梦魇般的生活经历紧密相关。

"荒诞"是欧美50年代一些荒诞戏剧家们的常用术语，这些戏剧家们在戏剧中对人在宇宙中的窘困状态都表达了一些相同的态度，这一点加缪在《西西弗的神话》一文中加以了总结。加缪认为，人类之所以陷入困窘状态，是因为人与其环境之间失去了和谐，人的生存丧失了目的性，并由此产生了玄奥的苦恼状态，从而使人生显现了荒诞的图景。然而，加缪所提出的问题和荒诞派戏剧家们所全面呈现的荒诞图景，在他们的先辈卡夫卡那里已得到充分表达。扎东斯基在《卡夫卡与现代主义》一书中，认为无论是存在主义者加缪的理论，还是荒诞派的戏剧表现都是对卡夫卡的继承和发展。扎东斯基认为："如果说'新小说派作家'在卡夫卡作品中感兴趣的是他作品里的'自然主义的东西'，如卡夫卡所表现的东西、手势、事物的话，那么荒诞派的信徒们则紧紧抓住卡夫卡作品里与自然主义正好相反的东西。……'荒诞派'的剧作家们认为卡夫卡是破坏现实的'无与伦比的大师'，而破坏的办法就是把反理性的事物同普通事物混在一起，融在一起。"② 加缪则将卡夫卡的文学特点概括为"用普通事物表现悲剧，用逻辑性表现荒诞"③。就如《城

---

① 残雪：《为了报仇写小说——残雪访谈录》，湖南文艺出版社2003年版，第144页。
② ［苏］扎东斯基：《卡夫卡与现代主义》，洪天富译，外国文学出版社1991年版，第140页。
③ 叶廷芳编：《论卡夫卡》，中国社会科学出版社1988年版，第105页。

堡》，整部作品从头到尾都是"看得见而走不到"这样的事情，《法的门前》让乡下人在自己的门前坐等至死。

中国当代先锋作家承续了卡夫卡小说的荒诞传统。一般认为，中国当代文学中的荒诞因素最早出现于宗璞的小说《我是谁》中。小说写的是一对中国知识分子夫妇在"文化大革命"荒唐境遇中的生活遭遇。妻子韦弥和丈夫孟文超是一对从国外学成回国的知识分子，他们怀着虔诚的梦想与报效伟大祖国的赤子之心渴望为祖国的事业大显身手，但是"境外"的身份与"知识越多越反动"的处境让他们的身心惨遭迫害，多年的科研成果被焚之一炬。丈夫孟文超在美好梦想与残酷现实的巨大落差中，不堪忍受折磨自缢身亡。而苟活的韦弥被剃成了极富时代色彩的阴阳头，在精神恍惚中发现自己变成了一只虫子，那些同类专家学者也都变成了一只只在地上徐徐蠕动的虫子，伤痕累累，血迹斑斑。韦弥在精神变异后，似乎清醒地意识到自己不是"毒虫"，但又想不起自己到底是虫还是人，于是"我是谁"这个自人类诞生以来就形影不离的形而上学问题在她的脑海中成了一个谜。为此，她苦苦地思索而不得，当她看到黑色的天幕上飞过的排成人字的雁阵时，她的心似乎平静了下来，她安详地冲进了前面的湖水中，走向了凤凰涅槃般的新生境地。

无疑，宗璞较早地接受了卡夫卡，在对《变形记》的感悟和中国荒诞十年的生活感受中找到了创作《我是谁》的契机。虽然两者在主题属性、变形程度、悲剧内容上有着很大的不同，但在表现人的异化、孤独，展现人的荒诞境遇、生存困境方面是相同的。这同中有异、异中有同，更好地说明宗璞对卡夫卡的接受是创造性的接受，而不是简单模仿。卡夫卡的文学是世界的，也是奥地利的，同样，宗璞的《我是谁》既是中国的，也是卡夫卡式的，这一点，更显示出宗璞《我是谁》的弥足珍贵之处。宗璞曾说，卡夫卡的作品"对我有影响，但更重要的是我具有长期培养的中国文化精神，中国艺术讲神韵，有对神韵的认识和体会，也就是说我有这样的艺术观念作基础，才能使这些影响不致导向模仿"[①]。这种同中求异的探究精神整合了宗璞在中国文化底蕴中求神似的美学精神，显示了其小说的独创性魅力。

宗璞之后，中国当代文学的荒诞因素急骤弥散开来。张辛欣的《疯狂的

---

① 施叔青：《又古典又现代：与大陆作家宗璞对话》，《人民文学》1988年第10期。

君子兰》、谌容的《减去十岁》、吴若增的《长尾巴的人》、蒋子丹的《找帽子》、韩少功的《火宅》等作品都采用假定性的变形手法,力求达到讽喻社会现实的效果。

但这种建立在理性批判精神基础上的创作,决定了他们的作品只是一种对现代主义文学在形式技巧层面上的模仿,有论者认为他们的文学"都是在荒诞的表层下表达了严肃的社会主题……在形式上缺乏荒诞派戏剧的反逻辑、反理性的乖谬和错乱。与卡夫卡、萨特和加缪的作品相类似,即都是用清晰的、符合逻辑的情节叙述来表达自己的认识。但是卡夫卡和萨特等作家所表达的是他们所意识到的人类处境的荒诞,一种对终极意义的关注。所以,这类作品不过是带有一些荒诞意味的现代寓言"[①]。虽然如此,但卡夫卡的影响是显而易见的。

真正像卡夫卡一样关注人类处境的荒诞状况的,是刘索拉、余华和残雪这些更富有现代意识的先锋作家。

刘索拉的《你别无选择》是中国最早表达出存在的荒诞图景的现代主义小说。小说描写了某音乐学院的一群大学生的闹剧生活。小说中的每个人都在令人窒息的沉闷环境中感到生活的压抑、沉重和困惑。小说中的主要人物李鸣一心想退学,钻进被窝中再也不想起来,厌恶教室和琴房机械刻板的生活,因为觉得自己神经太健全,身体太健康了,有点不可思议的正常,因而怀疑自己肯定有病。另一位学生戴齐感觉自己写了一个乐句之后,无论怎样绞尽脑汁,却发现神思枯萎,再也写不出下一句来,因而觉得自己不是作曲的料,一心想转到钢琴系去。他感悟能力强,很快就能听懂老师讲的东西,但忘记也快,刚才还懂的东西转眼就忘掉了。在这种烦闷的生活中,他一心只想睡觉。面对一学期十门考试的沉重压力,他们从心底感到痛苦、疲惫,发出"天永远不亮就好了"的绝望呼喊,可是天一亮,他们又得连早饭都顾不上吃,忙于去应付考试,虽然心在他处,可生活在此处你就"别无选择"。小说着力表现他们内心竭力的反抗欲望,但他们却无力逃脱生存环境制约的生活状况。犹如卡夫卡笔下的K,虽然奋力抗争,却无可奈何,从局部意义上显示出现代主义式的荒诞感,凸显了卡夫卡式的悖谬意识。

---

① 张学昕:《20世纪中国作家的形式感纪纲》,《北方论坛》2001年第4期。

余华《河边的错误》同样展现了人的荒诞存在。小说的主人公是一位疯子，疯子连续杀死三人却能够逃脱法律的制裁，但是击毙疯子的刑警马哲则陷入了要遭受法律严惩的困境。在这个困境中，马哲要想逃脱惩罚，就必须承认自己是疯子，如果承认是疯子则必须送往疯人院。因此，不管马哲怎样选择，他都必须承受惩罚。小说从法律的悖论中，呈现了暴虐、残忍和反人性的历史意象，在无意识潜文本层次上，显示了当代人茫然失措的现实境遇，呈现了生存的悖谬情境。

对残雪来说，是"主动选择接受西方现代派文学，使西方现代主义中国化"①，她通过小说，超越于因果关系建立起了非理性的逻辑王国，展现了人的荒诞存在。在残雪的生命历程中，生活的逻辑往往以非理性的面貌呈现，时代的斑斓图景涂抹着荒诞的底色，因此有人说残雪的文字是诉说着我们自身的故事，"追究残雪艺术等于追究我们自身"②。对残雪来说，父母建立在理性和逻辑上的生命追求被非理性、非逻辑的现实碾成碎片的生活经历，以一种异质的文化现象嵌入了残雪弱小的神经，形成残雪创作的文化动因。

昆德拉在论及小说的历史继承性时曾说："远古的习惯，变成了神话的原型，经过一代又一代的延续，获得一种巨大的引诱力，从'往昔之井'（如托马斯·曼所言）遥控着我们。"③

纵观中国当代文学的发生与发展，卡夫卡作为一种文学的习惯（或传统），变成了某种现代主义的文学原型，对残雪、余华等中国作家产生了巨大的引诱力。对卡夫卡钟情的中国当代作家们在模仿的基础上，也获得了某种再生。在现代主义文学的发展历程中，中华民族的文学犹如昆德拉所说的文学接力赛跑队员，与其他不同的民族一样轮流做出创举，为现代主义文学的发展做出了重要的贡献。随着时间的流逝，它们将会成为与时间共存的某种文学遗产。

---

① 万莲子：《残雪与外国文学》，《湘潭大学学报》2002年第6期。
② 萧元编选：《圣殿的倾圮——残雪之谜》，贵州人民出版社1993年版，第13页。
③ [法]米兰·昆德拉：《被背叛的遗嘱》，余中先译，上海译文出版社2003年版，第12页。

第六章　文化虚无与现实幻化：湖南文学现代主义维度（二）

第一节　残雪创作的文化选择

在文化的共时性语境中，残雪一直在努力接近着卡夫卡的艺术心灵，表现为：第一，卡夫卡的作品风格为残雪的文学创作确立了信念和方向，或者说卡夫卡的小说创造了文学的残雪；第二，通过解读卡夫卡，残雪既弘扬了卡夫卡的小说及小说精神，又隐喻性地塑造了艺术的卡夫卡形象。

一　残雪"特殊小说"信念的建立

早期，当读者和批评界面对残雪怪异风格的小说出现整体失语时，残雪认为这是一种正常现象，因为她的小说是"一种特殊的小说"[①]。这种特殊小说属于现代艺术范畴，就如乔伊斯晦涩的现代艺术一样，"现代艺术从本质上说是无法顾及读者的。现代艺术不会'顾及'各种层次的读者，它只会发出信息和召唤，使人在繁忙的日常生活中若有所思地停下来，然后自觉地进行某种精神活动"[②]。只有被召唤的读者才能与作品产生某种感应，从而达到与作品的共鸣，正如残雪与卡夫卡的小说在心灵相遇所产生的共鸣一样。

[①] 残雪：《爱情魔方》，民族出版社2004年版，第1页。
[②] 同上书，第5—6页。

至此，我们不禁要问，残雪小说作为"一种特殊的小说"，它的特殊性表现在哪里，与卡夫卡又有什么内在的关联呢？

"一种特殊的小说"是残雪在一篇同名文章中对自己小说风格的命名。在这篇文章中，残雪首先高兴地谈到自己小说的特殊性已经得到了文学界与批评界及她的读者的认可。接着又说如果有人问她，她的小说写了些什么，是如何写出来的，面对这样的问题，残雪认为，如果试着回答，势必会误导读者。从内心讲，她认为自己确实不知道怎么去回答，也不知道自己写了什么，"我是一个有意让自己处于'不知道'的状况来写作的人"[1]。

不知道自己写了什么是现代作家的一个"通病"（如卡夫卡8个小时一口气写成的《判决》，过后，他觉得无从解释），因为当作家进入一种柏拉图式的"迷狂"状态时，那源源不断的文思犹如"神灵附体"，作家只需将"神思"从笔端汨汨地流溢出来。如果要知道自己"流溢"了什么，作家也必须将自己放到读者的位置，重新阅读和审视自己的作品才能找到部分答案，但这时作家与读者处在同一个起跑线上，并不具有特殊的权威性，如果被赋予有，那也是读者的一种想象态错觉。一个明智的作家会像残雪一样说"不知道"，就如卡夫卡说"无从解释"一样。如果因为处于作家的特殊位置就贸然说"知道"，也许真如残雪说的"会产生误会"，误会产生误导，无疑会窒息读者的创造力，因为每一次阅读就是一次创作，所以当菲莉斯看不懂《判决》，请求卡夫卡解释时，面对恋人的要求，卡夫卡也不敢违心说他就真的知道，只能勉强用"也许""很难""恐怕"等不定语气试着解释一下，而结论是"我也没有把握"[2]。

至此，我们要说，残雪小说的特殊性就在于它是一种能让读者难以找到确定性所指，有可能陷入解释迷宫的创造性小说。这种小说的基本结构是伊塞尔所说的"召唤结构"。小说意义的不确定性和意义空白就成了读者审美的基础结构或审美对象的结构基础。而且，残雪小说作为"一种特殊的小说"，召唤的也是特殊的读者，这种读者除了具备残雪所说的"四有一懂得"[3] 的

---

[1] 残雪：《爱情魔方》，民族出版社2004年版，第2页。
[2] ［奥］卡夫卡：《卡夫卡文集（4）》，祝彦等译，上海译文出版社2002年版，第79页。
[3] 残雪：《残雪小说展示（丛书）·序言》，民族出版社2000年版，第2—3页。

基本素质外，还要具备一种精神冒险的胆识，因为"精神的追求只能是一种充满运动性的冒险的活动。一件成功的作品与读者之间的关系正如卡夫卡的《审判》中那位神父对 K 所说的'你来它就接待你，你去它就让你走'，我在自己的小说中力图达到的就是这样的自由境界"①。为此，我们可以说，残雪小说的特殊性就是对具有上述特殊素质的读者的永恒的召唤性。

第二个问题是，残雪小说作为"一种特殊的小说"与卡夫卡有什么特殊关联？这个问题残雪为我们提供了一个有待阐释的答案，她在《灵魂的城堡》一书的序言中说道：

> 二十多年以前，当我还是一个刚刚做了母亲的家庭妇女时，在一个阴沉的日子里，我偶然地读起了卡夫卡的小说，也许正是这一下意识的举动，从此改变了我对整个文学的看法，并在后来漫长的文学探索中使我获得了一种新的文学观念。那么卡夫卡对于我这样一个写特殊小说的人到底意味着什么呢？这个问题一提出来，我脑海里就会涌现出那个阴沉的下午的情景，全身心的如醉如痴，恶意的复仇的快感，隐秘的平息不了的情感激流。啊，那是怎样的一种高难度的精神操练和意志的挑战啊。然而，我深深地感到，这位作家具有水晶般的、明丽的境界。因为他身兼天使和恶魔二职，熟悉艺术中的分身法，他才能将那种境界描绘得让人信服。

> 多年以后，我自己也成了那桩事业中的追求者……如果我们还想在铁一样的桎梏中表演异想天开的舞蹈，卡夫卡的作品会给我们带来力量。②

从这段话中，我们可以感悟到卡夫卡小说对残雪小说创作所产生的决定性影响。这种影响可做如下梳理：

（1）卡夫卡小说改变了残雪对整个文学的看法。所谓"整个文学"是指残雪在接受卡夫卡小说影响以前的文学信念。残雪 1953 年出生，1983 年开始创作小说，30 年的青春岁月跨越了中国最为苦难的"大跃进""人民公社"

---

① 残雪：《爱情魔方》，民族出版社 2004 年版，第 5—6 页。
② 残雪：《灵魂的城堡·序言》，上海文艺出版社 1999 年版，第 1—2 页。

和最为荒诞的"文化大革命"的特殊历史时期。这个时期的文化接受完全是国家意识形态的,单一且极具强迫性,能接触的文学类型除了少数革命现实主义的作品外,就是革命样板戏的读本。从历时角度去思考,残雪所说的"整个文学"应该是她所能接触到的中外"革命现实主义作品"。而读了卡夫卡的小说后,卡夫卡小说迥异于革命现实主义作品的现代意识和叙事风格对残雪文学意识的冲击是决定性的。

(2)卡夫卡小说中所展现的现代人的荒诞、孤独、无所归依感和人物性格的分裂与矛盾情形,感应了残雪的精神境界,这就是残雪说到的"对我意味着什么"。因为卡夫卡的小说让她产生了"阴沉""恶意复仇""快感""激流""天使""分身法""境界"等杂糅着各种矛盾的情绪。这种矛盾情绪实际上就是对卡夫卡作品的艺术感应。或者说,残雪如《城堡》中K般对荒诞苦难的人生体验,以及对生命的执着和对生活的不屈追求,在卡夫卡作品的召唤结构中达到了相通,进而转化为对卡夫卡小说精神的深刻体悟和领会。她从卡夫卡的作品中发现了艺术的真谛,表现为:艺术是人生的一种复仇形式,而复仇就是对窒息人的生存现实的不屈的反抗精神,表现在艺术上就是对压抑人性的文化传统的不断突围意念。只有这样,才能让原始的本能突变为一种崇高的自觉意志;才能深刻揭示那被掩盖被压抑的深不可测的本性;才能诞生一种不断进取、不断探索、百折不挠、从一而终的"新型人格"。卡夫卡就是这样一位艺术英雄,他在真诚地描述现代人的生存困境时,表达了对艺术真诚的信念,成了现代艺术的守夜人。

当残雪说"多年以后,我自己也成了那桩事业中的追求者"时,说明残雪确信自己接过了卡夫卡手中的火炬,成了纯文学真诚的倡导者和守护人。残雪对艺术复仇的理念,对纯文学的不屈倡导和坚守,是在对卡夫卡艺术精神的接受中完成的。也因此她才说:"这是一桩最为无望的事业,混乱无边的战场就如一张阴谋之网,你像一粒棋子偶然被抛入其中,永远摸不透你在事业中的真实作用。"[①]"摸不透"是一种"自由的感觉",而自由本身又是一场"自相矛盾的战争",这种矛盾表现为艺术家是一位"艺术的囚犯"[②]。无疑,

---

[①] 残雪:《灵魂的城堡》,上海文艺出版社1999年版,第2—3页。
[②] 涂险峰:《生存意义的对话》,《文学评论》2002年第5期。

残雪这里说的是她作为一位艺术家生活的内心体验，作为艺术家就得经历"无望""混乱""偶然""自由""矛盾"的内心挣扎，经历内心分裂的痛苦和自我审判的蜕变，只有这样，艺术自我才能进入本质的、高级的精神状态，进入艺术的精神王国，在艺术与世俗的交媾中超越于世俗，独立于他人，建立起"新型人格"。以此出发，残雪认为卡夫卡的事业是一个纯艺术家的事业，卡夫卡的作品是纯艺术家的作品，卡夫卡的《城堡》是艺术的城堡、人性的城堡、灵魂的城堡。

二 为艺术的卡夫卡塑形

从上可知，卡夫卡的作品为残雪建立起了对现代文学的信念，从某种意义上结构起了作为艺术家的残雪形象；同样，残雪也通过解读，不只是在一定意义上完成了卡夫卡的作品，也同时塑造了作为艺术家的卡夫卡的艺术形象。形象是文学作品的核心要素。卡夫卡作为一位艺术形象应该说是由残雪隐喻地完成的。从《灵魂的城堡》中可以看出，艺术的卡夫卡形象具有如下三个特点：

（1）自由艺术的追求者。残雪认为卡夫卡的《美国》是一个关于艺术与艺术家的故事。卡尔沦落异国他乡，沦落是精神求索的起点。流浪汉们黑暗的居所是真正的艺术的殿堂。女歌唱家布鲁娜妲可以说是灵感的化身，她将自己关在黑屋子里拒绝与外界有任何的接触和深交，形成一种仇视现实、与现实对峙的古怪局面，这种对峙象征艺术对于现实的彻底的拒绝。卡尔最后走向俄克拉荷马招聘处，登上驶向远方的列车，表征着卡尔对艺术的皈依和成为独立艺术家的开始。而那列穿行在幽暗峡谷的列车正是一列驶向艺术故乡的"地狱的列车"[①]，它朝着死亡的旅行将给艺术家带来无穷无尽的灵感。

从残雪对卡尔艺术家身份的定位，我们可以依稀看到卡夫卡孤独心灵的身影。在残雪的解读中，卡尔因被放逐而获自由，因自由而走向了艺术的故乡，走进了人性灵魂的居所。如果将卡尔的艺术历程来对比卡夫卡，我们发现，残雪笔下的卡尔是卡夫卡的精神影像。在卡夫卡的生活中，生活与艺术是一对尖锐的矛盾，布拉格的生存处境总像"母亲的爪子"一样，制约着卡

---

① 残雪：《灵魂的城堡》，上海文艺出版社1999年版，第34页。

夫卡对艺术自由王国的追求。卡夫卡的生活分裂成白天和黑夜两个世界。白天，卡夫卡是一个听话的儿子、善良的同事、敬业的律师，但这种死寂的物理生活总是被内在的灵魂撕裂。只有到了夜晚，被撕裂的灵魂才能稍感安息，因为夜晚的卡夫卡回归了自我，回归了写作，写作是他灵魂的最后避难所。对卡夫卡来说，写作意味着向着虚空和黑暗伸出他绝望的手，绝望作为一种祈祷的力量，卡夫卡总是祈祷灵魂能挣脱世俗的羁绊，走向自由艺术的故乡。卡尔被父母遗弃，被放逐到遥远的自由他乡，能够彻底丢弃羁绊自身的行李箱、雨伞和身上的衣服，成为一个无牵无挂的精神自由者，在隐喻的意义上，这正是卡夫卡的内心渴望。残雪将卡尔的生活与身份艺术化，实际上隐喻地揭示了卡夫卡向往纯粹自由艺术生活的隐秘的心理机制，在此意义上，卡尔的精神求索之路，正是卡夫卡追求自由艺术和渴望成为自由艺术家的渴求之路。

（2）灵魂的自审者。残雪在解读《审判》时，认为约瑟夫·K被捕的那一天早上就是他内心自审历程的开始，当史无前例的自审展开时，"一种新的理念逐步地主宰了他的行为，迫使他放弃现有的一切，脱胎换骨"[1]。

对于卡夫卡来说，自审是他矛盾性格的突出表现。在卡夫卡的生命历程中，有两种情绪始终纠缠他，并给他带来了无穷的痛苦，一种是亲情，一种是爱情。以父亲为代表的亲情成为一种强大的压力，一直使卡夫卡感到窒息，而内心对这种压力的抵抗又使他感觉到强烈的负罪感。同样，卡夫卡渴望爱情，爱情曾是让他感到快乐的事情，让他沉寂的情感充满少有的激情，并成为创作的某种力量源泉。当他写下并发出第一封致菲莉斯的情书的第二天，1912年9月22日深夜，在8个小时内，他一口气写下了著名的短篇小说《判决》，并在扉页上题上献词：献给菲莉斯·B小姐。一方面，爱情激发了卡夫卡的灵感；另一方面，他对婚姻与性爱的恐惧，使卡夫卡在婚姻和爱情的门口终身徘徊，当他意识到爱情与写作不能调和时，在自审中他对所爱的女子也产生了深深的负罪意识。

残雪认为，K的内心自审是人性觉醒的起点。对于卡夫卡来说，虽然父子冲突、爱情恐惧给他带来了沉重的精神负担，但也因此坚定了他走向艺术之途的意志。亲情、爱情与写作构成了卡夫卡生活的两极，这种矛盾伴随他

---

[1] 残雪：《灵魂的城堡》，上海文艺出版社1999年版，第58页。

直至人生的终点。一方面,他无力摆脱亲情,一生都在渴望爱情和排斥爱情的情绪中沉浮(三次订婚);另一方面,又在无望地进行殊死的反抗(三次解除婚约)。这种无望的反抗体现在 K 身上,残雪认为这是艺术家事业的必要条件,因为无望的反抗会让艺术家直面赤裸裸的真实,虽然会窒息艺术家的呼吸,但也能激励艺术家远离这种令人窒息的尘世,追求艺术的自由。对艺术家来说,他实际上是一个"自由的囚犯",一方面他是生活的囚徒,一方面他的灵魂是充分自由的。在这里,"自由的囚犯"成了总是处于自审状态的卡夫卡形象的写照,卡夫卡的一生就是在"自由"(心理世界)与"囚徒"(物理世界)的两极中来回摆动。

(3)艺术的创造者。残雪在对小说《城堡》的分析中,阐释了艺术创造的真谛。她认为,K 作为艺术家与城堡秘书毕尔格的相遇,是"意识与潜意识在无边的黑暗中的一场壮观的较量。在这种搏斗中,沉睡的潜意识浮出底层,战胜希腊大力士毕尔格,取得了暂时的胜利。由热情所激发的创造就从这里开始了"[①]。残雪认为,意识与潜意识是艺术家沉沦与超越的两极,意识生活中的艺术家沉沦于世俗的泥沼之中不能自拔,潜意识生活中的艺术家能够超越于尘世走向艺术创造的自由境地。对卡夫卡来说,爱情、工作、亲情是他的意识生活,夜晚和写作是他的潜意识生活,艺术创造是他超越于意识(世俗)走向潜意识(灵魂)澄明之境的桥梁。残雪通过对 K 的生命历程的思考,提出了艺术与生活的矛盾及依存关系,认为艺术创造就是在"铁一样的桎梏中表演异想天开的舞蹈"。无疑,卡夫卡的作品就是这种黑暗灵魂的舞蹈。由此可知,在残雪的笔下,卡夫卡就是一位戴着镣铐跳舞的艺术舞者,灵魂沉沦于世俗的挣扎情形,是卡夫卡构造艺术的城堡、人性的城堡、灵魂的城堡的前提。残雪从卡夫卡那里感悟到,虽然"生活的分裂给我们带来剧痛",但"精神的现实"能"将我们逼到艺术家的极境之中"[②]。只有在这种绝境般的极境中,我们才能同真正的"卡夫卡"相遇。

当艺术家 K 艰难而坚定地走在通往艺术理想圣地的城堡之途,当灵魂挣脱于世俗、艺术超越于生活时,纯文学与纯艺术作品便开始展露峥嵘,这便

[①] 残雪:《灵魂的城堡》,上海文艺出版社 1999 年版,第 52 页。
[②] 同上书,第 4 页。

是艺术家卡夫卡的艺术创造,而那位在自审中挣扎、在创造中超越的艺术家K就是卡夫卡本人。

在《灵魂的城堡》中,残雪从三个维度对卡夫卡的作品做出了理解。一是对生存意义的探寻。有学者认为《灵魂的城堡》展现的是一场"以探索生存意义为目的的绵延不绝的对话,它不仅应在残雪与卡夫卡之间,在卡夫卡与残雪小说的读者之间,也应在每一个人生意义的思索者、探索者之间展开"①。二是艺术与艺术家的关系。除《美国》外,《判决》以父子冲突表现了艺术心灵与世俗生活的斗争。《女歌手约瑟芬或耗子民族》探讨了艺术家与真正的艺术之间的关系。《中国长城建造时》则提供给艺术家一种可能的生活方式。三是对灵魂自审的认识。自审是自我存在的显现方式。《审判》《城堡》是艺术家对终极精神追求的本质展现。②

从残雪对卡夫卡作品的解读中,我们可以感知到,对残雪而言,卡夫卡首先不是一位作家,而是一位纯粹的艺术家。

当然,残雪所呈现的这三个方面是一个有机的整体,其深层乃是在隐喻的机制上对卡夫卡艺术形象的分层而全面的刻画。在这个认识上,可以说,残雪与卡夫卡的互动关系表现为:一方面,卡夫卡的作品激发了残雪对纯艺术的追求;另一方面,通过解读卡夫卡的作品,完成了对卡夫卡作为一位艺术家的艺术形象的塑造,也完成了残雪创作的文化选择。这无疑是中外文学史上一次独特的文学互动与心灵交往。

第二节 残雪小说的现代审美意识

与"卡夫卡式"一样,"残雪式"同样具有动态的开放性特征,"卡夫卡式"本身就是"残雪式"生成结构的重要部分,卡夫卡作品作为现代主义文学的渊源和传统,残雪是他的现代继承者,但在传统与现代的文化结构中,

---

① 涂险峰:《生存意义的对话》,《文学评论》2002年第5期。
② 参见严慧《灵魂的对话:卡夫卡与残雪》,《海南师范学院学报》2002年第6期。

残雪又开创和发展了自身的文学现代性，这种文学现代性首先表现为与卡夫卡艺术特征的相异性，这种相异性主要表现为以下三个方面。

一 梦魇与现实

残雪与卡夫卡都用怪诞的艺术手法表现了荒诞的梦魇世界。

从哲学意义上看，荒诞主要指人与人之间不能沟通，人与人、人与自然关系的各种失调。从美学意义上看，它的价值在于用怪诞手法把源于生活的荒诞体验具象化，以形成一种触目惊心的艺术效果。卡夫卡特别关注世界的荒诞性，在表现荒诞方面，其"卡夫卡式"的艺术方式主要表现为两个方面：一是荒诞框架下的细节真实，即小说的中心事件是荒诞的，但是陪衬这中心事件的环境是真实可信的。叶廷芳在《现代艺术的探索者》一书中论述了卡夫卡小说荒诞与真实的关系，他以《城堡》为例说："这里的山水地貌不是幻想的仙境，这里的村落房舍都不是歪歪斜斜的禽兽之窝，包括城堡也不是悬在半空的空中楼阁，这里的人们都食人间烟火，都有七情六欲，总之，他们过的都是'人间世'的生活，小说中的一个个小故事，也就是主人公所接触的人并与之打交道的都是日常生活中的人情世态的真实描写。"以现实主义的细节描写表现现代世界的整体荒诞性，这是卡夫卡怪诞艺术的一个方面。二是用荒诞的细节来描写真实的现实生活，如《审判》对法的整体结构的描绘是真实可信的，但很多细节如法庭设在阁楼上，人进不了法门这些细节描写则体现了荒诞或陌生化的艺术特性。如果说荒诞是梦魇，卡夫卡则总是用现实的维度与之映射，因此卡夫卡的艺术总是被统称为"梦幻与现实的结合""象征主义框架下的现实主义"等，也因此，K从到达城堡附近的小村店开始，就仿佛进入了一个梦魇的世界：这里什么都是真实可辨的，但又什么都是恍恍惚惚的。在真实的恍惚和恍惚的真实中，卡夫卡的一篇篇小说像一场场噩梦，充满着令人窒息的梦魇气氛，形成梦魇的仿真性特征，即现实恍如梦魇，或像梦魇般恐怖，令人不安。

日本学者近藤直子称残雪为"黑夜的讲述者"，残雪也自称是"黑暗灵魂的舞蹈者"，黑夜意象常常伴随着梦的场景的发生，对黑夜之梦的呈现是残雪之梦不同于卡夫卡之梦的地方。卡夫卡的梦魇具有仿真性，残雪描写的则是梦魇本身，卡夫卡的现实像梦魇般恐怖，残雪的梦魇则如现实般真实。笔者曾在《残雪小说叙事特色解析》一文中将残雪与卡夫卡最本质的区别表述为："与卡夫卡通过冷静和细节的写实展示生存的荒谬或用整体真实的框架表现具体生活细节的荒诞性不同，她的小说展示的就是荒谬本身，即用荒诞的叙述方式表现荒诞本身。"① 也因此，残雪的叙事是独特的，其独特性就是"残雪式"的出发点和生成维度。弗洛伊德用梦来解析人的精神分裂性倾向，残雪小说则用精神分裂性气质来结构梦的生活场景，她曾说："我是属于那种精神有分裂倾向的人，冲动而暴烈。"② 这种性格造成其梦幻文本各种人物的尖锐对立，这样看来，残雪分明在通过文学传递着她"个人的体验"，个人的体验产生强劲的想象，强劲的想象又产生了诗意的梦幻，诗意的梦幻则生成了另一个梦的现实。狄尔泰认为："心境是任何诗意的生命根底，但诗意同时被思想所渗透。"③ 余华也将这个因想象而产生的现实称为"现实一种"或"虚伪的作品"，余华认为虚伪是艺术真实的基础，他说："当我发现以往那种就事论事的写作态度只能导致表现的真实以后，我就必须去寻找新的表达方式。寻找的结果使我不再忠诚所描绘事物的形态，我开始使用一种虚伪的形式。这种形式背离了现状世界提供给我的秩序和逻辑，然而却使我自由地接近了真实。"④ 这种"虚伪的形式"在残雪这里就是梦幻的叙述方式，用梦幻的叙述方式叙述梦魇本身，这就是"残雪式"的艺术表现方式，具体的文本论证笔者在第三章已有详细探讨。这里再次强调，只是说明在处理梦与现实的关系上，残雪与卡夫卡是不同的，卡夫卡的现实如梦观，让我们在现实中发现了其梦魇特质；残雪的梦如现实观，让我们在梦幻中发现了现实的影子。卡夫卡的现实是梦魇的镜像，残雪的梦魇是现实的镜像，这种梦与现实的不同表现方式，是小说可能性方式的不同呈现，这种不同呈现无疑就是"卡夫卡式"与"残雪式"的区别之一。

可以说，这种对小说形式的创造性拓展既是对卡夫卡以来西方现代主义

---

① 罗璠：《原始性冲动的方式》，《湖南师范大学学报》2005 年第 4 期。
② 残雪：《为了报仇写小说——残雪访谈录》，湖南文艺出版社 2003 年版，第 261 页。
③ ［德］威廉·狄尔泰：《体验与诗》，胡其鼎译，生活·读书·新知三联书店 2003 年版，第 155 页。
④ 余华：《我能否相信自己》，人民日报出版社 1998 年版，第 160 页。

的继承,更是对西方现代主义小说形式的发展,这种发展作为小说范式具有哥伯尼式的革命性意义,这种革命性话语实践必然会给读者的接受带来意想不到的难度,冷遇和诘难是其文学必然的命运,但这种冷遇与诘难比起乔伊斯《尤利西斯》出版的艰难和爱伦·坡生前的生存孤寂与苦难来说,残雪及其文学的命运则不知好了多少倍。比起卡夫卡文学逐渐呈现的艰苦历程,残雪及其小说的命运也是值得庆幸的,至少她能像司汤达一样自信,却不必重蹈司汤达的命运。司汤达知道《红与黑》在浪漫主义时代是那么的不合时宜,但他知道"下一代将读我的作品";而残雪虽然"墙内开花墙外香",但这种香味已慢慢回归墙内,如今国内逐渐形成的"残雪学",也许正昭示了残雪文学的卡夫卡命运,残雪也因此自信地说:"正因为我的作品彻底地描写了中国社会的本质,所以才能同时带有世界性。"①

二 小说的复仇精神与危机意识

残雪小说中的"中国社会的本质",主要表现于她对中国社会人性精神危机的本真展现,这种本质展现是通过艺术解构的方法进行的,如对中国性文化的深层反思,如接过自鲁迅以来的对中国国民性格的剖析精神并加以深化,以及对中国传统"礼义"文化的表象进行深度掘进,展现人潜意识中被表层文化所压抑的窥视欲望等。

如果说卡夫卡的小说对第一次世界大战前后,西方社会文化价值失落后的人生境况进行了镜像式的勾勒,以此对西方社会人的精神危机感做了深刻的展现,那么残雪的小说则告诉我们,危机是现代人的本质存在状态。其中《黄泥街》《痕》《思想汇报》《山上的小屋》等具有深刻历史意象的小说,通过梦的叙述形式对历史现实做了魔幻处理,揭示了危机历史的不同面貌。而《苍老的浮云》《历程》《突围表演》则从中国文化"天人合一"的"仁"学端口对其进行了无情解剖,指明传统文化自欺欺人的卑劣特征。

这种与中国现实的梦魇现状的对抗和与传统文化的欺骗本性的搏斗精神,就是残雪极力推崇的艺术"复仇精神",是她那振聋发聩的"为了报仇而写小说"的小说精神的艺术图解,是对整个人类生存方式的愤怒,是对被主流文

---

① 残雪:《为了报仇写小说——残雪访谈录》,湖南文艺出版社2003年版,第12页。

化遗忘的存在的记忆,是鲁迅式的"真的恶声"的"怪鸱"。残雪曾在解读博尔赫斯小说《皇家典仪师小介之助》时对这种"复仇精神"做出了解释,她说:"艺术需要复仇,复仇将会使灵魂之火猛烈燃烧,这使人做出那致命的一跃。复仇产生于人所受到的屈辱,精通艺术规章的大师小介之助,怀着阴险的意图,将无限的屈辱强加到人的身上,迫使人触犯天条,进行前所未有的反抗。为了让反抗变得艰难,他还堵死了所有的缺口,让人陷入绝望中。"① 对残雪小说来说,当所有的缺口都被堵死了以后,用丑恶肮脏的垃圾堆来呈现天、地、人的另类风景,用抽屉生生世世也清理不好的哀叹来揭示人的无助状态,用"性"来呈现人陷入围城后奋力挣扎而不能的苦闷精神等就成了顺理成章的艺术表现。

在对危机历史的呈现方面,残雪主要通过象征隐喻的艺术形式去加以表现。在中国文化结构中,为了防乱,政权和意识方面都有"定于一"的要求,墨子曾说:"古者民始生,未有刑政之时,盖其语,人异义。是以一人则一义,二人则二义,十人则十义。其人兹众,其所谓义者亦兹众。是以人是其义,以非人之义,故交相非也。是以内者父子兄弟作怨恶,离散不能相和合;天下之百姓,皆以水火毒药相亏害。至有余力,不能以相劳;腐朽余财,不以相分;隐匿良道,不以相教。天下之乱,若禽兽然。"② 这段话旨在说明,如果没有统一的意识形态,人与人之间就会"离散不能相和合",为了保证这种"和合感",就必须用统一的思想来归属,这种统一的归属思想,形成了"亲民"式的专制主义"礼乐"传统,而且这种专制式的礼乐传统到了"文化大革命"时期则达到了它的顶峰。这段历史记忆几乎成了一个民族的集体"梦魇",这段"梦魇"历史,对于任何一个具有良知的中国作家来说都是一道不可绕过的坎儿,特别是对人类生存现状喜欢斤斤计较的残雪来说,"文化大革命"梦魇必须会成为小说复仇的对象。

在残雪的小说中,《黄泥街》是被"文化大革命"历史意象深烙的作品,阅读这种小说,"文化大革命"历史时期的词汇犹如沉渣泛起或像漫天飞舞的苍蝇一样直扑过来,"形势一片大好"与"千百万人头要落地"交织成的反

---

① 残雪:《解读博尔赫斯》,人民文学出版社2000年版,第7页。
② [美]孙隆基:《中国文化的深层结构》,广西师范大学出版社2004年版,第315页。

讽画面,让你觉得心悸不安;"路线问题是个大是大非问题""遗臭万年""问题的本质""群众大会",恐怖图景再次从词汇直逼你的意识,让你体味着意识形态的压迫性、非人性和荒诞性。小说中具有的现实品格和讽刺品格,让我们感悟到"专制主义""定一"思想的历史幽灵不时会在我们的生活中现形,正如哈姆雷特父亲的亡灵一样,不断扰乱你的生活,干扰你的意志,让世界弥漫着斗争、恐怖和腐尸的气息,抑或如《天窗》中那位"我"同事的父亲从火葬场烧尸房寄来的骷髅之信,历史幽灵如死人的骨灰,但却是滋养着我们生活蒿草的养料,我们犹如置身在长满密密匝匝蒿草的瓦砾堆中,只能艰难地喘息。

中国专制主义文化结构是一种具有"亲民"性的"定一"结构,它被规定在不因时、地、政治立场而异的文法规划之中,因此"闻善而不善,皆以告其上",成了中国文化的深层意识,这种意识在"文化大革命"的历史境遇中,成了全民性的"裸露"表演,人人都在监视、窥视和反监视、反窥视中演绎着令人触目惊心的人生。残雪的《思想汇报》就是对这种"告其上"历史意象的记忆和批判之作。如果《黄泥街》让人感觉到生存的恐怖,《思想汇报》则让人觉得生活沉滞,小说一开头,"我"就无缘无故地受到邻居们的"关照",身陷他人意识的樊篱之中,随后,一个衣衫褴褛的自称为"食客"的人又莫名其妙地闯入"我"的家庭,他的闯入不但使"我"的妻子离家出走,而且"我"也不由自主地成了被他使唤的奴役。从表象上,这是对"文化大革命"时期知识分子生存图景的展示,"我"作为知识分子,总是被定义为思想意识有问题的对象,需要工人阶级和革命领导干部的严格要求、热情帮助和亲切关爱,但这种关爱无疑让"我"感觉到苦恼和焦虑,于是为了排解自己内心的苦闷,找到一个上级领导来进行思想汇报,成为"我"寻求身份认同和心灵慰藉的唯一途径。从深层看,《思想汇报》却让我们感觉到了专制主义历史幽灵的另一面貌,它总是以貌似"亲民"的姿态随时出现在你的生活中,无所不在地成为支配你生存方式的终极力量。专制主义具有嗜血的特性,却又常常乔装成"食客",闯进你的生活,控制你的灵魂,犹如那万能的宙斯,作为雷电之神,他深谙自己挟雷带电的真身会给凡人带来毁灭性的灾难,于是,他总是将自己威力无比的真身隐去,换上诗意的迷人面貌,温情地征服对方,但有一点是不变的,无论对方愿意与否,其控制的意志是不变的,就如美女欧罗巴,即使逃到天涯海角,也无法逃出他权力的掌控一样。因此,像《思想汇报》这样的小说,从小处着眼,是对"文化大革命"历史意象的深刻揭示;从大处来看,是对中国传统文化漠视人性根基的文化批判。

除《黄泥街》和《思想汇报》外,《痕》《山上的小屋》《污水上的肥皂泡》等小说也是与"文化大革命"历史意象相关的现代寓言,这一点也足以证实残雪要使西方现代主义在中国本质化的精神追求,在这种追求中,她力图昭示危机的无处不在,说明危机已经深深渗透到了中国国民生活和人格的各个方面。比如小说《痕》写到,近十年来"痕"几乎每天都为这种心情所笼罩,"老者的样子并不好看,三角眼,无眉,一脸贼相,手执一把明晃晃的镰刀,使痕不由得顾盼四周,打了个寒噤"①。"老者"作为一种异己力量的隐喻,是"痕"黑暗灵魂中的可怕的幽灵,这种黑暗幽灵一旦遭遇,就会让你在地狱的景象中备受煎熬,遭遇黑暗深处异己力量的生存境遇,一定程度上隐喻了特定历史时期中国人精神生活的恐怖图景。有论者认为,这"说明在人的精神结构深层,病态政治对人的折磨并不会因人为的缄默而消失,更进一步说则是,在当时专制主义文化传统气息浓厚的中国,不乏颤颤巍巍的'子民'、得过且过的奴才,却难见生龙活虎的'公民'形象"②。而《山上的小屋》中的"小屋"和《污水上的肥皂泡》中的"肥皂泡",前者分明就是当时中国沉闷压抑的社会政治空气的象征;后者那阳光下五光十色的水泡泡,表征了病态的美丽背后正是中国人在"文化大革命"时期政治狂热中破碎的青春梦想。

当然,上述小说虽然或隐或现是"文化大革命"历史意象的征候显示,但它们显然也同时颠覆了"伤痕文学"那清晰明朗、善恶分明的现实主义书写方式;它们既烙上了中国式的历史印痕,又昭示了世界性的对人性之根的深层关怀。对此,美国学者夏洛特·莫尼斯做出了很好的说明,她说:

在残雪的小说中读者必然扮演一个解释的角色。如果说读完《黄泥

---

① 残雪:《在幽冥的王国里》,民族出版社2000年版,第1页。
② 万莲子:《残雪与外国文学》,《湘潭大学学报》2002年第6期。

街》和《苍老的浮云》,一个人的脑子里会产生对中国当前事件的直接描述,那将是错误的,读残雪更像是伏在一本历史书上入睡,梦见你刚刚读过的东西的恐怖而歪曲的描述。然而,虽然她的世界可能看起来是噩梦般的、遥远的、印象主义的,读者应该记得,人们在故事中的举止完全像他们在任何地方的举止。他们搞阴谋、恋爱、相互讨厌、欺骗自己、受苦,仍然盼望更好的事情,残雪之所以感兴趣,不单是因为她在描写中国,尤其是因为她用一种新的、有趣的方法描写了人类。[1]

从文化层面去思考残雪的小说精神,残雪的小说既历史性地深刻揭示了中国语境中人类普遍的危机境遇,又同时解构了"天人合一"文化传统中意识的欺骗特征,以及这种传统意识形态瓦解后,人类普遍陷入的生存危机的境况。在与传统的交锋中,残雪着力找回被历史记忆遗忘的话语,构建出"残雪式"的意识形态的新思考。

在中国文化里,"天"并不是超越世界之上的上帝,而是"天地人"这个世界系统内在的组成因素之一。因此,与世界上其他的高级宗教都认为"天"与"人"之间有一道不可逾越的鸿沟不同,在中国文化里,"人"尽可以向往着超越,但永远不可能到达神的境界,故中国人的天道观主张"天人合一"。

在"天人合一"的结构里,天道有着向人道倾斜的倾向,中国人相信"天道远,人道迩",故孔子说,"未能事人,焉能事鬼""未知生,焉知死",即是把存在的意向完全集中在这个人世间,在这个意义上,中国文化中的天道其实就是人道,它是人间的理想化了的和谐关系的映照,也就是说,人间如果能够保持和谐,就是符合天道,否则,就会使"天道"失常,故人便有了参天化地之功能。

怎样才有参天化地之功能呢?那就是用"存天理,灭人欲"的方式,这种方式主张泯灭个体"自我"的疆界,人的七情六欲被疏导到"天理"化的人伦关系之中,处处以对方利益为重,达到"克己复礼为仁"的境界。

个性的泯灭过程,实际就是非人性化的过程,在非人性化的生存境遇中,

---

[1] 萧元编:《圣殿的倾圮——残雪之谜》,贵州人民出版社1993年版,第374页。

个体的灵魂势必陷入幽深黑暗的地狱深处，找不到倾诉的出口。面对中国文化的这种温柔的暴力，残雪宣告，将要以文学与之抗争，要用文学彻底清算"天人合一"和"文以载道"的文化传统，揭示这个貌似"平和"的文化父亲的欺骗本性。在黑暗灵魂的舞蹈中展示人自身的精神，这种精神就是突围文化传统的现代精神，她说："有一个错综复杂的故事围绕着人，人站在故事的中心，每时每刻面临着突围。也许这个阴森暧昧的故事就是灵魂的崭露，人只有在一次又一次的拼死突围中，才能不断刷新故事的时间。"[1] 从残雪的自序中，我们可以发现，残雪在力求告诉她的读者，她的小说首先是关于现代人灵魂的故事，她曾说"现代人就是时刻关注灵魂、倾听灵魂的声音的人"，"残雪的小说就是在关注与倾听的过程中写下的记录"。其次，她的故事是关于现代人灵魂突围的故事，所谓突围，就是挣脱传统文化的羁绊，达到个性的充分自由的展开。最后，她的小说呈现的故事具有阴森暧昧的特点，阴森暧昧与明朗清晰相对，从文化角度来看，阴森暧昧与明朗清晰形成了文化的两极，如果前者隐喻文化的边缘性特征，后者则喻指文化的整体性和明晰性。这里，残雪实际在暗示我们，对中国文化来说，主流文化常常是不真实的，既不具备代表性，更没有"全体性"的资格。在主流文化支配的结构里，边缘的文化意识和边缘的声音被压抑着，因此为了真实地表达人类的生存景象，作为作家就必须将目光投向社会的边缘，只有从边缘出发，方可真正地导向全体，如"世纪末"的危机感、"突厄"感，以及人生的荒诞、虚无和绝望情绪，这些在主流文化里都是空缺的，必须由边缘视野来发现和反映。

如此，我们发现，残雪文学与"天人合一"的主流文化意识对抗的策略之一，就是立足于边缘的视野来呈现被历史记忆忽略、漠视和遗忘的原始乡村及其闭塞、神秘、恐怖，以及拥挤、污染、窒息、丑恶、垃圾、变异、畸形、残疾等，并以此来凸显"世纪末"现代人的危机感。

只有了解了残雪小说中蕴含的文化态度，我们方可理解残雪的小说世界为什么充满着丑恶肮脏的垃圾堆，为什么到处是物化的变形人物，为什么天空的太阳、雨水和日常的经验大相迥异，因为她在用臆想对抗现实的虚假，

---

[1] 残雪：《残雪小说展示（丛书）·自序》，民族出版社2000年版，第2页。

第六章 文化虚无与现实幻化：湖南文学现代主义维度（二）

用边缘对抗主流的虚伪，用小说精神对抗艺术的堕落，用灵魂呐喊人性。为此，她才说："我的小说就是跟别人不同。我写的所有的题材都是灵魂的故事。"① 当有论者质疑她的小说为什么总是关注人性的阴暗时，她能理直气壮地反问道："一个阴暗狡诈的人就不能有理想吗？淫邪的人就一定不美吗？"② 她认为卡夫卡、博尔赫斯、莎士比亚，"他们的作品可以说表现了人类灵魂中最黑暗的东西"，"我之所以这样写，还是为了用内在的空灵同粗俗的外壳进行交合"。因此"凡是那些最褴褛、最'负面'的人物，往往是最本质、层次最深、凝聚了最多激情的"③。而梦幻的叙述方式、臆想的表现方法，则完全是对西方幻想传统的继承和发展，她说："我最推崇的是西方幻想的传统。"④

针对主流文化对存在的遗忘和对边缘化的压抑特性，残雪的小说力求用一种新的美学姿态进行突围与反叛，这种美学姿态有论者命名为审丑意识。

审丑意识在中国和西方都有其深远的美学传统，在中国，美丑意识是对孪生体，古代有美丑互化、化丑为美、以丑为美的审美结构形式。当代美学家潘知常认为中国文化似乎从一开始就重视了丑，如"老树""枯藤""昏鸦""病梅"，以及湖石的"透、漏、瘦、皱、丑"，"还有对于'苍劲''老气'，'古拙''高古'，'隐逸'，'疏宕'，'清奇'，'寒瘦'，'宁丑毋媚'的提倡"⑤。从远古青面獠牙的陪葬品到夏商"饕餮""吃人"的青铜器，从苏东坡"外枯中膏"的诗论到清代刘熙载"以丑石为美"的艺术论，都说明"丑"与"美"都是审美的特定表现形式。在西方，1857年波德莱尔第一部诗集《恶之花》的发表，标志着西方文艺进入了全面审丑的现代社会。在诗集中，波德莱尔对"美"是这么定义的："忧郁才可以说是美的最光辉的伴侣"；"最完美的雄伟是撒旦——弥尔顿的撒旦"，这正是他所说的"从恶中抽出美"的解释。他公开宣称："给我粪土，我变它为黄金！"《恶之花》的本意是：这些花可能是悦目的、诱人的，然而它们是有病的，它们借以生存

---

① 残雪：《为了报仇写小说——残雪访谈录》，湖南文艺出版社2003年版，第135页。
② 同上书，第185页。
③ 同上书，第82页。
④ 同上书，第140页。
⑤ 潘知常：《美学的边缘》，上海人民出版社1998年版，第173页。

的土地有病，它们开放的环境更有病，一言以概之，就是：社会有病，人有病。而卖淫、腐尸、骷髅，正是世界的普遍存在，可人们却虚伪地视而不见，人的存在本身有恶、有脏、有丑，人要对脏、丑、恶有着清醒、冷静的自觉意识，诗人更要深入人类的罪恶当中去，到那些开着恶之花的地方去探险，那恶的地方不是别处，正是人类的心灵深处。可以说，在时代的变幻中，波德莱尔洞悉了存在之思，敞开了另一极世界的本质，因此诗人魏尔仑说，"波德莱尔深刻的独创性在于强有力地从本质上表现了现代人"，这是一种不屈的诗学精神。

这种诗学精神是欧洲世纪末情绪的映射，卡夫卡可以说用小说继承和弘扬了这种世纪末的情绪，创造了小说的审丑精神，他说："人是不能没有一种深怀不厌的对某种事物的永恒的信念而活着的。"因此存在主义者加缪说，卡夫卡的作品中除了希望还是希望，但希望在哪里，卡夫卡自己说："我们称之为路的东西无非是踌躇。"在他的心目中，现实生活与他的永恒信念和目的相对的只是不可救药的堕落，因此现实生活"无路可循"，便只有到小说中去着力描写失去目的而步向死亡的人的荒诞生命和绝望情绪了。

残雪深受中西文化的熏陶，她的小说作为与现实对抗的形式，极力摧毁着那"天人合一"的虚假传统文化的美学结构，着力描绘出那阴冷、黏湿、滑腻、腐臭、污毒、糜烂、痴呆、滞阻、鬼祟、变形的另一种现实，因为这些都是传统主流文化中被压抑了的潜意识存在，是被压抑和遗忘的个性和人性，这种向潜意识掘进的艺术精神，使我们看到了波德莱尔和卡夫卡"英雄主义"的虔诚情感，残雪说："我们的国人是有病的国人，甚至可以说病入膏肓，我们患的是什么病？就是鲁迅先生所描述过的阿Q病。"[①] 既然人人病入膏肓，残雪当然也不例外，残雪的不同在于，她要将病体暴露在光天化日之下，津津乐道地做形而上的分析，并在说的过程中唤起人对生命、对理想的向往。从这个意义上说，病入膏肓不一定是不幸，这样的灵魂有可能更充分地感受到天堂光辉的照射。虽然波德莱尔、卡夫卡和残雪的文学"从头到脚，每个毛孔都滴着血和肮脏的东西"，但从波德莱尔"生活在恶之中，爱的却是善"到卡夫卡"恶是善的星空"，从鲁迅"真的恶声"到残雪"脏是最基本、

---

① 残雪：《为了报仇写小说——残雪访谈录》，湖南文艺出版社2003年版，第74页。

最原始、扑不灭、杀不尽的生命（形式）"①，我们可以看到，恶与丑是美的意境不可或缺的表现形式，或者说是一种更高更纯净的审美意境，这是一种更为深刻的辩证逻辑。对卡夫卡来说是一种逻辑悖论，寻找意义和希望，却陷入另一种无意义和无希望，努力奋斗，拳头挥出去却找不到对象，是鲁迅式的"无物之阵"；对波德莱尔和残雪来说是一种否定逻辑，是对传统美学彻底的批判和反叛。因此，残雪笔下的"天人合一"是空气中的死尸臭味、太阳金属般的死光、楼里面茅厕的臭腥味以及清水塘中浮着的死猫与机油的和谐统一，这种和谐是对传统"天人合一"和谐观的彻底否定和反叛。在这种生存境遇中，《苍老的浮云》中的更善无和虚汝华总是被噩梦纠缠，"噩梦袭击着小屋，从窗口钻进来，压在你身上"②。《历程》中的"痕"总是禁不住寒噤，时常要警惕地看着四周。《突围表演》中的 X 女士免不了嗓音在几个关键的地方出现颤抖，意识到"自己的一举一动皆在众目睽睽之下，这件事使她深深地认识到群众情绪的暴烈性、多变性，从而进一步加深了自身的某种颓废情绪"③。

可以说，残雪创作已汇入了中外现代主义文学的生成结构中，并且在这个过程中创造了残雪自身的文学特性，构筑了"残雪式"的文学存在方式，这种文学在骨子里面体现了对抗"天人合一"传统文化的小说精神，由"天人合一"的文化滋养的国人，最害怕的就是灵魂的撕裂，残雪的小说正好展示了处于撕裂状态的人性，是对危机状态人的精神的本真展现。

三 异化人性与巫性思维

卡夫卡和残雪都写人的异化，但两者在表现方式上有着明显的差别。卡夫卡表现的是资本主义时代人的异化现象，也就是说，"这个世界是他用自己'异化了'的意识所看到的世界"，在世界和人之间存在着对立的关系，因此他把世界描绘成异化的样子，西德戏剧理论家卡·洛·西蒙认为这种异化的现象是"现实的和非理性的事物的搅和"④。亦即在某种神秘的权力之下，人

---

① 残雪：《为了报仇写小说——残雪访谈录》，湖南文艺出版社 2003 年版，第 62 页。
② 残雪：《通往心灵之路·苍老的浮云》，民族出版社 2000 年版，第 10 页。
③ 残雪：《残雪文集：突围表演》，湖南文艺出版社 1998 年版，第 27 页。
④ [苏] 扎东斯基：《卡夫卡与现代主义》，洪天富译，外国文学出版社 1991 年版，第 141 页。

变成了非人，从果戈理笔下的乞乞科夫到巴尔扎克笔下的葛朗台，都是人变成非人的代表，只是卡夫卡将人变成甲虫这一表现方式更加形象而深刻地反映了资本主义社会人的异化这个普遍现象。

残雪笔下人的异化，因其"文化大革命"的梦魇特征和叙述的梦幻姿态，将现实因素从潜意识中抽空了出去，因此残雪小说中的异化是人本身的异化，这与卡夫卡"把自己跟客体本身等同起来"的异化表现是迥然不同的。卡夫卡是将对现实的异化感受从大量非理性的文本中表现出来，残雪的异化是对非理性叙事文本中异化世界本身的呈现，一言以概之，卡夫卡的小说是对客观世界异化后的一种可能性呈现，残雪的小说则是对可能性世界人本身的异化现象的呈现。

这种臆想世界的异化人生，是神秘浪漫的巫性思维方式的产物。巫性思维是湘楚文化艺术特征的表现，这也是残雪将现代主义本土化和地域化的结果。王国维在比较南方文学与北方文学的风格差异时说：

> 南人想象力之伟大丰富，胜于北人远甚。彼等巧于比类，而善于滑稽。故言大则有若北溟之鱼，语小而有若蜗角之国；语久则大椿冥灵，语短则蟪蛄朝菌；至于襄城之野，七圣皆迷；汾水之阳，四子独往；此种想象，决不能于北方文学史发见之。[①]

这种原始想象力与奇异的思维方式就是巫性思维方式，它产生于具有独特地理和历史环境的楚地，屈原《楚辞》中那充满瑰丽雄奇的想象和热烈奔放的激情，以及呼神请愿的呐喊文本，就显示了其独语"怪力乱神"的楚文化风格。残雪虽然坦言她的幻想传统在西方，但也不否认中国文化特别是古典文化对她的影响，她说："在中国的古籍中，我最喜欢的是《楚辞》，在我的长篇小说《宛如沙丘移动》中我使用了《楚辞·九歌》中的一篇《湘君》，我了解得不详细，是凭感而说的。但感觉到，即使在中国，也有一种自古就有的'非现实'的，在灵魂的真实中生存过来的地方性遗传。"[②] 从残雪的自述可见，这种源自地域文化的巫性思维不但成了她写作时所运用的修辞手段，

[①] 郭绍虞、王文生主编：《中国历代文论选（四）》，上海古籍出版社1980年版，第383页。
[②] 残雪：《为了报仇写小说——残雪访谈录》，湖南文艺出版社2003年版，第8页。

第六章　文化虚无与现实幻化：湖南文学现代主义维度（二）

而且更在于将它提升到了观察世界的一种方式和角度，在这种思维方式之下，她那以"幻想"为文本生成方式的小说世界，显示了其独特的创作风格，也使其文本的人性异化特征显示出"残雪式"湘楚文化的地域艺术特性，呈现出一种异端境界。

这种特性主要表现为人与自然的通灵性，也就是说自然中植物和动物的离奇和神秘性与人性是相通的，这类似于古希腊神话"人神同性"的特点，只是这里的神由大自然的灵异所替代。比如，《山上的小屋》中的父亲就具有狼性，"父亲用一只眼迅速地盯了我一下，我感觉到那是一只熟悉的狼眼，我恍然大悟，原来父亲每天夜里变为狼群中的一只，绕着这栋房子奔跑，发出凄厉的嗥叫"[①]。中篇小说《开凿》里的父亲住在穴居的洞里，母亲总是喜欢"张着血盆大口"，有着"木片一样的身躯"和"蚂蟥一般扁扁的身子"。在《苍老的浮云》中，"街上的老鞋匠耳朵里长出了桂花，香得不得了"，虚汝华"体内已经密密地长满了芦秆"，"她必须不停地喝水，否则芦秆会燃烧起来，将她烧死"。在《污水上的肥皂泡》里，"我的母亲化作了一木盆肥皂水"。在这里，处处流溢着鬼魅巫风的细节描写，人与自然达到了某种相通性，处处有精灵，人就生活在与自然通灵的氛围之中，正如残雪在小说《变通》中所写："不可捉摸的大自然，她追求了一辈子的、同她若即若离的大自然，原来就在她身体里，这就是事情的真相。"正是"梦幻"文本中人的生存环境的异在性，才让人性呈现了不同于客观现实的异化特征，因此在残雪小说中，人的精神的变态、人与人关系的对立、人与自然的疏离种种异化的表现，不只是对异化现实的隐喻和象征，更是建立在对人与自然通灵认知文化基础上的，对人性本身异化的可能性呈现。

可以说，残雪小说与卡夫卡以来西方现代主义小说的相似性，是她对优秀文化遗产的继承，正如卡夫卡继承了狄更斯的《大卫·科波菲尔》创造了《美国》等"根据文学的文学"一样，残雪的《历程》与卡夫卡的《城堡》，《饥饿艺术家》与《思想汇报》，《女歌手约瑟芬或耗子民族》与《突围表演》，《变形记》与《黄泥街》等在内在表达和艺术结构上也类似于卡夫卡的《美国》与狄更斯的《大卫·科波菲尔》的承接关系。但卡夫卡的小说不像狄更斯重于表达

[①] 残雪：《从未描述过的梦境：残雪短篇小说全集（上）》，作家出版社2004年版，第2页。

一种道德态度，而是形诸一种对存在的探问态度，无论从小说思想到小说形式都具有实验性、奇异性特征，逼问的是人自身的问题，暴露的是对人性之根的思考，寻找的是人的生存的未知面貌，在对未知的探索中，延续了小说的发现之旅，也因此建构起了独特的"卡夫卡式"文学艺术的审美结构。

同样，对残雪来说，她的小说价值也不在于继承了多少优秀的文化遗产，而在于它发现了什么，具有多大意义上的实验性，正如昆德拉在《小说的艺术》中所说的："发现惟有小说才能发现的东西，乃是小说惟一的存在理由。一部小说，若不发现一点在它当时还未知的存在，那它就是一部不道德的小说。"① 在《被背叛的遗嘱》中他也指出："一部小说的价值，则在于揭示某种存在直至那时始终被掩盖着的可能性。"② 从对"残雪式"的分析中，我们可以看到，小说的梦幻结构形式，用想象对抗现实、用边缘抗拒主流的小说意识，寻找人的生存未知层面的探索精神，对展现人的存在的异化形态的努力思考，挖掘被文化遗忘的存在等，这些都属于残雪小说独特性的思考与发现，这既是对文化世界性的认同，更是对民族文化特性的反思、建构与想象，正是这一点，使残雪小说拥有了与现代主义大师卡夫卡对话的基本条件，也同时建构起了残雪小说自身的意义，为"残雪式"成为文学、美学史的一种约定俗成的审美认知提供了可能。

第三节 盛可以：《北妹》的异化情境

湖南青年作家盛可以在小说《北妹》中描绘了时代浪潮中的底层人"北妹"（广东以北女孩子的俗称）南下打工的生存境遇和情感生活。作品为我们展现了一个荒诞的世界，这里人与人之间的交往与主观疏离，个体生存的动机与结果背离，亲人关系、男女关系和朋友关系完全异化，人性的黑暗与罪恶交相混杂。

---

① ［法］米兰·昆德拉：《小说的艺术》，董强译，上海译文出版社2004年版，第7页。
② ［法］米兰·昆德拉：《被背叛的遗嘱》，余中先译，上海译文出版社2003年版，第278页。

第六章 文化虚无与现实幻化：湖南文学现代主义维度（二）

有学者认为，西方存在主义哲学思潮与当代中国的精神状态有着"历史结构的近同性"①。新时期以来，存在主义在中国得到广泛传播，存在主义文学也成为新时期以来中国文学的一道亮丽风景，对于人性的扭曲和异化问题的关注，成为文学表现的核心问题。对人的存在和自由的关注，对社会现实非理性的批评和揭示，是中国新时期文艺思潮与存在主义的重要交会点。

2002 年，凭借小说《水乳》获得首届"华语文学传媒大奖"以来，盛可以凭借独特的写作风貌一直活跃在广大读者的视野中。近几年，她的多部作品被译成德、日、英、韩等多种语言在国外出版发行，小说《北妹》的英文版也得到了西方读者和《纽约时报》等媒体的大力赞誉。

一

存在主义哲学认为，"人是生而自由的"，但"我被遗弃在这个世界中"。②

小说《北妹》讲述了湖南贫困乡村的一个普通少女的故事，主人公钱小红与姐夫偷情被人告发，不得不从偏僻的乡村跑到繁华的县城宾馆当一名服务员。故事中，主人公钱小红居无定所，工作不稳定，她先是到一家发廊打工，后来辗转来到了南方的大城市 S 城，总体来说，小说故事展示了一个尔虞我诈、矛盾重重的荒诞世界。

正如存在主义哲学认为："世界是荒诞的，存在个体各有自己的思想、意志和欲望，有着和别人无法沟通的主观性，这就导致了人与人之间产生了不可避免的冲突和斗争，罪恶和丑陋无处不在。"③ 钱小红所在的 S 城，形形色色的人物，混杂着善良与丑恶，以及算计和猜测。她一直对生活怀着真诚的热情，但这种正直的人格却在尔虞我诈的现实中屡受伤害。她不愿出卖良知，当按照善意的态度去生活时，反倒受到他人的猜测和暗算，正是因为人与人之间有着无法沟通的欲望和意志，无法达成主观上的沟通，各自的是非观相异，所以形成人与人之间主观上的疏离，这个荒诞的世界由此生成。

世界的荒诞性还体现在本质与现象的分裂、动机和结果的背离，荒诞产

---

① 张智韵：《存在主义视角下的刘震云小说研究》，《西安外国语大学学报》2012 年第 6 期。
② 李钧：《存在主义文论》，山东教育出版社 2000 年版，第 216 页。
③ ［法］萨特：《存在与虚无》，陈宣良译，生活·读书·新知三联书店 1987 年版，第 716 页。

生的根源在于存在的"偶然性"①。钱小红一直尊重自身的欲望,她自身的欲望既包括生存的欲望,也包括身体的性欲望。但她的身体"为欲望服务",与金钱和性政治话语无涉,她只按照自己的需求创造条件去寻求来自异性的满足。虽然钱小红依照"性爱的快乐"选择男人,她的双乳却在和多个男性做爱后出现病变,变成像"两袋泥沙一样的乳房"②。因为生理欲望追求身体自由,又因为身体自由导致身体的衰弱,是动机和结果的背离。钱小红不是卖淫女,不依靠性交易赚钱,也不像小说中所描写的那些以性谋取功利的女医生和护士。钱小红顺从原始欲望,在社会的底层求得活下去的勇气,并对生活寄托了美好的愿望,从仓库管理员到发廊妹,再到医院的宣传员,她并没有走出城市底层的地位,不断遭到城市男性的骚扰,成为权力斗争的牺牲品,是一个被城市女人蔑视、被乡里女人嫉妒的人。正如《北妹》的结尾所写,"钱小红发现被无数双脚围住了,那些脚有穿皮鞋的,穿凉鞋的,白色的,黑色的……她咬着牙,低着头,拖着两袋泥沙一样的乳房,爬出脚的包围圈,爬下天桥,爬进拥挤的街道"③。乡村人以异样的眼光对"北妹"形成排斥,城市人对"北妹"表现出种种不友好和贬低,钱小红一直努力往社会的更高处攀登,最后又回到了社会的底层,不得不说是动机和结果的背离。在这个孤独的世界,钱小红变成了落魄的流浪者,面对冷酷而荒诞的现实,虽备受痛苦却无力改变,只能重新进入社会的最底层,开始生活。

二

有学者认为:"异化是萨特哲学的基本理念之一,我们甚至可以说萨特就是为了解决现代社会中自我的异化问题而创立起哲学体系的。"④ 在人与人的关系中,当"自我"失去了自由,变成了主人面前的奴隶时,人与人之间的关系就会异化,人则成为人的对立面,出现"他人即地狱"的情境。

在《北妹》中,钱小红与亲人的关系、春树和她女儿的关系都出现了严

---

① 李晓梅:《绝望的挣扎——论穆旦诗歌的荒诞性特征》,《四川师范大学学报》2011年第9期。
② 盛可以:《北妹》,长江文艺出版社2004年版,第248页。
③ 同上。
④ 唐彬:《荒诞与异化:对〈裸者与死者〉的存在主义解读》,硕士学位论文,中南大学,2008年,第10页。

重的异化。

钱小红和姐夫发生乱伦引发与亲人关系的异化。春天在田野干农活的时候，钱小红和姐夫不约而同地离开田野，留下姐姐一人，二人在家发生关系并被姐姐亲眼所见。"姐姐哗啦一下撕开嗓门嚎啕大哭，手指钱小红的房间，拖着长调，扯着嗓子用难听的哭腔开骂。"① 然而，钱小红并不感到害羞，还在心里默念，心里石头落地了，倒轻松了。迫于姐姐和邻里的道德压力，钱小红被迫离开家乡。在外打拼一段时间后，钱小红深感城市生活的压力而回家寻得安慰。这一次，姐夫污蔑钱小红在 S 城卖淫，并向钱小红再一次提出性交的要求，钱小红"以迅雷不及掩耳之势扇了姐夫响亮的一个巴掌"，并说："不会再喊你姐夫了！"② 在这段关系中，钱小红为了逞一时之快，不顾与姐姐的血缘关系，和姐夫私底下发生关系，这不得不说是钱小红和姐夫为了宣泄性欲而不尊重姐姐的表现，对人的基本尊重都丧失了。而姐夫一直没有悔悟，不但想和钱小红再一次发生关系，而且污蔑钱小红是妓女，自始至终都在亵渎亲情。

钱小红在 S 城工作一年后回乡，华丽的着装让乡里乡亲和家人都认定她在 S 城是一名妓女。春树嫂子认为自己的女儿二妮子不争气，成绩也不好，不想再花冤枉钱，希望钱小红帮忙找个工作。实际上，春树嫂子知道钱小红可能是妓女，却又把自己女儿的前途寄托在钱小红身上。正如钱小红所言"娘把自己的女儿往火坑里推"，可以看出，春树是为了达到赚钱的目的，把女儿当作"物"，即赚钱的工具，生活更好和"不花冤枉钱"是她的出发点。在春树和女儿的关系中，可以看到亲人关系的异化。此外，在父亲意外死去之后，钱小红奔丧回到老家，春树嫂子因为女儿的工作没有得到安排而蔑视南方发达大城市深圳，看不起钱小红，唾弃那些为生计而离开乡村到外面打工的男男女女，而且抓住钱小红在深圳的所谓风流韵事大肆渲染，到处传播。由此可见，春树嫂子把钱小红当作工具，不如其愿便开始报复，邻里之间人际关系的异化非同一般。

在《北妹》中，男女关系是着墨最多最为丰富的人际关系。"性"是北

---

① 盛可以：《北妹》，长江文艺出版社 2004 年版，第 4 页。
② 同上书，第 148 页。

妹生活中的一个重要构成要素。

在"北妹"这一群体中,李思江遭遇了男女关系异化带来的困境,她为人善良,性格内向腼腆,追随钱小红来到 S 城,为了得到 S 城的暂住证,她与又丑又老的村长发生关系,以此换得 S 城的暂住证。

钱小红认为她不商量就贸然行动,李思江却认为:"处女膜是什么东西?我不觉得失去了什么啊,明天起我们就自由了。"① 在这一事件中,村长以权谋取美色,李思江以美色换取暂时的城市人身份,却失去了贞操。后来,李思江在发廊工作,遇到坤仔,他们不久就同居了,当李思江怀孕了,坤仔却说出了自己是有妇之夫的真相,并悄悄地从李思江的世界消失了,李思江最后做了人流,遭受精神和躯体的双重打击。在这段感情中,坤仔把李思江当作"性"宣泄的工具,并没有担起照顾她的责任,只顾得到李思江的身体,却不顾后果。

一般底层女性受到的歧视和迫害是多方面的,对底层女性来说,"性"对女性的迫害比金钱、权力来得更直接、更狠辣。小说中打工妹们生活的每一步都与男权社会下的金钱、政治和性相关联。李思江和钱小红进城找到的第一份工作就在发廊,这是最容易发生性交易的重要场所,她们俩进城的暂住证也是通过性交易换来的;小说中的女医生们为了晋级、换轻松的岗位与掌权的各色男人鬼混;张为美为了赚钱而沦为"借腹生子"的工具,在这个闭塞久远的南方城市,女人成了商品,性爱成了买卖,男女关系出现了异化。

当今社会,"性,已如狂飙席卷着当下的生活和文学"②。对钱小红来说,她不想给"性"过多的价值负荷,始终以"快感至上"为基本原则,认为人应该照自己的本性享受人间的欢乐。可见,在钱小红的世界里,性还只是本能的一种欲望,无论是偷情还是正常的性爱都带有动物性特征。在千山宾馆,官员以五十块小费作诱饵,下流地引诱钱小红出卖自己的身体,钱小红冷静地扒光他的衣服,以戏谑的口气"深沉"地说:"叔叔,我还是处女,我只是对你的身体好奇。我把你的衣服脱了,麻烦你帮我穿上,这五十块钱是给你

---

① 盛可以:《北妹》,长江文艺出版社 2004 年版,第 33 页。
② 徐仲佳:《无爱时代的困惑与思考》,《南方文坛》2003 年第 5 期。

的辛苦费。"①

在小说第九章中，林中月在医院楼顶上准备跳楼，钱小红的好心相劝和悉心照顾才让她得以活下来。钱小红不求回报，然而林中月反倒把钱小红的财物一扫而空消失得无影无踪。在林中月眼里，可以不计恩情，为一己之私而偷走钱小红的钱财。面对这样的生活，要做到尊重别人，或者受到别人的尊重，都实在是很难的事。

在小说第四章中，钱小红遭到发廊老板娘的暗算。钱小红起初认为"老板娘人挺好"，她们的关系和谐融洽。然而，自从和詹老板一起爬完凤凰山，钱小红被陌生人突然带到监管所，老板娘暗中报复钱小红，生怕她和詹老板珠胎暗结。

钱小红对待朋友抱以真诚热心的态度。李思江是她的同乡，从县城到大都市S城，她始终把她当作保护的对象，在鱼龙混杂的大都市，李思江遭到坤仔的抛弃，被医院错误结扎。在李思江精神和肉体遭受巨大打击的时候，钱小红总在她身边不离不弃，或给予帮助或伸张正义。

在小说《北妹》中，肝胆相照的友谊只剩钱小红和李思江。千山宾馆的女服务员们各怀心事，人前为善人后插刀；发廊里的洗发妹们因为一个男顾客而争风吃醋；医院里的女医生们为了晋升而耍心机甩手段。人与人的关系在利益、功名和金钱面前出现了异化，相同的利益需求站到同一战线，局势变化便重新站队，求得自身利益的最大化。在金钱至上的价值观的影响下，人与人之间多了猜测与算计，少了温情和互助。

三

生活在这个荒诞和异化的世界，人们是孤独无助的。生活无意义，人应该改变让生活更有意义和价值吗，能用怎样的方式呢？

面对选择的自由，萨特认为："我命定是自由的，这意味着，除了自由本身以外，人们不可能在我的自由中找到别的限制，或者可以说，我们没有停

---

① 盛可以：《北妹》，长江文艺出版社2004年版，第154页。

止我们自由的自由。"① 因此，萨特坚定地说："人是自由的，人就是自由的。"② 如此，"既然人的存在本身就是自由，那么，人必须自由地为自己作出一系列选择，人正是在自由选择的过程中赋予对象以定义，同时也表现和造就了他自身"③。"自由是选择的自由，而不是不选择的自由，不选择实际上就是选择了不选择。"④ 也就是说，"自由选择"就是要为所有的选择承担起责任。对人来说，人的一生无疑要做出不少选择，虽然人有自由选择的权利，但必须勇敢地去承担连带责任的义务。

小说中，钱小红的乳房是她身体自由欲望的象征。她可以自由选择身体的欲望对象，她可以和自己喜欢的男人睡觉，性爱和吃饭对她来说，性质都是一样的，都是为了本能的需要。即使到最后，因为乳房太大，导致她站不起身，但她仍是"咬着牙，低着头，拖着两袋泥沙一样的乳房，爬出脚的包围圈，爬下天桥，爬进拥挤的街道"⑤。

对李思江来说，在她未去南方大城市S城之前，她的思想和身体"纯净得像深山里的矿泉水"⑥。但来到大城市后，她相继失去处女膜，被两个男人玩弄后抛弃，慢慢地，逐渐失去了对自己身体的掌控权，特别是被错误结扎后，也痛苦地失去了女人的生育权，最后落得一个悲惨的下场。身处大都市的底层，钱小红和李思江两位弱势女性性格不同，做出不同的选择，但结局却是惊人的相似。因此，诗人马策在《北妹·前言》中宣告："以盛可以《北妹》为标志，中国女性写作身体批判的时代来临了。"⑦

综上，在《北妹》中，盛可以描绘了时代浪潮中的底层人，即南下打工妹的生存境遇和情感生活。作品展现了一个荒诞的世界，人与人之间的沟通矛盾与主观疏离，个体生存的动机与结果背离。在这里，钱小红与亲人的关系、S城男女关系和朋友关系不再简单直接，人性的黑暗与罪恶一同混杂。虽然，钱小红对这种关系的异化状况做出了一定的反抗，但即便如此，"北妹"

---

① [法] 萨特：《存在与虚无》，陈宣良译，生活·读书·新知三联书店1987年版，第565页。
② 同上。
③ 黄崇杰等：《萨特其人及其"人学"》，复旦大学出版社1987年版，第26页。
④ [法] 萨特：《存在与虚无》，陈宣良译，生活·读书·新知三联书店1987年版，第17页。
⑤ 盛可以：《北妹》，长江文艺出版社2004年版，第428页。
⑥ 同上书，第13页。
⑦ 同上书，第5页。

的生存状况依然不容乐观,难以改变在社会的底层泥淖中挣扎,被践踏、轻视和边缘化的生存状况。但是,为了应对世界的荒诞,钱小红做出了选择和行动,怎样才是防止人际关系被异化的有效途径,选择和行动当然比不选择和不行动更重要,也许这就是钱小红这个被异化形象的美学意义。

第四节　姜贻斌:《月光》的现代意识

《月光》是湖南邵阳籍作家姜贻斌的一部中篇小说。小说故事情节并不复杂,但是却环环相扣,引人入胜。小说的题目"月光"很静谧很美好,但却讲的是一个悲剧故事。主人公吴宁之有一把做工精致的小提琴,他虽琴艺高超,却无心出风头。而窑山文艺宣传队的小提琴手李明天却看上了他的小提琴,自愧技不如人,本只想借来拉一拉,过过瘾,却不料吴宁之死活不肯借。吃了闭门羹后李明天终日茶饭不思,结果他的妻子又去借,却也无功而返。最后出动了当造反派司令的父亲李向东,软磨硬泡、反反复复终不得。李明天自此一蹶不振,吴宁之也被李向东折磨得半生不死,最后被人发现抱着破碎的小提琴死在洞墙里。一把小提琴成了整篇小说的发展线索,有人为它受苦受难,有人为它疯狂,有人为它失去底线,有人为它面目狰狞,可以说,通过一把小提琴尽情展现了在特殊的时代里人们的生存状态。总的来说,这篇小说它关注了人生的意义、人的存在本质、人的生存状态以及人生的价值等关于人的问题,这无疑都是现代美学关注的中心问题。

一

海德格尔认为,当人被抛入世界时,人就必须与他人共此时,这个世界对他来说是陌生的、无助的、疏远的,人总是会感到自己处于一种无所依附、无家可归的状态。萨特也说"每个人是作为一种神秘而孤立的实在"[①]。

姜贻斌笔下的吴宁之就是这样一个作为"神秘而孤立的实在"而存在的

---

① 刘放桐:《现代西方哲学》,人民出版社1981年版,第656页。

人物。在外人看来,吴宁之刚搬来窑山家属区,家里一大堆需要布置打扫的事情,可他却在一堆杂物中叉开长腿拉起了小提琴;吴宁之有五个崽女,家里的家务活全都是他一个人做;他拉得一手好琴,可是却只是独自欣赏,从不出头,从不与人切磋,也不把好琴艺传给自己的崽女。这些都是外人看到的,可见外人对他的了解也只是观察他平时的生活、举止,没有对他进行过更深入的了解和交流。如此,从外人看来的这一切都使得吴宁之这个人物十分神秘,似乎小提琴才是他的伴侣,他把一切的业余时间都花在这上面;而每天的上班、带孩子只是他每日必须完成的任务;他与妻子的关系也似乎并不和谐,他妻子疏于家务,不管崽女,只顾自己打扮,穿长裙子、皮鞋,刘海弄得卷卷的,像个旧社会大户人家的太太。所以吴宁之不仅神秘,他还是孤立的个体,左邻右舍不走动,家庭关系少温情,与单位和同事没关联。吴宁之的这种神秘性和孤立性随着故事的展开而越加强化,他固执地不外借小提琴,无论别人哀求也好,要挟也好,迫害也好,始终不借,为了不让任何人拿到小提琴,他将小提琴藏在洞墙里,直到故事的最后,人们发现他抱着他破碎的小提琴死在洞墙里,可见就连离开这个世界,他都想默默地,不让人发现,就这样孤独、静谧地死去。

萨特认为:"存在主义从本质上讲是一种个人主义,这种个人主义和传统的个人主义不同的地方,是把孤独的个人看作自己的出发点。"[1] 在很大程度上,由于个人的孤独封闭导致自身的神秘孤独,吴宁之正是因为自己孤独自我的行为让周围的人觉得他不可捉摸,不仅塑造了他神秘性的形象,也让整篇小说笼罩在一种神秘的氛围里面。

二

关于个人与他者的关系,萨特在他的存在主义哲学著作《存在与虚无》中有一经典表述,他认为,人与人之间的关系最终会陷入一种敌对之中,他称为"他人即地狱"[2]。所谓"他人即地狱",指个体与他者之间,两者的关系既相互依赖,又相互对立和冲突。

---

[1] 徐崇温:《存在主义哲学》,中国社会科学出版社1986年版,第37页。
[2] 叶启绩:《现代西方思潮》,中南大学出版社2001年版,第82页。

第六章 文化虚无与现实幻化：湖南文学现代主义维度（二）

在小说《月光》中，吴宁之与他人的关系便处在一种"地狱"的镜像之中。一把小提琴让吴宁之和李明天认识了，吴宁之和李明天都擅长拉小提琴，但他没能与李明天相互切磋琴技，相反却因为李明天的觊觎而让自己一步步走向"地狱"。李明天虽然惊叹于吴宁之的琴技，却觊觎了他的小提琴，他开始想好好跟吴宁之借琴，却被吴宁之拒绝了，之后他为了得到吴宁之的小提琴，私欲极度膨胀，出动了当造反派的父亲。即使威逼利诱，他的父亲也没有发现吴宁之有乖乖交出小提琴的意思，于是就将其抓起来，单独关在小屋里，仅摆了一床一桌一椅。窗户被褐色的油毛毡封死，见不到一线阳光，还令其写交代材料，即使这样，吴宁之也不将小提琴交出来。接着李明天的父亲李向东就想着将吴宁之的双手弄坏，让他装卸红砖搞劳动，磨坏他的手指，让他拉不了琴，结果吴宁之自己想办法将手给保护起来不让李向东发现，可李向东最终还是发现了。在李向东的亲自审问下，吴宁之仍然不肯说出小提琴在哪，李向东一气之下用活动扳手将吴宁之的一根手指扳断了。吴宁之这么多的痛苦都忍受了，可终究没能逃离李明天给他设置的"地狱"，他最爱拉小提琴，甚至舍不得让别人碰一下自己的心爱之物，可是现在还有什么用呢，手指已经断了，再也不能拉琴了。故事的开始似乎就已经预示了，吴宁之孤立于其他人，一门心思只在他的小提琴上，现在小提琴不能拉了，他也终将会走向毁灭，结果，他真的和自己的小提琴一起毁灭了，最终走向了他的"地狱"。李明天为吴宁之设置了地狱，他自己也就选择了进"地狱"，吴宁之拒绝借小提琴，一方面让李明天无缘把玩一把优质的小提琴，这不得不说是一种遗憾；另一方面造成李明天茶饭不思、性情大变、抑郁成疾的原因还不在于他不能拉这把小提琴，而是吴宁之的琴技远远高于李明天，骄傲的李明天认为吴宁之这是看不起他，认为他不配拉这么一把优质的小提琴。吴宁之一次次拒绝拿出小提琴，李明天一次次受挫，最终病情越来越严重，进了医院，最终疯癫得无可救药，最终也因为吴宁之而走向了"地狱"。

吴宁之和李明天是这篇小说中的两个主要人物，他们因为小提琴而互相联系在一起，最终因为小提琴而互相对立，互相把对方推向了"地狱"。他们两人的关系完整地诠释了萨特的"他人即地狱"的存在主义学说。另外，小说中其他相关次要的人物关系,如吴宁之和李明天的妻子吴秀彩、吴宁之和李向东都无疑深刻烙上了存在主义对于个体和他者关系悲凉的思考。

三

萨特认为,世界是荒诞的,人生是孤独的但同时又是自由的,人有自由选择行动的权利,但这种自由选择的后果必须由选择者自己承担,人必须为自己的选择承担全部的责任。

小说《月光》写作的语境是"文化大革命"时期,这段特殊的社会时期对人性的戕害是不言而喻的。吴宁之的小提琴是意大利产的,当他交代自己使用资本主义国家产的东西时,冷汗直冒,而别人问到他父亲时,他更是犹豫而哆嗦,因为父亲回国后被诬陷为潜入国内的特务而被政府镇压,惨遭杀害。但是即便在政治环境这么不宽松的情况下,在面对李向东的无尽折磨的情况下,吴宁之竟然还是能够按照自己的意志去做出相当自由的选择。相当的自由是一种充分的自由,自由得他都可以决定自己和他人的生死。试设想,如果吴宁之一开始就将自己的小提琴借给李明天,或者在李向东要求他拿出小提琴时,将小提琴拿出来而不是藏起来,那么就根本不会出现他被李向东威逼利诱的事情,他也不用遭受那么多屈辱和折磨,李明天也不会疯,他自己也不会死。可是,吴宁之有选择的自由,有选择生和死的自由,有选择死的态度的自由,有选择死的方式的自由,而他被关黑屋子,被要求写报告,被拉去搞劳动,被夹断手指最终死在洞墙的结局就是他"不借小提琴、藏匿小提琴"的"自由选择"的结果。然而,萨特的存在主义还强调绝对的自由和与这种自由相伴随的责任,也就是"(人)由于命定是自由的,把整个世界的重量担在肩上;他对作为存在方式的世界和他本身是有责任的"[1]。当然,这种"自由选择"产生的后果,可能会让你通向美好的天堂也可能让你走向阴森的地狱,是福是祸都要自己去领受。吴宁之无疑是一个自主意识很强的人,不为社会环境所胁迫,选择了严峻的担当,选择遵循自己的本心,守住父亲对他的期望,守住自己在充满悲剧的社会生活中的一抹亮丽心情,然而他承担的也十分沉重,对李明天些许的愧疚,自己和小提琴的毁灭,妻子和

---

[1] [法]萨特:《存在主义是一种人道主义》,周煦良译,上海译文出版社1988年版,第708页。

儿女今后的孤苦无依。小说用残酷的方式揭示了"自由"与"责任"之间不容分说的关系。

四

从上可见，小说《月光》现代意识的表现特征是十分明显的。当然，这与姜贻斌早期的生活经历和生活感悟密切关联。姜贻斌的父母出身于地主家庭，挨过批斗，被关进过牛棚，"文化大革命"在他身上留下了深深的烙印，他早早地尝到了世态炎凉，初中毕业后就去了农场劳动，每天干着重体力活，心灵和身体上都受到了磨砺。在一次访谈中，姜贻斌谈道："无论是在煤矿还是下乡，我都是被人们歧视的，所以，很痛苦，也很孤独。"[①] 小说《月光》的创作背景无疑是来源于作者早期的生活环境，作者亲身经历的"文化大革命"历史是他最熟悉、体会最深刻的，而"文化大革命"控制下的中国社会是一个荒诞的社会，一个异化了的社会。社会一片混乱，动不动被拿去批斗迫害，人们还得遵照这种畸形的规则去生活，因此人生也是充满痛苦的，姜贻斌当时也觉得自己"这类人就像垃圾一样，被社会甩来甩去，随心安排"[②]。姜贻斌对人生的这种孤独和痛苦的体悟，以及对社会荒诞的感受，与存在主义"世界是荒诞的，人生是痛苦的"这种对世界和人生本质的理解认识是如出一辙的。姜贻斌早期生活经历和对人生的体悟让他不知不觉地成了一个存在主义的"实践者"，而他的这种生命意识充分地体现在他的创作中，《月光》就是其中一篇较具代表性的现代主义意识的作品。

虽然《月光》是以作者早期生活为依托的，但是创作是在2013年，算后期作品。姜贻斌前期的作品是偏向浪漫主义的，如他的中篇小说集《女人不回头》和中短篇小说集《窑祭》，构建的是爱情婚姻的浪漫框架，给读者提供的是理想人生形式，展现的是人物情欲的真、善、美。虽然前期的作品乐观向上，让人振奋，但是也因此而稍显肤浅。[③] 而姜贻斌的创作并没有停止，长篇小说《左邻右舍》的发表，标志着他在人性探索上的一种转向。在叙事

[①] 刘乐：《底层生命意义的感悟与追问——姜贻斌先生访谈录》，《创作与评论》2012年第6期。
[②] 同上。
[③] 参见李永东《人性的透视——评姜贻斌的小说创作》，《云梦学刊》2001年第4期。

上，小说里的人物关系扑朔迷离，或是场景阴森恐怖，或是结局意外疯狂，更加展示了这个世界的荒诞、虚无。因而，其后期的作品色彩灰暗低沉，使人惊醒，更为深刻。《月光》也就是作者的后期作品，是作者创作自觉转型的成果，作者试图用更为惨烈的方式来叩问生命的意义何在，而往往作者在展示了生命的痛苦虚无后，让我们更深刻地体会到了自为的存在的价值意义，这也是作者创作的目的所在。

综上，小说《月光》具有现代美学价值，具体来说，表现为两个方面：

一方面，小说用悲剧性来展现人生中有价值的东西。正如鲁迅所说："悲剧就是将人生有价值的东西毁灭给人看。"小说中，几乎所有的人物角色都是充满悲剧色彩的，吴宁之在荒谬的世界中孤立自身，尽管处处忍辱抗争，却最终与琴同归于尽；李明天私欲膨胀无可救药最终抑郁成疯；吴秀彩为了拯救丈夫，不惜出卖自己的底线；李向东小人得志最终自食其果，终得报应等。小说中，李明天得了抑郁后，终日像个沉默的思想家，最终也发出了"到底是你们癫了，还是我癫了"的怒吼，甚至冲着父母大声喊出了"你们娘巴爷啊，我没有癫啊，是你们癫了啊"人伦错乱的杀猪般的叫骂声。李明天的疯狂确实让人惊诧震撼，但是作者也借其口道出了其实作品中的所有人都"疯癫"的事实，是这个社会让他们都异化了，这种悲从一个疯癫的人口中说出来，更让人觉得悲惨。悲剧让我们看清了这个时代带给我们的种种苦难，其价值就在于置身"荒谬、痛苦"的无价值无意义中，去攫取价值和意义，这就得看自己的作为。主人公吴宁之的结局是令人痛惜的，他为了攫取他的最后的价值，在墙洞里拉了三天的肖邦的《月光》后，抱琴死去。这是作品中吴宁之最后悲惨而欣慰的结局，也是故事企求达到渲染最高境界的凄美初衷。

另一方面，整篇小说采用虚实相间的艺术表现方式，给人留下了充分的想象空间。这种虚实的对比也是作者独特的审美体验和感悟，读者自己可以慢慢品味这种存在之思。小说用"月光"做标题，月光代表的是美好静谧的东西，《月光》曲向人们传达了光明而美好的境界，吴宁之弹奏《月光》曲，将自己悲惨的境遇、生活的烦恼、喜怒哀乐、酸甜苦辣都融会到了这《月光》中，这是虚的一面；在多灾多难的现实面前，依然保持对美好生活的不懈追求，但在李明天一家的"围剿"之下，心灵和肉体遭受灭顶之灾，最终人琴俱亡，这是实的一面。小说以虚带实、以无带有，将存在与虚无完美诠释，给读者留下了充分的想象空间。

　　作者以一把小提琴的纠纷为故事的切入点，真实地反映了那段特殊时期的生活，反映了时代沧桑变化中人心的幽暗与光芒。作者的人物形象均来源于生活，吴宁之的形象就是作者多年前的张姓邻居，也是在糟糕的现实生活中，能够醉心于自己的音乐世界中，也是在"文化大革命"中挨批斗的对象。作者对生活的留心和思索让我们敬佩，对人存在的意义和人生的价值在小说中都做了深刻的阐释。但是，姜贻斌的《月光》并不仅仅是为了展示存在主义思想而作的作品，它有作者自己独特的风格和特点，除了《月光》中能够明显感受到的现代艺术表现特征之外，小说还融合了象征、现实等元素在里面，和现代主义完美地结合在一起。特别是语言上的运用，作者的叙述语言很生活化，有他家乡湖南邵阳的特点，其中也不乏一些咒骂的俗语，外地人看上去或许有点拗口难懂，但是本土读者看来，却是十分流畅，并且很有生活气息，有一股亲切、真实的感觉。

　　总之，从《月光》可以看出，姜贻斌是当代湖南作家中比较关注人的生存状况和存在价值的作家。小说对动荡时代中普通个体的生存状态做了极大的关注和透视，无论是在艺术表现上，还是在历史理性上都展现了其独特的现代审美意识和当代人文精神，这无疑是小说的魅力和价值所在。

第五节　孙健忠小说的"存在"意识

　　一千个读者有一千个哈姆雷特，同样，一千个湖南作家，可能在他们的心目中有一千个不同的湘西。因此，同一个湘西，当代的韩少功看到的是神秘、蛮荒、封闭和愚昧；而现代的沈从文看到的却是宁静、澄澈、野性和自由；而到了真正土生土长的湘西作家孙健忠这里，他看到的湘西"则开始变形，变得倾斜了"[1]。

---

[1] 朱珩青：《外部和内部的世界》，《当代作家评论》1990年第2期。

在一幅幅怪诞的历史画卷中，孙健忠给我们讲述了一个个荒诞离奇的故事，在他的小说中，死人复生、返老还童、捉住雷神等怪异情节比比皆是。孙健忠在谈《死街》时曾写道："我的动机比较朦胧也比较单纯，无非托出生我养我的一条古老的小街，看到街民们及其原始的生命意识……从而思考小说人物与自我、与他人、与世界、与人生之关系。"①

一

萨特曾说："如果上帝不存在，至少有一种存在物，在他那里存在先于本质，他须是在任何概念被规定以前就存在的存在物，这种存在就是人。"② 人的本质不是先天决定的，不是被给定的，而是由一定的存在状态所造成的，是在特定的存在境遇中显示出来的。③

在孙健忠的短篇小说《猖鬼》中，猖鬼作为唱船歌的存在，其实质是专门唱骚歌勾引女孩子，偷走女孩子心的恶鬼。在这样一个存在境遇下，单纯未嫁的成年女孩甜儿，被猖鬼唱的骚歌深深地吸引住了。如果没有猖鬼的存在就不会有整天魂不守舍等着夜晚船歌的甜儿，也不会有护女心切想尽一切办法拯救被猖鬼偷走心的甜儿的大牛头。是猖鬼的存在，使得曾经单纯天真的甜儿在这样的存在境遇里有了本质上的差异，这种差异是由于成年后对爱情的渴望与追求达到了忘我的状态，只有当猖鬼存在时，甜儿的本质才得以显露出来。

长篇小说《死街》里有个奇妙现象，那就是有一天街上出现了一对金鸭子。金鸭子的存在使得原本热心、乐善好施的窝坨街人体现出贪恋黄金财物的本质。在这样一个封闭愚昧的存在境遇里，作者意图从窝坨街子民们表面其乐融融的背后挖掘出人性的恶。例如，五召为了抓住金鸭子把家里弄得一团乱，新买的坛坛罐罐被撞得粉碎；刀二没捉到金鸭子迁怒于刀二嫂，恶狠狠的诅咒体现出对黄金的追求到了一种着魔的状态。更讽刺的是清净的佛堂，几个老女人一边念"南无阿弥陀佛"，一边争抢金鸭子，互相抓、推、扭、

---

① 孙健忠：《魔幻湘西》，湖南文艺出版社 2013 年版，第 346 页。
② ［法］萨特：《存在主义是一种人道主义》，周煦良译，上海译文出版社 1988 年版，第 48 页。
③ 参见赵炎秋等《文学批评实践教程》，中南大学出版社 2007 年版，第 155 页。

打,还有全街人齐捉金鸭子的盛况。当然,一个人的本质不是在其存在境遇中的一次自由选择就能判断明白的。但是在这样的一个"存在"中,却能显示出他们伪善背后的贪婪本质。

二

萨特强调自由选择的责任意识,他认为:"你的行为所导致的一切后果,正面的也好,负面的也好,都要由你自己去担当。"① 所谓自由就是你有选择的自由同时必须有担当的责任意识,缺一不可。而至于人与人的关系,他认为有两种可能性,一种是"他人即地狱",另一种是"人就是人的未来"②。上帝是不存在的,只有人的存在,人的存在注定有一个未来等着他自己去塑造。

《猖鬼》中的甜儿是一个天真无邪的女孩,随着年龄的增长对于爱情抱以既朦胧又美好的幻想,打心底里希望自己能自由地追寻爱情,直到猖鬼的出现,专门唱骚歌偷走女孩子心的恶鬼,夜晚唱歌被甜儿听到,彻底偷走了她的心。甜儿追寻爱情、向往爱情,至于选择什么样的人都是她自由选择的结果。她选择奋不顾身地爱上极丑无比的猖鬼,猖鬼擅长骗女孩子的把戏,一下子可以从其貌不扬变成翩翩少年,唱骚歌勾引甜儿这样单纯对爱情充满好奇的女孩子,引诱她去违背传统的习俗和道德。甜儿自由选择后,告别了正常的生活,使养父大牛头为她操碎了心。甜儿所承担的后果就是被大牛头安排婚姻从此远离河边,这是对甜儿为了自由地追求爱情而误入歧途强制性的惩处,惩处作为一种选择的后果,自然也会断了她自由恋爱的可能性。

萨特认为行动的首要条件便是自由,行动就是为着某种目的而使用某些手段。③ 正如小说《死街》里所写,五召等人两次攻打辰州这一行动,是为了实现占有金钱和女人的目的,对外面世界的主动出击,乃是奴性向主体意识转变的"可贵"的尝试。主体意识就是自由的意识,对自由的向往转化成自由选择,尽管两次皆失败,但对窝坨街人来说这种自由行为却是史无前例

---

① [法] 萨特:《存在主义是一种人道主义》,周煦良译,上海译文出版社1988年版,第157页。
② 赵炎秋等:《文学批评实践教程》,中南大学出版社2007年版,第78页。
③ 参见 [法] 萨特《存在与虚无》,陈宣良等译,生活·读书·新知三联书店2012年版,第527页。

的大事情。主观性的另一层含义就是人越不出自己的主观性,人的自由选择必须要在自己的主观意识所能影射的范围内做出决断,并对自己的任何选择承担责任①,古月的冲动行为刚好就证明了这一点。"五角星"来到了窝坨街,至死追随老统领古月希望能带领一帮会用枪的人攻打红军,这一行为是他的自由选择。令他失望的是窝坨街的人这回做了缩头乌龟,所以古月只好用爆竹客的爆竹充当枪炮企图骗过窝坨街人和"五角星",为此他付出惨痛的代价,他的头被"五角星"砍了下来在火砖大屋墙上挂了两天,昭告大家引以为鉴,若想造反就要承担这样的后果。古月凭借自己的自由选择而行动,无论选择正确与否都要承担相应的责任,这就是萨特的自由观。在某种意义上与承担责任紧密相连,没有对自由的承担就没有自由。②

三

萨特认为,存在是人的本质所在,即便是孤独的、荒诞的和痛苦的,也无法改变这种本质存在,因此,"贵为王侯,贱为走卒,其实都是荒谬的世界和痛苦的人生中的匆匆过客"③。

孙健忠的《死街》写的就是一个极其荒诞的故事。小说通过对窝坨街各种变化的描写,折射出了湘西民族社会历史的变迁。"小说从荒诞中深深透视出了对民族文化心理的批判,对本民族愚昧落后的生存方式和生存状态的批判。特别令人耳目一新的是作品把这种种因素都巧妙而又似'凌乱'地融合在了作者笔下那被一小块一小块打碎了的生活中,既诡谲又新奇,给人造成一种深蕴于荒诞中的博大意境。"④

窝坨街的人就是在一个被给定的荒诞世界里,体会着痛苦的人生。

首先,窝坨街的日子要比其他地方长好多,时间太诡异,人们无法计算,天上的太阳也总是停在天角一动不动,可以说,一切一切的怪事都起始于这个停滞不动的太阳。每次发生怪事时窝坨街的人就会习惯望天,小说共有12

---

① 参见彭静静《论萨特"存在主义是一种人道主义"思想》,硕士学位论文,辽宁大学,2012年,第15页。
② 同上书,第17页。
③ [法]萨特:《存在主义是一种人道主义》,周煦良译,上海译文出版社1988年版,第157页。
④ 潘吉光:《倾斜·审判·复兴——评孙健忠的长篇〈死街〉》,《小说评论》1991年第6期。

次望天，不同的人永远得出的是同样的结果，问他们看到了什么，都回答没有。例如，窝坨街的老乞丐望天，之后他的大笑成了一个预言。从孩子的变化开始，然后是大人，这种变化是由于脑内分泌过多的多巴胺和荷尔蒙急剧增加而激发出来对情欲的饥饿感。窝坨街的人之所以什么也没有望见，是因为他们在内心中统一漠视时间的变化，仿佛太阳的停滞不动证明着他们的生活也应当停滞不动。窝坨街最终的灭亡是因为窝坨街的人们愚昧无知，他们活着就只是活着，对他们来说，活着无非就是吃饭和做爱，简单得很，所以面对新形势、新发展、新生活，他们根本无力辨别、无力承担、无力适应。于是，"他们固有的愚顽的心理承受力，一下子变得脆弱异常，以至于感觉到脚下的土地顷刻就会不复存在了"①。这种荒诞的生活状态，导致勤劳、简朴、善良的胜全性格变异，他砸锅卖铁去换了成堆成堆的爆竹，想靠勤劳致富，但是成堆的爆竹根本卖不出去。于是他便产生了一种奇思怪想，希望多死人，因为死人最需要爆竹，死的人越多，爆竹的需求量就越大。此时，对胜全来说，早先的勤俭美德成了人性恶德，这种人性恶是人的主观性存在对被规则、命运和世界所抛弃的一种绝望性对抗，是人生痛苦的本质性存在。

其次，窝坨街有一段时间经过了漫长的晴天后下了一场暴雨，持续"七天半"，以吃两餐饭为一"天"计算，窝坨街人在下雨天共吃过15顿饭。因为一场持久性暴雨，街上的一切都发霉了，五召全家长胀疮，吉口家的木瓦屋开始腐烂，家里的猪发了疯见什么都咬，甚至把吉口家的银洋都吃光了。最惨的是爆竹客胜全，暴雨毁了他的全部家业。一场暴雨使得窝坨街开始溃烂，窝坨街的末日即将来临。这一系列的变异现象证明了窝坨街人所经历的世界是荒谬怪诞至极的，他们对时代变迁无知、麻木，从来没有意识到存在的价值和意义。无知和麻木换来的是窝坨街的慢慢糜烂，而糜烂渐渐转移到他们身上，令他们苦不堪言。

最后，在小说《死街》中，涉及中国的抗日战争、解放战争和湖南的湘西剿匪、土地改革等一系列重大历史事件。面对这样的重大事件，窝坨街人犹如一群惊弓之鸟，时刻都在担惊受怕之中，在历史的变幻中，一会儿是中央军，一会儿是大将军，一会儿又是各式各样的"司令"，你方唱罢我登场。

---

① 王炘：《面对记忆里的窝坨街——评孙健忠的〈死街〉》，《民族文学研究》1990年第4期。

胆小如鼠、温驯如羊的窝坨街人时刻感到灾难临头,"每每耳闻目睹一点什么迹象或每遇一点小变异,就吓得魂不附体,惊恐不已"①。比如,伤兵来到窝坨街摧残他们所拥有的一切,侵占他们的一切;大将军的队伍经过也使窝坨街遭受一场洗劫。窝坨街的人默默承受着一切,眼睁睁地看着窝坨街每况愈下,他们也毅然选择苟延残喘过日子,每天太阳都停滞不动,什么时候又是个头呢?对连时间都没有概念的窝坨街人只能哀其不幸怒其不争罢了。温驯、忍让、怯懦这是他们被给定的本质,这个本质就是任何人都无法改变的"荒谬"和"痛苦"。窝坨街人们置身于无价值意义的"虚无"中,随着窝坨街的糜烂而慢慢消亡。

四

通常人们认为的他人就是别人,指我旁边的人、我对面的人。但是萨特哲学认为他人的存在不仅有现实的规定性,还有挣脱这个规定向未来的超越性,"面对他人不只是面对他人的身体,还要面对他人的自由。我的自由不是空洞的,因为我的存在只能通过他人才能得到揭示"②。"他人即地狱"表达的就是我们与他人的关系总是被扭曲、被损害、被毒化,人与人的关系犹如地狱般那么阴森可怕。

首先,"他人即地狱"是说如果你无法被别人善待时,那么"他人"便是你的地狱。在小说《死街》中,"他人"可以是自己至亲的人,刀二因为刀二嫂恶毒的骂声吓跑了好像即将到手的金鸭子,一面用拳头擂打女人,一面用哭腔干号道:"你、你、你这个背时砍脑壳的,好好一对金鸭被你骂走了,我叫菩萨撕你的嘴割了你的舌头!"③ 这是刀二无法正确对待一个有病态骂人症状的妻子,也不知她骂尽所有人,唯独对自己、儿女、菜园表示亲善,她还朴实肯干,从不妄想金鸭能改变家庭现状,虽然太阳停滞不动,生活还是要继续。然而,刀二发财致富的念想和窝坨街的人一样,都想把金鸭子据为己有,眼前只有发财梦。他们的冲突就在于对于生活概念的意识不同,导

---

① 潘吉光:《倾斜·审判·复兴——评孙健忠的长篇〈死街〉》,《小说评论》1991年第6期。
② 李克:《他人,存在的苦恼之源——〈禁闭〉对人存在真实境遇的揭示》,《法国研究》2013年第2期。
③ 孙健忠:《魔幻湘西》,湖南文艺出版社2013年版,第346页。

致关系扭曲，所以刀二视妻子为自己的地狱，也因此承担相应的后果。"他人"还可以是曾经友好的街坊邻居，古月知道吉口抓到了金鸭子，见到他有意刁难说："金鸭子比干红鱼好。"① 吉口跟着莫名其妙地笑，笑得尴尬勉强。吉口之所以心虚是怕金鸭子被古月抢走，古月不是个好人，谁见他打招呼都只"哼哼"回答仿佛从来都是高人一等，尤其是眼角上有一个小刀疤显得尤其不怀好意令人生畏。所以古月向吉口借钱，吉口都不敢拒绝。当一个人无法选择自由时，那么他人的存在就是地狱，古月是吉口的地狱。

其次，"他人即地狱"是指当他人对你做出判断时，如果你不能正确对待，那么他人的判断就是你的地狱。小说《城之角》中的人物小外婆，因丈夫战死和丈夫的哥哥嫂子住一屋，她总是连连叹气，并认为丈夫一死，一切都会改变，她将永远失去在这个家庭中原有的位置，无论哥哥嫂子对她怎么好，她都不领情，还搬来自己娘家人劝说分家。这一切都源于小外婆太在意他人的目光，太在意嫂子有丈夫，不仅能将家持得井井有条，还能得到自己子女的喜爱，仿佛对于她这样一个孤苦无依的遗孀不知看似和睦的一家人会怎么判断自己。哥哥嫂子什么都有，她因失去丈夫就什么都没有了，会少不了闲言碎语或者不公正的对待。小外婆在意别人的目光和别人对自己的判断，这些判断使小外婆自己面对本质化的威胁而陷入无穷尽的懊恼中。

最后，不能正确对待自己，也可能成为自己的地狱。小说《死街》中的人物五召，他和别人都不一样，他从来不望天，每天低头数蚂蚁就是他必做的"正经事"。他没有抓到金鸭，反而在家里突然发现有一只三条腿的鸡，他认为这只鸡成了一切倒霉的象征，一个失败接着一个失败地发生。他想发横财却空手而归，只能声声哀叹天天数蚂蚁。五召从不望天是因为他知道就算望天也不会有什么改变，转而每天数蚂蚁，他希望做出一些改变尝试新的东西，比如当了田地买车，只是当时的窝坨街不允许这样新兴事物的出现。既然五召不想承认时间停止，就索性逃避这需要面对的一切，以为眼不见为净。五召在一次次失败和承认失败中成了自己的地狱，最终被失败压倒而死。

---

① 孙健忠：《魔幻湘西》，湖南文艺出版社2013年版，第346页。

可见，孙健忠小说创作执着于表现土家族民族历史变迁及其对国民劣根性的批判，具有深广的民族历史意义和人性深度[1]，正如《死街》里那位哲学家式的老乞丐一样，"突然恨透了人生，进入了一种'空'、'无'的境界"[2]。这种"空""无"的境界说的就是存在主义的绝望情绪，孙健忠的小说塑造人物，都是在一定的存在境遇中体现人物的精神实质。小说通过展示一幅幅荒谬怪诞的图画不仅展现了土家族民族的历史变迁，还体现了在荒诞世界中，因为人们自身的愚昧和封闭以及不能正确对待他人的存在而过着痛苦的人生。无疑，孙健忠小说的价值具有人类某些永恒的东西，这种东西是民族的，也是世界的，将来有可能会成为人类珍贵的文化遗产。

---

[1] 参见吴正锋《土家族民族历史叙事与湘西神魔艺术建构》，《求索》2010年第7期。
[2] 朱珩青：《外部和内部的世界》，《当代作家评论》1990年第2期。

第七章　文化选择与价值迷失：湖南文学的后现代意识

第一节　何顿新市民小说的后现代文化特征

何顿的新市民小说描绘了中国社会20世纪90年代的精神特征，这个时代，消费主义文化意识盛行，人们在物欲狂欢中本能地寻找快乐、创造快乐、享受快乐，文学与传媒成为消费主义文化兴盛的助推器，成为联系现代与后现代的桥梁，理想主义品质在大众消费的这种狂欢化语境中消失殆尽。身处时代潮流之中，何顿敏感地感悟到它的时代特质，在他的新市民小说中，消费主义文化意识得到了充分的表现，呈现出世俗化、欲望化、平面化等后现代主义的文化特征。

一　世俗化：何顿新市民小说的文化选择

20世纪90年代，伴随着市场经济的发展，中国社会的消费意识与日俱增。随着消费在日常生活中的地位不断提升，社会的消费观念也发生了巨大变化，一种以提高生活质量、享受生活为目的的消费观念取代了之前以生存为目的的消费观念，并且形成了一种新型世俗化景观的消费文化。中国社会的消费主义转向对中国当代文学产生了直接而深远的影响，洪子诚在《中国当代文学史》中写道："由于1989年的政治事件，在90年代初期，文学与政治的关系一度较为紧张，政治对文学创作和文学批评的控制加重。自1992年市场经济政策提出后，文艺政策上也做出了调整。市场经济体制的确立和发展，也使得文化与政治的关系相对疏离成为可能。文学作品即使受到国家政治的干预，也可以通过'第二流通渠道'（即非官方的出版和销售渠道）传播。同时，到了90年代，中国的消费文化基本发展成型。'大众文化'成为人们主要的文化需求，并基本上已形成了一套工业形态的运作方式。"① 由于受到市场经济的影响和支配，90年代的文学越来越趋向消费市场，甚至成为一种消费主义的商品，消费主义的商业逻辑和时尚趣味动摇了文学创作的独立性，许多作家不得不考虑市场的需求和大众的审美趣味，即便是体制内的作家也不得不遵循市场经济的游戏规则，谁先占领了文学市场，谁就赢得了读者，获得了经济利益。随着政治意识形态退出文学创作的主潮，文学从政治的旋涡走向大众的日常生活，走向消费主义的时代潮流，一种消费主义的意识形态逐渐进入作家的创作之中，作家的思想立场、文化立场和创作立场，以及作家的创作观念、题材和表现手法大都打上了消费主义的印记，许多作品的内容、主题、意象乃至审美趣味都呈现出浓郁的消费主义文化特征。

　　何顿作为消费时代的新市民，一开始就面临中国社会商业大潮的冲击，1993年的"人文精神大讨论"宣告时代精神的式微和物质主义的兴起，理想主义离人们的日常生活越来越远，生存成了第一需要，如果说写作在80年代是一种理想释放和精神灌注，那么到了90年代，写作越来越成为一种谋生的手段，作家不得不放弃理想，迎合世俗世界的需要。90年代开始走向文坛的何顿不像80年代成名的作家那样已经具备良好的经济基础和经济能力，他首先遇到的问题是"生活"，但是随着文学的边缘化，写作已经不能为专职作家提供稳固的经济来源，作家首先思考的是怎么活的问题，其次才是文学的精神问题。何顿并非一个精神贵族，写作对于他来说首先是一种谋生的手段，他曾在随笔《写作维生》里反驳"要谋生就不要写作"的论调，他说："我纯粹是要吃饭才写作，而且不但自己要吃饭，还要靠写作养一个今年要读小学一年级了的女儿，附带地要养老婆，因为老婆工资很低。所以我很勤奋，必须每天写才会有饭吃。我没有工资可拿，我的每一分钱都是面对电脑干出来的，哪里稿费高，我就往哪里跑，显得很没志气，完全是因为稿费高就可

---

① 洪子诚：《中国当代文学史》，北京大学出版社1999年版，第386页。

以多抽几包好烟。……如果写小说养活自己不了,我只怕又得去干别的了。"①在文学精神高扬的年代,作家纷纷宣誓以写作为生,"写作为生"与"写作维生"虽然一字之差,含义却截然不同,前者把写作视为人生的使命,而后者仅仅把写作当作一种生存的手段。何顿的创作精神是 90 年代消费主义文化语境的产物,何顿世俗化的写作姿态与其说是作家个人的选择,不如说是时代的文化选择。

在一定时期内,中国社会是一个"计划社会",只有计划意识,没有消费意识,因为消费是资产阶级的恶习,无产阶级是没有消费意识的,一切生活必需品都靠组织计划分配,更谈不上高档品质的消费。实行市场经济之后,物品才以消费品的面目出现在人们的面前,并逐渐被视作个人身份和财富的象征。何顿敏锐地捕捉到 90 年代中国社会的消费意象,比如《生活无罪》中的曲刚居住的是三室一厅,墙上贴着水红色宝丽板,吊了二级顶,地面做了拼木地板,做工精细的组合矮柜上立着 28 英寸的东芝大彩电,旁边还有高级录像机和音响设备,沙发是意大利进口货。《太阳很好》中的老板娘马艳两只手上戴了 6 只金戒指,金耳环的坠子上镶着两颗黄豆大的红宝石,穿着 2000多元的貂皮披领的意大利羊毛夹克。《荒芜之旅》中的书商张逊开着上百万的奥迪车,《黑道》中的黑帮老大关伟开着三四百万元的宾利。这些消费意象预示着一个消费社会的到来,电风扇、电视机、电冰箱、洗衣机、收录机、音响这些过去从未看见的物品一下都涌到百货商店的柜台,人们不但可以观赏而且可以自由地买卖。

消费社会提供了交易的自由,同时也催生了拜金主义思想,拜金主义是消费主义文化一个鲜明的价值取向,何顿的小说充满了拜金主义的价值观念。《黑道》中写道"人的价值,说穿了就是钱和权的价值","改变男人命运的两种方式:一是求功名,以功名换取权位;另一条是求财,以钱财改变地位"。《生活无罪》中宣扬"世界上钱字最大""钱字上没有朋友";《弟弟你好》中声称"赚钱才是男人的大事";《太阳很好》中宣称"赚了钱就玩,没钱了又想些方法去赚钱,赚了钱又玩"。在拜金主义价值观的作用下,每个人都拼命地挣钱,正如《弟弟你好》中描写的那样,"人有时候干什么事都是被

---

① 何顿:《写作维生》,《文学自由谈》1995 年第 4 期。

逼的，社会逼人，人逼人，一个眼神就能把你刺死，一句话能把你噎死；你没有钱没有地位，最好是缩在家里跟老婆过日子，不要跑到社会上混，因为人家不会把你当人看；人要在这个社会立起来，让人另眼相看，就得打拼"。但是，由于中国的市场经济正处于初始阶段，市场规则和法制并未形成，市场秩序极其混乱，许多人为了赚钱不择手段，完全丧失了基本的做人原则和道德底线。《生活无罪》中的曲刚使用卑劣的欺诈手段诈骗自己的生意合伙人狗子，完全不顾昔日的友情，狗子在被曲刚欺骗的同时也采用各种阴险的手段弥补自己的损失。《我们像葵花》中的冯建军为了多赚钱走私香烟，《我不想事》中的柚子参与非法经营乐此不疲。人们在对金钱的疯狂追求中甚至迷失了自己，成了金钱的奴隶。

在20世纪90年代，中国的消费社会并未成形，世俗化景象中的消费文化带有许多不健康的因素，何顿小说展示了一种蠢蠢欲动又肆意妄为的消费社会景观，与西方相对成熟的消费社会相比，中国的消费社会还存在许多严重的问题，这正是中国市场经济初级阶段的阵痛，何顿小说在一定历史时期内敏感地体味到了这种阵痛，文学的叙述成为时代精神的影子。

二 欲望化：何顿新市民小说的市民形象

20世纪90年代的消费主义导致的直接结果就是物欲的横流，欲望越来越从个体的精神体验扩散为整个社会的集体症候，欲望就像洪水一样流进社会日常生活的叙事中，占据社会生活的每一个细节。何顿对欲望化的社会有着清醒的认识，他说："这个世界充斥着欲望，可以说每条街上，每个窗口都充斥着欲望。欲望是不会逃离人的大脑的，除非你没有大脑，你不是人。在我看来，欲望能产生向上的力量，产生奋斗的动力，当然同时也能产生邪恶。欲望并不可怕，关键是你怎样使用自己的欲望。它是一种能量，一种存在于你身上的资源。你是一个正直的人，欲望就是一种很好的动力，它促使你追求；你天生淫邪，欲望就是魔鬼，它让你变得更坏。"[1] 何顿没有回避欲望，而是选择直视欲望，欲望在他看来既是存在的也是需要处置的，作家的欲望书写就是处置欲望的一种方式，正如陈晓明所说："何顿算是参透了这个时代

---

[1] 张钧：《小说的立场——新生代作家访谈录》，广西师范大学出版社2002年版，第305页。

新的写作法则，只要制作一些具有观赏价值的欲望化的表象，就足以支撑起小说叙事，而且作为一个意外的收获，这些欲望化的表象又恰好准确概括了这个时代的生活面貌。"① 何顿将叙事的视角向人的种种世俗欲望倾斜，试图通过一种欲望化的叙事法则表达人们对欲望的本能诉求。总的来说，何顿小说中的市民形象都是一些欲望化的人，这种欲望化主要从物欲的沉迷、性欲的泛滥和精神的沦丧几个层面上表现出来。

在商业社会中，物质是衡量个人价值的重要标尺，人的地位、身份、虚荣心都要建立在物质的基础上，物质的需求取代了精神的追求，人变成了物的奴隶。适度的物欲是必要的，因为它能改变城市平民窘迫的生活处境，维护人应有的尊严，增强人对生活的热爱；适度的物欲在一定程度上促进了社会的进步，是社会向前发展的动力。但是物欲是一把双刃剑，过度的物欲是危险的，它会使人丧失独立性，成为物质的附庸。当物质追求变成一种永不满足的欲望，人类的真情、道德和人性就会被摧毁，人与人之间质朴的关系就会决裂，社会和谐的秩序就会被破坏。何顿对于物欲的负面效果有着清醒的认识，他曾经说物欲也有晦涩、阴暗的一面，过剩的物欲会将人异化成物质之物。何顿的小说经常会出现这样的物欲人物形象，他们坑蒙拐骗、违法乱纪、偷税漏税、贩毒卖淫，甚至杀人抢劫、黑吃黑，物欲让他们丧失了理智和善良的人性。如《我们像野兽》中的马宇为了独吞 W 商场 480 万的装修业务，将他的好友也是这笔业务的介绍人李国庆踢出设计队伍；王军为了得到 H 酒店 220 万元的装修业务将自己的女友黄娟贡献给王总。《我们像葵花》里的冯建军、李跃进、王向阳富裕起来以后变得更加贪得无厌，他们不惜违法利用军车从广州倒卖进口烟；《弟弟你好》中的刘金秋为了迅速积累财富，不顾生命危险做毒品生意；《黑道》里的钟铁龙、李小刚身为大学毕业生，却抛弃"人类灵魂工程师"的工作，在金钱的诱惑下杀人抢劫，开设赌场和带有色情服务的夜总会；《太阳很好》中的宁洁丽不能忍受贫困的生活，抛弃昔日的恋人，做起身家百万的龙小奔的情妇；《蒙娜丽莎的微笑》中的刘小平为了改变贫困农村女孩的处境，去城里做起了三陪女，完全不顾个人的自尊和人格。人们对物欲的过分贪婪造成人与人之间的关系异化为赤裸裸的物与物

---

① 陈晓明：《过渡性状态：后当代叙事倾向》，《当代作家评论》1994 年第 5 期。

的关系，可以说，何顿小说中的人物形象大都在物欲横流的生活中逐渐沉沦。

何顿小说欲望化的第二个特征就是性欲的泛滥。90年代的商业大潮打开了一扇欲望之门，滚滚而来的欲望奔向了人们的日常生活，许多有钱人沉溺于有性无爱的性爱模式之中，性完全脱离了道德的规范，男女关系变成了纯粹的性关系，性对于他们来说就像商品一样可以自由买卖。何顿对于性有着深刻的认识，他在《物欲动物》中说道："色是这个世界上最大的诱惑，钱是地球上最大的魔鬼……过得了金钱这一关，在经受色关的考验时你又一头栽下来。"[①] 对于这些男人来说，性不仅是本能的需要，还是权力的象征，一方面权力能带来性的满足，另一方面性能凸显权力的存在。性、权力及金钱是传统男权社会的标志，正如何顿在长篇小说《黑道》中所说："世界上只有三样东西吸引男人：金钱、女人和权势。"在许多男人眼中，男女之间除了性没有别的，爱情是虚无缥缈的东西，追求女人只是为了性欲的满足和情绪的发泄。在他们眼里，女性的内在价值被外在的欲望取代，女性只有作为男人的性对象才是存在的。如《太阳很好》中的宁洁丽经受不住诱惑做起有钱人的性伴侣，刚开始面对汽修厂老板张明的追求，她有过拒绝和挣扎，但是她慢慢地发现从男人那里能够获得她没有的东西，能够满足一个女人强大的虚荣心，于是她开始心甘情愿做男人的情人。《生活无罪》中的兰妹依靠自己的美色享受男人的施舍，她把身体作为物质的资本，爱情对于她来说只是身体的代名词，狗子并不爱她，只是需要她的身体，她也并不爱狗子。《我们像野兽》中的大学生小徐一开始对爱情充满了美好的幻想，她幻想与一位美男子相爱一生，但是后来却做了马宇的情妇。在她看来，与其把自己美好的爱情和娇美身躯献给一个普通人，不如献给有钱有势的马宇，当她坐在马宇的白色本田雅阁车里，她从内心里感到特别满足。《就这么回事》中的小丽与侯清清为了消除感情上的寂寞，经常出入声色犬马的歌舞厅，依靠身体的狂欢来弥补爱情的缺失。《眺望人生》中的刘娜为了支撑家庭，帮助弟弟完成学业，不惜出卖自己的肉体成为大款包养的对象。在欲望化的社会中，没有爱情的男女关系是一种纯粹的肉体关系，爱情不再和情感有关，不再意味着两情相悦，而更多地意味着本能的狂欢。

---

① 何顿：《物欲动物》，作家出版社2003年版，第406页。

欲望化必然导致精神的堕落，这是何顿小说新市民形象的第三个特征。何顿小说中的新市民形象除了个体户，还有下海经商的小知识分子。其中包括中小学教师、大学生、小画家等，何顿正是通过这些小市民知识分子的精神蜕变来呈现90年代中国社会人文精神的衰落。90年代的商业大潮造成的精神冲击最强烈的也许不是平民百姓和高级知识分子，而是小市民知识分子，小市民知识分子一方面没有高级知识分子的社会地位和经济条件，另一方面又没有普通小百姓的简单自在，小市民知识分子正好处在精神与物质的中间，心理和精神最容易出现波动。当身边许多文化层次低的人赚了钱过上了奢侈的日子，小市民知识分子的内心开始产生巨大的骚动，抑或是不平衡，抑或是嫉妒，总之他们开始对自己的生活充满怀疑，曾经无比坚定的东西开始动摇，精神变得颓废，思想变得空虚。如《跟条狗一样》中的小市民知识分子刘眼睛对生活的态度极其消极，他对一切都失去了信心，变成了一个彻底的虚无主义者；《不谈艺术》中的刘峰放弃了绘画事业，放弃了曾经的追求，他深深地知道这是一个理想远逝的年代，一个虚无主义的年代；《生活无罪》中的何夫完全放下了知识分子的尊严，当过电影院门口的票贩子，开过小饭店，搞过装修，还在电器商场骑着脚踏车帮人家运送家电，他后来竟然觉得商场的工作比教书更有意思；《无所谓》中的李建国上大学时满怀理想激情，立志成为一名改造中国与世界的哲学家，但毕业后的李建国一而再受到打击，他后来不堪忍受王志强大舅子的蔑视，辞职干起又脏又累的鱼贩生意，一个曾经信誓旦旦的精神领袖却过着极其卑微的生活。何顿的小说揭示了这么一个残酷现实，在这个欲望化的商业时代，小市民知识分子想继续通过自己的文化知识谋取生存已经越来越行不通，他们被逼背弃理想，放弃尊严，降低精神追求，欲望而又世俗地生活下去。

三 平面化：何顿新市民小说的叙事症候

90年代的商业大潮带来一个重大的社会变化，知识分子作为昔日的启蒙者变成了被启蒙者，大众作为昔日的被启蒙者变成了启蒙者。新的时代格局给作家的创作带来了某种困惑：作家的位置是什么，作家为谁写作？有关于写作伦理的问题凸显出来，精英立场的写作已经失去效应，作家必须转变自己的写作姿态才能适应消费主义社会，但是这种妥协势必以文学品质的丧失为代价，即文学从精神的追求、深度的追求转向琐碎的、平庸的、肤浅的日常生活。90年代的新市民小说就是这种日常化叙事的文学实践，作家不再对复杂的时代精神做深刻的思考，不愿意苦苦追寻时代的精神意义，而是浮游在日常生活的表面，放弃对生活的深度想象，不再追求崇高的文学价值。平面化的写作立场强行取消了日常生活的精神性以及日常生活的丰富性、复杂性，解构了生活的理想与诗意，并造成文学严重的精神危机。

何顿的写作一开始就有意识地与启蒙主义拉开了距离，他说："80年代初，人人心里都还装着万般皆下品，唯有读书高的思想。今天呢？恐怕没有几个人这样看待问题。这是为什么？因为整个社会的价值观念改变了。过去，视挣钱的人为小人，所谓小人为利而亡。今天恐怕不这样看问题了，因为钱这个东西还是很重要的，你没钱，你的日子就会过得很拮据，你就会觉得愧对老婆和孩子，你尽管嘴里不说，心里也会这样想。"[①] 何顿甚至看不起自己作家的身份，他曾经不无自嘲地说道："其实我算个什么作家呢？我纯粹是个靠写小说卖钱而维持生计的人，这就跟街头上炸糖油粑粑的农民一样，所不同的是我是在一心'炸'自己。这么说吧，我从来没把自己视为作家，我只是感到写小说居然也能让我活下来且还做到了养家糊口而由衷地感到好玩。"[②] 显而易见，在何顿的观念里，作家已经不是什么崇高的职业，作家就像普通市民，没有什么特别，写作对于他来说仅仅是为了生存，同时还外带一点个人的兴趣，他说："现在是商海社会，人比人急死人，我所以不朝两边看，以免一横向比较就不免伤心。我现在很好，写写小说，玩一玩，不去想写什么大手笔的作品，也不愿意去忧国忧民，省得和自己过不去。"[③] 在何顿看来，商业时代的作家没有义务去承担启迪社会的责任，没有必要去"忧国忧民"，写作就是一种商业行为，作品就是可以换来物质生活的商品，如果写作还有生存之外的意义，他觉得除了玩一玩、搞点个人乐趣之外别无他用。何顿一再认为："文学是极个人的事情，是面对自己，就像拳击运动员面对沙袋一

---

① 张钧：《小说的立场——新生代作家访谈录》，广西师范大学出版社2002年版，第505页。
② 何顿：《写作状态》，《上海文学》1996年第2期。
③ 何顿：《写作维生》，《文学自由谈》1995年第4期。

样。拳击运动员每天面对沙袋出拳，作家每天面对稿纸写作（我是用电脑），这就是面对自己。我觉得作家只要对自己负责就足够了，用不着想那么多，想多了反而写不好。我觉得你如果捧着写一部可以达到教育一代人去'前进前进再前进'的作品，那一定会写得臭不可闻。因为我感到用小说去教育人的年代早已过去了，当年没有电视机的时候，小说还是人们饭后消遣的玩艺。……所以写教育人的作品，只能是去教育自己，把自己教育和感动一番而已。"[1] 何顿对于小说功能的认识完全告别了"五四"知识分子的启蒙传统，作家不需要面向大众，不需要对大众进行说教，小说已经失去教育的功能，只不过是人们茶余饭后的消遣。

在娱乐消遣的文学观指导下，何顿的创作一开始就表现出某种"生活流"的特点，他说："我的小说，很多都是对当下生活的记录，这是因为我认为，有的东西用不着去虚构，把你感受到的和道听途说的故事记录下来就行了。在我看来，生活本身就是一种生活，而实际上生活比小说更精彩。"[2] 这里，作为作家的何顿不但把小说等同于生活，甚至认为小说要低于生活，这与传统的"文学高于生活"的思想截然相反。小说叙事的平面化造成的直接后果就是小说精神的平面化，何顿的小说到处充满着一种"世俗主义"的人生观和价值观，从小说《生活无罪》到《我不想事》，从《就这么回事》到《我们像野兽》，从《我们像葵花》到《时代英雄》，何顿的虚无主义思想让人感到具有某种放纵、痞俗的格调，小说的叙述者总是带着一种"无所谓"的姿态，似乎不在乎道德伦理的规范，当然也抛弃了知识追求和人文关怀，对生活失去了怀疑和思考，无所谓尊严和人格。总的来说，何顿的这些新市民小说基本放弃了对生活的反思与批判，缺乏对世俗生活深刻的否定意识和批判精神，而是站在旁边熟视无睹，或是成为其中一员。同时，何顿也不愿发掘生活本身所蕴含的深刻意义，不愿探讨生活表象之外的本质，也不对人物的内心进行拷问，就像一台刻录机不假思索地刻录着他所看到的一切。因此，使得何顿的新市民小说在叙事上显得宽度有余而深度不足，而没有深度的叙事常常像流水账一样琐碎、杂乱、拥挤和肤浅，小说的叙事一直在生活的现

---

[1] 何顿：《写作维生》，《文学自由谈》1995年第4期。
[2] 张钧：《小说的立场——新生代作家访谈录》，广西师范大学出版社2002年版，第505页。

场停留,刻意彰显生活的表象,叙述者沉醉在日常生活的兴奋中不能自已,现象本质化成为何顿新市民小说突出的表现特征。

综上,何顿的新市民小说在艺术上成了消费主义时代的一种精神存在物,这种精神存在物既是对现实的描述,也是对现实的妥协;既成为作家把握现实、把握生活的一种存在方式,也成为作家与自己的生活、自己的心灵交流和对话的一种表现方式。他的小说没有给自己与生活留下反观审视的距离,重在呈现和展示,在世俗化、欲望化和平面化的叙事形态中,让他的小说呈现出某种后现代的文化症候。

第二节 田耳小说《风蚀地带》的"反"性

湘西青年作家田耳在小说《风蚀地带》中展现了引人注目的后现代主义精神特质。对世界的不确定性描写是对有序世界的无序解构,表兄妹间的情恋是一种反道德式的抒写,直白式表达因果缘由是一种反深度写作。一切的反叛是基于对传统的否定,这种否定并不是要摧毁,而是一种怀疑精神的表达。

一

田耳是一个难以给他贴上"标签"的作家,想必他也反对给他贴标签,犹如他不刻意将作品主题强加上深刻、批判、道德等色彩性话语,他的作品中饱含着"未命名"的因子,这种因子有着打破时空阻隔的某种魔力,让某种混沌的原始生命体孕育出种种可能性。

毋庸置疑,小说《风蚀地带》中所展现的后现代主义精神特质是非常引人注目的。

小说取名"风蚀地带",田耳觉得"这个名字和小说本身具有的轮廓不清、影影绰绰的气味很贴近"[①]。这个世界是如此的复杂和混沌,善恶对错,

---

① 汪政:《"风蚀地带"的说书人》,《文艺报》2013年4月22日。

理性和非理性，田耳想说这些概念的界限大约是分不清的，而这种模糊性和不确定性正是后现代主义精神的体现。哈桑认为，后现代主义的两个核心构成原则之一是"不确定性"。哈桑指出，正是这种不确定性，揭示后现代主义的精神品格，是一种对秩序和构成的消解，处在一种动荡的否定和怀疑之中。①

《风蚀地带》的人物繁杂却不重复，田耳带领读者领略佴城中各色人物，这些人物并不是什么功成名就的大人物，也不是达官显贵，只是生活在这城市中普通的人物而已。将人物视角聚焦于普通人的普通生活，是田耳的习惯性手法，他在砌一堵围墙时，将高度定在与人们的视线平行，看着墙内的风景，不远不近，贴近却不惹事。

《风蚀地带》中无法分清主次人物，这里的主次界限模糊，作者意图表达的是人的身份与社会关系的一种显像。小夏是文本故事发展的主线索，但是他只是一个见证人，在前半部分，魏成功和江薇薇的故事、老石的故事都占有足量的地位；在后半部分，小王和小蔡的爱恋、小邓和小杨的爱恋、小孙的不为人知的秘密、魏成功和何莲花的结局等构成故事的主要线条。大量的人物和故事情节穿插其中，看似杂重，却造就了一个景象，每个人都是他们世界中的主角，世界并无特定的指定的主角，这是田耳的深层用意。

人物的不确定性，这是一种对有序世界进行无序解构的现象。第一，作者有意将文本人物不进行主次人物的设定，小夏、江薇薇、魏成功、老石等，谁都无法成为主角，但可以肯定的是，缺少任一人物都会对文本造成损失。第二，作者也无意凸显某种社会身份，小夏是警察却散漫无求，老石是富商却深受失子之苦，魏成功是工人却身负命案等，若以一种确定性的眼光看待文本人物，必定造成误解。第三，人物道德形象不确定。正邪之分、善恶之分，在文本中都是无法确定的。魏成功传统上代表"邪恶"一面，杀掉余天，有负于妻子，可文本中他对江薇薇的爱护，对妻子的内疚补偿所体现的善心，依然打动人心。小夏传统上代表"正义"一面，可是他对江薇薇的淫念、对所交女友含糊不明的情感、对生活散漫无求的态度，都显示这个人物的双面人格。这些不确定性因素，造就了一个浑浊模糊的世界，一切事物都显得影

---

① 参见朱立元《当代西方文艺理论》，华东师范大学出版社 2010 年版，第 380—381 页。

影绰绰，而这正是后现代主义品格的体现。

田耳深受同乡沈从文的影响，他们也确有相似点。他们都有一座自己建造的城，相比沈从文笔下的湘西，田耳小说中的"佴城"让人感觉似曾相识又似乎不一样，不一样的是在"佴城"中更能感悟到某种时代的气息，它与现实生活的节奏更亲近、更贴切。

佴城是一座小县城，这里没有大城市的紧张的节奏，也并不像乡村一样宁静，文本叙述带有一种乡村舒缓式的节奏①，这种节奏对于塑造不确定性世界有着锦上添花的作用。

对于传统小说来说，开头、发展、高潮、结尾这是必不可少的，田耳却并不在意这种叙事模式。在《风蚀地带》里，故事都是缓慢展开的，小夏对于案情的追查，并不是一步紧跟一步然后破案，他总是在了解案情时被其他事情所打断，如老石的召回、监狱的工作调动、小邓的夺爱，这些情节犹如障碍，阻断了小夏的破案过程。更重要的是，小夏的无所谓性格造就了这种故事节奏，而这种舒缓式的节奏，为拉开世界的不确定性和模糊性做了铺垫，节奏越缓慢，越无法得知故事的进展，对这个模糊世界的探索越是困难。

乡村舒缓式的节奏，对于读者可谓也是一种考验。长期被小说精彩的情节喂养的读者，早已习惯了剔骨啃肉，这种熬煮红糖的缓慢节奏并不一定受用，加上现代生活节奏加快，田耳的用意似乎是与社会习惯背道而驰，这种反传统的节奏也正是后现代精神所具有的。

二

从田耳的作品不难发现，他非常喜欢描写人的情欲，不管是《一个人张灯结彩》，还是《天体悬浮》《夏天糖》等，情欲内容都为作品增添了丰富的血肉，在这其中，《风蚀地带》略有别样的特殊味儿。后现代主义是反崇高的，道德伦理至上在传统写作中是圭臬，但是后现代精神对于这种人人都必须遵守的共同价值观不屑一顾。

在田耳的小说世界里，人物可以没有信仰、没有追求，但个人的情欲却始终如基因般携带。《风蚀地带》描写了各式各样的情欲，与以往不一样的

---

① 参见李敬泽《灵验的讲述：世界重获魅力——论田耳》，《小说评论》2008年第5期。

第七章 文化选择与价值迷失：湖南文学的后现代意识

是，这次描写的情欲是违反人伦性质的，这样来看，田耳的写作上升到挑战传统人伦秩序和道德的地步。

魏成功和江薇薇是一对表兄妹，两人自年少时便开始产生情愫，发生乱伦关系，直至后来两人分分合合，他们的关系始终处在一种不为世人接受的苟且世界里。魏成功在这一段畸恋中虽然有着无法磨灭的罪恶感，但始终未下定决心斩断，反而一直试图与妻子离婚，好名正言顺地与江薇薇在一起，这种关系对魏成功有着巨大的诱惑力。相比魏成功而言，江薇薇更是一个情欲世界的尤物，她的美丽令无数人为之倾倒，她在这样的世界里如鱼得水，并未有丝毫羞耻感。正如魏成功所言，江薇薇在这方面很麻木。江薇薇敢于跟父母坦言，非魏成功不嫁，年少时已经有这般冒天下之大不韪的决心。江薇薇是一个欲望很强的女人，是一个离不开男人的女人，这是魏成功得出的结论。

在魏成功和江薇薇关系发展中，两个人的情欲世界由萌动到释放到疲惫，维持他们两个人关系的始终是肉体的欢愉，这种肉体的快感给两人所带来的狂欢，始终与现实生活中普通人的爱情和婚姻脱轨，对于世俗中的道德约束和人伦秩序并无多大忌讳，江薇薇是典型代表。

田耳在小说中更是为魏成功和江薇薇偷情创建了一个隐秘之境：风动岩水电站，通过电站营造出一个摆脱现实世界束缚的狂欢世界。在这里，魏成功可以摆脱外界婚姻的束缚，和江薇薇对外保持着普通恋人的关系。婚姻对于魏成功来说，并不是一个非常有意义的事情，他在选择妻子的时候，想着的依然是江薇薇。结婚后他对江薇薇依然如初，尽管大着肚子的妻子指出他和表妹的不伦之恋，他依然想着等妻子把孩子生出来就顺从江薇薇的意思和她离婚。

警察夏谦是故事发展的一个线索，他似乎是一个较为正面的形象，不过作者没有轻易放过这个人物。

从一开始，小夏对于江薇薇就有一种模糊的爱慕感觉。小时候对于江薇薇便有一种好感，小夏将这称为审美本能，以至于后来小夏下意识地就对江薇薇产生好奇心。此外小夏去寻找石红卫，并不仅仅因为对老石的感激，他也想重新找到记忆中的江薇薇。

在小说中，小夏虽然先后有三个女朋友，但是与她们相恋并无真正情感的付出，于他而言多个女朋友没有坏处，但是他对于江薇薇的爱慕之心却不曾间断，从中可以看出小夏的走马观花式甚至说是无责任感的爱情态度。江薇薇是"远处的风景"，小夏一直对江薇薇很好奇，而后来当小夏真正面对江薇薇时，与她相处相伴时，发现她已不是自己心中所想要的女人。所以，在江薇薇之后，小夏又将目光转回到小孙身上。

江薇薇是一个典型的肉欲的形象代表，她离不开男人，余天和石红卫都为她葬送了生命，甚至最后魏成功也是。事实上，被众多男人追逐的江薇薇，是作者有意塑造的形象，她是一个完美的诱惑男人的情欲的果实，以她的情欲魅力展现出了人体本能的冲动，余天变态似的在她身上刺下自己的名字，石红卫迷恋着翻墙与她交媾，魏成功无法割舍这段畸恋。这个情欲诱惑体，诱惑着人的欲望，至于道德或者伦理意识，在叙事中被故事有意省略。

田耳的笔下没有绝对的善恶，没有绝对的好坏，人的心理没有绝对的健康，这正是后现代主义精神中破除"终极价值"的体现，凡事不是绝对的，不是必然的。此外，田耳在小说文本中用一种反深度性剖析手法来呈现事情发展的因果缘由，即不挖掘内在的深层意义，只关注表层现象。弗·杰姆逊认为削平深度模式是后现代主义的表征之一，消除现象与本质、表层与深层的对立，只讨论作品文本，不涉及内层（象征、寓意），拒绝挖掘任何意义。①

魏成功和江薇薇在一起时，大部分时间都是肉欲搏斗的描写，仿佛在他们的世界里再无其他。青春年少时，魏成功一遍一遍地和江薇薇互相探索对方身体的秘密，他们的娱乐场便是床；当魏成功见到余天在江薇薇的乳房和屁股上刻上"余天专用"四个字时，他立即产生了强烈的杀机，他正是看见这几个漆黑的字，才不可扼制地萌发了杀机。此前虽有恨意，但这次不一样，余天破坏了江薇薇的肉体，正是戳中了魏成功的痛处，这是对魏成功直接的激怒和打击，而这股愤怒促使魏成功枪击了余天。这场枪杀案，作者直接地将原因说出，无任何隐瞒或者曲折性表达。

如果说一切都将陷入冥冥中的命运，魏成功的结局应了此谶。魏成功打

---

① 参见朱立元《当代西方文艺理论》，华东师范大学出版社2010年版，第377页。

算离婚，为攒钱留给妻子他开始卖枪。买货者约他在拓州见面，定地点时他想到了仓后街，这个是他曾经枪杀余天的犯罪现场，魏成功自己也很纳闷，"怎么一下子就想到了那个该死的地方，而且一口就说出来了"。这种罪犯喜欢返回事发现场的心理，被毫无遗漏地展现出来，导致魏成功被捕，冥冥中的命运展现着自己的魔力，随着被捕似乎一切都归于原点。这是一种水到渠成式的结局，田耳几乎没有多加染指，犯罪者凭借着相似场景回到事发地点，这是一种无深度性、直白式的因果叙事。

失踪人物石红卫的日记，是体现他心理活动直接有力的证据。田耳采取了日记体的形式，是想让读者直白地了解到这个神秘人物的心理，田耳的心理分析是一剂"毒药"，在这里他又加重了读者对人的心理空间探索的"药量"。这种日记体直接果断地呈现了石红卫所作所为的原因，并无任何象征或者寓意来表现石红卫的性格特点。

小说写到，刚开始只知道石观海的儿子石红卫失踪了，旁人只是猜测他是因为不想结婚，而后得知石红卫因为喜欢余天的女人可能被杀害了。在描写中，所有人对于石红卫都带有一种好奇心和同情心，当小夏读着石红卫的日记时，这个日记记载的石红卫的心理起伏的情感，才让人恍然大悟，这本日记证明读者的猜测错误和担心多余。

此外，石红卫的精神世界也是直接表达的，"我发现我内心也很疯狂，疯狂得不想让别人知道"，这是他自我剖析的性格特点，这是人对自我性格的探析，他将"疯狂"赋予自我，暗示自我，正是这种意识才促使他有非常人般的思想。"为什么一说起死，我会这么激动？"石红卫日记中对于死亡的探讨，也表明他必定是走向与众不同的世界。

虽然采取日记体形式，略有心理分析之嫌，但田耳采用日记体只是为辅助表达人物的故事发展缘由，这种日记体直接表现人物所作所为，并未采取象征式的深层表达，所以仍可视为一种反深度性的内心剖析。

田耳的文风忽而云端忽而地面，难以捕捉。《风蚀地带》相对于田耳其他作品来讲，是一个具有魔力的未命名的种子，其中，对世界的不确定性描写是对有序世界的无序解构，表兄妹间的情恋是一种反道德式的抒写，直白式表达因果缘由是一种反深度写作。一切的反叛是对传统的否定，这种否定并不是要摧毁，而是怀疑精神的表达。不过，他这种模糊人性和情感的叙事，事实上是一种比较危险的手法，人是需要自我表达和互相表达的，将人的情感封闭起来，只会愈来愈把人带入异化世界中，同时，也会削弱叙事文本的美学内涵，而削弱正是后现代的症候表现。

第三节 寓言式批评视野中的残雪小说

"寓言式批评"理论是本雅明一种非常独创性的美学思想，它最初在本雅明的博士论文《德国悲剧的起源》（1928年）中提出并实践，后来又在《论波德莱尔的几个主题》（1939年）的论述中日趋成熟并贯注于以后的研究。它既是一部对资本主义进行"寓言"式批判的著作，也是一部具有现代意识的美学经典，在对古典戏剧史的观照中，完成了本雅明独特的美学思考。对中国文学来说，寓言性是中国先锋小说的美学诉求，也是残雪小说最为独特的美学表现，并通过寓言型形象的呈现方式和寓言式的言说方式两种形态展现开来。

一 寓言型形象的呈现方式

寓言型形象的意义一般相对于象征型人物形象而言，象征型人物形象的特征是意义明晰、整体完美、形象鲜明，寓言型人物形象则表现为暧昧、颓废、悲剧、荒诞、衰微、破败等特征。[①] 本雅明认为"那黑暗之王，深切悲悼的统治者，地狱粪坑的皇帝，地狱阴水的公爵，万丈深渊的国王"就是"原创的寓言人物"。在莎士比亚的历史剧《理查三世》中，理查三世就是一个撒旦式的寓言型形象，他"把自身与邪恶的不公正角色关联起来，邪恶已经膨胀成为历史的小丑——恶魔，他就这样以极其了不起的方式，依据戏剧的历史，从神秘剧的恶魔，从'道德剧'中欺骗性的'说教'的邪恶，揭示了他

[①] 参见朱立元《"寓言式批评"理论的创立与成熟》，《外国文学研究》1996年第1期。

的发展和堕落：他是恶魔和邪恶合法的、历史的、有血有肉的后裔"①。在本雅明看来，理查三世作为戏剧主角，不再具有俄狄浦斯式崇高与正义的品质，不再具有足够鲜明的令人怜悯和使人净化的悲剧特征，悲剧人物的神圣性在这里消失殆尽，成了非传统典型意义的寓言式抽象符码人物。

考察中国现代主义作家残雪的小说可以发现，残雪常以卑俗的悲剧形式和意义缺失的静态描述来建构小说的形象系统，以符号化的人物、严重空缺的所指形象建立小说的寓言系统，这种符码型人物不再具有确定的意义。从《山上的小屋》中的一家子到《突围表演》中的 X 女士，从《苍老的浮云》中的更善无到《污水上的肥皂泡》的的母亲，从《黄泥街》S 机械厂的民众到《思想汇报》中的大发明家 A 君，都打破了 19 世纪文学对现代中国文学象征形象格局的深刻影响，残雪带领她的寓言形象大军穿越真实性的界限，为汉语文学的中国形象，生产和养育了一个奇异的非表征性的新族群。

《山上的小屋》讲述的是家庭成员之间相互有敌意的故事。象征型艺术中追求的团结和谐、友爱信赖的家庭关系在这篇小说中消失得无影无踪。这个家庭由父亲、母亲、小妹和"我"组成。"我"是叙述者，叙述者的叙述语意是反常的，犹如《狂人日记》中的狂人和卡夫卡《地洞》中的鼹鼠，带有精神变态者即受虐妄想病患者的特征。在"我"的眼中，母亲是一个虚伪的家伙，高深莫测永远带有"虚伪的笑容"；父亲"恶狠狠地盯着我的后脑勺"，"我感觉那是一只熟悉的狼眼"；小妹的左眼发绿，刺得"我"的脖子长红疹。这种紧张、可怕的家庭血亲成员间的精神折磨，从《山上的小屋》开始，就不断地在残雪的小说中重演。正如卡夫卡在小说中不断演示着主人公寻觅而徒劳的故事一样，家庭成员的疏离与敌意也成了残雪小说的一个基本模式。在这个模式中，主人公总是孤独不安地混居在敌意的包围中，而所有的敌人不是变态就是神经质，是永远的拉康式的他者形象，成为主体焦虑的支配者，造成主体欲望的缺失。在《黄泥街》中，黄泥街居民认为王子光是活力之源，也是梦想之源。小说写到，王子光"是一道光，或一团磷火，照亮了黄泥街人那窄小灰暗的心田，使他们平白地

---

① ［德］本雅明：《德国悲剧的起源》，陈永国译，文化艺术出版社 2001 年版，第 189 页。

生出了那些不着边际的遐想，使他们长时期陷入苦恼与兴奋的交替之中，无法解脱"①。这种痛苦的交替，完全由王子光的暧昧性所致。王子光是人，是光，是废品收购员，还是王四麻的弟弟抑或是其他什么东西，没人能说得清楚。也许他就是王四麻子坐在粪桶上冥想的产物，是一个带有玫瑰色的符号，是一种"极神秘，极晦涩，而又绝对抓不住，变幻万端的东西"。虽然王子光身份不明，但对S机械厂和黄泥街的人来说，他却是希望的表征，因此老孙头说"王子光的形象是我们黄泥街人的理想"，黄泥街也从此从一条灰暗无光的小街变得生机勃勃。

在黄泥街，无论是人的形象还是物的形象，都呈现了一种对传统象征型审美意象的叛逆姿态。在黄泥街，太阳一出来，东西就发烂，黄水到处流，烂肉上面爬着白色的小蛆，腐尸堵住了抽水机的管子，老头小腿上的老溃疡也开始流臭水，王四麻子的耳朵烂得只剩下一个耳洞。王子光的出现虽然让黄泥街生机勃勃，但这种生机勃勃的景象不再美好明媚，而是充满了土狗的狂吠、卖烂肉的吆喝、泼妇的尖叫、人与人之间使劲的猜疑和相互算计。

在《苍老的浮云》《阿梅在一个太阳天里的愁思》《种在走廊上的草果树》《旷野里》《绣花鞋及袁四老娘的烦恼》等小说中，残雪继续建构着她的寓言型群像，解构着人际关系中的伦理纽带。通过这些小说，将父母、姐妹、父子、母女、邻里、同事这种传统美学中伦理道德所规定的契约关系——化解。考察这种关系你会发现，亲人相互之间不是在梦游，就是显得呆傻、丑陋，不是令人讨厌，就是显得猥琐、乖戾，他们永远找不到自我的定位，生活在别处，苟活在衰败的境遇中，构成一种荒诞的图景。

这种批判力量主要是透过一系列隐喻形象显示的。本雅明认为寓言与隐喻两者是相辅相成的："在赋予对象一种寓意时，不可避免地带有隐喻的色彩。可以说，隐喻是寓言得以形成的材料，又是寓言层次之间的联系的媒介。"②本雅明为此在《波德莱尔与十九世纪的巴黎》一文里展示了这种方法

---

① 残雪：《黄泥街》，民族出版社2000年版，第8页。
② ［德］本雅明：《资本主义时代的抒情诗人》，张旭东译，生活·读书·新知三联书店1992年版，第17页。

的力量，他将密谋家、拾垃圾者、人群、大众、流浪汉、诗人、醉汉、妓女、路易·波拿巴及其走狗等形象一一展现出来，让主题在寓言的情境中清晰地呈现出来。这些隐喻形象如同同一光源形成的多重叠影，把各种差异的事物结合成一体，来描绘出现代世界的灾难与裂变，并赋予他们以革命性救赎功能，在审美的意义上展示文化批判的姿态。

残雪小说中的隐喻形象由两大类结构而成。第一类是卑琐的人类，第二类是怪异的虫类。从《黄泥街》《苍老的浮云》《痕》到《突围表演》，作家塑造了一大批诡异卑琐、阴暗晦涩的人类形象，如《黄泥街》中喜欢蹲厕所的齐婆、坐马桶的胡三老头、坐粪桶的王四麻子、守传达的老孙头、偷情的袁四老婆、长鸡爪的江水英；在《苍老的浮云》中，喜欢收藏死麻雀的更善无、吃蚕豆安眠的老况、足不出户的虚汝华、耳朵长桂花的老鞋匠、把屎拉在裤裆里的林老头、吃酸黄瓜打响嗝的慕兰、窥视狂岳父、放臭屁的岳母；在《痕》中，神秘的三角眼老头、收草席的陌生人、开铁铺的老良；在《突围表演》中，喜欢发表性演说的 X 女士、头戴黑色小绒帽的孤寡老妪、破足女郎、想象中的 X 女士的奸夫 Q 男士、药房的算命先生老憷、喜欢性冲动的煤厂小伙。另有化作肥皂水的母亲（《污水上的肥皂泡》）、烧死尸的怪老头（《天窗》）、拾破烂儿的袁四老娘（《绣花鞋及袁四老娘的烦恼》）、神秘的如姝（《两个身世不明的人》）等。而与此同时，与这些卑劣猥琐的人类共同存在的还有肥硕的老鼠、像直升机似的蚊子、繁殖力奇怪的蟑螂，以及狼、狗、鼠、蜘蛛、鸡、熊、蛇、蝎子、蜜蜂、飞蟒、大象、仙鹤、猫头鹰、蜗牛、大猩猩、乌鸦、大黑狗等。

从某种意义上说，残雪小说的这两大类隐喻形象展示了人类生存境遇中个体与自身欲望的搏斗形式。

伊格尔顿认为："对于拉康来说，同样真实的是，我们的欲望在某种程度上也总是从他者那里得到的，我们向往他人——例如父母——无意识地为我们向往的东西。而欲望的产生只是因为我们被卷入欲望的语言关系、性关系和社会关系——他者的全部领域之中。"[①] 从拉康的无意识理论来看，个体（主体）的欲望是无意识的，并总是被引向为"他者"，成为某种永远使人无

---

① 王先霈、王又平：《文学批评术语词典》，上海文艺出版社 1999 年版，第 51 页。

法满足的现实。他在《〈哈姆雷特〉中的欲望及其解释》一文中以哈姆雷特为例集中说明了主体与他者的关系，主人公哈姆雷特作为主体，内心深处却潜置着对"他者母亲"的欲望。但这个他者满足不了需要，仅为幻想的目标，是一种无法实现的欲望，欲望的匮乏是引起主体焦虑的原因。

残雪小说中的主体人物大都处于匮乏的境地。在《黄泥街》中，"王子光"让黄泥街人长时期地陷入苦恼与兴奋的交替之中，无法解脱，X女士也永远是五香街的一个谜团，他们只有在想象和虚构中欲望着各自的欲望。《苍老的浮云》中，更善无和虚汝华互为欲望的他者，虚汝华甚至觉得"当隔壁那个男人（更善无）说话的时候，她觉得就是自己在说话"[①]。"我做了一个梦醒来，翻身的时候，听见你也在床上翻身，大概你也刚做了一个梦醒来，说不定那个梦正好和我做的梦相同。"[②] 至于《山上的小屋》中的"我"期望家人能认同"我"梦想中的"小屋"，但家人的敌意与疏离让"我"的希望成为一个破碎的梦。同样《公牛》中的紫光，《关于黄菊花的感想》中的黄菊花，《天窗》中的天窗，《海的诱惑》中海边的小屋，《从未描述过的梦境》中的梦境，《历程》中的离姑娘，《思想汇报》中的食客，《天堂里的对话》中那桑树下的小屋等，都表现了主体或人生的某种希冀，或某种否定意识，或某种完好的感觉，或某种希望的支撑点，或某种人际关系和人生的追求，或某种精神象征，但是由于主体欲望的分裂情境和"他者"的飘浮不定，总是不断宣告表征体系的破裂和不可能。虽然残雪不断地在文本中讲述一个个主体欲望的故事，但正如莎士比亚《麦克白》中那句被福克纳奉为至宝的诗句："故事，充满着喧哗与骚动，却找不到一点意义。"

残雪小说关于欲望的叙事告诉我们，寓言型形象主体总是陷于欲望之中，在欲望中挣扎沉沦而最终一无所有，深刻寓意着人在这个世界上不但将被剥夺一切希望，还会被这些希望切成无意义的碎片，四处抛撒。以此，残雪小说呈现了人在世界中的异化和陌生感，以及人类存在的矛盾性、虚伪性和偶然性等现代艺术和存在哲学的主题。

[①] 残雪：《通往心灵之路》，民族出版社2000年版，第11页。
[②] 同上书，第21页。

二 窥视图景中的寓言式言说方式

残雪穿越卡夫卡以来的现代主义文学的茂密丛林，用臆想的方式建造了最具残雪特色的现代主义小说景观。在展示现代人的生存境况时，不遗余力地构想着主体与他者的生存之景，通过梦境的方式和寓言式言说方式表现现代人被焦虑折磨得痛苦痉挛的灵魂。

在残雪的小说中，主体与他者的冲突关系主要有两种表现方式。

从亲情的疏离方面看，残雪和卡夫卡一样，通过寓言式言说方式，对传统意义上的温情的家庭、亲情关系进行了颠覆。残雪的《山上的小屋》《苍老的浮云》《公牛》《旷野里》《下山》等小说，将亲情的沦丧、家庭关系的异化描绘到了丧心病狂的地步，亲人之间的冷酷、仇恨、猜忌及互虐无以复加。《山上的小屋》里的母亲不再温情体贴而是虚伪冷酷；父亲不再严肃慈祥而是凶狠残暴；妹妹不再乖巧可爱而是冷漠无情。而虚汝华的母亲对女儿恨之入骨，她对女儿不是监视骚扰，就是诅咒谩骂；婆婆将她看成一只并不具有存在价值的老鼠，预言她将自行消失；丈夫跟她形同陌路，每天靠蚕豆疗法来理疗神经官能症（《苍老的浮云》）。在《天窗》中，那个被家人"全体遗弃"了的火葬场烧尸老人，乐于观看"被死人骨灰养殖的葡萄"的舞蹈，那些葡萄给他的快乐和安慰比亲情要直接和贴切得多。在卡夫卡那里，他曾对他的女友说："我生活在自己家中，处在最好最亲切的人们中间，比陌生人还陌生。"[1] 对卡夫卡来说，他的小说以冷漠现象为主格调来描写家庭和亲人之间的关系，对主体来说，"他者"是一些冷静陌生的异己力量。到了残雪这里，小说中的人物则都是以疯狂的形式呈现，正如有论者所说："所有的人物都彼此成为恐怖的对象，精神的施虐与被虐，窥视与防范，诉说与倾诉，侵犯与被侵犯，猜疑与被猜疑，互为对象又互为他者。"[2]

从窥视与反窥视的冷漠图景看，残雪通过她的小说深刻呈现了冷漠的人际关系和变态的人物心理所显示的人性的肮脏与丑恶的情境。

"窥视"是20世纪小说中一个具有丰富文化内涵的主题词，有论者认为，

---

[1] ［以色列］马克斯·勃罗德：《卡夫卡传》，黎奇译，河北教育出版社1997年版，第256页。
[2] 张彦哲：《残雪小说意蕴解析》，《齐齐哈尔大学学报》2003年第11期。

它"包含着人类在不同历史文化时空、心理模式、生存状态下的人与人之间、个体与群体之间以及个人与物化的意识形态之间关系的投影"①。在陈染、余华、格非、铁凝的小说中,都曾将"窥视"作为人物心理无意识欲望的一个重要代码表现过。特别在以"文化大革命"作为历史意象的小说中,"窥视"这种异化行为伴随着集权社会中人与人之间的相互监视、提防和告密的生存危机,成为能充分展现人性善恶美丑的书写场。在这种书写场景中,就窥视的主体而言,残雪小说中的窥视图景表现为以下两种形式。

(一) 集体对个体的窥视

《黄泥街》中的王子光作为隐喻形象,其意象的破碎、身份的不明确、意义的暧昧,既成为黄泥街人物活力的原始驱动力,也成为焦虑的源泉。各种不同的猜测和窥视在不同人的眼中和心里幻化成不同的意象。就王四麻来说,王子光是一个玫瑰色的名字;就民众来说,王子光是一个乘着小船来到黄泥街的具体意象,并且随身还带着一个黑色包;就老郁来说,"有种流言,说王子光是王四麻的弟弟"②;就朱干事来说,王子光究竟是不是实有其人,还是一个问题,也许是一个过路的叫花子,抑或猴子什么的;而齐婆则认为王子光其实是废品公司的收购员,并且是她弟媳的亲戚。

在《突围表演》中,残雪展示了一幅窥视与被窥视的狂欢图景,体现了小说的狂欢化特征。巴赫金认为,狂欢是人类生活中具有一定世界性和普遍性的特殊的文化现象,其特征是全民性和仪式性。全民性表现为:"人们不是袖手旁观,而是生活在其中,而且是所有的人都生活在其中,因为从其观念上说,它是全民的。"③ 仪式性表现为"笑谑地给国王加冕,和随后脱冕"。所谓加冕是对对象意义的一种建构,而脱冕是对对象意义的一种消解。如给国王加冕,就是给国王一种权力象征,让其意义丰盈;给国王脱冕就是象征性剥夺其权力,让其意义匮乏或消失。这种狂欢仪式体现了民众对一种自由平等精神和交替变更精神的向往,在自由平等之中"人回归到了自己,并在

---

① 尹晓丽:《在无遮蔽的天空下》,《当代文坛》2005年第2期。
② 残雪:《黄泥街》,民族出版社2000年版,第33页。
③ [苏] 巴赫金:《巴赫金全集》第6卷,李兆林等译,河北教育出版社1998年版,第8页。

人们之中感觉到自己是人"①。而交替与变更精神表现为人民大众对现存权力秩序和思想的一种挑战,是死亡与再生精神的一种象征性实现。

从《突围表演》来说,X女士是五香街全民性的窥视对象,围绕着X女士与X男士的奸情故事,是五香街民众精神生活的中心、生命活力的源泉。有了这一段不明朗的"奸情",五香街人的"业余文化生活"从此兴旺繁盛起来。对于这种以"性"暧昧为主题的业余活动,小说的叙述者用反讽性的口吻进行过精辟的描述:"我们百姓在这条十里长街上本来就是相互依存,息息相关的。我们外表冷漠,表情僵化,一举一动似乎透出自发的散漫,内心却极其热烈,极其多情而又博爱。一个人的事即是每一个他人的事,我们每天思考着、感受着的,都是他人所发生的大事情。我们制定的行动目标,就是以这些事为依据的。我们每个人看似狭隘,目光短浅,成天沉醉于个人的小世界。实际上我们都是有远大理想的志同道合者。我们的小世界就是外面的大世界的缩影。个人的追求也即集体的共同追求,不但不相悖,反而相辅相成。"②残雪在这里通过叙述者"笔者"的描述,对这种集体主义窥视精神和为了窥视而不惜牺牲小我的牺牲精神进行了反讽性的狂泄。在五香街,既有"X女士丈夫好友"把打探别人的私事当作自己的事业和生活的全部意义的窥视个体户,表演着个体的生存价值的舞蹈,更有"同行女士"、受人宠爱的寡妇、跛足女士、金老婆子、煤厂小伙,以及追随者一、二、三、四(人物代码),这些五香街精英们,大家相互依存,精诚团结,集体讨论,目标一致,共同演绎着五香街的集体精神和"可歌可泣"的精神历史。

如果说《黄泥街》中的黄泥街人通过对王子光的猜测、窥视展示了黄泥街人对生活中某种希冀的无望的渴望,表达了人在地狱般的生存境况中的不甘沉沦以及绝望中的一种追求力量,那么《突围表演》描绘的窥视与被窥视的狂欢图景,在反讽性的深层结构中展示的是无意义的虚无观、人欲精神的沉沦史。

(二) 个体之间的相互窥视

如果集体对个体的疯狂大窥视是某种集体无意识的文化积淀,个体之间

---

① 同上书,第12页。
② 残雪:《残雪文集:突围表演》第4卷,湖南文艺出版社1998年版,第129页。

无时无刻的相互窥视则是个体无意识的欲望图景。在"文化大革命"文化的心理积淀中，残雪的小说集中表现了中国式荒诞化的现世景象，窥视主体在窥视与被窥视上几乎都陷入一种"主体与他者"的相互关系中，表现出一种胡塞尔意义上的主体间性。

考察残雪的《苍老的浮云》可见，更善无作为一个猥琐的丈夫、女婿、邻居和街坊，生活在木讷、小心翼翼、自责、悲愤、装模作样的自我防御帷幕中。作为丈夫，与妻子同床异梦；作为女婿，他认为岳父是一名讨厌的窥视者，每次来"都要绕着他们的房子视察一番"，然后挑拨他与妻子的关系后，捞起一样东西飞快地溜掉；作为邻居，虚汝华不但总是将他的举止行为窥看在眼里，而且从潜意识里窥视着他的所思所想，总是"讲同样的话，做同样的事"；作为街坊，麻老五那双眼睛总"盯死在他狭窄的背上"，麻老五入木三分地看出了他卑微的心理活动，执着地把监视他作为自己的爽心乐事。所有这些窥视的力量，压迫着更善无，于是他主动出击，到处疯狂搜寻"窥视者"，在暴躁多疑中愤愤地诅咒回击着窥视者，如把装着死麻雀的信袋从窗口用力掷进虚汝华的屋子，然后猫着腰溜回到自己家里。就这样，在被窥的焦虑中，在敏感和不安中，在搜寻周围的一切窥视者中，更善无自己也成了最大的窥视者。在窥视与反窥视的搏斗中，不知不觉陷入了一种自我灵魂搏斗的幽暗深渊。在这个深渊里，小说写道："他能抓到一切窥视者，而独独抓不住自己，他能窥视别人的一切，却独独无法窥视自身，他像一个幻想的制造商一样发泄自己的窥视欲，像着了魔似的毫无间隙地活动着。"[①] 至此，一个饱受自我与他者双重夹击的痛苦灵魂形象呼之欲出。

在这种窥视与反窥视的事件中，虚汝华大胆地窥视着更善无一家的举动，并从中享受到快感，而对丈夫、婆婆和邻居的窥视则采取了主动而消极的防守，将窗户全部钉死，据守着灵魂的自我。从表象的窥视沉浸到潜意识之中，对更善无进行心理的窥视，希望在心灵的窥视中寻求些许心灵的慰藉。而一旦"花间的梦全都失落后"，剩下的自然是一个孤独、痛苦而焦虑的灵魂。

综上，在残雪小说中，她的寓言式小说形象正如卡夫卡所表达的一种自

---

① 萧元编选：《圣殿的倾圮——残雪之谜》，贵州人民出版社1993年版，第71页。

我意象，这种意象"总是企图传播某种不能传播的东西，解释某种难以解释的事情"①。这里，"企图"和"解释"实际上暗示寓言型形象试图在完成某种寓言的使命，对这些寓言型人物来说，无论是在废墟的掩埋中不忘发出的求救信号，或者对着茫茫虚空生发的一种希冀，都是期盼着让那些迷失在荒原中的现代人能够得到某种可能性的救赎。在此意义上，残雪的小说具有一种本雅明意义上的救赎美学的审美张力。

---

① 叶廷芳：《现代艺术的探险者》，花城出版社1987年版，第100页。

第八章　湖湘文化与湘域文学：湖南区域文学的品格与风情

第一节　益阳乡土小说崇简尚意的审美品格

韦勒克和沃伦认为："伟大的小说家们都有一个自己的世界，人们可以从中看出这一世界和经验世界的部分重合，但是从它的自我连贯的可理解性来说，它又是一个与经验世界不同的独特的世界。"① 益阳乡土小说作家在对自己家乡这个经验世界的醉心描绘中，既注重表现其独特的乡土风味，又注重寄寓文学厚重的历史使命感，这在无形中丰盈了益阳乡土小说的艺术性与思想性。虽然叶紫、周立波等作家主要运用现实主义的创作方法来书写乡土故事，但他们在题材处理和艺术表现力上却并不轻视文学的美学需要，而是从实际出发，着力将生活中的社会美和自然美凝练为艺术美，在对山川、习俗、人物、时代等的描摹中渗透着沁人心脾的真情实感。

细读小说文本我们发现，益阳乡土小说作家大都以一种洗练、质朴的笔调来传达其乡土小说的审美意蕴，使益阳乡土小说从整体上呈现出一种崇简尚意的审美品格。这种审美品格不似汉赋的恣意铺陈，也不似楚辞的宏伟繁复，它崇尚的是一种简远、写意的审美境界，具体表现为朴实生动的方言美、

---

①　[美]韦勒克、沃伦：《文学理论》，刘象愚等译，生活·读书·新知三联书店1984年版，第238页。

质朴温馨的人情人性美以及人与自然的和谐美。

一 朴实生动的方言美

语言是人际交流的一种重要工具，是思想的外衣，也是文明传承中的重要纽带。作为语言的一种变体，方言不仅是一种非物质文化遗产，同时也是地域文化的突出表现形式。因此，作家们无不自觉地从方言中采撷鲜活的土语、俗句进入文学作品，使作品的乡土韵味更浓、情致更高。品读益阳乡土小说可以发现，益阳方言在益阳乡土小说中的娴熟运用，增强了益阳乡土小说的地方色彩和艺术表现力，呈现出一种朴实生动的语言美感，是一种宝贵的文化遗存和传承。

（1）生动传神的方言绰号。在益阳乡土小说中，益阳作家常用生动传神的益阳方言来塑造乡土人物，给他们取绰号，在朴实的叙述语言中勾勒出各色人物的性格特征。考察周立波《山乡巨变》中的核心人物，几乎主要人物都有一个极具方言特色的绰号。

盛佑亭是一个五十多岁的老汉，他"只一张嘴巴子，常常爱骂人，可是，连崽女也不怕他"[1]。但他"就是有一点面糊，吃了酒，尤其有点云天雾地"。他不关心政治，只热衷于过好自己的小日子，除了有一次碍于住在他家的干部的面子之外，几乎不参加社里的会议。当社里派他去劝说龚子元入社时，龚子元只灌了几杯镜面酒就把他弄得稀里糊涂，把盏言欢、推心置腹起来，完全忘了来的目的，最后喝得个云里雾里，在回来的路上滚到了田里。因着他这种善良不精明、糊涂马虎的性格，故得绰号"亭面糊"[2]。

李月辉是清溪乡的支书，乡里人给他取名叫"婆婆子"，因为"随便什么惹人生气的事，要叫李主席发个脾气，讲句重话，是不容易的"[3]。在益阳方言里，"婆婆子"一般指上了年纪的妇女，此处用来形容李月辉温和、不急不缓的性格，可谓恰如其分。他这种"婆婆子"的性格，使得全乡男女老少都喜欢他，这也有利于当时合作社的建立，融合时代色彩。

---

[1] 周立波：《山乡巨变》，人民文学出版社1958年版，第28页。
[2] 同上书，第34页。
[3] 同上书，第20页。

益阳方言里，将那种狡黠固执并把自己利益看得很重的人，叫作"咬金"，一般在"咬"字前面冠上人名的一个字，如王菊生的绰号就叫作"菊咬金"，简称"菊咬"。用亭面糊的话说，菊咬是一个"只讨得媳妇，嫁不得女的家伙"①。他自私自利，生怕吃亏，因此坚决不肯入社。为了应对社里干部的劝说，他和妻子还自导自演了一场假装吵架离婚的戏码，但被村里人识破，成了大家的笑柄，以至于后来清溪乡的小孩都把"菊咬金"这个绰号当作极其恶劣的骂人话来跟人吵嘴。

张桂秋，绰号"秋丝瓜"②，比喻像秋天的丝瓜般煮不烂、嚼不碎，是一个难以对付的角色。他长于心计，"爱叫人家帮他打浑水，自己好摸鱼"③。他一心盘算着把妹妹嫁到城里去，给他当往城里发展的跳板，于是经常怂恿符癞子去破坏合作社。但戏剧性的是，被他利用的符癞子最终成了他的妹夫，他去城里发展的如意算盘也终究没打响。而小名叫符癞子的人，原名叫符贱庚，由于他容易被人挑唆利用，像空心的竹子一样没有主见，所以得了个"竹脑壳"④的绰号，极具讽刺意味。

除了《山乡巨变》外，益阳乡土小说中还有许多有趣的方言绰号。如《竹叶子》（莫应丰）中的张树基，他除了骂人和捆人，并无真本事，所以被称为"树皮筒"⑤，意即外表看起来像是有用的树，但里面却是空的。《难与人言的故事》（莫应丰）中的喜妹，泼辣漂亮，不给调戏她的男人一丁点儿台阶下，所以那些单身汉给她取了个"糖罐子"的绰号，"糖罐子"是益阳山乡一种甜而带刺的野果，碰不得，就像喜妹一样。《梦土》（陶少鸿）中的陶晓洪，由于其父亲在"文化大革命"期间被划为了反革命分子，给他留下了心理阴影，所以变得沉默寡言，被人称作"默脑壳"⑥，"默脑壳"是益阳土话，原指春天已过却还不发芽的树木，但若用来形容人，就是说这个人极其寡言少语。《柳林前传》（周健明）中的冷满爹，因为他捕鱼特别厉害，所以

---

① 周立波：《山乡巨变》，人民文学出版社1958年版，第63页。
② 同上书，第53页。
③ 同上书，第61页。
④ 同上。
⑤ 莫应丰：《莫应丰中篇小说集》，人民文学出版社1983年版，第371页。
⑥ 陶少鸿：《梦土（下）》，湖南文艺出版社1997年版，第411页。

得了个"鱼把式"①的绰号,"把式"在益阳方言里是指精于某种技术的人。《白吟浪》(曹旦昇)中的肖祺仕,因为他开的是纸扎铺,所以天天盼望有人死去,好从中牟利,所以白吟浪的人们都厌恶他,叫他"肖鸡屎"②,指像鸡屎一样臭不可闻,声名狼藉。

通过这些通俗易懂、简洁有趣的方言绰号,益阳乡土小说作家为我们勾勒出一幅幅传神的人物画像。同时,这种生动贴切的方言土语,又能够拉近小说人物与读者之间的心理距离,使小说呈现出鲜明的地域色彩。

(2)朴实亲切的方言俗语。原汁原味的方言俗语是地域文化特色的自然表达。在益阳乡土小说中,作家们恰当地融入了大量的方言俗语,通俗易懂而又值得仔细推敲。方言俗语所蕴含的地域特色和乡土气息,充分展现了益阳山乡的风土人情、思想传统和处世哲学,具有深刻的文学审美内涵。

在《山乡巨变》中,盛佑亭跟旁人"哭诉"家里穷苦,年迈之时仍得卖劲干活时用的是"有钱四十称年老,无钱六十逞英雄"③这样一句俗语;他在向邓秀梅反映互助组各家只顾各家的情况时,说的是"叫花子照火,只往自己怀里扒"④;他骂破坏生产的秋丝瓜和符癞子是"茅厕屋里的石头,又臭又硬"⑤;他在跟别人扯起入冬打雷的现象时,讲的是一句传统农谚"雷打冬,十个牛栏九个空,开春要小心牛病"⑥等。

益阳山民不仅长于农事、精于打算,而且爱逗趣。周立波、叶紫等乡土作家以其敏锐的艺术慧眼,从纷纭的现实生活中捕捉到那些蕴含幽默、讽刺意味的人和事,用朴实的方言俗语再现出来,使故事情节顿时鲜活起来。如"进门一把火,出门一把锁"⑦形容单身男子常年一个人居住;"借香敬佛,借野猪还愿"⑧指一个人总是做让别人吃亏,自己装好人的事情;"心中无冷

---

① 周健明:《柳林前传》,人民文学出版社1983年版,第32页。
② 曹旦昇:《白吟浪》,湖南文艺出版社2011年版,第183页。
③ 周立波:《山乡巨变》,人民文学出版社1958年版,第11页。
④ 同上书,第211页。
⑤ 同上。
⑥ 同上书,第55页。
⑦ 同上书,第293页。
⑧ 周立波:《周立波小说选》,湖南文艺出版社2009年版,第264页。

病,大胆吃西瓜"① 形容人的坦荡胸怀;"猪八戒讨堂客尽想好事"② 比喻人的自私自利;"少吃咸鱼少口干"③ 用来提醒自己少管闲事;"八月十五生的糍粑心"④ 形容一个人心地善良;"懒牛懒马屎尿多"⑤ 形容好吃懒做的人;"吃不穷穿不穷,不会盘算一世穷"⑥ 则凸显了益阳农民的勤俭持家;"有做有吃,无做傍壁"⑦ 强调人要有自力更生的精神;"若要树子活,莫等春晓得"⑧ "穷人不信妇人哄,桐树开花才下种"⑨ 等俗语是农事经验的反映,是益阳山民智慧的结晶。这些在农民群众中广为流传的方言俗语的使用,使小说文字充满了生活情趣,平添了乡土小说诱人的艺术魅力。

总的来说,益阳乡土小说中,周立波、周健明、陶少鸿等人的小说语言朴实而富有生活气息,是地道的农民语言;叶紫、刘春来的小说语言通俗易懂、自然、凝练,透着一股质朴之风;曹旦昇、薛媛媛的小说语言平实、细腻,清新而富有诗意。他们的语言从细处看各有特色,但从总体上看又都朴实亲切,而娴熟自如地运用方言,是他们的乡土小说所呈现出来的共同特点。这些珠圆玉润的方言虽是取自人民生活的矿藏,但却是周立波、叶紫等益阳作家苦心提炼、精心加工的艺术成果。这些洋溢着泥土气息的方言绰号和俗语,多角度展示了益阳山民为人处世的哲理和生活经验,形象地刻画了各色人物,使小说叙述语言呈现出朴实生动的方言美。

二 质朴温馨的人情人性美

对于生养自己的土地,无论是贫瘠还是肥沃,人们总想把最美好的誉辞献给她,把最真挚的情感留给她。无论走到哪里,人们始终会牵挂着那一方热土。益阳乡土小说家们,怀着对故土家园的思念,在致力于表现时代精神

---

① 莫应丰:《美神》,上海文艺出版社1984年版,第180页。
② 陶少鸿:《梦土(上)》,湖南文艺出版社1996年版,第21页。
③ 周立波:《周立波小说选》,湖南文艺出版社2009年版,第106页。
④ 同上书,第193页。
⑤ 周立波:《山乡巨变(下)》,人民文学出版社1979年版,第33页。
⑥ 陶少鸿:《梦土(上)》,湖南文艺出版社1996年版,第24页。
⑦ 周立波:《周立波小说选》,湖南文艺出版社2009年版,第122页。
⑧ 同上书,第101页。
⑨ 周立波:《山乡巨变(下)》,人民文学出版社1979年版,第103页。

的同时也始终执着于发掘普通人身上的闪光点,在浸润着益阳乡土特色的风土人情中讴歌小说人物善良的秉性和淳朴的人际关系,是益阳乡土小说崇简尚意审美品格的一个醒目特征。

益阳乡土小说家们善于通过琐碎的生活小事,发掘劳动者身上的人情味。如周立波在《新客》中写到吴菊英首次去未来的婆家做客时,主家王妈和隔壁的郭嫂忙了一上午,做了九大碗菜,明明是非常丰盛的一餐,可主家还要自谦道:"你只随意请一点。真是没得菜。"① 无独有偶,他在《卜春秀》中也描写了这样一幕,卜春秀妈妈和姑姑这两位老人,为了招待前来跟卜春秀相亲的黄贵生"呆在灶屋里,油煎火烙,忙了半天,办了九碗菜,满满摆一桌子。这边乡里有种吝口待客的习惯。平素日子,自己一家吃饭时,只炒点辣椒,顶多还有一碗擦菜子;要是来了客,就想方设法,弄出好多碗……主人还要道歉说:'没得菜,真是对不住。'"② 上述描写把益阳人热情大方、吝口待客的个性写得活灵活现,且无论待客的酒菜多么讲究和丰盛,主人都还要一再致歉:"没得菜,真是对不住。"而左邻右舍们按照当地互助的习惯,"帮完忙就走,定不肯吃饭"③ 的风俗,更是益阳山乡淳朴民风的真实写照。

益阳农民品性善良,能设身处地为他人着想,能在邻里乡亲需要的时候无条件伸以援手,在这种简单的爱意善言中,包含了最质朴温馨的人情人性之美。

在周立波小说《下放的一夜》中,当下放干部王凤林被蜈蚣咬伤时,马上就从四面八方涌来了爱的热流,有人在亲切安慰他,有人在给他敷药,有人在用土方法给他治病,还有一位妇女抱着孩子坐在那里,"听见他一叫哎呦,自己嘴巴也一咧,好像自己什么地方也发痛"④。一人有难,八方相助,山民们用爱温暖着伤者,使他在一片浓浓的乡情中减轻了不少痛苦。同样,莫应丰在小说《美神》中也描绘了这样一幅互助互爱的温馨画面,当被下放到九龙山区的节节青母女在为一大堆行李发愁时,热心的山民们看见了,马上"一齐动手,呼啦一下就把所有的行李拿光了。罗琪玉好不容易从别人手

---

① 周立波:《周立波小说选》,湖南文艺出版社 2009 年版,第 245 页。
② 同上书,第 191 页。
③ 同上书,第 245 页。
④ 同上书,第 142 页。

上抢过来一个热水瓶提着。节节青则什么东西也没有抢到"①。这段描写活灵活现地凸显了益阳人质朴热心的性格,即便是面对陌生人,只要他人有困难,马上会伸出援助之手,呈现出一种具有原始古朴民风气息的温馨生活景象。

益阳人不仅喜欢助人为乐,而且还不记仇。如《桐花没有开》里的盛福元,虽然张三爹因为泡种的事情总是和盛福元对着干,但是在众人嘲笑张三爹顽固不化时,他却赶紧救他出窘境。《竹叶子》中的冬至二爹也是这类敦厚的农民,虽然张树基因为"树皮筒"这个绰号不顾平日情分"去擂开二爹的门,非叫他说出取外号的人来不可"②。但是,当张树基跟妻子吵架无处可去时,冬至二爹却没有记仇,毫无芥蒂地收留了他,处处关照他,教他放排的谋生手艺,人情人性在人物的你来我往中熠熠闪光。

益阳乡土小说中所呈现的人情人性之美不仅流淌于人与人之间的平凡交往,而且在"人畜一般同"这个深邃的生命哲学命题中也体现得淋漓尽致,渗透着一种对于生命的终极关怀意识。如在莫应丰的《美神》中,作者用温情的笔触描摹着屈石生大雪天护牛的场景。大雪纷飞的清晨,面对节节青的烤火邀请,屈石生断然回绝:"不,我要照顾这些牛。可怜哪!人畜一般同,它也晓得怕冷哩……我昨夜一直守在牛栏里,给它们编蓑衣。人穿棉袄,牛就一丝不挂?都是一条命嘛!"③ 这种毫无雕琢、朴素到极致的情感流露,深深触动着读者的心灵,演绎出质朴且温馨、优美而丰富的大爱的人性之美,是小说理想主义人文品质的呈现。

在《艾嫂子》中,周立波透过在脏兮兮的猪栏里发生的琐事,写出了崇高的人性之美。艾嫂子是养猪场的饲养员,她秉承着"人畜一般同"的理论,把猪当作自己的儿女一样疼爱。她六月里给猪驱蚊,寒冬腊月间就给猪生火取暖,母猪生产时就通宵照顾它,小猪掉进粪坑里时,亦毫不犹豫就跳进粪坑里,就连猪不听话时,她也是带着慈母般的爱来骂它:"好崽子,快长吧,再不长,我要骂你了。"④ 在艾嫂子身上,我们看到的不是一个饲养员,而是一位慈爱伟大的母亲,她尽心尽力地呵护着自己的小猪,这种质朴的行为,

---

① 莫应丰:《美神》,上海文艺出版社 1984 年版,第 16 页。
② 莫应丰:《竹叶子》,《人民文学》1980 年第 9 期。
③ 莫应丰:《美神》,上海文艺出版社 1984 年版,第 180 页。
④ 周立波:《周立波小说选》,湖南文艺出版社 2009 年版,第 149 页。

柔化着人们的情绪，使作品充满着一种至善至美的人性关怀。

另外，《湖边》中的小菊儿也是视猪如子，她给每头母猪取亲切的名字，给它们立生育记功牌，还常用干净的抹布轻柔地给其擦洗身子。周立波在《山乡巨变》中写亭面糊驯牛时，也借亭面糊之口说道："不要看它是畜生，不会说话，它也跟你一样，通点人性呢。"① 曹旦昇在《白吟浪》中更是深情地演绎着"人畜一般同"的生命哲学。在白吟浪饥荒肆虐之时，边姑娘诞下了四胞胎，可她却没有足够的奶水，当时正值她家的母猪生产完毕，奶水充足。她望着嗷嗷待哺的四个婴儿，急中生智，走到母猪身边"双膝跪下喃喃道：白娘子，看在我服侍你做月子的情分，舍一口宝汁，救下我母子五条性命"②。于是，作者给我们描绘了一幅婴儿和乳猪们并排吮饮猪奶的温馨场景，荡漾着原始的生命活力。在益阳乡土小说中，作家们竭力诠释着益阳山乡这种"人畜一般同"的质朴人性之美，展示了一个更接近于自然本色的乡土生活风貌。

不仅如此，即便是以揭露黑暗社会现实见长的叶紫，也不时流露出些许的温情色彩，让残酷的现实不时闪烁出一丝丝温暖的人性之光，如《湖上》中的主人公"我"，"我"虽然被"骗"去上了秀兰的莲子船，在船上见到了使"我"反感的肮脏交易，但却让"我"认识了天真的莲伢儿。莲伢儿虽是个有着不堪身世的盲女，但她却依然有追求美好生活的愿景。于是"我"被她那纯真的心灵所打动，真心与她交朋友。在丑恶的现实图景中展现莲伢儿与"我"两个一起玩耍的美好画面，就是为了给那黑暗的现实生活注入一丝丝温暖。在这里，冷漠无情的江湖虽然险恶，但"我"依然以真挚的情感去关怀着那个盲眼的小女孩，虽然"我"与莲伢儿都身处残酷的现实环境中，但这个世界依然有作为成年人的"我"内心深处无法抑制的善念，也有作为小孩的莲伢儿尚未完全被摧残的天真烂漫。这些善念和温情，反映出人性中还残留着美好，触动着读者内心深处最柔软的那部分。

叶紫乡土小说中对于人性美的表现，不仅来自探索黑暗现实中偶尔迸发的柔软善念，更多的是从一个个善良无私的母亲身上去挖掘人性的美好。例

---

① 周立波：《山乡巨变》，人民文学出版社1958年版，第206页。
② 曹旦昇：《白吟浪》，湖南文艺出版社2011年版，第27页。

如在小说《星》中，梅春姐对儿子香哥儿的本能保护；《丰收》中云普叔卖女儿时，云普婶那发了疯似的哭闹；《向导》中的刘翁妈以己为诱饵，诱敌深入的复仇计划等，都是出于母亲对孩子最深沉的爱。这些母爱的自然流露，使这些乡土女性形象更加真实感人，表现出一种无私、质朴、温馨的人情人性美。

综上，我们可以发现，在益阳乡土小说中，有人与人交往之间温情脉脉的真诚流露，有人畜之间不分彼此的原始人性关怀，有在残酷现实社会中对美好人性的执着追求……这些质朴温馨的人情人性美，总是能引起读者的共鸣，滋润着人的心灵，给人以美的享受。同时，也使益阳乡土小说在生命的自由表达和艺术的自由表现上形成了高度的融合，增强了益阳乡土小说的乡土审美意蕴。

三　人与自然的和谐美

朱光潜曾经说过："艺术的境界，正如诗意的境界，是主观化为客观，是艺术家自我情感的净化和升华的境界。"[①] 益阳乡土小说家亦注重自我情感和艺术境界的高度契合，在书写现实之时总不忘营造一种人与自然和谐统一的诗意精神家园，他们既写人的感情，也写自然万物的感情，无形之中提高了乡土作品的审美境界。益阳乡土小说家们还以灵动的笔触体察着自然的性情，柔化着自然的棱角，在创作时总是精心描摹着与人物感情和故事情节高度相融合的自然景观。在他们的乡土小说中，总是把自然赋予灵性与情趣，而人则以自然化来表现，情景交融，意蕴悠长。

如在周立波笔下，既有着艾嫂子与小猪崽、王桂香与飘沙子、亭面糊与烈黄牯之间"人畜一般同"的和谐场景，也有着能让人感到亲切快活的茶子花香，有会毫不客气地亲吻卜春秀小脸和小嘴的调皮水花（《卜春秀》），有扭动着嫩绿柔软的腰肢向人招摇的秧苗（《桐花没有开》），还有在月夜竹林下、青草花香中温暖相爱的盛淑君和陈大春（《山乡巨变》）等。而在小说《胡桂花》中，一对新婚夫妇闹了矛盾后又重归于好，欢乐地走在送交公粮的路上，当他们甜蜜地依偎着休憩时，大自然也显出了生动的画影：

[①] 朱光潜：《诗论》，武汉大学出版社2009年版，第49页。

两个人把担子放在堤边上，肩并肩地坐在堤面上休息，凝望前头。只见河面上，薄雾迷离；长烟一缕，横在河的对岸的山腰……初出的太阳照亮了对岸群山的峰尖，渐渐往下移，终于印上了河上的风帆，照耀着河水。雾散了，水面上金波灿烂。山的倒影，树的倒影，活泛地在水里摇漾。①

这段描写意蕴深厚，含蓄地把主人公之间的感情状况和对未来的展望，以及作者的深意隐含在这迤逦的景色中，使得一切景语皆情语。"薄雾"和"长烟"迷离地横在河对岸的山腰，象征着邹伏生和胡桂花这对夫妻之前的误会与隔阂。"初出的太阳""河上的风帆""消散的薄雾"和"金波灿烂的水面"，预示着夫妻俩误会消解，同舟共济奔向美好前程。周立波用这种含蓄凝练的笔法把人的情感融入了充满灵性的自然景物中，彰显了人与自然的和谐美。

曹旦昇的《白吟浪》就是一曲关于生命的诗意歌谣。在白吟浪这个富饶的洞庭湖洲滩上，人类的生命和自然万物的生命相互依托，最终造就了人与自然和谐相处的温馨隽永画卷。在这部乡土小说中，自然被赋予灵魂和生命，人与自然相濡以沫、同生共荣。例如，白吟浪的人们依托大自然的风调雨顺收获了千亩芋头，可是却没有因为图个简单，把有毒的芋叶就近扔进河里，随水流漂入湖中，而是大费气力把其运到不污染洞庭湖水的苎麻地里去，用土掩埋。只因白吟浪的人们认为："为了一己之小利，就去弄脏湖水，那不是人干的事……湖洲湖水给了我生命，她就是我的娘。一个人连娘都去糟蹋，那肯定不如畜生。"② 将大自然比作自己的母亲，并通过实际行动来保护她，叙述的就是一种纯真朴素、温馨和谐的爱。又如在白吟浪这里，猪奶可以养猪，也可以养人；人以鳗鲡为美味，鳗鲡以死尸为佳肴；人向自然奉献汗水和智慧，自然就馈赠人类以五谷丰登。大自然的恩赐生生不息，洞庭湖里的鱼类也捕之不尽，但人们必须谨记"鱼死不闭目，只准吃不准攒"③ 的俗语。洞庭湖区富饶肥沃，水稻、蚕豆、芋头、莲藕、油菜等都可以在这里繁茂生

---

① 周立波：《周立波小说选》，湖南文艺出版社2009年版，第293页。
② 曹旦昇：《白吟浪》，湖南文艺出版社2011年版，第130页。
③ 同上书，第110页。

长,但人若践踏粮食,就会遭受"挂雷影"(飞蚊症)的惩罚。人可享用自然,在自然中施展自己的劳动技能,却不可贪婪,不可亵渎自然。白吟浪人们所秉承的朴素自然观,营造了一幅人与自然和谐相处的美轮美奂的景象。

在周健明的《柳林前传》中,杨青林带领公社社员对洞庭湖烂泥湖工程的整治,既保护了洞庭湖,又使柳林垸"有一半荒洲就可以水旱无忧,几千亩土地都可以种上庄稼"①。这正是人与自然和谐相处的美好画面。陶少鸿长篇小说《梦土》中的陶秉坤因土而乐、因土而悲,土地是他的命根子,就连死也要死到自己的田土里。《偷莲》《湖水》和《菱》中那荷花的芬芳、蓼花的清新、菱角的芳香、偷莲女的娇笑、采菱女的娇羞、漫无涯际的芦苇、轻柔的湖水……这些大自然的景物描写,作为特定环境中人的情绪的"对应物"展现在叶紫的乡土小说中,彰显着人与自然的和谐美,增添了作品的乡土风味。《铜鼓冲纪事》中的杜溪河,在刘春来笔下也是灵性四溢的,它"文静得就像铜鼓冲待嫁闺中的姑娘们一样。你看她羞答答地在竹林中间穿行,那么清澈,那么碧绿,那么飘逸,那么悠闲"。假若没有铜鼓冲乡民的关爱保护,在20世纪90年代经济改革时代的杜溪河,还能如此碧波荡漾、涓涓细流吗?

总之,在叶紫、周立波、莫应丰、周健明、曹旦昇、刘春来、陶少鸿等益阳作家的笔下,他们特别注意对与人物情感相契合的自然万物的选取。因此,在益阳乡土小说中,我们看到的更多的是青松翠竹、农舍炊烟、溪流野花、通人性的家禽、温暖的茶子花、莲花、桃花、桐花、秧苗等富有生机与情趣的自然物,它们是那么亲切宜人,那样柔和地抚慰着人们的心灵。而益阳乡土作品中的小说人物,也以无尽的爱意和平等的姿态来善待生养自己的自然万物,但就是这种简单明了到极致的爱却包含了人性的最为深刻复杂的内容。因此,当我们从时代的喧嚣中,走进这片温情脉脉的益阳乡土世界时,总会情不自禁地被益阳乡土小说中那朴实生动的方言美、质朴温馨的人情人性美和人与自然的和谐美所打动,产生一种精神的抚慰,勾起读者对故土家园的思念之情。

---

① 周健明:《柳林前传》,人民文学出版社1983年版,第251页。

第二节 益阳乡土小说中的"三画"美学风格

1894年,美国小说家赫姆林·加兰在《破碎的偶像》一书中论述了"地方色彩"类作品的魅力所在,他认为:"艺术的地方色彩是文学的生命力源泉,是文学一向独具的特点。地方色彩可以比作一个人无穷地、不断地涌现出来的魅力。我们首先对差别发生兴趣;雷同从来不能吸引我们,不能像差别那样有刺激性,那样令人鼓舞。如果文学只是或主要是雷同,文学就要毁灭了。"① 在加兰看来,地方色彩所蕴含的差异就是文学艺术的生命力所在。丁帆在《中国乡土小说史》一书中也阐述道:"'地方色彩'与'异域情调'交融一体的'风土人情',可以展开为差异与魅力共存的风景画、风俗画和风情画。"② 作为中国的一个特定地理区域,益阳有着不可替代的地域文化特征,且益阳乡土作家大都有过切实的乡村生活经历,有着厚重的乡土文化素养,这些都潜移默化地孕育了他们的精神风范。或许随着时代的变化,这些益阳作家逐渐成了都市"侨寓者",但是与故乡的天然联系会始终令他们魂系乡土。另外,正因为已远离故土,才更能勾起他们的思乡之情,令他们自觉从家乡文化中攫取创作题材,构筑出一片片独具特色的乡土世界,如周立波笔下的"清溪乡"、周健明笔下的"柳林垸"、陶少鸿笔下的"石蛙溪"、刘春来笔下的"铜鼓冲"、曹旦昇笔下的"白吟浪"、莫应丰笔下的"九华山"等。由此,在他们小说中所显现的"风景""风俗"与"风情"三个画面凸显了益阳乡土小说所内蕴的独特美学风格。

一 山水风景画

丁帆在《中国乡土小说史》中指出,"三画"(即风景画、风俗画和风情

---

① [美]赫姆林·加兰:《破碎的偶像》,刘保端等译,生活·读书·新知三联书店1984年版,第84—85页。
② 丁帆:《中国乡土小说史》,北京大学出版社2007年版,第21页。

画）是"乡土存在的具体形相，同时也是描绘乡土存在形相的乡土小说的文体特征"。其中风景画是"进入乡土小说叙事空间的风景，它在被撷取被描绘中融入了创作主体烙着地域文化印痕的主观情愫，从而构成乡土小说的文体形相，凸显为乡土小说所特有的审美特征"①。由此可以看出，在乡土小说中，风景画并不仅仅是风景的简单描绘，同时也承担着多种叙事功能。而幅员辽阔的中华大地上所形成的不同地域文化现象，自然为乡土小说创作提供了丰沃的土壤。正如梁启超所言："盖文章根于性灵，其受四周社会之影响特甚矣。"② 受湘山楚水的框囿，显露在湖南作家笔下的往往是格局不大，但却错落有致的村落与山水，那是一种清澈明丽、小家碧玉型的江南风光。而益阳的山水风景画，可以说是湖南山水的一个美丽缩影。在益阳乡土小说中，作家们以自己的乡村生活经验为依托，结合本土的人文底蕴，用细腻的笔触将益阳山水挥洒在作品中，描摹出了一幅幅独具特色的风景画。这既是乡土益阳抑或乡土湖南特色文化的自然流露，同时也给人以心旷神怡之感。

（1）生机盎然的竹乡风貌。益阳乡土小说与益阳山水有着密切的关系，益阳作家们也擅长将烙着家乡地域文化印痕的美景通过创作主体的笔触表现出来。例如，益阳素有"竹乡"之称，这使得生长在这里的乡土作家，自觉在他们的乡土小说中绘声绘色地诉说着家乡的竹乡风貌。而对益阳竹乡风貌的描写，既是体现益阳独特风俗文物的风景画之一，也是益阳乡土小说美学风貌的重要载体之一。

在周立波的《山乡巨变》中，作者用一句"四围净是连绵不断的、黑洞洞的竹山和竹林"③ 就写出了益阳山乡的竹子之多，而"虽说是冬天，普山普岭，还是满眼的青翠"④ 则凸显了冬季楠竹的苍翠之美，富有生命力。莫应丰在《驼背的竹乡》的开篇，就热情地赞美道："我的家乡在哪里？从地图上看，近在咫尺……那是一个很美的地方，连外国人都知道。满山的竹子，满山的诗，绿葱葱，水灵灵，笔直，挺拔，高风亮节。"⑤ 此处的竹子不仅有着

---

① 丁帆：《中国乡土小说史》，北京大学出版社2007年版，第21页。
② 梁启超：《中国地理大势论·饮冰室文集点校》，云南教育出版社2001年版，第1807页。
③ 周立波：《山乡巨变》，人民文学出版社1958年版，第13页。
④ 同上书，第14页。
⑤ 莫应丰：《驼背的竹乡》，《人民文学》1985年第10期。

绿葱葱、水灵灵的外在美，更有着高风亮节的品格。另外，在陶少鸿的《梦土》、刘春来的《铜鼓冲纪事》和《石板路水竹林》、莫应丰的《半月塘传奇》和《竹叶子》等小说中，也都用了很多篇幅来描绘益阳生机盎然的竹乡风貌，散发着浓郁的地方特色。

益阳乡土小说中表现益阳竹乡风貌的另一个方面，是作家们对益阳山乡各种竹制器具，以及与竹子相关的手艺活动的描写。益阳竹器的种类繁多，如有用于农事活动的晒簟、筬箕、撮箕、筲箕、沥箕、簸箕、箩筐、篾丝箩、扁担，有作为日常生活器具使用的水竹凉席、竹椅子、竹筷子、竹桌子，有作为雨具使用的斗笠，有作为渔具使用的细篾渔簒、竹鱼篓、竹钓竿、竹花篮，有装鱼用的笆篓、晒鱼用的篾折子，有作为交通工具使用的竹排，还有制作成烟具的竹烟壶、盛菜的竹篮、教训晚辈的楠竹丫子、晒衣服的竹篙、挑东西的皮箩、烤火的烘篮子、老人的竹拐杖等，仿佛在益阳人的生活中，离开了竹器，便无法正常地过日子。所以，几乎在每一本益阳乡土小说中都有对各种竹器的描写，而花样繁多、用途广泛的竹制器物，则显现出益阳人的心灵手巧，蕴含着浓厚的乡土气息。

如周立波在《桐花没有开》中，描写盛福元泡禾种就用了"篾丝箩""筲箕""撮箕""晒垫"等多种竹制农具。又如竹制的"斗笠"，既是益阳山民普遍使用的雨具，在特殊时期也是他们谋生的工具。叶紫在《丰收》中写到，当春雨连绵不断，垄上的人没有其他谋生的法子时，只得"靠着临时编些斗笠过活"[①]。有时，不同的斗笠样式也是不同身份的象征。如曹旦昇在《白吟浪》中写到，有钱人如孙三老倌、陈菊庵等戴的是精致的"金丝细篾斗笠"[②]，而普通的农民戴的则是粗糙的芦叶与细篾织成的"芦叶斗笠"[③]。并且在富有竹资源和渔资源的益阳洞庭湖区，捕鱼的竹器更是五花八门，如冷满爹（《柳林前传》）喜欢用"花篮子"捉鱼；而《白吟浪》中的夏菊秋喜用"细篾渔簒"捕鱼，圣手渔竿郑昌明擅长用"钓竿"捕鱼，舒家眉目满爹则是冰上"花篮"捕鱼的高手……而凤山编织的"春天的鳜鱼花篮、黄桑花篮、

---

① 叶紫：《丰收》，人民文学出版社1962年版，第7页。
② 曹旦昇：《白吟浪》，湖南文艺出版社2011年版，第339页。
③ 同上。

夏天的鲤鱼花篮、鳊鲅花篮、秋天的青草鱼花篮"[1]，更是给读者一种异域的审美体验。此外，益阳多竹的特色还孕育了一类手艺人：篾匠。他们用高超的技艺把一根根普通的竹子经过备篾、破篾、规篾、刮篾、编织等烦琐的程序，编织成普通农家用具，也编织成精美的竹工艺品。如《梦土》中的柳篾匠、《白吟浪》中的江篾匠、《打皮笋》中的郭篾匠就是这一类人。他们既是农业社会中的特殊群体，亦承载着强烈的乡土特色。

透过这一系列的乡土小说，可以看出普通的竹子在益阳乡土小说中被描绘得更富有生气和灵性，充分展现了益阳竹乡生机盎然的风貌，突出了益阳人民心灵手巧、朴实能干的精神，彰显了益阳乡土世界"人生相"和"自然相"水乳交融的特征，让读者感受到作家们在其小说中所倾注的乡土情怀。

（2）清秀俊美的水乡风景。益阳处在湘北之地，南部背靠雪峰山，多为山地丘陵，北部濒临洞庭湖平原，一派水乡景色，正如一句俗语所说，益阳是"背靠雪峰观湖浩，半成山色半成湖"。在叶紫、周立波等作家的乡土小说中，都不乏对洞庭湖区俊美山水的诗意描写，并创造出令读者心驰神往的优美意境，增强了作品的地方特色和乡土气息。

周立波在《山乡巨变》一书中，以独到的审美视角探索着故乡之美，以清新明丽的语言描摹着故乡的湖光山色，令人感受到浓郁的乡土芬芳。如小说一开篇就向读者展现了一幅清秀俊美的水乡风景画：

> 节令是冬天，资江落水了。平静的河水清得发绿，清得可爱。一只横河划子装满了乘客，艄公左手挽桨，右手用篙子在水肚里一点，把船撑开，掉转船身，往对岸开去。船头冲着河里的细浪，发出清脆的、激荡的声响，跟柔和的、节奏均匀的桨声相应和……鸬鹚船在水上不停地划动，渔人用篙子把鸬鹚赶到水里去，停了一会儿，又敲着船舷，叫它们上来，缴纳嘴上衔的俘获物：小鱼和大鱼。[2]

这段对于资江水的诗意描写，清新明丽、动静相宜。"艄公"和"资江"，"渔人"和"鸬鹚"，人与自然和谐地交融在一起，栩栩如生地展现了

---

[1] 曹旦昇：《白吟浪》，湖南文艺出版社2011年版，第161页。
[2] 周立波：《山乡巨变》，人民文学出版社1958年版，第1页。

益阳清秀俊美的山光水色与淳朴的风情习俗,读起来沁人心脾,宛如一幅逼真的水墨画。

虽然叶紫的创作风格大多是"革命+恋爱"式的乡土小说,但是叶紫不仅能用犀利的笔调来反映农民苦难悲凉的生活情态,也能用清新的文笔描摹洞庭湖区的山光水色。如《湖上》中有这样一段引人入胜的洞庭美景描写:

> 黄昏的洞庭湖上的美丽,是很难用笔墨形容得出来的。尤其是在这秋尽冬初的时候,湖水差不多完全摆脱了夏季的浑浊,澄清得成为一片碧绿了。轻软的、光滑的波涛,连连地、合拍地抱吻着沙岸,而接着发出一种失望的叹息似的低语声。太阳已经完全沉没到遥遥的、无际涯的水平线之下。留存在天空中的,只是一些碎絮似的晚霞的裂片。红的、蓝的、紫玉色和金黑色的,这些彩色的光芒,反映到湖面上,就更使那柔软的波涛美丽了。[1]

这段风景描写可谓是如诗如画。首先是对湖上波涛的拟人化描写,使得洞庭美景灵气逼人。而"碧绿""红色""蓝色""紫玉色"等多种颜色交相辉映,色彩清新明丽,给读者以美的视觉享受。然而它的美学价值还不止于此,这幅"洞庭落日风景画"还和小说内容相得益彰。这是主人公未去"湖上"前所感受到的洞庭风景,衬托了主人公对于"湖上"的好奇心态,觉得一切如眼前所见,诗意而美好,但这恰恰与主人公去过"湖上"之后所感受到的恶心和荒诞形成鲜明的对比,在强化故事情节的基础上也提高了其乡土小说的美学品位。而在叶紫的《偷莲》中,可谓是湖光月色两相融,莲影歌韵在其中,在那洒满露水的湖滨上,有穿梭自如的莲子船、机智泼辣的偷莲女、清脆动听的偷莲歌、嬉笑怒骂的男女老少、痴情男女的爱情追逐等,浑然天成地编织成了一曲明丽的水乡抒情歌,洋溢着生活的趣味和艺术感染力,传达出洞庭水乡特有的生动与优美。

在曹旦昇小说《白吟浪》中,作者则不遗余力地向我们诉说着益阳南县洞庭湖区令人沉醉的水乡之美。在作者笔下,洞庭湖具有人性和灵性,且洞

---

[1] 叶紫:《山村一夜》,新世纪出版社2004年版,第146页。

庭的春、夏、秋、冬又各有各的美，如夏日的洞庭：

> 十里湖堤，远远望去，只见一片粉红的火焰。一片紫红的云霞弥漫了半个洞庭。堤两边的水里是一朵一朵的荷花。堤坡上面是荷花。荷花中间开荷花，荷花开在荷花上，荷花上面堆荷花……十里湖堤全都成了荷花的世界。①

如此一幅清新脱俗、宛若仙境的洞庭荷景图，如此散文似的语言、诗化的意境，令我们仿佛身临其境，心旷神怡，感觉身边处处是荷花，连空气中都弥漫着荷花的香味。

但秋日的洞庭，则是雁鹅菌的"天下"：

> 秋风拂过湖面，簇簇比绢还白的雪浪花让秋水的风韵胜过长空……一枚一枚酒杯大小的雁鹅菌一夜之间如满天的繁星布满荒原。那黛色的菌面蒙上了一层墨绿色的浅茸。小手指粗细的菌柄撑着墨绿色的小伞，像雁鹅的脖颈一样柔和优雅。②

精巧的比喻和绝妙的拟人手法，使长满雁鹅菌的秋日洞庭"活"起来了，秋风、秋水、雪白的浪花、墨绿的雁鹅菌……它们共同织就了一幅空灵剔透、诗意盎然的风景画。曹旦昇写出了洞庭水乡的"真景物"，也写出了自己对于这片土地的"真感情"，因而就有了"真境界"。这境界，便是作者为洞庭湖吟唱的一首诗意歌谣。

周健明的《湖边》和《柳林前传》则围绕洞庭湖畔农村生活的场景来叙说。在这里，漂泊着乌壳子船、双飞燕船和小竹排，又孕育了千年老、刁子鱼等各式鱼类，还生长着芦苇、莲藕、菱角等水生植物……充溢着洞庭水乡特色。陶少鸿的《梦土》中则用大段笔墨写了靠资江水而生的排古佬（水手）水上飙与黄幺姑之间轰轰烈烈的爱情故事，而流淌于铜鼓冲里的柔美杜溪河，则见证着铜鼓冲的一切改变（《铜鼓冲纪事》）。这些虽未用大量的篇

---

① 曹旦昇：《白吟浪》，湖南文艺出版社2011年版，第62页。
② 同上书，第52页。

幅对益阳水乡的风景进行直接描写，却增添了益阳水乡的人性魅力，使读者清晰地感受到其明丽美感中不失温馨人情的乡土美学意蕴。

（3）古朴清丽的田园风光。古朴清丽的田园风光也是益阳乡土小说中的一处别具韵味的风景画。益阳作家们常常把深情的目光投向诗意的田园世界，在这种和谐美好的自然环境中寄托自己对故乡的思念与热爱之情，以及对宁静悠远的理想生活境界的向往之情。这与当时的现实社会环境和当下喧嚣的时代环境形成鲜明的对比，然而却在无形中引导着读者去追寻美好的精神家园。

周立波十分擅长对田园风光的描写，并构筑出"清溪乡"这样一个令人神往的益阳山乡。进入清溪乡，映入眼帘的是普山普岭的茶子花、碧绿如海的楠竹、连绵起伏的翠山、山间平坦的沃土……随处可见的是青翠的茅草、淅沥的春雨、嫩绿的秧苗、旺盛的映山红、欢乐的落沙婆……这些由湘北丘陵地带特有的地域景色所绘制成的美妙田园图景，是作者在"文学政治化"的时代背景下努力向读者描摹出的一幅幅似乎远离政治风雨的平淡冲和的风景画。

周健明擅长用白描手法来勾勒风景。比如下面这段关于田园雪景的描写：

> 这雪下得真大，它不但把田野刷白了，把湖堤刷白了，而且使那些散落在大院各处的小茅屋子，便成了白头翁，坐落在当地风段的屋子，大雪还替它们封了门，霜雪降，冰凌凌，茅屋顶子四周的檐沿，也都挂满了晶莹的小冰柱。[①]

冬天的田园风景，常常给人一种萧条沉寂的感觉，但在周健明的笔下，却写出了一种清新灵动的美感。作者没有用"银装素裹""鹅毛大雪""白雪皑皑"等辞藻去烘托田园雪景，却用朴素简练的文字，糅合田野、湖堤、茅舍等田园景物，淡淡几笔，既描摹了全景，又点缀了特景，传神地展现了一幅辽阔中蕴含着清新古朴气息的"田园雪景图"。

陶少鸿在小说《梦土》中也生动地展现了益阳山乡的田园之美。当陶秉坤在山上劳作时，作者借陶秉坤之眼俯瞰了陶家湾全景，"回头放眼望去，雪

[①] 周健明：《柳林前传》，人民文学出版社1983年版，第187页。

峰山余脉的崇山峻岭层层叠叠排向天边,碧绿的资江宛如细带,隐约穿行其间;陶家湾深深地陷在山谷里,房舍如一些随意散落的炭块,田塅却似碎玉镶嵌而成"①。如此栩栩如生的描写,既让读者感受到雪峰山的山峰叠峦之态、资江的细水长流之美,也使读者仿佛亲眼见到了陶家湾安静的农舍和错落有致的田塅。作者还描绘了牛角冲陡坡上"茂密成林的油茶树"、石蛙溪田塅里"鲜嫩浅绿的禾苗"、古色古香的"茶马古道"、随风摇曳的"狗尾巴草"、炊烟袅袅的"农舍"等山乡景色,无一不让人体会到益阳的田园风光之美,享受到宁静安详的山水田园之乐。

此外,在《湘绣女》《驼背的竹乡》《在水碾坊旧址》《铜鼓冲纪事》和《石板路水竹林》等益阳乡土小说中,"密匝匝的桃树""碧水长流的桃花江""芳香四溢的玉兰花""光滑有如明镜的青石板路""摇曳着绿色的水竹林""汨汨轻吟的杜溪河""挺拔伟岸的老枫树"等田园美景亦是俯拾皆是,引人入胜,富有浓烈的乡土气息。

综上所述,读者可以体会到益阳作家对湖湘大地的深切关注,对山水自然的尽情描绘。在益阳乡土小说中,也充分显现出益阳作家对和谐美好、诗意恬淡的理想生活境界的向往,因而他们对于故乡的自然景物常常予以不遗余力的渲染和赞美,创造了令人神往的艺术审美境界。通过益阳乡土小说中地道的风景画的摹写,读者还可以感受到益阳乡土作家文学作品中所呈现出来的三湘四水之间的原生态,感受到作家们文字中所隐现的乡土情结。而这些自然、人文景观在益阳乡土小说中也仿佛有了"人生相",承担着讲述故事的使命,展现着益阳地区独具异域情调的"地方色彩"。

二 风俗画与风情画

一般来说,乡土小说都讲究对风俗画和风情画的描摹。在乡土小说中,风俗画是指"对乡风民俗的描写所构成的艺术画面……它所释放出来的审美意蕴,是其他地域文学描写难以企及的丰富的美学资源"②。而风情画与风景画和风俗画的不同就在于"它更带有'人事'与'地域风格'等方面的内

---

① 陶少鸿:《梦土(上)》,湖南文艺出版社1996年版,第30页。
② 丁帆:《中国乡土小说史》,北京大学出版社2007年版,第23页。

涵，是带有浓郁的地域纹印的'风景画'和'风俗画'，以及在这一背景下的生活场景、生活方式、文化习俗、民族情感及人的性情的呈现和外露"[1]。《汉书·王吉传》中有"百里不同风，千里不同俗"的论述，即阐释了不同地区的民俗各有其特色。益阳地处洞庭湖平原和雪峰山脉之间的过渡带，这里有山而不高，有水而不急，在这种地理风貌下，形成了具有浓郁益阳地方特色的民情风俗，这也是其区别于其他地域乡土小说的一个重要特征。

（1）"意蕴丰富"的茶文化。湘茶的历史源远流长，并且自古以来就有着重要的地位。而益阳乡土小说中所呈现出来的茶文化，是湖湘茶文化中不可或缺的一部分，充分展现了益阳独特的乡风民俗，释放着迷人的乡土美学意蕴。在益阳乡土小说中，随处可见作家们对"茶"的描写，如糖水茶、擂茶、巷茶和芝麻豆子姜盐茶等，且在不同的语境下还蕴含着不同的民俗意味。

"擂茶"是益阳山乡极为流行的茶饮习俗，既可解渴，又可充饥。在薛媛媛的《湘绣女》中有一段对擂茶的细致描写："村里有个习俗，客人来了打钵擂茶。擂茶是几片苦木叶茶，一抓花生、绿豆，一小杯芝麻一齐放进擂钵里擂，等擂钵里出现白花花的浆后用新鲜井水冲一冲，一碗甘甜可口的擂茶就成了……村人爱热闹，主人也不厌客，多人就多加一碗水。"[2] 如此生动形象的描写，使读者情不自禁地在脑海中描绘出一幅农家村妇用擂钵打擂茶的画面，令人口舌生津。

"盐姜芝麻豆子茶"是益阳乡土小说中出现频率最高的一种茶。因为益阳地区多雨且湿气重，所以益阳人喜欢在芝麻豆子茶中加几片盐姜，既祛湿气，又香气怡人。在周立波的小说《山乡巨变》中，有大量关于"盐姜芝麻豆子茶"的描写，如刘雨生去盛佳秀家做入社的思想工作时，盛佳秀给刘雨生冲了一碗盐姜豆子茶；秋丝瓜堂客惹怒张桂贞时，"从灶下渡了一碗热热的盐姜茶，婆婆洒洒，端到姑娘的跟前"[3]；詹继鸣去岳父家讨论是否入社时，岳母泡的亦是"放了盐姜、芝麻的家园茶"[4] 等。

除了《山乡巨变》外，其他益阳乡土小说中也随处可见对"盐姜芝麻豆

---

[1] 丁帆：《中国乡土小说史》，北京大学出版社2007年版，第24页。
[2] 薛媛媛：《湘绣女》，人民文学出版社2010年版，第181页。
[3] 周立波：《山乡巨变》，人民文学出版社1958年版，第227页。
[4] 同上书，第150页。

子茶"的描写。如《白吟浪》中，夏菊秋去拜访庞元蛟时，女主人马上"从盐坛子里夹出一块老姜来，用筷嘴巴在碗里捣出姜汁来，放上粗粗的茶叶，又从灶膛的红灰里拖出一罐滚茶来，将老姜汁粗茶冲了，热气腾腾地筛上一大碗，分别端给正在抽旱烟的客人和自己的丈夫"①。《半月塘传奇》中李上游的母亲去梨妹家给儿子提亲，《铜鼓冲纪事》中长清先生去桂海水家串门，《梦土》中陶秉坤请村里颇有威望的老人来进行土地纠纷的调停裁决时……主家妇女常会冲一碗盐姜芝麻豆子茶来招待客人。

"巷茶"一般用来给插秧的农民"打腰餐"（插田工于上下午各休息一次，上岸吃点东西，叫"打腰餐"），如曹旦昇在《白吟浪》中写到，春耕时节长工们休憩时，东家会派"一个女佣挑着一担用老姜熬得滚开的热茶，一个挑着两筐用阴米炒出来的巷茶，齐齐摆在湖堤上，给用牛的师傅打腰餐"②。长工们用阴米配着盐姜茶喝，把热滚滚的巷茶喝得酣畅淋漓。"糖水茶"一般是益阳人在婚庆时用来招待客人之物，如周立波在《卜春秀》中描写卜春秀的姑妈来为她做媒时，就打笑她道："今朝吃你盐姜茶，过不好久，就要吃你的糖茶了。"③

总之，在益阳乡土小说中，对于"茶"的描写可谓是不胜枚举，彰显了益阳作家的乡土怀旧情结。同时也可以看出，"茶"虽然是益阳饮食文化中的常见之物，却也是不可或缺之物，既可以用来解渴、止乏、充饥，又是调停及婚宴时的必备之物。通过对"益阳茶文化"这幅与众不同风俗画的描写，可以让益阳乡土小说大为润色，使其艺术形象变得更加丰满逼真。而洋溢着乡土气息的"益阳茶文化"还体现出益阳人热情好客、淳朴善良的品格，就拿擂茶来讲，那可真是一家擂钵响，十家人跑过来。

（2）"信神敬神"的节庆文化。受巫风楚韵的影响，湖南的乡土文学叙事总带有一种含魅色彩。作为一种文化遗存，这种含魅的地域文化色彩渐渐融进了湖南乡土作家的血脉之中，成为他们认识世界、感悟乡土、表达生命的一种特色表述。而益阳作为湖南的一大地理区域，南部背靠雪峰山，绿树

---

① 曹旦昇：《白吟浪》，湖南文艺出版社2011年版，第265页。
② 同上书，第160页。
③ 周立波：《周立波小说选》，湖南文艺出版社2009年版，第185页。

幽林遍布、清涧急流交错，似巫似道的梅山文化盛行于此；北部濒临洞庭湖平原，天气阴晴不定，时而洪涝、时而干旱，农民的生产生活在很大程度上依附在大自然的统摄下，从而形成普泛化的自然崇拜。因此，益阳乡土作家们都不可避免地被充满巫风色彩的湘楚文化所熏陶，从而在他们的乡土小说中融入具有神性色彩的风俗风情画面，使许多节日文化和庆祝活动都散发着"信神敬神"的神秘气息。

在《山乡巨变》中，周立波详细地描绘了陈先晋在大年三十和正月初一所进行的"封财门"和"接财神"的民俗：

> 每到大年三十夜，子时左右，总要把一块松木柴，打扮起来，拦腰箍张红纸条，送到大门外，放一挂爆竹，把门封了，叫作封财门，守了一夜岁，元旦一黑早，陈先晋亲自去打开大门，礼恭毕敬，把那一块松木柴片捧进来，供在房间里的一个角落里。柴和财同音，就这样，在陈先晋的心里，财神老爷算是长期留在自己家里了。①

每个农民都期盼着发财，因而益阳农民在过春节时用"封财门"和"接财神"的方式来供奉财神的场景极其常见。他们不仅要在正月初二或初五接财神，而且在元宵节之前，都是不轻易把扫在屋角落的垃圾倒出去的，惶恐在来年失了财运。

另外在益阳风俗中，大年初一绝不能说晦气话，否则会招致横祸。如在陶少鸿的《梦生子》中，有这样一幕充满神性色彩的描写。大年初一的清晨，柳家在燃完千子鞭后齐聚祠堂，"柳家小公子忽然对脸盆发生了兴趣，拨弄着里头的温水，呲着因缺门牙而不关风的嘴说：'噢，死（洗）哟！爹爹死（洗）哒娘死（洗），娘死（洗）哒姐姐死（洗），姐姐死（洗）哒我死（洗）哟。'"②在柳家公子说了这些晦气话后，恶兆立刻兑现，柳先生全家都接二连三地昏倒在地，不省人事。幸而柳家丫头急中生智，"奔过去端起那盆祸水往天井里一泼，使出丹田之气大声叫道：'好哒！大家都死（洗）不成

---

① 周立波：《山乡巨变》，人民文学出版社1958年版，第160页。
② 陶少鸿：《少鸿中短篇小说选》，湖南文艺出版社1998年版，第54页。

哒！'"① 恶兆才被圆了过去，使柳家人死里逃生。生命的终止和继续竟只在人们的一言之间，在特定的日子里若触了霉头，霉运即刻到来，但若有人及时圆了过去，竟又恢复原状。如此富有神性色彩的风俗刻画，展现了益阳山乡岁时节日的乡风民俗对其乡土人生的巨大影响，也使小说的字里行间都流溢着异域情调。

祭祀和求神祈福活动时常有，并逐渐演化成民俗仪式和节庆活动，既承载着人们的虔诚崇拜之情，也是人们在艰难环境下的精神寄托。叶紫在小说《懒捐》中描绘了益阳农民给土地菩萨过生日的情形：

> 二月初二，好日子，土地老爷生日。丁娘，那个中年的寡妇她很早就爬了起来。煮熟了隔夜的猪蹄，酒，饭，用一个小小的盘儿盛起来，叫儿子宗宝替她端着……徐徐向土地庙那儿走去。②

二月初二祭拜土地菩萨，是益阳的传统习俗。每到这天，山民们都会备好酒菜去土地庙虔诚跪拜土地神，以求来年风调雨顺、五谷丰登。周立波在《山乡巨变》中也写道："土地菩萨掌管五谷六米的丰欠和猪牛鸡鸣的安危。"③ 祭拜土地神在现代科学看来是一种迷信、愚昧的行为，但在那个"靠天吃饭"的年代，对于农民来说，这无疑是一种美好愿望的寄托与表达，充溢着民众的敬畏之情。

在益阳人的观念中，"娶妻、得子、立屋，这是人生最重要的三件事，特别是立屋，预兆着今后家业能否兴旺发达，容不得半点晦气"④。因此，"立屋"在益阳山乡是非常重要的一项庆祝活动。如陶少鸿在《梦土》中，精心描绘了陶秉坤家从"选黄道吉日""祭拜鲁班""拉屋架""上梁""祭梁""赞梁"到"唱抛粮歌"等一整套烦琐复杂的立屋礼仪，展示了一幅别致的乡土风俗风情画卷。对这些庄严神圣的民俗场景的描述，可以让读者更加了解益阳地区比较淳朴原始的文化形态，同时也是小说作者自觉追求乡土

---

① 陶少鸿：《少鸿中短篇小说选》，湖南文艺出版社1998年版，第55页。
② 叶紫：《山村一夜》，新世纪出版社2004年版，第90页。
③ 周立波：《山乡巨变》，人民文学出版社1958年版，第5页。
④ 陶少鸿：《梦土（上）》，湖南文艺出版社1996年版，第55页。

小说神秘气韵的体现。

其他体现益阳"信神敬神"节庆文化的节日还有在七月半"鬼节"时烧纸钱、烧包封以悼念亡人（《铜鼓冲纪事》）；端午时节在小孩的额上抹"雄黄朱砂"用以辟邪（《白吟浪》）；过小年时烧香跪拜"谢灶神"（《梦土》）等。通过分析益阳乡土小说中所呈现的一幅幅具有"神性色彩"的风俗风情画卷，使读者能更真切地体会益阳"信神敬神"的节庆文化中所蕴含的各种寓意。而且，这种神巫文化也是益阳作家对于天人关系的一种文学观照。

（3）"仪式复杂"的婚丧文化。现代乡土小说所展示的风俗与风情画面中，极为触动人心的是那种具有浓郁地方色彩的风土人情画面的描写，如一地的婚丧嫁娶文化。先看益阳地区的婚嫁文化，在益阳乡土小说中，有一整套婚嫁礼俗的描写，大致经历相亲、定亲、哭嫁、送亲、婚礼、闹洞房、听壁脚七个环节。

"相亲"既可以是男女双方互相登门走访，也可以由媒人"穿针引线"。在周立波小说《新客》中，是女方吴菊英到男方王大喜家进行相亲，由于这在当时是少见的相亲方式，因而引来了许多老人、妇女和小孩子的围观。而在莫应丰小说《半月塘传奇》中，则是男方秦更五带着"衣料、点心，用红纸包着一大叠票子"[1]之类的定亲礼去梨妹家相亲。在陶少鸿小说《梦土》中，陶玉田的婚事则完全是遵循父母之命，媒妁之言，合生辰八字，交"压根礼"的传统相亲方式。

"哭嫁"虽然在少数民族中更为盛行，但也存在于以汉族为主的益阳地区。在《山乡巨变》中，周立波通过盛佳秀之口对此进行了介绍：

"那时候的女子呀，在娘屋里就有人讨厌，说是别人家的人。"

"那为什么上轿要哭嫁呢？"盛淑君问。

"那要看是哪一个人哭了。"盛佳秀说，"有真哭，也有猫儿哭老鼠。娘哭三声抱上轿，爸哭三声关轿门，哥哭三声亲姐妹，嫂哭三声搅家精。"[2]

---

[1] 莫应丰：《莫应丰中篇小说集》，人民文学出版社1983年版，第315页。
[2] 周立波：《山乡巨变（下）》，人民文学出版社1979年版，第98页。

盛佳秀与盛淑君的这段对话告诉我们，哭嫁的习俗主要由新娘的家人来完成。它与某些少数民族的哭嫁风俗具有很强的节目表演性质、带有浓郁的仪式性宗教色彩不同，益阳地区的哭嫁主要凸显一种血浓于水的亲情，表现一位待嫁姑娘与她的至亲之间那种朴实自然的不舍之情，显得更加的情深意长。

　　益阳乡土小说中对"送亲"场面也有着精彩的描写，充溢着风土人情味。如《梦土》中描写的送亲场面："新娘子是坐着轿吹吹打打来的，轿后头有六抬嫁妆，从衣柜衣箱到脚盆马桶一应俱全，风风光光，很是抢眼。唢呐呜哩哇啦从河曲溪一直响到牛角冲。"①《林冀生》中的送亲场面也是这般热闹："两个大汉子，挑两担箩筐，一闪一闪过来了……第一担箩筐上，一头放一床叠起的红底绿花的被窝……第二担箩筐里装的是饰了大红剪纸的茶壶、茶碗、罗汉，以及梳妆镜子。"②《冲喜》中白秀庭结婚时的送亲场景也是如此，唢呐、轿子、嫁妆等一应齐全。在那个年代，结婚时一般用被子、衣柜、梳妆镜、茶壶、脚盆等居家用品做嫁妆，颜色一定要鲜艳才好看。而且无论是富贵人家还是普通人家嫁女，新娘子都必须坐轿子，这样才显得有"规矩"。当然还要请人敲锣打鼓吹唢呐，闹得全乡的人都知道，虽有显摆的意味，但更是为了营造一片喜庆场面。

　　"闹洞房"也是极其有趣的，《梦土》中陶秉坤和幺姑结婚时，新房就被闹得一片狼藉，"新婚三日无大小，这是习俗。闹房的人无论男女和辈分大小，都可对新人说些荤腥不堪挑逗刺激的污言秽语，动手动脚亦不会有人非议"③。闹洞房的人一般要到半夜才渐渐散去，届时"听壁脚"的人便登场了，"窗外开始窃窃私语——那是村里人在听壁脚，这也是乡俗，他们是要听了新郎新娘的私房话去议论和品味的"④。把听到的新人之间的私房话当作以后茶余饭后的笑料，蕴含着独具地方色彩的戏剧性因子，让人回味无穷。

　　葬礼是区别于他乡风俗民情的一个重要特征。在《山乡巨变》中，作者借亭面糊岳母的葬礼，对益阳地区的丧礼进行了刻画，对亭面糊老婆哭丧的

---

① 陶少鸿：《梦土（上）》，湖南文艺出版社1996年版，第169页。
② 周立波：《周立波小说选》，湖南文艺出版社2009年版，第277—278页。
③ 陶少鸿：《梦土（上）》，湖南文艺出版社1996年版，第16页。
④ 同上书，第17页。

场景是这样描写的:

> 妈妈,你醒来吧,醒来再看看你的亲人,我不晓得你就是这样去了哪,我的妈妈呀,晓得这样,我没早几天来,陪你多谈几天……我的亲娘,你没有享你女儿一天的福,临终以前还把一件新棉袄脱给我穿,我的妈妈呀,你这样心痛女儿,叫我如何舍得你?你不醒来,我何得了哪,我的妈妈呀![1]

在益阳地区的丧礼上,妇女们都会哭诉自己对亲人的不舍。而"我的妈妈呀""我的亲娘呀"之类的哭诉话语的再三表达,富有强烈的感染力和抒情性,时刻触动着前来吊唁的人们,使他们情不自禁地流下怜悯的泪水。这种有别于其他地方的哭丧风俗,于悲情中饱含着作家厚重的乡土情结,呈现出浓郁的益阳特色。

另外,《山乡巨变》中还写了一个极具益阳风情的丧仪——"点清油灯"。亭面糊岳母入殓前,会由一位年长的婆婆将其遗体进行装洗,装洗完毕后,便在遗体的"脚端点起一盏清油灯,人一走过,灯焰就摇漾一下"[2]。"点清油灯"是益阳丧礼中独特的一幕,因为益阳人"敬神信神",他们相信人死之后会下到阴间,若是一脚没走好,就可能坠入地狱。为了让逝去的亲人一路走好,活着的亲人会在逝者的脚下点一盏清油灯给其照路,这是益阳人重情重义的艺术表达。

益阳山乡的葬礼不仅要请"师公子"做三天三夜的道场,还要在逝者殁去第三十五天时做"五七"忌日。《梦土》中描写了陶秉坤去给陈梦园过"五七"时的场景:陶秉坤和他的大儿子带着纸钱、米酒、香、烛、糕点等祭祀物品来到了陈梦园的坟前,"父子俩点香、燃烛、烧纸钱,摆上糕点,把米酒绕坟撒了一圈,然后跪下叩了一个头"[3],叩头的时候陶秉坤还眯起眼睛默默念叨一些送别语,叩完后,"两人又捧了两把黄土拍在坟头上"[4],这样一

---

[1] 周立波:《山乡巨变(下)》,人民文学出版社1979年版,第201页。
[2] 同上书,第201—202页。
[3] 陶少鸿:《梦土(上)》,湖南文艺出版社1996年版,第353页。
[4] 同上。

个淳朴的祭祀礼仪，却蕴藏着生者对逝者的关切与思念，体现了益阳山乡率真朴实的人情、人性之美。

对于文学创作而言，风景、风俗与风情画绝非无足轻重。无数的创作实践表明，乡土小说是否描写风景、风情和民俗，或写得深邃与否，必然会使其文学价值大相径庭，它区分着作品内容是深沉还是肤浅，是隔膜还是亲切，是干瘪还是丰满，是显得生硬枯燥还是流淌着生活气息。在中国乡土小说史上，大多数生活功底之厚实的作家，都非常注重书写风景、风俗和民情。周立波、叶紫、陶少鸿等益阳作家，都是绘制风景、风俗与风情画卷的高手，他们在小说创作的乡土性追求中，借由对益阳地区如数家珍的风景、风俗和民情的描摹，显示其家乡乡土文化的卓异审美视野，增强了益阳乡土小说的囊括力和包容性，使其具有了区别于他地乡土小说的显著特质，产生令人深思和钦佩的艺术效应。

第三节　当代湘西青年作家的艺术表现视域

田耳、于怀岸、彭学明、龙宁英、向启军、吴国恩、黄光耀、聂元松、刘萧、九妹等一批青年作家出生于湘西大地，在湘西丰厚的历史文化滋养中，他们用充满"土气息泥滋味"[①] 的作品为中国当代文坛带来了一股清新、朴实的文风。他们既感受过沈从文笔下浪漫淳朴的湘西世界，又领略过孙健忠和蔡测海作品中湘西改革浪潮的风起云涌，在继承中创新，在探索中成长，在他们笔下呈现出了一个比前辈们更为丰富、更为立体、更为多元的湘西世界。这种兼收并蓄的创作环境，让他们展现出了更为宽广的艺术视域，并呈现为世俗化的叙事策略、本土化的语言风格、"出走—回归"结构模式的艺术表现特征。

---

① 柏峰：《散文的"土气息泥滋味"》，《中国文化报》2018年3月20日。

一 世俗化的叙事策略

湘西青年作家作为一个群体，他们大都以世俗化的平民视角，以自身对社会的切身感受，通过对湘西老百姓的生活琐事和个人情感的细致描绘，展示这块神秘土地上世俗百态的多样性和复杂性。这种世俗化的叙事姿态主要从"世俗生活的日常书写"和"民族历史的生活化书写"两个方面表现出来。

（1）世俗生活的日常书写。日常生活是现代性的一个重要表征，它通过身体的在场性去感知、体验、经验、验证和认同海德格尔意义上的"此在"生活。作为日常生活中的独立个体，谁也无法避免衣食住行等日常琐事，逃离悲欢离合等普通情感，而正是因为这些日常琐事和普通情感的存在，形成了我们对生命本真的体悟。因此，湘西青年作家在作品中描写的多是芸芸众生的生活状态，如普通工人的上班下班、农村妇女的婚恋生育、街坊邻里的吵架纠纷、小公务员的谋生养家等世俗化生活场景。通过对日常生活原生态的书写，不仅旨在展示普通人生活的酸甜苦辣，而且试图用生活化的叙事方式书写现代文明加速发展时期湘西各阶层之间的社会关系，表达作者对普通人生存状态的关注与思考。

在表现乡村日常生活情感题材方面，于怀岸的小说《你该杀不该杀》是一个颇有寓意的文本。小说中的主要人物叫陆少华，他凭借村大队长的身份，公开私通陈二的媳妇。面对陈二的暴力威胁，陆少华没有丝毫的害怕，并且在大庭广众之下炫耀与陈二媳妇的关系。陆少华知道，他的"大队长"身份能给他带来的权力话语有多大，这种权力资本比陈二手拿杀猪刀这种"显性暴力"行为能产生更巨大的"隐性暴力"力量。为什么作者要预设一个"你该不该杀"的命题？因为，在小说看来，"杀不杀"这不是一个问题，问题在于能不能杀，杀不杀得了，以怎样的方式杀。这方面，小说叙述不急不缓，读者能够在文本平缓的叙述中，感悟出乡村日常生活的多样景象。这种对日常生活平静如水的描写反映的却是"权力"这种"隐性暴力"对乡村社会的深刻影响，引发对乡土社会内部结构的深层反思。

田耳的小说《父亲的来信》选取日常生活偶然出现的一次车祸为故事场

景。当警察在车祸事故现场确认死者身份时,死者的儿子李忠林既不愿意认父更不愿意领走尸体,甚至谎称父亲正在外旅游,企图掩盖真相。面对良知和道义的拷问,李忠林更在意的是如果不认父亲不但可以逃脱父亲留下的债务,还可以拿到父亲的退休工资和房产。小说看似是对不孝儿子的批判,实际透露出作者对当今世俗生活中人们道德弱化和人情冷漠的担忧和批判。

正如李敬泽所说:"田耳是讲故事的人,田耳戴着面具。他的故事通常不指向他自己。田耳的小说是田耳写的,但似乎也是若干个也叫田耳的人写的。"[1] 田耳的小说基本只是对世俗生活中的人物和事件进行客观叙述,作品中并没有明确表明写作意图,但他却善于在对日常生活不动声色的展示中完成对日常生活意识形态隐晦的嘲讽和反思,从而使作品体现出独到的视角。所以,有论者认为:"文学作为一种艺术话语,对日常生活的表达是抵达审美的有效途径。"[2]

(2)民族历史的生活化写作。除了对日常生活不动声色的展示,湘西青年作家还擅长通过人物表现及其生活经历来展现湘西的历史进程,善于将小说中的人物生活经历融入厚重的历史背景中,以民间视角演示世道人心和生存空间,展开历史的壮观图景,同时最大限度地表现了个人在历史洪流裹挟中的命运沉浮。

在湘西历史进程的书写方面,于怀岸在小说《巫师简史》中做了独特探索。《巫师简史》以隐藏在湘西深山中的偏僻山寨猫庄为背景,不疾不慢地叙述了湘西从清末到中华人民共和国成立初期半个世纪的动荡变迁历程。小说以主人公赵天国的生活为线索,书写了神秘的猫庄是怎样从混乱走向安定,从混沌走向清明的。赵天国作为猫庄的族长兼巫师,他带领他的族人先后与土匪对抗,与清朝、民国军政府和国民政府周旋,为了保护族人的生命和利益鞠躬尽瘁,死而后已。赵天国和小说中人物各自不同的命运就是一幅幅壮丽的生命图景,记录着湘西大地上历史巨变中个体生命的沉浮,正如作家所说:"《巫师简史》承载了我的一些思考和想法,也表达了我的历史观,那就是以民间的视角还原历史,还原那些历史语境中的一个个人的爱恨情仇,他

---

[1] 李敬泽:《世界重获魅力——田耳论》,《小说评论》2008年第5期。
[2] 李蓉:《论"十七年"文学中的日常生活书写》,《天津社会科学》2012年第5期。

们在我的眼里是鲜活的,有血有肉的生命个体,他们曾经活过,如同我们现在活着一样。"①

在某种意义上,于怀岸对湘西民族的历史书写是对这个民族历史的结构和想象,这种对湘西历史的故事性演绎,能够有效呈现民族的风俗习惯、审美倾向,具有对历史阐释、反思和重构的意味。

黄光耀也十分注重对湘西民族历史进程的书写,他在长篇小说《土司王朝》中截取了明末清初顺治、康熙、雍正百余年间的历史,以湘鄂西武陵山区容美土司田氏家族在群雄逐鹿中原之时偏安一隅的历史背景为线索,描述了容美田氏家族田玄和他的三个儿子田沛霖、田既霖、田甘霖,以及田甘霖的儿子田舜年和田舜年的儿子田丙如、田明如等祖孙三代五大土司所经历的家族兴衰成败过程。不仅如此,小说中也包括一些虚构人物,比如梯玛天赐、梅家、叶家、陆家、王家、李家等,通过这些虚构人物的设置完成了整个小说所关联的人物线索。作者所写的虽是容美之境的各式人物在百年历史期间所经历的生活变化,囊括的却是整个土家族人的历史血脉,是整个湘西地域武陵土司及土家族人们生存状态的百年历史缩影。

可见,湘西青年作家着重从日常生活形态中思考和表现对生活、对历史的审美感知,在对家乡的审美感知中,会时刻触动他们心灵中最柔软的部分,这柔软的部分是他们精神的原点,是他们文学田园中最富魅力令人流连忘返的自留地。

二 本土化的语言风格

方言是民族本土语言中最富生命力的部分,"是一个地方的居民在长期的生活和生产实践中创造和积累下来的丰富生动的语言"②。湘西青年作家在文学语言把握上,娴熟使用的是带着一点儿"山味"和"野味"的地方语言,通过这些具有浓郁湘西特色的语言构建起了小说人物的个性特征,展现了更为真实而又独特的地域风情。

(1) 借方言凸显人物个性。要塑造具有湘西特色的人物形象,恰当地使

---

① 于怀岸:《还原历史中的爱恨情仇》,《鸭绿江》2015 年第 9 期。
② 龙欢:《湘西影视剧中的民俗影像》,《湖南师范大学学报》2013 年第 5 期。

用方言是文本叙事必不可少的表征。总的来说，湘西青年作家善于采用方言素材来凸显人物的性格特征，使人物形象更加饱满生动，同时，对方言的应用，也还原了湘西语言的真实性，使作品充满了浓厚的地域风味。

于怀岸的小说《巫师简史》充满了浓浓的方言特色。当二龙山白水寨的土匪头目龙大榜被清兵围攻躲在山洞时，虽四肢疲乏、口干舌燥，但还是激动地对手下人责骂道："你狗日的装神弄鬼，他们再不撤，老子要渴死了，龟儿子就是现在爬上来，只有让他们绑了。算算，他们还要几天才肯走，他娘的陈家顺这次非要赶尽杀绝才肯罢手。"① 当猫庄族人彭武平为母报仇去射杀强奸他母亲的元凶赵天文，报仇失败逃跑时他对着赵天文大喊："狗日的赵天文，老子哪天回来还要杀你的！"②

在田耳的小说《围猎》中，小丁和女友小顾在北郊河沟边例行约会时偶遇裸体男人，小丁想要追上裸体男人一探究竟却遭到小顾的阻拦，他安慰受到惊吓的女友时说："怕个屁啊。你看那人慌成那副卵样子，哪还有闲心非礼你。"③ 在加入追逐裸体男人的队伍后，他反复使用"真他妈的""卵不信"等粗俗语，给自己打气造势。

湘西地处偏远，自古就尚武轻文，加之湘西人性格粗犷强悍，因此上述类似的粗俗词语在湘西地区特别盛行。不仅湘西男人会在日常生活中使用，湘西女人也会在情绪激动时自成一套。如黄光耀在《土司王朝》中描写花季女子洗澡被偷窥，作为女性本性害羞，说不出难听的俗语，于是含羞带怯地骂道："是哪个背时鬼脑壳，讨死个嫌！"④

由此可见，粗言痞语在湘西人的话语中不一定就是脏话，更多的是口头禅，是一种习惯性的情感表达方式，在不同的语境使用会产生不同的效果，但正是这些地方特色语言，更为鲜明地展现出湘西人血性剽悍、野蛮豪爽的个性品格。

（2）透过方言展现地域风情。方言"是地域文化的鲜明标志，它既体现

---

① 于怀岸：《巫师简史》，中国青年出版社2014年版，第156页。
② 于怀岸：《还原历史中的爱恨情仇》，《鸭绿江》2015年第9期。
③ 田耳：《一个人张灯结彩》，作家出版社2008年版，第107页。
④ 黄光耀：《土司王朝》，沈阳出版社2009年版，第87页。

了一个地方特殊的地理位置，也反映了一个地方的历史变迁与风俗民情"①。方言是我们了解民族地域文化的平台和途径，因此，湘西青年作家特别喜欢在作品中运用方言这种最直接的语言形式展现他们心目中的湘西形象。这些以方言为载体的文学作品在一定程度上是对湘西文学地域城堡的坚守，同时也是湘西本土地域风情的强力展现。

彭学明在散文《娘》中为了还原"娘"的形象，大规模使用方言词汇，使作品质朴饱满，地方色彩浓烈。文本直接使用"娘"这个略显土气的单音字作为标题，在叙述时对母亲的称呼也直接使用"娘"。"娘"与具有相同意义的"母亲""妈妈"相比略显土气。但是，对于湘西人来说，"娘"听起来却亲切温馨、顺心顺口得多，凸显出儿子与母亲的血脉相连的关系，浸润着被文明过滤掉的热乎乎的生命本真形态。

可以说，在叙述时，彭学明不仅仅是将湘西方言简单作为交流的工具，更是作为表达思想情感的渠道。如"娘说，这地方容易讨吃，撒一把沙子就可以变成粮食，可以养活我和我二姐"②，"继父一想，也是，就真的不想给我们盘书，要我们都停学"③。在湘西方言中，"讨吃"二字包含生活艰难的意味，如果用"乞讨"显得太书面，用"生活"会太呆板。"盘书"则不仅仅是读书的意思，还有读书要"费钱"，含有不容易的意义。而"费钱"的"费"，既是"花"也是"浪费"，同样具有多重含义。因此，湘西人"盘孩子"读书，包含了抚养孩子，送他们上学，学习文化，将来光宗耀祖等多层含义，父辈们为此要付出相当的辛劳和心血，凸显了生活的艰难与辛酸。

一般来说，特定的民族语言是推动民族发展的重要力量，它积淀着一个民族的精神底蕴，也蕴含着民族独有的世界观和价值观，因而各民族对其语言文字始终怀着深厚的民族感情。通过对上述作家作品中方言俗语的简要分析，可以探寻到湘西一带人们生活的本真状态及其民族历史的存在图景，可以感悟到他们的精神世界和生活信念，洋溢着一种强烈的地域风情。

---

① 金晳坤等：《方言保护与传承的意义浅析》，《黑龙江教育学院学报》2011年第5期。
② 彭学明：《娘》，知识产权出版社2011年版，第121页。
③ 同上。

三 "出走—回归"的结构模式

湘西作家大多来自生活底层,乡村作为其生长的原点,自然成为作家们构建湘西形象的习惯场域,故乡不但在他们的作品中占据很大篇幅,在一定程度上还成为他们和故乡之间的一种情感纽带。

20世纪80年代,孙健忠、蔡测海、田瑛等老一辈湘西作家受到改革开放浪潮的洗礼,将改革的笔触伸进了湘西大地。他们笔下的人物,受到现代文明的强烈召唤,怀着梦想和激情冲破大山的重重围困,义无反顾奔向山外的世界,表现出一种强烈的"出走"意识。这种出走,是对旧的生活方式和习俗观念的放弃,是对人生梦想的憧憬与追求,是重塑自我人格、获得个体解放的需求与释放。

到了90年代,现代城市文明与传统乡土文明的冲突日益加深,随着社会的迅猛发展,大山深处的人们"出走"的意愿更为强烈。他们成群结队,背井离乡,勇敢踏入了充满诱惑的都市生活,但往往弄得身心疲惫、头破血流。这种逃离对于湘西青年作家而言,是小说"出走—回归"结构模式的重要环节,它真实表现了湘西民众受内心欲望的驱使和外部世界的引诱,以各种心态、各种方式来反抗古老的乡土传统,时刻期待走出乡村,去远方追求各种梦想的生活场景。无疑,文本的描述是清晰的,但在情节设置上又体现了作家们深刻的矛盾性,表达了一种"理想很丰满,现实很骨感"的生存哲理,农民的各种逃离,都会以失败告终,小说所呈现的"失败"情节,凸显了城市文明与乡村文明深深的对立意识。

出走是一个世界性的文化母题,在世界文学中,最早出走的是一位女性,人类之母夏娃,她是要逃离人们梦想的伊甸园;在中国文学中,第一个出走的也是女性,奔月的嫦娥成为中国文学第一个逃离者形象。到了湘西青年作家这里,逃离和出走成了现代人尴尬的宿命,无论男女,他们"始终处在城市与乡村、历史与未来、现实与理想、世俗物欲的扩张和人文精神的张扬间的尴尬冲突中",始终处在"出走—回归—出走的宿命"[①]之中,乡村是他们远离了的家,无法回归,而城市是被异化了的家,无法进入,真正的家存在

[①] 廖高会:《宿命的出走和艰难的回归》,《名作欣赏》2005年第6期。

于精神的颠沛流离之中。

（1）无法进入的城市。二元结构是中国社会特有的现象，长期以来，农村和城市处于两个相对隔离的板块，农民和市民生活在不同的场景，形成了两种不同的生活方式。湘西青年作家作品中的人物通常因为贫困或是对乡村隐形权力斗争的厌倦而离开故土，如夸父逐日般奔向城市生活，但残酷的现实是，城市繁华的背后也会有贫穷、麻木和丑恶的一面，他们大都在大大小小的城市中消磨损耗着自己，努力告别旧我，努力褪去梦想，努力汇入滚滚人流的城市生活，但却不知所终。

在田耳小说《衣钵》中，主要人物李可一直坚信能够在大学毕业后通过身份的改变，走出农村，顺利进入城市生活。不料父亲帮李可联系到县政府实习无望，女友王俐维却凭借城市人的身份和家庭关系如愿挂钩到市电视台实习，大学时代构筑的爱情也因此无疾而终。得不到在城市发展的机会，李可只有回到家乡跟着父亲学做道士，经过一段时间的训练，从一开始的排斥到慢慢了解再到从心底里接受，最终，他通过仪式成了一名真正的山村道士。在儿子完成父亲意愿后，父亲却在参加儿子的入门仪式后因醉酒跌倒摔死了，李可作为儿子要主持的第一个道场竟是为自己的亲生父亲超度亡灵。对李可来说，城市对于他始终是一个美丽的海市蜃楼，他只能无奈地回到乡村，去接受父辈们的生活形式与命运形态。

在于怀岸的小说《别问我是谁》中，主人公怀揣着梦想来到城市，她渴望拥有安定生活，却在城市中饱受了侮辱和伤害；她渴望拥有爱情，却在城市中被人包养；她甚至没有名字，只有一个代号"4号"。作者通过描写主人公4号的生存状态隐含了乡村弱势群体在城市中作为异乡人没有身份和归属的困境。

龙宁英曾说："那时候，由于对山外文明的憧憬，我抛开眼看着我肉长成肉骨头长成骨头的故乡，抛开左手扶着我学步右手喂给我食粮的亲娘，到那个充满文明与诱惑的城市去闯荡，去放飞理想，我用自己的真诚向山城摊开女性的爱，我付出自己的青春在城市里历尽人生沧桑，但是，那座城市给予我的，除了拥挤、喧嚣、冷漠、耻笑，还有什么呢？有谁能理解那个满怀希望的来自苗乡僻壤的灰姑娘，为何老是走不进城市的心脏呢？"[①] 由此可见，

---

① 龙宁英：《湘西物语》，天津人民出版社2013年版，第89页。

城市并没有给这些异乡人提供理性的落脚点，他们虽完成了从故乡的逃离，精神却无法平稳着落。

（2）无法回归的故乡。在现代化进程中，人们逐渐告别了物质匮乏的窘境，却陷入精神困顿的境地。正如当代湘西的青年作家群体，一方面对湘西人向往城市追寻城市的过程进行细致描写，另一方面对回忆中的乡村生活却抱以归依心态。在城乡二元结构中，心中仍然对乡村留存落叶般的眷恋之感。因为，随着社会的发展，湘西过去稳定而宁静的生活状态早已被文明和科技的发展打破了，当前的湘西农村早已成为空巢，闲置的土地，留守的妇孺老人，无助地等待着在外漂泊的丈夫和儿子早日从城市归来。而那些从城市回归家乡的人们，也因为受到都市生活影响，已不再适应乡村生活，正如湘西青年作家向启军所说："对于湘西青年作家而言，乡土情结仍然是创作的永恒动力。但是，这种情结又随着时代的变化而变化。如今，怀着对湘西的深情，同时更不乏对湘西贫乏状态报以审视之思的湘西作家们，站在传统生活向现代化社会演进的门坎上，选择对湘西进行深情的回望。"① 这种"回望"，在表达着对湘西精神留恋的同时，更表现了对湘西精神家园的理性审视。

在小说《落雪坡》中，于怀岸刻画了一个走出湘西大山在城市打拼的异乡人陈永。他在南下打工时误入黑道，从此过上了刀光剑影的生活，他以此摆脱了贫困，得到了生活上的富足。但金钱填补不了他内心的空虚，心灵上的挣扎令他痛苦不堪，心灵的家园"落雪坡"已经是那么遥远，只有在梦中才能回去。他试图带着怀有身孕的老婆回到故乡"落雪坡"与母亲团聚，希望给心灵一次救赎的机会，落雪坡也给了他"一个久违了十年的香甜的睡眠"，可是却在他打算去做最后一次"生意"时，倒在了异乡，永远也回不了心中的故乡。这里，小说通过冷峻的叙事书写出了湘西底层男性从农村走到城市的尴尬生存境遇。

在田耳的小说《夏天糖》中，铃兰是江标年轻时的梦中女孩。多年后，当他们在城市中再次相遇时，江标发现铃兰沉迷于堕落生活不能自拔，他试图通过自己的力量帮助铃兰，希望感化她，让她重新做人。然而无论如何努力，时光也无法回到过去，那个爱吃夏天糖的单纯女孩已经一去不复返。在

---

① 向启军：《在湖南第四次青年作家代表大会发言摘要》，《湖南文学》1996年第4期。

绝望中,"江标让铃兰穿上他记忆中铃兰最爱穿的那条绿色连衣裙,让她像小时候一样,安静地躺在马路中间,就像一颗绿色的夏天糖,然后再也没有停止地把车压了过去"[1]。

如此,"出走"与"回归"的矛盾和冲突,一方面体现出现代化进程对湘西山寨乡村的深刻影响,人们因为受到城市文明的冲击选择走出大山;另一方面"出走"的人们在都市中却与都市生活格格不入,因而希望"回归"过去宁静美好的乡村生活。然而,梦想的城市生活并不能成为他们的梦想,美好的乡村也难以重现美好的情境,人们可以不断去梦想或破灭,不断去追求或失败,但没有人能够真正回到过去。

总之,以田耳、于怀岸、彭学明、龙宁英、向启军、吴国恩、黄光耀、聂元松、刘萧、九妹等青年作家为代表,他们踏着先人的足迹,以自身的努力掀起了湘西文学创作的第三次浪潮,呈现了当代湘西的困惑和追求,取得了骄人的文学成就。但文学创作是一个千锤百炼的过程,湘西青年作家还处于表达对湘西本能热爱的阶段,在创作主题、人物形象塑造等方面仍存在雷同和模式化的问题。但作为年轻的作家群,他们的创作之路还很漫长,相信这批年轻而有才情的作家能够创作出更多让读者喜欢的作品,这是湘西本土文学的幸事,也是读者的期盼。

---

[1] 田耳:《夏天糖》,湖南文艺出版社2011年版,第96页。

后　　记

　　总的来说，这本书稿是近年来我在教学和研究中的一点记录，凝聚了不少人的心血。

　　在文学课程教学中，我常常与我的研究生谈到一个非常简单但常常被忽略的问题：世界文学不一定是用英语写成的文学，厚重的中国文学史对别国学生来说也就是外国文学史。世界文学首先是国别文学，国别文学首先是区域文学，区域文学最有特色的往往是民族文学。所以，对于一个湖南人来说，世界文学首先是中国文学，中国文学首先是湖南文学，湖南文学首先是湘西文学、益阳文学、长沙文学、娄底文学、邵阳文学、岳阳文学……对湘西文学来说，土家、苗、侗、瑶等民族的文学与文化更是特别值得关注和发掘的。在这种没有写进教材的文学批评理念指导下，我在"文学批评与实践"等课程的实践环节，重点指导同学们去思考湖南文学，在湖南文学中我创造了一个区别湖南区域文学的名词——"湘域文学"，当作湖南区域文学的简称。在教学中，有意识把湖南学生按照籍贯区分，告诉他们，要了解世界文学先从自己家乡的文学开始，引导他们多多关注自己家乡的文学，以此，加强阅读、思考和写作。后来，根据这种教学思路，我申报了教育部和国家基金课题，本书的部分篇章便属于基金成果范畴，其中，有多篇论文已在中国社会科学引文索引（CSSCI）刊物上发表或即将刊用。

　　在长沙教书的岁月是令人难忘的，人生十年最健壮的岁月在这里度过，对于那些峥嵘岁月中的人和事常常充满感怀。特别是那些充满灵气、充满情怀、充满活力的学生，我是不时回忆着并保持基本的联系。那么多年，那么

后　记

多学生，有些名字被岁月冲淡了，但有些名字还是可以随口而出，如才气十足的陈天、湘女才情的园子、成熟的艳涛、美丽的湘西姑娘倩雯、憨憨的熊爽、精干的文婷、热情的双斌、秀美的艺源、大气的建伟，以及美美快乐的勤玲、秀秀、宇婷、龙颖、贺瑶、雅梅、莉雅、陈菁、翠蓉，以及帅气的彪哥等。前段时间还有学生微信我，说工作了，倒是特别想念在老师办公室上课、讨论和喝黑茶的时光，上课、讨论、喝茶（含红、绿、黑、白四种）实际上是我作为研究生导师的基本生活形态，对于我来说，是年年岁岁，岁岁年年，周而复始，变的只是岁月、学生和茶叶，但对我的每位学生来说却是唯一的曾经岁月，我和他们的感悟和体验无疑是有差异的，但是他们如果有记忆和留恋，我就应该有感动。也确实要感谢我的每位学生，他们才是我职业生涯的核心要素，我离开长沙市时曾对学校的主要领导说，我如果在这里呕心沥血十年有过点滴贡献，除了学科建设，最大的贡献在于我在人才培养和专业建设上曾经竭尽全力付出过，虽然我现在有了新的工作，但还是想将此书谨献给我曾经的岁月和学生，算是对过往十年烽火岁月的一个告别！

当然，曾经对我有过支持和帮助的老师、朋友和领导永远是我人生征途上的明灯和动力，但鉴于挂一漏万，这里不一一道谢，但永远对你们充满感恩、感谢之情！

同时，要特别感谢新单位，新单位是我人生新征程的出发地。在这里，要特别感谢学校党委书记李红梅教授、校长林强教授、文学院院长邵宁宁教授对于本书出版的关怀、支持和帮助，感谢海南省特色重点学科经费的资助和国家教育部人文社科基金项目经费的支持。

此外，当特别感谢中国社会科学出版社对我书稿的垂怜和厚爱，特别感谢编辑室主任郭晓鸿对于本书出版所付出的诸多心血和劳动。

漫漫人生路，已得太多眷顾，唯有感谢！

谨此为记！

罗　璠

2018 年 6 月 19 日于海口龙昆寓所